Traumata und Käsekuchen

NICOLYN BERG

TRAUMATA UND KÄSEKUCHEN

Kriegsenkel-»Nostalgie«

Eine Autobiografie

Bibliografische Information der Deutschen Nationalbibliothek:
Die Deutsche Nationalbibliothek verzeichnet diese Publikation
in der Deutschen Nationalbibliografie; detaillierte bibliografische
Daten sind im Internet über http://dnb.dnb.de abrufbar.

Die automatisierte Analyse des Werkes, um daraus Informationen
insbesondere über Muster, Trends und Korrelationen gemäß §44b
UrhG (»Text und Data Mining«) zu gewinnen, ist untersagt.

Verlag: BoD · Books on Demand GmbH, Überseering 33,
22297 Hamburg, bod@bod.de
Druck: Libri Plureos GmbH, Friedensallee 273,
22763 Hamburg

ISBN 978-3-8192-4635-7

»*Das Beste, was einem Schriftsteller passieren kann, ist eine unglückliche Kindheit.*«

(Ernest Hemingway)

INHALT

PROLOG

Die wenigen gelben Blätter an den Bäumen, die dem kühlen Wind noch standgehalten hatten sowie der leichte Nebel, der sie umhüllte und der alles grau erscheinen ließ, läuteten den Herbst des ersten Jahres der Corona-Pandemie ein. Die Farben des Sommers und das Gefühl wärmender Sonnenstrahlen begannen allmählich zu verblassen. Neben mir lag schnarchend Skippy, unser Hund aus Zypern, der schon schlechtere Tage gesehen hatte. Aus einem Tierheim gerettet und mit weißem Fell, von seinen Vermittlern mit Zuckerwatte verglichen, hatten wir ihn vor einigen Jahren am Flughafen entgegengenommen. Inzwischen war sein Fell eher schmuddelig, denn Bürste und Wasser erzeugten bei ihm Unbehagen und davor hatten wir Respekt. Unsere Koexistenz war geprägt von gegenseitiger Toleranz und so sind wir gemeinsam älter und gemütlicher geworden.

Durch das Küchenfenster sah ich den Herbstnebel aufsteigen und hing bei einer Tasse Kaffee meinen Gedanken nach. In diesem Moment war mir bewusst, dass ich zukünftig mehr Zeit und Muße haben würde für viele Dinge, die jahrelang liegengeblieben waren.

Aufgrund der aus China eingeschleppten Corona-Viren, die von unvorbereiteten Politikern anfangs unterschätzt wurden, bevor sie sich schnell auf der ganzen Welt verbreiteten und für viele Todesfälle sorgten, waren Maßnahmen eingeleitet worden. Es herrschte inzwischen Maskenpflicht und die Angst vor Ansteckung wurde täglich größer. Schließlich gab es Kontaktsperren und Orte, an denen viele Menschen zusammenkamen, wurden geschlossen und Veranstaltungen abgesagt. Arbeit sollte möglichst im Homeoffice stattfinden, auch Schulen waren vorübergehend geschlossen. Es herrschte ein Ausnahmezustand auf der ganzen Welt.

Ich zündete eine Kerze an und es kehrten Erinnerungen zurück, auch Bilder von der Besichtigung unseres Hauses, Baujahr 1889. Zehn Jahre waren inzwischen vergangen, seit mein Mann Adrian und ich durch diese Küche gegangen waren, in der damals noch eine große, orangefarbene Heizungsanlage stand. Dieses Unikum rauschte bis vor kurzem beständig vor sich hin, allerdings musste sie hinter einer weißen Wand verschwinden, darüber waren wir uns einig und Adrian hatte für alles eine Lösung.

Mir fiel nun unser Anzeigenblättchen ins Auge. Auf der Titelseite wurde mit Foto von einem Mann berichtet, der seinen Garten in Vorbereitung auf Halloween in ein Gruselkabinett verwandelt hatte. Beleuchtete Geister und Skelette standen vor seinem Fenster. Ich bin kein Fan von Geistern, trotzdem dachte ich: »Wunderbar, da folgt offenbar jemand seiner Leidenschaft jenseits jeden Weltschmerzes, denn eine politische Botschaft dürfte sich dahinter nicht verbergen. Früher gab es doch auch noch die harmlosen Gartenzwerge.«

In der nahegelegenen Stadt mit ihren 30.000 Einwohnern gab es nicht nur Gruseliges zu sehen, sondern auch historische Häuser mit schönen Fassaden. Leider konnten manche nicht von einer Sanierung profitieren. Ihr Verfall wurde im Laufe der Jahrzehnte immer offensichtlicher, nachdem der zweite Weltkrieg sie verschont hatte, denn hier hatten Bomben weniger Schäden angerichtet als in anderen Städten. In der Fußgängerzone lagen neue Pflastersteine mit dem Abbild eines Fisches, der in dem Fluss nebenan beheimatet war. Trotz einiger schöner Läden verspürte ich selten Lust, hier einzukaufen. Es gab zu wenige Bäume in der Fußgängerzone und der norddeutsche Wind pustete einem kräftig ins Gesicht. Durch verschiedene Aktionen versuchten Kaufleute, die Innenstadt zu beleben und Geschäfte warben in Anzeigen für ihre Artikel.

Ich blätterte weiter in der Zeitung und es fielen mir die Kleinanzeigen ins Auge. Ich mag Kleinanzeigen, sie sind so vielfältig und manchmal skurril. In einer Anzeige stand, dass eine Frau eine »Freundin« suchte, die ihr ein Alibi geben sollte für einige Stunden einer Nacht vor fünf Jahren. »Merkwürdig«, dachte ich, »braucht sie ein Alibi im Zusammenhang mit einer Straftat oder wollte sie dieses ihrem Ehemann präsentieren, weil aus einem Seitensprung ein Kind hervorgegangen war, an dessen Vaterschaft es inzwischen Zweifel gab?«

Dies war der Moment, als ich den Kopf freibekommen wollte und ich griff nach der Hundeleine. Frische Luft und Freiheit! Es ging mir so viel besser, seit ich meinen letzten Job gekündigt hatte und keine Schriftsätze mehr im Akkord schrieb, wobei die Konzentration nie nachlassen durfte. Im Übrigen konnte ich auf das inzwischen übliche Mobbing gut verzichten.

In den vergangenen Jahren fühlte ich mich oft getrieben, berufstätig und durch das Totalversagen meines Exmannes überwiegend alleinerziehend mit zwei schulpflichtigen Töchtern. Dazu kam der Trennungsstress, begleitet von materiellen Ängsten und pubertären Stimmungsschwankungen meiner Tochter Nadja, die schlau genug war, bei mir ein schlechtes Gewissen zu erzeugen, um ihre Wünsche durchzusetzen und davon hatte sie damals viele. Schließlich war ich es, die die Trennung von ihrem Vater eingeleitet hatte. Also war ich für meine Töchter, die bei mir lebten, von diesem Zeitpunkt an allein verantwortlich und glaubte, ihnen gegenüber etwas kompensieren zu müssen. Ich war deshalb nicht immer konsequent. Bei meiner jüngeren Tochter Denise schien alles unkompliziert und manchmal befürchtete ich, sie könne durch die Trennung zu schnell erwachsen geworden sein. Es sollte sich aber doch nicht wiederholen, was ich als Kind erlebt hatte.

Schon sehr früh ergab es sich, dass ich mich für Vieles verantwortlich fühlte, vor allem für das Wohlbefinden meiner Mutter. Ihre Unberechenbarkeit begleitete und beeinflusste mein Leben. Sie hatte es geschafft, dass meine Gedanken viel zu oft bei ihr und ihrer Befindlichkeit waren. Unbeschwertheit war mir fremd. Dabei nahm ich mich selbst kaum wahr. Meine Mutter war selten fröhlich und nicht in der Lage, die Dinge leicht zu nehmen. Trotzdem gelang es ihr, bei Menschen einen positiven Eindruck zu erwecken. Ich wusste aber, wie es hinter ihrer Fassade aussah.

Bis vor einiger Zeit klingelte noch mehrmals wöchentlich regelmäßig nach meinem Feierabend unser Telefon. Am Apparat war meine Mutter, die sich nach meinem Arbeitstag erkundigte und von kleinen Begebenheiten ihres Tages berichtete. Häufig wies sie auf bevorstehende Geburtstage oder Feiertage hin, natürlich mit der Erwartung für eine Einladung. Auch fragte sie oft: »Wann kommt ihr denn mal wieder?« Manchmal stellte sie diese Frage nur einen Tag nach unserem letzten Besuch. Manchmal begann das Telefonat mit ihren Worten: »Ich habe heute noch mit niemandem ein Wort gewechselt«. Dann habe ich mir Zeit für sie genommen und wir haben uns unterhalten. Im Laufe der Jahre wurden diese Gespräche allerdings einsilbiger und inzwischen begann meine Mutter oft mit den Worten: »Ich wollte mal mit jemandem aus der Familie sprechen.« *Jemand aus der Familie.* »Ja, das bin ich. Ich bin sogar ihre Tochter! Weiß sie das überhaupt noch und war sie sich dessen immer bewusst?«, fragte ich mich.

Als Kind habe ich meiner Mutter so gern zugehört, wenn sie Geschichten aus ihrem Leben erzählte. Ich fand die Ereignisse der Vergangenheit immer besonders spannend. Über meine eigenen

Erlebnisse und Erfahrungen mit meiner Mutter schreibe ich nun, bevor sie in Vergessenheit geraten und das geht heutzutage schnell.

Mit dem Schreiben begann ich an einem kleinen Schreibtisch unter der Dachschräge unseres Hauses, wo es immer dann besonders gemütlich war, wenn die Regentropfen auf die Fensterscheibe über mir prasselten. In der dunklen Jahreszeit begann nun eine Reise in die Vergangenheit. Besser konnte man diese Zeit nicht nutzen.

ZETTELWIRTSCHAFT

Mit meiner seit vielen Jahren alleinlebenden Mutter stand ich in regelmäßigem Austausch, allerdings gab es auch immer wieder Situationen, in denen wir uns stritten. Für ein paar Wochen entstand dann eine Sendepause, bis einer von uns den anderen etwas zaghaft wieder anrief und mit Belanglosigkeiten das Gespräch in Gang brachte. Oft spürte ich dabei ein kleines Lächeln auf den Lippen meiner Mutter und wir waren erleichtert, dass die Wochen der Verbitterung beendet waren, bis zum nächsten Streit. Die Gründe für unsere Auseinandersetzungen wurden danach immer totgeschwiegen. Meine Erfahrung zeigte mir, dass ich mir nicht noch einmal die Finger verbrennen sollte, wenn ich versuchte, der Sache auf den Grund zu gehen. Aussprachen mit meiner Mutter führten zu nichts, im Gegenteil: Wenn ich die Gründe unseres Streits, die häufig verletzte Gefühle auf beiden Seiten waren, ansprechen wollte, biss ich bei ihr auf Granit. Sie zog sich in ihr Schneckenhaus zurück und reagierte mit: »Na, dann habe ich ja mal wieder alles falsch gemacht!« Das war's. Damit erzeugte sie bei mir ein schlechtes Gewissen und verhinderte, dass die Sache aus der Welt geschafft werden konnte. Meine Mutter machte sofort dicht, wir haben nie über Gefühle sprechen können, uns bestenfalls wortlos verziehen.

Unser Verhältnis war von Anfang an schwierig. Vor kurzem gab sie mir ein kleines Büchlein, allerdings nicht ohne darin zuvor einige Sätze geschwärzt zu haben, was ich befremdlich fand. Es handelte sich um ein Tagebuch aus der Zeit nach meiner Geburt.

Ihre Streichungen weckten natürlich meine Neugierde. Mit etwas Mühe konnte ich das ein oder andere Wort doch noch entziffern. Offenbar hatte sie Jahrzehnte später ein schlechtes Gewissen bekommen, denn aus ihren Notizen ergab sich, dass sie mich als einjähriges Kind auch körperlich bestraft hatte, weil ich das Töpfchen noch nicht einwandfrei benutzte. Schließlich formulierte sie darin auch, dass ich ein durchtriebenes Kind sei und ihr das Leben manchmal absichtlich hatte schwermachen wollen. Daneben gab es aber auch liebe Worte und sie schien stolz, wenn ich etwas gelernt hatte oder mich angepasst verhielt und somit »brav« war.

Anfang der sechziger Jahre existierten Ratgeber für Mütter, die von schwarzer Pädagogik geprägt waren und meine Mutter hatte bis dahin keine Erfahrung mit Kindern. Sie wollte ursprünglich auch keine haben.

Einweg-Windeln gab es noch nicht, vielmehr wurden Stoffwindeln in Waschkesseln ausgekocht. Sie besaß keine Waschmaschine, nur meine Oma kam hin und wieder am Waschtag vorbei, um ihr bei der Wäsche zu helfen.

Viele Jahrzehnte sind inzwischen vergangen und meine Mutter meldete sich oft bei mir am Telefon in einem unangemessen strengen Ton mit ihrem Nachnamen. Das war keine schöne Einleitung für ein Gespräch zwischen Mutter und Tochter, es klang vielmehr so, als hätte mich eine Gerichtsvollzieherin oder Mitarbeiterin einer Justizvollzugsanstalt angerufen. Obwohl ich es als unangenehm empfand, konnte ich ihr das nie sagen, es hätte doch nur wieder dazu geführt, dass sie eingeschnappt gewesen wäre. Und ich hätte deshalb ein schlechtes Gewissen. In den Jahren zuvor leitete sie ihre Anrufe manchmal noch etwas weniger förmlich ein: »Hier ist deine Mutter«, aber niemals sagte sie: »Hier ist Mutti«, so wie mein Bruder Martin und ich sie während der Kinderzeit noch angesprochen hatten, auch weil es in Berlin so üblich war.

Wenn meine Mutter eine Frage nach einem bevorstehenden Ereignis hatte, rief sie mehrfach hintereinander an und wiederholte immer wieder dieselbe Frage, die sie in jenem Moment nicht loszulassen schien. Wir befanden uns dann in einer Endlosschleife und ich wunderte mich über meine Geduld. Wegen ihres hohen Alters war ich aber nachsichtig und half ihr gern. Trotz ihrer auffälligen Vergesslichkeit, die ihr als junge Frau auch schon mal Streiche spielte, legte sie großen Wert darauf, ihr Leben allein zu gestalten, wie sie es seit der Scheidung von unserem Vater gewohnt war. Andererseits beklagte sie sich regelmäßig über das Alleinsein. Manches Hilfsangebot wollte sie trotzdem nicht annehmen. Sie machte es mir nicht leicht.

Ihre häufige Unbeherrschtheit und an mich gerichteten bösen Worte waren einerseits Schnee von gestern und dann doch wieder so präsent. Vieles hatte sich bei mir eingebrannt und ich konnte es deshalb immer wieder abrufen. Falls es sich einmal ergab, dass ich sie auf eine unangenehme Situation aus der Vergangenheit ansprach, erwiderte sie nur kühl: »Na, du hast aber ein gutes Gedächtnis.« Damit war das Thema für sie beendet.

Seit sie nun gebrechlicher geworden war, entwickelte sie eine eigenartige Milde und war nicht mehr so fordernd, wie in all den Jahren zuvor. Sie fragte höflich, wenn sie Unterstützung brauchte und manchmal beendete sie unsere Telefonate sogar mit den Worten: «Ich wünsche dir noch einen schönen Abend.« Sie wusste also, wie es ging, auch wenn sie früher mir gegenüber selten davon Gebrauch machte. Manchmal regte sich allerdings bei mir der Verdacht, sie habe diese Höflichkeitsfloskel von ihrer asiatischen Nachbarin imitiert, mit der sie täglich zusammen Kaffee trank.

Meine Mutter wohnte seit Jahrzehnten im Erdgeschoss ihres Hauses und hatte die Einliegerwohnung, in der früher meine

Großeltern lebten, regelmäßig an Singlefrauen mit Kind oder Haustier vermietet, was ihr ein Zubrot zu ihrer kleinen Rente verschaffte. Mit den Nebenkosten machte sie es sich leicht, indem sie diese pauschal in Rechnung stellte, obwohl ich ihr davon abgeraten hatte und mich um die Abrechnungen hätte kümmern können.

Das geräumige Wohnzimmer mit Essecke und drei großen Fenstern, durch die man in den schönen Garten schauen konnte, hatte sie gemütlich und farbenfroh eingerichtet. Es standen Vasen mit Blumen auf den Tischen, häufig aus dem eigenen Garten. Überall erinnerten Gegenstände an zahlreiche Urlaubsreisen, unsere Kinderzeit sowie die berufsbedingten Auslandsaufenthalte meines Vaters. Es gab eine Karaffe in Form eines bunten Hahnes aus Sizilien, eine schlafende blaue Katze aus Griechenland, von mir bemalte Steine sowie gerahmte Stoffbilder aus Panama. In den Regalen standen unzählige Romane, Biografien und Reiseberichte, Bildbände sowie auch eine Lexika-Reihe mit Ledereinband und goldener Beschriftung. Als mein Bruder Martin und ich noch Kinder waren, hatten wir unsere Mutter oft gefragt: »Mutti, hast du all die vielen Bücher tatsächlich gelesen?« Wir konnten es kaum glauben. An den Wänden hingen auch einige große Bilder und Zeichnungen, die Martin und ich angefertigt hatten. Daneben gab es einen Setzkasten aus Holz, der in den 1980er Jahren in fast jeder Wohnung zu finden war, ebenfalls gefüllt mit kleinen Erinnerungsstücken, die schon Jahrzehnte dort verbracht hatten. In einer grünen Vitrine befand sich hinter Glas der Familienschatz: Das bunt bemalte Meissner Porzellan mit den blauen Schwertern auf der Unterseite. Es stammte aus der Familie meines Vaters und meine Mutter betonte immer wieder, wie wertvoll es sei. Deshalb benutzte sie es auch nur selten.

Für ihre inzwischen fast 90 Jahre war meine Mutter körperlich noch ziemlich fit. Sie hatte sich von Kindheit an viel bewegt und ist so lange zur Gymnastik gegangen, bis ihre Kräfte mit 87 Jahren schließlich nachließen. Kniegelenke und Hüfte sowie Linsen in den blauen Augen wurden zwischenzeitlich ausgetauscht, Handgelenk und Wirbelsäule wurden operativ verschraubt bzw. verklebt. Tapfer hatte sie alle Operationen hinter sich gebracht. Ihr Gehör ließ sie allerdings schon länger im Stich und inzwischen war das Hörgerät, das sie kaum trug, nicht mehr auffindbar. Optisch wirkte sie mindestens zehn Jahre jünger als sie tatsächlich war, braungebrannt mit inzwischen weißem Haar mit großen Wellen, die durch Lockenwickler hergestellt wurden, so lange ich denken kann. Sie war klein und zierlich und schminkte sich immer noch etwas und trug gern auf ihre Kleidung farblich abgestimmten Schmuck. Sogar im Winter hatte sie einen dunklen Teint. Sie liebte ihre Sonnenbäder und zahllose Urlaubseisen in den Süden Europas haben vielleicht auch dazu beigetragen, dass sie lange frisch und attraktiv aussah.

Inzwischen lag ihre letzte Urlaubsreise lange zurück und der Alltag bereitete ihr seit einigen Jahren immer mehr Probleme. Sie beklagte sich oft über ihr schlechtes Gedächtnis, von dem sie sagte, es sei wie ein Sieb und vergaß nun all das wieder, was sie sich nicht aufschrieb. Meine Fragen nach ihrem Tagesablauf konnte sie nur noch mit Hilfe ihrer Kalendereintragungen beantworten. Nach dem Inhalt ihrer Telefonate mit anderen Verwandten brauchte ich sie inzwischen gar nicht mehr zu fragen. Die Kündigung der Mitgliedschaft im Sportverein hatte sie mehrfach geschrieben und immer wieder vergessen, dass sie bereits gekündigt hatte. Nur länger zurückliegende Ereignisse sowie früher Erlerntes konnte sie noch gut abrufen. Als sie noch jünger war, hatte sie einmal geäußert, dass sie einen geistigen Verfall im Alter mehr fürchte als den körperlichen und nun schien das Schicksal offenbar genau diese Herausforderung für sie, aber auch für uns, vorgesehen zu haben.

Einmal hatte sie ihr Auto bei der Polizei als gestohlen gemeldet, weil sie sich nicht mehr erinnerte, wo sie es geparkt hatte. Bereits zu dieser Zeit schwor sie auf das Anfertigen von Notizen und sie empfahl mir bei verschiedenen Gelegenheiten, dies auch zu tun. Bei ihr entwickelte sich im Laufe der letzten Jahre das Anfertigen der handschriftlichen Notizen mit stark steigender Tendenz. Irgendwann ging sie dazu über, auch Fragen auf kleinen Zetteln zu notieren. »Was ist mit Heizkessel?«, »Habe ich Maria geantwortet?«, »Kommt meine Putzhilfe vielleicht Samstag?«. Die Unterstützung des Geistes mit Hilfe von Notizen war keine schlechte Idee, wenn sich diese Zettel nicht unendlich vermehrt und inzwischen mit teilweise gleichlautendem Text auf diverse Zimmer im Haus verteilt hätten. Abgesehen davon waren häufig Dinge bereits erledigt, was sie nicht davon abhielt, den entsprechenden Zettel weiterhin aufzubewahren. Diese Zettel waren scheinbar ihr Gerüst im Alltag. Allerdings ließ sie sich nur schlecht von etwas überzeugen, war bei Hilfsangeboten verunsichert und vor allem misstrauisch. Das machte es nicht leicht, ihr behilflich zu sein.

Beinahe tragisch erschien es mir, wenn sich herausstellte, dass die in ihrer Notiz erwähnte Person inzwischen gar nicht mehr am Leben war, was sich vermuten ließ, wenn sie nicht mehr erreichbar war. Die Kommunikation zwischen den Ü- 90ern war äußerst schwierig geworden.

Auch sammelte sie inzwischen akribisch Briefe mit Spendenaufrufen und vorgedruckten Überweisungsträgern, die sich besonders in der Vorweihnachtszeit rasant vermehrten. Sie hatte viele Jahre bei diversen Organisationen von ihrer kleinen Rente diverse Spendenbeiträge geleistet. Ich fand später eine Auflistung sämtlicher Spenden und wenn man die Beträge addierte, konnte man glauben, dass sie diese in den letzten Jahren bei den weihnachtlichen Geldgeschenken für ihre Enkel in Abzug gebracht hatte. Meine Tochter Denise hatte in einem Jahr zu Weihnachten nur einige Cent-Münzen in einem kleinen Bastkörbchen von ihr erhalten, die meine Mutter gesammelt hatte, weil sie ansonsten ihr Portemonnaie zu sehr beschwert hätten. Denise war gerade dabei, ihren Führerschein zu machen und hätte sich natürlich über einen Zuschuss gefreut.

Zwischen den diversen Spendenaufrufen befanden sich auch Briefe von eventuell noch existierenden Personen, teilweise jedoch mit lang zurückliegendem Datum. So kam es vor, dass man bei ihr zu Ostern noch Weihnachtspost fand und umgekehrt.

Bei meinen Besuchen verschaffte ich mir jedes Mal zunächst einen Überblick über die Post, die sich in der Zwischenzeit angesammelt hatte und trennte Wichtiges von Unwichtigem, damit es nicht noch unübersichtlicher wurde. Wenn meine Mutter nicht gerade damit beschäftigt war, eine Telefonnummer zu suchen oder ausgiebig die Fernsehzeitung zu studieren, stellte sie sich hinter mich und fragte argwöhnisch: »Was machst du denn da? Das brauche ich alles noch!« Sie müllte sich langsam ein und hatte schon lange keinen Überblick mehr.

Einmal lief eine Situation aus dem Ruder. Während ich eine Mitteilung der Versicherung in einem ihrer Ordner mit einem Vorkriegsmodell eines Lochers abheftete, stand sie plötzlich vor mir und fragte voller Misstrauen: »Was machst du denn hier mit meinen Sachen?« Aufgrund ihrer Schwerhörigkeit musste ich meine Antwort mehrfach laut wiederholen. Dies brachte sie so in Rage, dass sie mich mit einem furchterregenden Gesichtsausdruck, einer Grimasse, die ich noch aus meiner Kinderzeit kannte, nun jedoch zusätzlich vor mir stehend mit erhobenem Krückstock bedrohte. »Du musst mich nicht anschreien!« Ich hätte in einer Situation wie dieser über den Dingen stehen sollen, aber ich wurde an ihre Unbeherrschtheit von früher erinnert. Schon damals war sie voller Wut und für mich unberechenbar.

Nur so ist es zu erklären, dass ich umgekehrt damit drohte, ihr den Ordner über den Kopf zu schlagen, falls sie den Stock nicht herunternehmen würde.

Bei einer anderen Gelegenheit bezeichnete sie das minderwertige Werbegeschenk, das bei einer Bestellung zusätzlich der Ware beigelegt wurde, als persönliches Geschenk für ihre Kundentreue, obwohl sie selten bei dieser Firma überhaupt etwas bestellt hatte. Der Brief wurde von ihr in die Kategorie »wichtig« eingeordnet und durfte somit auf keinen Fall entsorgt werden. Früher war sie immer kritisch und informierte sich regelmäßig mit Hilfe der Medien über »Nepper, Schlepper und Bauernfänger«.

Seit einiger Zeit sammelte sie nun abgebrannte Streichhölzer, Plastikgefäße und Deckel aller Art und fing Regenwasser in unzähligen, teilweise kaputten Eimern auf, die sie durch den Garten trug. Damit spülte sie die Toilette, das sparte Frischwasser. Das Wasser in den Eimern begann besonders im Sommer nach kurzer Zeit übel zu riechen. Es bildete sich ein grau-grüner Rand aus Algen.

Ihre extreme Sparsamkeit erstreckte sich auch auf zusammengewürfeltes, angeschlagenes oder mit Klebstoff repariertes Geschirr, das sie täglich benutzte. Das gute Geschirr wurde nur hervorgeholt, wenn Besuch kam.

Restaurantbesuche mit uns, die sie früher so mochte, fanden inzwischen nicht mehr statt, weil sie dazu keine Lust mehr hatte, sondern lieber Suppen aus kleinen Konservendosen aß. Immerhin gab es bei ihr auch Obst und Salat.

Der einzige Luxus, den sie sich gönnte, schienen noch die wohlige Wärme im Haus zu sein sowie das Kaffeetrinken mit ihrer Nachbarin, bei dem es immer Gebäck oder Kuchen gab.

Regelmäßig bat meine Mutter mich, ihr die Haare zu waschen und mit Lockenwicklern einzuwickeln, die sie seit Jahrzehnten in derselben Plastiktüte im Bad aufbewahrte. In ihrem Bad gab es auch noch Lockenwickler aus der Zeit Mitte des letzten Jahrhunderts. Sie hatte den Hausstand meiner Großeltern nie ganz aufgelöst, sondern verstaute viele Dinge hier und da, weil sie ausreichend Wohnfläche besaß.

Anfangs kontrollierte sie immer noch über einen Spiegel auf dem Tisch, ob ich mit den Wicklern alles richtig machte. Danach stülpte ich ihr die schwebende Trockenhaube über den Kopf und gab ihr eine Zeitung in die Hand, wie beim Friseur üblich. Währenddessen konnte ich wieder Ordnung in die Papiere bringen ohne ihre störenden Fragen. Die vergleichsweise moderne Schwebe-Trockenhaube konnte sie seit fast zwanzig Jahren ihr Eigen nennen und doch kam sie meiner Mutter zwischendurch so fremd vor, dass sie den Verdacht äußerte, diese noch nie benutzt zu haben.

Die Besuche bei meiner Mutter empfand ich im Laufe der Zeit als zunehmend belastender. Auf dem Heimweg musste ich nun immer öfter ein paar Tränen herauslassen, während ich auf der Autobahn unterwegs war. Hier sah es ja niemand. Das Leben meiner Mutter in dem längst für sie zu groß gewordenem Haus, an das sie sich so klammerte, kam mir inzwischen vor wie das Sinken eines Schiffes.

Sie hatte unseren Vorschlag, in eine kleinere Wohnung oder sogar zu uns zu ziehen, abgelehnt. Ihre unangemessene Reaktion: »Ich ziehe nicht zu euch, das kommt nicht in Frage. Ihr würdet euch bedanken«, empfand ich als überheblich. Unser Angebot war doch nicht selbstverständlich. Viele Kinder haben weder die Möglichkeit noch Ambitionen, ihre gealterten Eltern zu umsorgen. Meine Mutter beklagte sich doch bei mir regelmäßig über Einsamkeit und ihr nachlassendes Gedächtnis konnte sie nicht mehr überspielen. Nachdem sie ihre Eltern im Alter gepflegt hatte, dachte ich, sie hätte es verdient, dass auch ihr das Altersheim erspart bliebe. Das Thema Hilfsbedürftigkeit im Alter hat sie mit mir aber nie angesprochen. Nur Martin, der unverheiratet und kinderlos ist, wurde von ihr ab und zu gefragt, ob er nicht zu ihr ziehen wolle.

Völlig überraschend war sie irgendwann doch mit einem Umzug zu uns einverstanden.

Bei meinem nächsten Besuch, nachdem ich schon einiges für sie vorbereitet hatte, wollte ich ihre Möbel ausmessen, um festzustellen, welche sie hätte mitbringen können. Als sie bemerkte, dass ich nach unserem gemeinsamen Kaffeetrinken mit dem Zollstock in der Hand zum Sofa ging, fuhr sie mich barsch an: »Was machst du denn jetzt da?« Ich erklärte ihr den Grund, worauf sie erwiderte: «Nein, ich ziehe nicht um. Das kannst du dir sparen.« Mir fiel die Kinnlade herunter. Ich musste mich kurz sammeln, denn ich war enttäuscht, schließlich hatte ich mich schon auf sie gefreut, wenn ich mir auch der Verantwortung bewusst war. Ich hatte nur noch das Bedürfnis, nach Hause zu fahren und verabschiedete mich von meiner Mutter. Plötzlich stand sie neben der Fahrertür meines Autos und fragte mich völlig überraschend: »Darf ich dich trotzdem anrufen?« Ich war verwundert, dass sie meine Enttäuschung bemerkt hatte. »Diese Antennen hatte sie doch früher nicht«, dachte ich und antwortete: »Ja, natürlich.«

Natürlich war ich dankbar, dass meine inzwischen betagten Eltern noch lebten, während die Eltern vieler Freunde und Kollegen längst verstorben waren, auch meine Schwiegereltern. Allerdings schien es, als wäre ein Teil meiner Mutter auch bereits gegangen. Ich überlegte oft, wann dies begonnen hatte und spekulierte, ob eine ihrer Operationen mit Vollnarkose dafür verantwortlich sein konnte.

Einen ersten Eindruck dessen, was im Falle einer Pflegebedürftigkeit meiner Mutter auf mich zukommen würde, bekam ich im Anschluss an ihre letzte Knieoperation, als ich sie eine Woche bei uns zu Hause versorgte und aufpäppelte, bevor sie ihre Reha antreten konnte. Meine Tante Edith, die sich bei mir telefonisch nach dem Befinden meiner Mutter erkundigt hatte, appellierte an mich: »Du musst sie zu euch holen, sie kann doch unmöglich in diesem Zustand eine Woche allein zu Hause bleiben.« Ich hatte mich zunächst gewundert, dass meine Patentante mich überhaupt einmal anrief. Das tat sie sonst nie.

Nach dieser Woche Rundumversorgung, in der ich meiner Mutter mein Bett überlassen und ihr auch die Thrombosespritzen gegeben sowie bei meiner Arztpraxis die Fäden hatte ziehen lassen, war ich ziemlich erschöpft. Als ich sie kurz vor Antritt ihrer Reha wieder nach Hause brachte, damit sie ihren Koffer packen konnte, sagte sie beifällig zu mir: »Ich lasse mich nicht gern bevormunden.«

Ihre Bemerkung traf mich besonders nach dieser Woche, in der ich mir viel Mühe mit ihr gegeben hatte. Wieder einmal war ich enttäuscht. Als Anerkennung diente ausschließlich ihre Feststellung beim Abschied: »Wie gut, dass ich Kinder habe. Wenn ich zurück bin, lade ich euch mal zum Essen ein.« Diese Einladung ist dann in Vergessenheit geraten. Ihre Feststellung »Wie gut, dass ich Kinder habe«, hörte ich später noch oft von ihr, so als würde sie eine späte Erkenntnis gewonnen haben. Vielleicht musste man ihn im Zusammenhang mit der Aussage ihrer kinderlosen Nachbarin sehen, die ihr gegenüber stets betonte: »Sie haben großes Glück, weil sie Kinder haben. Ich habe leider keine.«

Dass sich bei meiner Mutter eine Demenz entwickelte, habe ich erst spät bemerkt, denn ich habe ihre Wesensveränderung zunächst nicht einordnen können. Sie war für mich ja oft unberechenbar.

Tatsächlich realisierte ich erst beim Lesen eines Buches über die Demenzerkrankung des Vaters einer Fernsehmoderatorin, dass es Parallelen zu dem veränderten Verhalten meiner Mutter gab. Sie hatte mir dieses Buch zum Lesen gegeben, nachdem sie es von einer Freundin erhalten und vermutlich selbst gar nicht mehr gelesen hatte. Ich begann, das Verhalten meiner Mutter zu analysieren und mir fiel auf, dass sie irgendwann auch aufgehört hatte, sich Filme anzusehen und nun fast ausschließlich anspruchslose Musiksendungen im Fernsehen sah, die keine Konzentration erforderten und die sie früher niemals angeschaut hätte.

Manchmal versuchte ich mir vorzustellen, wie anstrengend der Alltag für sie gewesen sein muss, während ihre Gedanken nicht mehr beisammenbleiben wollten. Sie musste Gegenstände in der Hand gehalten haben, ohne deren Bedeutung noch zu kennen, sonst hätte sie nicht so vieles beschriftet oder sogar mit Fragezeichen versehen. Warum nur hat sie auf viele Hilfsangebote immer sofort ablehnend reagiert? Sie lehnte es ab, dass ich ihre Geburtstagsfeiern in den letzten Jahren für sie ausrichtete. Sie verzog dann das Gesicht und sagte nur: »An meinem Geburtstag werde ich dieses Jahr wieder flüchten, und zwar zu euch.« Sie wollte wohl verhindern, dass Gratulanten auftauchten, vielleicht weil sie sich ihrer Defizite bewusst war. Aber darüber sprach sie nicht.

Inzwischen gab es auch nur noch wenige Menschen, die meine Mutter besuchten. Wenn die freundliche, zurückhaltende Dame von der Kirche zum Gratulieren kam, hat es ihr vielleicht doch gutgetan. Zusammen mit ihrer indonesischen Nachbarin stimmte sie immer wieder den Kanon an: »Alt und allein sein ist eine Strafe.« Aber beide Frauen waren nicht bereit, daran etwas zu ändern.

Mein Mann Adrian und ich besuchten meine Mutter regelmäßig und wir luden sie manchmal zu Ausflügen ein. Einmal waren wir mit ihr in Friedrichstadt. Den Tag hat sie sehr genossen. Als wir am Nachmittag am Parkplatz über Kopfsteinpflaster gehen mussten, hakte ich sie ein, weil sie nicht mehr gut zu Fuß war, aber sie befreite sich sofort aus meinem Arm. Körperliche Nähe konnte sie offenbar nicht ertragen.

Mein Bruder Martin und ich hatten für die Zukunft unserer Mutter jahrelang keinen Plan, weil das Thema »Pflegebedürftigkeit« von ihr erfolgreich verdrängt wurde. Trotzdem belastete uns die Situation und wir sprachen oft darüber. Ich war in der Sache so ambivalent wie ich es schon immer in Bezug auf meine Mutter war. Ihr schroffes, unberechenbares und störrisches Verhalten lösten bei mir negative Gefühle aus, aber trotzdem wollte ich die Verantwortung für sie nicht abgeben. Scheinbar hatte sie mich in den letzten Jahrzehnten so konditioniert.

Ihren Thron wollte meine Mutter nie und ihr Haus nur »mit den Füßen voran« verlassen. Sie fühlte sich wie eine Regentin und als Hauseigentümerin und Vermieterin in gewisser Weise mächtig, obwohl sie den Aufgaben seit Jahren allein gar nicht mehr gewachsen war, denn von handwerklichen Dingen verstand sie nichts und von kaufmännischen Zusammenhängen nur wenig. Wenn sie überfordert war, behauptete sie neuerdings, dass sie ihr Haus eigentlich gar nicht haben wollte und es ihr von meinem Vater und seiner Mutter damals aufgeschwatzt worden sei. Jahrelang hatte sie Zeitungsartikel gesammelt, in denen Ratschläge für Hausbesitzer und Vermieter gegeben wurden und bei Fragen wandte sie sich an meine Tante Edith und Onkel Gunther. Vor Ort halfen ihr Martin, Adrian und ich. Dafür war sie uns in Notlagen sehr dankbar, wenn mal wieder ein Heizkörper auslief, ein Sturmschaden entstanden war, eine Mieterin die Miete nicht zahlte oder das Kautionssparbuch vorübergehend nicht auffindbar war. Allerdings vermissten wir manchmal ihre Wertschätzung.

Inzwischen war ich wütend auf die Ärztin meiner Mutter, die ihr wiederholt nur geraten hatte, Kreuzworträtsel zu machen, um das Gedächtnis zu trainieren. Es zeichnete sich eine Demenz ab und eine Ärztin empfiehlt Kreuzworträtsel? Das verstand ich nicht. Vermutlich hatte meine Mutter ihren Zustand aber auch nicht richtig beschrieben. Also entschloss ich mich, sie zu ihrer Ärztin zu begleiten, auch wenn sie mich nicht darum gebeten hatte und es eine große Hürde für mich darstellte, mit meiner misstrauischen, eigensinnigen, vergesslichen und schwerhörigen Mutter diesen Termin wahrzunehmen, bei dem es um ihren Geisteszustand ging.

Während des Gesprächs mit der Ärztin verstand meine Mutter wegen ihrer Schwerhörigkeit in Verbindung mit dem osteuropäischen Akzent der Ärztin fast nichts und so konnte ich meine Sorge bezüglich einer vermutlich bestehenden Demenz ansprechen. Mit intaktem Gehör hätte meine Mutter alles heruntergespielt oder geleugnet, denn ihr Zustand vertrug sich nicht mit ihrer Eitelkeit. Mit mir hätte sie danach erst einmal kein Wort mehr gesprochen.

Wir erhielten eine Überweisung zu einem Neurologen und ich wählte mir die Finger wund, um einen Termin zu bekommen. Dabei war ich nicht sicher, ob ich sie später überhaupt dazu bewegen konnte, die Untersuchung durchführen zu lassen. Fest stand, dass ich unendlich oft ihre Fragen würde beantworten müssen. Es bestand daneben die Gefahr, dass sie den Termin wieder vergessen und bei meinem Eintreffen unvorbereitet sein würde, wie es schon einmal bei einem Haustermin ihrer Ärztin der Fall war. Ihre Einschränkungen beim Laufen erschwerten das Vorhaben zusätzlich. Den Rollator, den ich ihr von meiner Tante Elfie mitgebracht

hatte, wollte sie ja partout nicht benutzen. Als es soweit war, benutzten wir ein Taxi, was zu erneuten Fragen bei meiner Mutter
führte. Als wir schließlich im Wartezimmer der Neurologin saßen,
fragte meine Mutter erwartungsgemäß im Minutentakt: »Wann
sind wir denn endlich dran? Ich glaube, die haben uns vergessen.«
Gebetsmühlenartig versicherte ich ihr, dass wir sicher gleich auf-
gerufen werden würden. Endlich war es soweit. Die Ärztin war
sympathisch und meiner Mutter freundlich zugewandt. Sie stellte
einige Fragen, aber der Termin endete leider schon mit diesem
Vorgespräch. »In einem weiteren Termin können wir erst die entsprechenden Tests machen, vorausgesetzt, ihre Mutter ist damit
einverstanden«, sagte sie. Wir vereinbarten ihn deshalb unter Vor-
behalt, denn der Termin fiel mit dem Geburtstag meiner Mutter
zusammen. Mir kamen plötzlich Zweifel an den Chancen einer
Verbesserung ihres Zustandes und ich bezweifelte auch, dass der
Aufwand einer weitergehenden Untersuchung im Verhältnis zu
ihrem Nutzen stand. Es hätte so viel Kraft gekostet, sie von einer
Untersuchung zu überzeugen, ohne den Verdacht aufkommen zu
lassen, dass in ihrem Oberstübchen etwas nicht in Ordnung sei.
Hier hatte meine Mutter feine Antennen.

Als wir die Praxis verlassen hatten, schlug ich vor, in der Eis-
diele gegenüber noch ein Eis zu essen. Meine Mutter war lange
nicht mehr in dieser beliebten Einkaufsstraße, in der sie früher so
oft unterwegs war. Sie genoss das Eis und einen Kaffee. Die Entscheidung, uns einen weiteren Untersuchungstermin zu ersparen,
hatte ich inzwischen bereits getroffen.

Ich hatte immer schon den Wunsch, meiner Mutter möglichst
alles recht zu machen, vielleicht um ihr zu beweisen, dass ich gar
nicht das böse Mädchen war, für das sie mich hielt. Ich suchte
ihre Anerkennung und nach Antworten auf die Frage, warum
sie dennoch manchmal so erschreckend kalt war und warum vielleicht alles so kam....

AUF DER RÜCKBANK
NACH BERLIN

In den letzten Jahren sind mein Mann Adrian und ich regelmäßig für einige Tage nach Berlin gefahren, um dort Urlaub zu machen. Schon bei der Suche nach einem Hotel bekam ich regelmäßig ein Gefühl von Heimweh, wenn ich die Namen der Straßen, Plätze und Haltestellen las. Wie oft hatte ich als Kind von ihnen gehört, wenn sie in den Erzählungen meiner Familie auftauchten. Sie waren deshalb als meine Heimat positiv abgespeichert, auch wenn ich viele Orte gar nicht selbst gesehen hatte. Es waren die Geschichten meiner Mutter und meiner Großeltern, die lange in Berlin lebten, nachdem sie aus Westpreußen, einem Gebiet, das heute zu Polen gehört, fortgehen mussten. Es waren Erzählungen aus einer bewegten Zeit kurz vor und während des zweiten Weltkriegs.

Wenn wir nach einer dreistündigen Fahrt in Berlin ankamen, fiel mir sofort der vertraute Tonfall der Berliner auf, der Erinnerungen an meine ersten Lebensjahre und die Besuche bei meinen Großeltern, Oma Frieda und Opa Willi, wachrief. Er klang ganz anders als die für meine norddeutsche Heimat typische, breite Aussprache oder das Plattdeutsche, das ich kaum verstand. Bei mir beschränkte sich die norddeutsche Sprache auf ein freundliches »Moin«.

Als mein Bruder Martin und ich Kinder waren, gab es nur noch wenige Verwandte, die in Berlin geblieben waren und die wir nach unserem Umzug nach Hamburg Mitte der 1960er Jahre besuchten. Das waren in erster Linie meine Großeltern mütterlicherseits, Oma Frieda und Opa Wilhelm, genannt Willi. Sie wohnten lange in Westberlin und besaßen zusammen mehr als zehn Geschwister, die inzwischen entweder in der neu gegründeten Deutschen Demokratischen Republik (DDR) oder in verschiedenen westdeutschen Städten lebten. Viele von ihnen kannte ich kaum.

Nach dem Ende des zweiten Weltkriegs war Berlin in vier Sektoren eingeteilt, nachdem die vier Siegermächte, die Alliierten, die Stadt unter sich aufgeteilt hatten. Die Sowjetunion erhielt den gesamten Ostteil der Stadt. Obwohl der Staats- und Parteichef der 1949 gegründeten DDR Walter Ulbricht behauptete, dass niemand beabsichtigte, eine Mauer zu errichten, wurde zehn Tage vor meiner Geburt damit begonnen, mitten durch Berlin eine drei Meter hohe Mauer mit Stacheldraht zu bauen, die auf 155 km Länge die Stadt umschloss. Deshalb war ihre Lage die einer Insel mitten in der DDR. Die Bewohner im Ostteil der Stadt konnten nun nicht mehr in den Westen und viele Westdeutsche waren durch die Nähe zur DDR, die von der Sowjetunion gelenkt wurde, verunsichert und sie entschieden sich, in westdeutsche Städte umzuziehen. Die bis 1989 andauernde Teilung zwischen Ost- und Westdeutschland riss auch unsere Familie für Jahrzehnte auseinander.

Das Gefühl der Bedrohung durch die Sowjetunion war in unserer Kindheit sehr präsent, auch wenn wir Kinder die Hintergründe nicht kannten. Beiträge in den Nachrichten, die wir häufig beim Abendbrot hörten, unterstrichen dieses ungute Gefühl des Kalten Krieges zwischen den Mächten in Ost und West.

Wenn wir eine Reise zu meinen Großeltern nach Berlin planten, waren wir voller Vorfreude. Ich freute mich jedes Mal auf den Anblick des Berliner Fernsehturms, der majestätisch in den

Himmel ragte und wegen der Flugzeuge abends leuchtete. Allerdings überkam uns bereits kurz vor dem Eintreffen an der Grenze zur DDR ein flaues Gefühl im Magen. Angst vor Willkür während der Grenzkontrollen begleitete meine Eltern, die sich auf Martin und mich übertrug. Einige Kilometer hinter der Hamburger Stadtgrenze befand sich einer der Grenzübergänge zur DDR *(Gudow)* mit Kontrollhäuschen, die besetzt waren mit Volkspolizisten in grünen Uniformen. Ihre Gesichter wirkten versteinert. Mit finsterer Miene forderten sie uns auf: »Pässe bitte!« Dabei musterten sie uns wortlos und verglichen unsere Gesichter streng mit den Fotos in unseren Pässen, die meine Eltern ihnen durch das geöffnete Fenster gereicht hatten. Sogar wir Kinder bekamen in diesem Moment das Gefühl, wir hätten irgendetwas Verbotenes getan und könnten deshalb bestraft werden. Die Situation war Furcht einflößend. Umso erleichterter waren wir, wenn wir die Erlaubnis zur Weiterfahrt erhielten. Dann ging es weiter über die Autobahn der DDR, die sogenannte Transitstrecke, auf der die Reifen unseres Autos immer dann ein »Dum-dum« erzeugten, wenn sie über die Verbindungsfugen der Betonplatten fuhren. Es war verboten, zwischendurch anzuhalten oder das Tempolimit von 100 km/h zu überschreiten. Am Straßenrand standen in regelmäßigen Abständen graue Autos der DDR-Marken Wartburg oder Trabant der Volkspolizei. Sie erschienen uns merkwürdig und instabil im Vergleich zu unseren Autos. Das Material ihrer Karosserien bestand aus Kunststoff, hergestellt aus Harz und Baumwolle. Die Polizisten der DDR hatten es darauf abgesehen, Temposünder herauszuwinken und Bußgelder zu kassieren, weil sie eine gute Einnahmequelle für den Kauf von Produkten aus dem Westen darstellten, die die DDR wegen fehlender Rohstoffe nicht selbst produzieren konnte.

Schließlich befanden wir uns vor Berlin und damit vor der Ausreise aus der DDR. Bei der anschließenden Einreise nach

Westberlin wurden wir wiederum streng kontrolliert und unser Auto gründlich durchsucht. Die Volkspolizisten forderten nun: »Öffnen Sie den Kofferraum und das Handschuhfach! Alle aussteigen und die Rückbank umklappen!« Sie kontrollierten, ob sich womöglich Personen im Auto versteckt hielten, die auf diese Weise aus der DDR hätten flüchten können. Republikflucht war ein schweres Verbrechen. Viele Menschen hinter der Mauer, die sich mit ihrer Lage nicht abfinden wollten, wünschten sich nichts mehr als in den Westen zu gelangen. Hunderte von ihnen wurden auf der Flucht von Grenzsoldaten erschossen.

Es war auch verboten, Zeitschriften oder als Propagandamaterial bezeichnete Texte, die die Ideologie des Staates hätten unterwandern können, in die DDR hineinzubringen.

Einmal mussten wir besonders lange an der Grenze im Auto warten. Meine Mutter war durch die Situation sehr angespannt, nachdem mein Vater aufgefordert worden war, zwei Grenzpolizisten in ein Gebäude zu folgen. Er musste an einem länger dauernden »innerdeutschen Gespräch« teilnehmen, was er im Anschluss erst erklären konnte. Mein Vater war Kameramann und hatte deshalb Kontakte zu Politikern und Prominenten in Westdeutschland sowie im Ausland. Er kam beruflich viel herum und war wegen seiner Verbindung zu einflussreichen Personen wohl besonders interessant für die Sicherheitskräfte der DDR. Vielleicht sollte er sogar als Spion angeworben werden. Ich erinnere nicht, ob er den Inhalt des Gesprächs mit uns geteilt hat oder zum Schweigen verpflichtet wurde. Am Ende waren wir natürlich wieder sehr erleichtert, als wir unsere Fahrt fortsetzen konnten. Laut der *Stiftung Berliner Mauer* verstarben mindestens 251 Reisende während oder nach Kontrollen an Berliner Grenzübergängen.

Als wir endlich in Westberlin ankamen, empfing uns aus der Ferne schon der Berliner Funkturm, der wieder im Dunkeln rot blinkte. »Guckt mal, wie schön! Da ist ja endlich der Funkturm! Sind wir jetzt nicht bald da?« fragte ich aufgeregt. Ich fand ihn so beeindruckend, war er doch ein Zeichen dafür, gleich am Ziel der Reise bei Oma Frieda und Opa Willi zu sein. Inzwischen war auch Martin wach und schaute müde aus dem hinteren Seitenfenster. Wir Kinder hatten kurz zuvor noch schläfrig auf der Rückbank gelegen, damals noch ohne Kindersitze oder Sicherheitsgurte.

Meine Großeltern erwarteten uns in ihrer gemütlichen Altbauwohnung in einer Seitenstraße des Kurfürstendamm. Sie befand sich in einer der oberen Stockwerke des Hauses. Wir klingelten und öffneten die schwere dunkelbraune Hauseingangstür mit der geschwungenen Klinke. Sie wirkte herrschaftlich. Wir stiegen die knarrenden Holzstufen des alten Treppenhauses mit dem verschnörkelten Geländer nach oben. Meine Oma Frieda öffnete die Tür und lachte erfreut, während sie eilig ihre bunte Kittelschürze auszog und zur Seite legte. »Na, da seid ihr ja endlich, aber ist ja mal wieder spät geworden! Willi wollte schon schlafen gehen.« Wir zogen unsere Schuhe aus, stellten unser Gepäck ab und Oma Frieda hängte unsere Jacken an der Garderobe auf. Am Ende des Flures befand sich das Wohnzimmer mit dem großen, dunkelbraunen Kachelofen auf der linken Seite, der eine so behagliche Wärme abgab. Opa Willi, der in seinem Sessel saß, freute sich besonders über Martin und mich und drückte uns kleine durchsichtige Schachteln in die Hände. Darin befanden sich Berliner Bären, ein weißer und ein schwarzer Teddybär mit goldener Krone, jeder von ihnen trug eine rot-weiß glänzende Schärpe mit der Aufschrift »Berlin« um den Bauch. »Die sind ja toll!« Martin und ich freuten uns, packten sie sofort aus und wollten damit spielen. Leider war es schon spät. Deshalb sollten wir nach dem Zähneputzen gleich ins Bett. Nach einem kurzen Aufenthalt im Bad ging es in das kalte, unbeheizte Schlafzimmer, wo wir in das Ehebett unserer Großeltern mit schneeweißer, gestärkter Bettwäsche krochen. »Brr, ist das eisig hier!« Irgendwann schliefen wir vom eigenen Körper gewärmt unter den Federbetten ein. Am nächsten Morgen nach dem Aufwachen lief ich sofort ins Wohnzimmer, wo ich meinen Opa Willi dabei beobachtete, wie er den Kachelofen anheizte und dabei zunächst raschelndes Zeitungspapier sowie kleine Holzstückchen anzündete und anschließend die schwarzen Kohlen in die Flammen hineinfallen ließ. Die Flammen loderten und es knisterte, dann schloss Opa Willi sie hinter der kleinen, von innen mit Ruß überzogenen Eisentür ein. Es dauerte noch einige Zeit, bis das Wohnzimmer warm und gemütlich wurde. Bis dahin saßen wir in karierte Wolldecken gehüllt am Tisch und warteten auf das Frühstück, das Oma Frieda zubereitete. Schließlich umgab uns eine besonders gemütliche Wärme und ich genoss es, in großer Runde mit der Familie gemeinsam am Tisch zu sitzen.

Nach dem Frühstück unterhielten sich meine Eltern mit den Großeltern. Martin und ich fanden ihre Gespräche bald langweilig und holten unsere Teddys hervor. »Wollen wir tauschen?« fragte Martin. Dann wechselten die Berliner Bären mehrfach ihre Besitzer und am Ende hatte ich wieder den weißen und er den schwarzen. Opa Willi öffnete geheimnisvoll den großen Schrank hinter dem Esstisch und holte für uns eine hölzerne Zigarrenschachtel heraus, in der sich nicht nur Münzen, sondern auch einige Geldscheine befanden, die in der Zeit der Inflation nach dem ersten Weltkrieg als Notgeld dienten. Als wir das Geld aus der Zigarrenschachtel genommen hatten, spielten wir damit einkaufen und schließlich holte Opa Willi noch mehrere breite Gummibänder aus der Küche. Er band sie um die Schachtel und zeigte uns, wie man damit verschiedene Töne erzeugen konnte. Im Nu hatte er für uns ein kleines Instrument gebastelt.

Die Wohnung meiner Großeltern besaß neben dem eindrucksvollen Kachelofen im Wohnzimmer große Fenster mit

Oberlichtern, einen Fußboden mit knarrenden Holzdielen sowie von der Küche abgehend eine Speisekammer, in der sich hohe Regale, gefüllt mit Lebensmittelvorräten, darunter auch Weckgläser mit eingekochten Früchten, befanden. Ich schaute mich immer gerne in der Speisekammer um. Es war dort wie in einem kleinen Tante-Emma-Laden. Die Kammer besaß ein schmales Fenster zum Hof und von dort ertönten Kinderstimmen. Als ich hinunterschaute, sah ich Kinder auf einem Schulhof spielen und dachte darüber nach, wann ich wohl in die Schule gehen würde. Dabei fiel mir in einem der Regale eine Dose mit Kondensmilch ins Auge, dessen Etikett mich faszinierte. Es zeigte ein Mädchen, das die gleiche Dose Kondensmilch in der Hand hielt, auf der wiederum ein Mädchen zu sehen war, das eine solche Dose hielt.

Am Nachmittag wollte Opa Willi Zigarren kaufen gehen und er fragte mich, ob ich ihn begleiten wolle. Wir schlenderten an den großen Häusern mit den schön verzierten Fassaden vorbei, bis wir zu einem kleinen, dunklen Laden kamen. Die Tür quietschte leise beim Öffnen. »Juten Tach, was darfs denn heute sein?« fragte der freundliche ältere Herr hinter dem hohen Tresen. »Is dit ihre Enkelin?« Opa Willi bejahte seine Frage und dann hielt er mir eine große Pappe mit bunten Zopfspangen hin. Mein Opa sagte: »Guck mal, davon kannst du dir welche aussuchen.« Was für eine Herausforderung! So viele verschiedene, alle waren schön und die Wahl sollte doch auf die Allerschönsten fallen! Ich entschied mich schließlich für welche mit türkisblauen Schmetterlingen.

Mein Opa Willi hatte schlohweißes, nach hinten gekämmtes Haar mit Geheimratsecken und dichte, weiße Augenbrauen, die mit den Gläsern seiner dunklen Brille abschlossen, hinter der seine hellblauen Augen fast übergroß wirkten. Er trug am liebsten braune Cordhosen mit Hosenträgern, die er als Manchesterhosen bezeichnete. Nur an den Sonntagen rauchte er eine Zigarre. In seinem Portemonnaie bewahrte er einige Schuppen von einem Fisch auf in der Hoffnung, sein Geld würde sich dadurch vermehren. Er war schlank und für damalige Verhältnisse schon recht gesundheitsbewusst. An einigen Sommertagen lief er später gern frühmorgens barfuß durch den Garten zum Tautreten, womit er sein Immunsystem stärken wollte. Wenn wir Kinder etwas tranken, das ihm zu kalt oder zu heiß erschien, sagte er mit ernster Miene: »Der Magen ist kein Kühlschrank und auch kein Backofen.« Er wirkte vorsichtig und oft sorgenvoll. Wenn Martin und ich als Kinder in der Adventszeit weich gewordenes Wachs von brennenden Kerzen berührten, weil man damit so schön modellieren konnte, versäumte er nicht, uns darauf hinzuweisen, dass wir das sein lassen sollten. Auch Streichhölzer seien im Übrigen kein Spielzeug. »Wie oft habe ich euch gesagt, dass ihr damit nicht »herumpesern« sollt?« Leider neigte er auch zum Jähzorn und wenn er richtig böse war, regte er sich so auf, dass sein Blutdruck anstieg und er im Gesicht ganz rot wurde. Über seine Gefühlswelt ansonsten kann ich nicht viel sagen, weil er darüber nie sprach, sie blieb im Verborgenen. Er hatte ein gutes Herz, war aber nie fröhlich oder überschwänglich oder gar ausgelassen. Er war ein pessimistischer Mensch.

Opa Willi wurde 1901 geboren und hatte fünf Geschwister. In Westpreußen als Sohn eines Tischlermeisters geboren und aufgewachsen, sollte er später die Werkstatt seines Vaters übernehmen. Nach dem Tod seiner leiblichen Mutter aufgrund einer Abtreibung lebte er mit seinem Vater, einer Stiefmutter und den Geschwistern im damaligen Kaiserreich zu einer Zeit, als Kinder in erster Linie zu gehorchen hatten. Die Familien waren damals Untertanen des Kaisers Wilhelm, dem mein Opa auch seinen Namen zu verdanken hatte. Vielleicht durfte er erst recht als Stiefkind nicht aufbegehren oder seine eigenen Wünsche formulieren. Als er Jugendlicher war, brach der erste Weltkrieg aus. Danach folgten die wilden 1920er

Jahre in den Städten und nachdem er geheiratet hatte und seine erste Tochter, meine Mutter, auf die Welt kam, begann die Weltwirtschaftskrise mit hoher Arbeitslosigkeit. Jahre später, während des Zweiten Weltkriegs, wurde der Bruder Erich meines Opas, der zu dieser Zeit in Argentinien lebte, von seinem Vater nach Deutschland zurückbeordert, um als Soldat dem Vaterland zu dienen. Nach nur wenigen Tagen Einsatz an der Front fiel er bereits, so dass mein Opa seinen Bruder früh verlor. Opa Willi wurde später, noch kurz vor dem Ende dieses Krieges, als Soldat des Volkssturms eingezogen und kam nach kurzer Zeit in russische Gefangenschaft. All das hatte ihn sicher geprägt.

Meine Oma Frieda backte für ihr Leben gern. Sie hatte dunkelbraunes Haar mit der damals üblichen Dauerwelle und trug eine bunte Kittelschürze, wenn sie mit der Hausarbeit beschäftigt war. Jeden Sonntag schob sie einen Kuchen in den Ofen oder legte Gebäckteilchen in Frittierfett, was sich später an ihren Rundungen zeigte. Ihr Umgang mit Martin und mir war freundlich und doch eher sachlich. Für eine Differenzierung der Dinge mag ihr das intellektuelle Wissen gefehlt haben, denn wenn wir Streit mit unserer Mutter hatten und sie sich mal wieder bei Oma Frieda über unser Fehlverhalten ausließ, hatte ich immer vergeblich gehofft, dass sie versucht hätte, zwischen uns zu vermitteln. Aber Oma Frieda konnte gut nähen und hat mir später sogar einmal eine Jeans nach meinen Vorstellungen aufgemotzt, indem sie die Nähte an den Hosenbeinen unten auftrennte und Stoffreste von anderen verwaschenen Jeans einnähte, damit sie mehr Schlag bekamen. Anschließend habe ich mit weißem Stickgarn noch Sterne darauf gestickt.

Oma Frieda wurde 1904 geboren und wuchs mit sechs Geschwistern auf einem Gutshof in Lossow in der Nähe von Landsberg an der Warthe, heute Gorzów Wielkopolski/Polen, auf. Ihre Eltern, meine Urgroßeltern, beschäftigten zu dieser Zeit Arbeiter aus den im Ersten Weltkrieg von der Wehrmacht eroberten Gebieten Osteuropas und der Sowjetunion. Diese lebten mit ihnen auf dem Hof und saßen bei den Mahlzeiten mit der Familie zusammen am Tisch, was offiziell nicht erlaubt war. Wenn überraschend Besuch kam, den meine Uroma nicht gut kannte, zischte sie den Arbeitern zu: »Schnell, ab an den kleinen Tisch!« Sie sollten sich dann an den »Katzentisch« am anderen Ende des Zimmers setzen, damit es keine Probleme gab. Wenn dann jemand eintrat und mit »Heil Hitler« grüßte, nickte sie nur und nahm geschäftig irgendwelche Geschirrteile in die Hände, um den Gruß nicht erwidern zu müssen.

Anerkennung erhielt Oma Frieda von ihrer Mutter, wenn sie besonders fleißig war und in der Landwirtschaft half. Als sie in das heiratsfähige Alter kam, beschlossen ihre Eltern, sie mit dem Sohn eines Tischlermeisters zu verkuppeln. Und das war so: Eine ihrer Schwestern begleitete sie an einem Nachmittag im Frühling zur Warthebrücke, wo Opa Willi mit seinem Fahrrad auf dem Fährkahn übersetzend ebenfalls am Wall eintraf. Oma Frieda, die schon damals kurzsichtig war, aber noch keine Brille trug, dachte bei seinem Anblick oder dem, was sie dafür hielt: «Hoffentlich ist es nicht der!« Trotzdem gab sie ihm eine Chance, sie lernten sich kennen und heirateten schließlich mit dem Ergebnis, dass sie ein Leben lang zusammenblieben. Aus ihrer Ehe gingen zwei Töchter hervor: Meine Mutter und ihre zwei Jahre jüngere Schwester Edith. Leidenschaft hat vermutlich in ihrem Leben keinen Platz gehabt. Damals arrangierten Frauen sich häufig mit ihren Ehemännern, denn sie waren wirtschaftlich abhängig und schließlich gingen sie doch gemeinsam durch dick und dünn, was mal mehr und mal weniger gut funktionierte. Heute verlorengegangene Traditionen trugen sicher ebenfalls dazu bei, dass Ehepartner ein Leben lang zusammenblieben.

Oma Frieda wusste damals noch nicht, dass zehn Jahre nach der Geburt ihrer ersten Tochter der Zweite Weltkrieg ausbrechen würde, der sie später dazu verpflichtete, Bomben herzustellen. Er machte aus ihr eine Trümmerfrau mitten in Berlin, nachdem er ihr viel Organisationstalent abverlangte, um sich und ihre Familie durchzubringen. Opa Willi ahnte noch nicht, dass er irgendwann zum Volkssturm eingezogen werden würde, um kurz darauf in einem russischen Gefängnis zu landen.

Nach dem Ende des Zweiten Weltkriegs besaß Opa Willi in Berlin eine Tischlerwerkstatt, während Oma Frieda dafür sorgte, dass seine Kunden ihre Rechnungen auch bezahlten. Manchmal trieb sie die Forderungen sogar persönlich ein. Um das Kaufmännische kümmerte Opa Willi sich nur ungern und die Tischlerei schien auch nicht sein Lebenstraum gewesen zu sein. Eines Tages sollten in der unmittelbaren Nachbarschaft die Reste eines vom Krieg zerbombten Fabrikgebäudes gesprengt werden. Als er davon erfahren hatte, stellte er sich an das Fenster seiner direkt gegenüberliegenden Wohnung. Nachdem der Sprengmeister eingetroffen war, sagte er zu Oma Frieda vermutlich recht emotionslos: »Na, vielleicht fliegt ja meine Werkstatt mit in die Luft«. Man sollte es nicht glauben, aber so geschah es tatsächlich! Seine Werkstatt lag innerhalb von Sekunden in Trümmern und er erhielt später eine geringe finanzielle Entschädigung von einer Versicherung.

Also gab mein Opa seine Selbstständigkeit auf und arbeitete inzwischen als angestellter Tischler im Martin-Luther-Krankenhaus in Berlin. Bei unseren Besuchen faszinierte mich sein Henkelmann, den er für die Mittagspause zur Arbeit mitnahm. Es handelte sich um einen kleinen Eimer aus Blech mit mehreren Einsätzen, in denen die verschiedenen Bestandteile der Mahlzeit getrennt voneinander untergebracht waren und natürlich einem Henkel zum Tragen.

DAS FRÄULEINWUNDER UND DER JUNGE MIT DER BASKENMÜTZE

Meine Mutter wurde 1929 in einem kleinen Dorf an der Warthe, das zu dieser Zeit zu Westpreußen und heute zu Polen gehört, inmitten der Weltwirtschaftskrise geboren. Opa Willi hatte inzwischen die von seinem Vater betriebene Möbeltischlerei mit Sarglager übernommen. Meine Mutter spielte mit ihrer jüngeren Schwester Edith manchmal in dem Lager und sie erzählte später, dass ihr besonders die Kindersärge aufgefallen waren, ohne ihre Gedanken in diesem Zusammenhang zu formulieren. Sie berichtete oft von ihrer schönen Kindheit am Ufer des Flüsschens Postum, einem Nebenarm der Warthe. Dabei beschrieb sie, wie sie und Edith mit ihren Cousinen Blumen und Gräser gepflückt hatten, um sich daraus Haarkränze zu binden oder dass sie mit Bällen und Murmeln vor dem Haus gespielt hatten. Ihre Kindheit hat sie stets als glücklich bezeichnet. Die Cousins spielten Fußball oder entschlossen sich, die Mädchen zu ärgern. Der kleine, sportliche Bruder meiner Tante Elfi war scheinbar besonders frech und wollte die Mädchen damit beeindrucken, indem er ihnen demonstrierte, wie man mit einem brennenden Streichholz hinter dem Po eine Stichflamme erzeugen konnte.

Eines Abends kam es zu einem für meine Mutter unvergessenen Zwischenfall. Meine Großeltern hatten sich mit Verwandten aus der Nachbarschaft zum Kartenspielen verabredet. Nachdem sie ihre Töchter ins Bett gebracht hatten, schlossen sie zur Sicherheit die Tür des Schlafzimmers ab. Als meine sechsjährige Mutter wach wurde und vergeblich »Mutti, Papa, wo seid ihr?« gerufen hatte, stieg Panik in ihr auf. »Edith, wach werden, Mutti und Papa sind weg!« Dann zog sie entschlossen den Nachttopf unter dem Bett hervor und schlug mit aller ihr zur Verfügung stehenden Kraft damit die Glasscheibe der Schlafzimmertür ein. Sie kletterte durch die Öffnung in der Tür, um ihre Eltern zu suchen. Als meine Großeltern, durch das Geräusch der klirrenden Scherben aufmerksam geworden, in ihre Wohnung zurückkehrten, waren sie sehr erschrocken. »Kind, was hast du denn hier bloß angerichtet? Unsere schöne Tür!« sagte meine Oma verzweifelt. Opa Willi war vor allem erleichtert, als er feststellte, dass meine Mutter nicht verletzt war. Sie berichteten ihrer Verwandtschaft von dem Vorfall. Diese hatten darüber laut gelacht und sie bezeichneten meine Mutter von nun an als »Nachttopfschwenkerin«. Die Familie war im Umgang mit ihren Kindern, wie zu dieser Zeit üblich, nicht besonders sensibel. Ihre Zukunft sollte nach den überwiegend unbeschwerten Kindertagen aber noch dramatisch werden...

Einige Zeit nachdem Adolf Hitler und die Nationalsozialisten die Macht übernommen hatten, beobachteten meine Mutter und ihre Schwester Edith aus ihrem Kinderzimmerfenster heraus, wie Panzer an ihrem Haus vorbeifuhren. Meine Großeltern ahnten bereits, dass durch diese Manöver der Beginn des Zweiten Weltkrieges vorbereitet wurde. Am 01. September 1939 schließlich begann mit dem Überfall der deutschen Wehrmacht auf Polen dieser furchtbare Krieg, der knapp 60 Millionen Menschen das Leben gekostet hatte.

Kurz vor Ausbruch des Krieges entschloss sich mein Opa Willi vermutlich im Jahr 1938, seine Tischlerei in Westpreußen zu

verpachten und mit seiner Familie in die Nähe von Berlin umzuziehen, um bei einer Fabrik der Firma Bosch in Kleinmachnow
(Dreilinden Maschinenbau) eine Arbeit anzunehmen. Er hatte
erfahren, dass dort viele Arbeitskräfte gesucht wurden. Vielleicht
wurde er wegen der begonnenen Kriegsvorbereitungen auch
verpflichtet, dort eine Arbeit anzunehmen. Es handelte sich um
eine Rüstungsproduktionsstätte, »ein Unternehmen von größter
Bedeutung für die Luftfahrt«, die sich versteckt im Wald befand und später auch Kriegsgefangene und Zwangsarbeiter beschäftigte. Ob meinem Opa dies bekannt war, weiß ich nicht,
jedenfalls hat er über diese Zeit mit uns Kindern nie gesprochen.
Wirtschaftliche Gründe und die anerzogene, preußische Vater-
landstreue ließen ihn an der Entscheidung für das Verlassen der
Heimat vielleicht nicht zweifeln.

Meine Mutter wurde nach dem Umzug in die Mittelschule
Goethestraße in Berlin eingeschult und fühlte sich in der Großstadt zunächst etwas verloren. Ihre neuen Klassenkameradinnen
waren moderne, vornehm-blasse Städterinnen, die in den Wohnungen und Hinterhöfen der Großstadt aufgewachsen waren. Sie
zogen meine Mutter auf: »Du musst dir mal den Hals waschen,
der ist ja ganz dreckig!« In Wirklichkeit war sie aber braungebrannt vom Spielen in der Sonne auf dem Lande. Es dauerte einige Zeit, bis sie endlich Freundinnen fand. Diese Freundschaften
sollten allerdings noch einiges aushalten und viele Jahrzehnte
überdauern.

Meiner Mutter fiel auf ihrem neuen Schulweg ein Mädchen
auf, dem sie täglich begegnete. Eines Tages habe das Mädchen
einen gelben Stern an ihrem Mantel getragen und später sei sie
gar nicht mehr gekommen, sagte sie und meinte, dies sei ihre
einzige bewusste Begegnung mit einem jüdischen Mädchen gewesen. Mehr hatte sie in diesem Zusammenhang nicht erzählt,
denn meine Großeltern hatten mit ihren Töchtern nicht über

die aktuellen Ereignisse gesprochen und konnten oder wollten sicher manche Frage auch nicht beantworten.

Am 10. November 1938 schaltete Opa Willi nach dem Frühstück das Radio ein und war beunruhigt aufgrund der aktuellen Meldungen. Er entschloss sich daraufhin, mit seiner Familie durch die Straßen von Berlin zu gehen, um zu schauen, was geschehen war. »Kommt alle mit, ich möchte sehen, was da los war!« Er nahm meine Mutter und ihre Schwester Edith an die Hand, die das, was sich ihnen zeigte, überhaupt nicht einordnen konnten. Opa Willi selbst war sprachlos und sowohl aufgrund seines Charakters als auch aufgrund der fehlenden politischen Bildung damit überfordert, die Eindrücke sofort einzuordnen und in irgendeiner Form kindgerecht zu kommentieren. Es hatte sich in der Nacht Schreckliches abgespielt: Jüdische Geschäfte und Synagogen waren von den Nazis in Brand gesetzt worden, überall verstreut lagen Glasscherben zerstörter Wohnungen. Läden und Büros sowie öffentliche jüdische Einrichtungen waren stark beschädigt worden. Oma Frieda war den Tränen nahe. Spätestens an diesem Tag konnte jeder in Deutschland sehen, dass Antisemitismus und Rassismus legitim geworden waren. Es war der Beginn des größten Völkermords in Europa.

Meine Mutter, die drei Wochen zuvor neun Jahre alt geworden war, traute sich nicht, ihren Vater zu fragen, warum dies alles geschehen war, denn sie spürte seine Hilflosigkeit in der Situation.

Die überwiegende Zahl der Menschen hatten diese Vorfälle aus Angst und Verunsicherung gar nicht hinterfragt, andere hatten sie gebilligt oder sogar unterstützt. Schließlich war die Bevölkerung des dritten Reichs in den Jahren zuvor bereits von den Nationalsozialisten durch Propaganda entsprechend manipuliert worden.

Jahrzehnte später waren Martin und ich immer wieder irritiert und peinlich berührt, wenn unsere Mutter abwertende

Äußerungen über das Aussehen mancher Menschen, die sie auf dem Fernsehbildschirm sah, von sich gab. Diese unangenehme und befremdliche Einordnung der Menschen in jene mit flachem Hinterkopf, Pfennigmund oder tief liegenden Augen konnte nur in der Rassenlehre des dritten Reiches ihren Ursprung haben, vermuteten wir.

Nach Ausbruch des Krieges und massiven Luftangriffen der Alliierten auf deutsche Großstädte entschlossen sich die Nationalsozialisten Anfang der 1940er Jahre, die Kinder insbesondere aus den gefährdeten Städten wegen der immer wiederkehrenden Luftalarme zu evakuieren und sie im Rahmen der sog. Erweiterten Kinderlandverschickungen in weniger gefährdete Gebiete des damaligen deutschen Reiches zu bringen. Auch die Schulklasse meiner Mutter sollte Berlin nun verlassen.

Meine Mutter musste ihre Sachen packen und überlegte, welche Habseligkeiten überhaupt in den kleinen Koffer passen würden und für welche Puppe sie sich entscheiden sollte. Worauf konnte sie verzichten, was sollte sie zurücklassen? »Werde ich mein Zuhause überhaupt jemals wiedersehen?« Die kleine Edith fragte ununterbrochen: Warum müssen wir verreisen und wohin überhaupt?« Dann wurde sie energischer: »Ich will aber nicht schon wieder weg!« Sie konnte das Vorhaben noch weniger verstehen als ältere Kinder. Meine Oma Frieda musste einen kühlen Kopf behalten und machte sich am darauffolgenden Tag mit dem Gepäck und ihren beiden Töchtern an der Hand auf den Weg zum Zug nach Heinrichswalde, das damals zu Ostpreußen (heute Slawsk/Nordwestrussland, Oblast Kaliningrad) gehörte. Sie hatten die Adresse einer deutschen Familie bei sich, bei der sie erst einmal wohnen konnten. Nach ihrer Ankunft wurden sie von dieser freundlich empfangen. Auch die Mitschülerinnen meiner Mutter waren in den damaligen Luftkurort in der Nähe von ehemals Königsberg, der umgeben war von Nadelwäldern, evakuiert worden. Immerhin konnten die Schulfreundinnen zusammenbleiben.

Nachdem die Region um Heinrichswalde durch das Vorrücken der russischen Armee ebenfalls bedroht war, sollte meine Oma die kleine Edith wieder nach Berlin begleiten, weil es ihr inzwischen gesundheitlich nicht gut ging, während die Schulklasse meiner Mutter viele Kilometer weiter südwestlich in ein Lager nach Radoschowitz/Tschechien evakuiert wurde. Die Aufsicht über die älteren Kinder hatten hier Lehrer und Mitglieder der Hitlerjugend (HJ) bzw. des Bundes Deutscher Mädel (BDM). Die Kinder sollten unter ihrem Einfluss zu guten Nationalsozialisten erzogen werden.

Die von den zu Gastgebern verpflichteten Tschechen zubereiteten Mahlzeiten sollen fast ungenießbar gewesen sein, berichtete meine Mutter später. Suppen enthielten außer Wasser kaum Zutaten und im Blumenkohl befanden sich Raupen. Später verbreiteten sich die Kopfläuse unter den Mädchen.

Trotzdem hatte meine Mutter angeblich nie Heimweh, ein »Hitler-Mädchen« kannte wohl keinen Schmerz. Die Nationalsozialisten arbeiteten ja daran, einen neuen Typ Mensch zu erschaffen, der dem System willenlos dienen und »flink wie ein Windhund, zäh wie Leder und hart wie Krupp-Stahl« sein sollte. Die Mädchen mussten viel Sport treiben und abends Berichte über ihr Tagesgeschehen in Briefen verfassen, die an ihnen völlig unbekannte Soldaten an der Kriegsfront verschickt wurden, vermutlich um sie bei Laune zu halten. Meine Mutter sprach sachlich darüber und begründete es damit, dass diese Soldaten selbst keine Familien gehabt hätten.

Kurz vor Ende des Krieges, Mitte der 1940er Jahre, konnten die Mädchen der Kinderlandverschickung ihr Lager in Tschechien verlassen. Meine Mutter machte sich mit einer Gruppe Mädchen und einem Lehrer mit dem Zug auf den Weg in Richtung Westen. Zusammen mit ihrer Freundin Hilda wollten sie bei deren Großeltern in Magdeburg unterkommen. Als der Zug anfuhr, waren die Mädchen aufgeregt und redeten wild durcheinander, denn sie wussten wieder einmal nicht, was sie erwarten würde. Plötzlich wurden sie mucksmäuschenstill, denn sie hörten direkt über sich Tiefflieger, Kampfflugzeuge mit Bomben. Die Mädchen hatten große Angst, sie sprachen kaum ein Wort. Sofort legten sie sich flach auf den Boden unter die Sitzbänke. Kurz darauf fielen auch schon Bomben neben ihnen herab. Sie erschraken fürchterlich und beteten, dass es schnell vorbei sein würde. Nachdem das Motorengeräusch der Kampfflieger wieder leiser wurde, kehrte eine merkwürdige Stille ein. Die Mädchen warteten eine Weile, bevor sie sich trauten, den zerstörten Zug zu verlassen. Als sie zur Tür des Nachbarabteils liefen, mussten sie über die Leiche ihres Lehrers steigen, der von Bombensplittern tödlich getroffen worden war. Dann setzten sie ihren Weg zu Fuß ohne erwachsene Begleitung fort. Als es dunkel wurde, übernachteten sie in Ställen und es war erstaunlich, dass sie den Weg nach Madgeburg fanden.

Bei Hildas Großeltern angekommen, sollten sie als Gegenleistung für die Unterkunft zum Lebensunterhalt beitragen und deshalb wollten sie sich eine Arbeit suchen. Meine Mutter erfuhr von einer Ziegelei in Olvenstedt, bei der die Inhaberfamilie eine Stelle als Hausmädchen zu vergeben hatte. Sie stellte sich vor und machte einen guten Eindruck. Schon am nächsten Tag konnte sie bei freier Kost und Logis sowie für ein Taschengeld ihre Arbeit im Haushalt der Firmeninhaber beginnen. Dort bezog sie ein Bett im Zimmer unter dem Dach, in dem nachts einige Mäuse hin- und her huschten. Tagsüber half sie beim Putzen, schälte Kartoffeln und trug Wäsche zum Trocknen in den Garten. Abends schrieb sie regelmäßig Briefe an ihre Familie in Berlin. Erstaunlich, dass in dieser unruhigen und unübersichtlichen Zeit zwischen den Kriegshandlungen so viele Briefe ihre Empfänger erreicht haben.

Schließlich stand die Konfirmation meiner Mutter und ihrer Schwester bevor. Meine Oma, die zwar gut nähen, aber in der zerbombten Stadt keinen Stoff mehr kaufen konnte, nähte schließlich aus Bettlaken weiße Kleider und fuhr mit dem Zug nach Magdeburg, um meine Mutter zu der Feier abzuholen.

Kurz vor Ende des Krieges, im Jahr 1944, wurde Opa Willi mit Anfang 40 noch zum »Volkssturm« einberufen, weil nun bisher noch nicht kämpfende, waffenfähige Männer zwischen 16 und 60 Jahren für eine chancenlose Verteidigung mit der falschen Vorstellung von einem deutschen Endsieg eingezogen wurden. Im Falle meines Opas endete der Einsatz nach der Gefangennahme in einem Lager in Russland, wo er unter schrecklichem Hunger und Durst litt. Schließlich infizierte er sich dort mit einem gefährlichen Darmvirus, der Ruhr. Die russische Ärztin, die die Gefangenen betreute, riet ihm: »Trinken sie bitte auf keinen Fall mehr das Wasser!« Opa Willi hielt sich diszipliniert an ihren Rat und überlebte nur aus diesem Grunde, wenn auch völlig ausgemergelt. Viele seiner Mitgefangenen dagegen hatten nicht überlebt.

Nachdem der Krieg im Mai 1945 durch die Befreiung der Alliierten sein Ende fand, beendete meine Mutter ihr Arbeitsverhältnis auf der Ziegelei und freute sich darauf, zu ihrer Familie zurückkehren zu können. Sie konnte kaum glauben, dass es nun soweit war. Am Tag ihrer Abreise zog sie ihren grauen Wollmantel über das dunkelblaue Kleid und verabschiedete sich von ihren Arbeitgebern mit etwas Wehmut. Sie stieg in den Zug nach Berlin und wurde während der Fahrt sehr nachdenklich. Aus dem Fenster sah sie Landschaften mit zerstörten Häusern und einige kleine

Gruppen von Soldaten mit Verletzungen. Sie zog ein Buch aus ihrer Tasche und legte es zusammen mit ihrem weißen Schal wieder zurück, weil sie sich nicht konzentrieren konnte. Sie dachte an ihren Vater. Was würde sie zu Hause erwarten? Endlich am Bahnhof Zoo in Berlin angekommen, hielt sie Ausschau nach ihrer Mutter, die sie abholen wollte. Nachdem sie aus dem Zug gestiegen war, stand sie zunächst verloren mit ihrem Koffer inmitten einer großen Menschenmenge. Sie bemühte sich, in den Gesichtern der zahllosen Menschen das ihrer Mutter ausfindig zu machen. Endlich erkannte sie Oma Frieda, die blass und erschöpft aussah. Sie lächelte ein wenig, als sie aufeinander zuliefen. Dann fielen sie sich in die Arme und sprachen dabei zunächst kein Wort. »Gott sei Dank, endlich bist du zurück. Nun muss alles wieder gut werden!« sagte Oma Frieda erleichtert und sie liefen gemeinsam durch die staubigen Straßen, vorbei an zerbombten Häusern, Ruinen und Bombenkratern. Sogar der Kirchturm der Kaiser-Wilhelm-Kirche war zerstört. »Alles ist noch furchtbarer als Mutti es in ihren Briefen angedeutet hatte«, dachte meine Mutter, obwohl sich doch nur wenige Erinnerungen an die kurze Zeit vor Ausbruch des Krieges in dieses Bild der Zerstörung mischten. Es schien so unwirklich. Sie liefen schweigend die Straßen entlang, vorbei an unzähligen Menschen, die mit Gepäck umherirrten. Meine Mutter fragte schließlich: »Freut Edith sich schon auf mich und dann vorsichtig: «Wird Papa auch bald wieder zu Hause sein?« »Ich hoffe sehr, dass Papa überlebt hat, aber wir haben schon länger nichts von ihm gehört«, antwortete meine Oma. «Aber Edith war heute Morgen schon ganz aufgeregt. Wir können dankbar sein, dass die Bomben unser Haus verschont haben.«

Jahre später erwähnte meine Mutter einmal, dass man zu dieser Zeit nie wusste, ob und wann man sich überhaupt wiedersah.

Als sie ihre Wohnung betraten, kam Edith ihnen aufgeregt entgegengelaufen. Auch sie war blass und abgemagert, denn es gab ja kaum noch Lebensmittel in der Stadt. Die Schwestern fielen sich in die Arme und dann holte meine Oma zur Feier des Tages eine Schüssel mit Pudding aus der Speisekammer.

Einige Zeit später kehrte Opa Willi schließlich aus der russischen Gefangenschaft zu seiner Familie zurück. Oma Frieda betrachtete ihn von oben bis unten ungläubig, denn sie traute ihren Augen kaum. Sie brauchte einen Moment und sagte dann: »Oh je, Willi, was bist du dünn geworden! Aber dass du wieder bei uns bist, das haben wir dem lieben Gott zu verdanken!« Seine Wangen waren eingefallen und die Haare kurz geschoren, wodurch seine Augen in den Höhlen noch größer und seine Ohren riesig wirkten. Er ließ sich auf einem Stuhl fallen, denn er war geschwächt und sein Gesichtsausdruck war und blieb ernst und sorgenvoll. Oma Frieda bereitete ihm aus den wenigen Zutaten, die in der Speisekammer standen, eine Suppe zu und versprach, ihn wieder aufzupäppeln. Wenn man genau hinsah, konnte man ein kleines Lächeln auf seinen Lippen erkennen. Es gab ein Foto, das ihn nach seiner Rückkehr aus der Gefangenschaft zeigte. Das Leid, das er und viele andere durchgemacht hatten, war ihm ins Gesicht geschrieben.

Einige Monate später kam der Winter, der ausgerechnet in diesem entbehrungsreichen Jahr bitterkalt war. Die verbliebenen, nicht zerstörten Wohnungen mussten mit Kohle beheizt werden, und auch die war in der Nachkriegszeit natürlich besonders knapp.

In Stahnsdorf südlich von Berlin besaß die Mutter meiner Tante Elfi eine geräumige Wohnung. Bei ihr konnte meine Mutter Ende des darauffolgenden Jahres ein kleines Zimmer mieten und von dort aus mit der S-Bahn nach Berlin pendeln. Diese mit Kiefernwäldern durchzogene Gegend gehörte nach dem zweiten Weltkrieg zur sowjetisch-besetzten Zone. Die Soldaten der Siegermächte übernahmen die Verwaltung der zerstörten Stadt Berlin und des Landes.

Zu dieser Zeit konnten noch viele Menschen vom Osten Berlins in den Westen der Stadt pendeln, um zu arbeiten und einzukaufen. Nach den Entbehrungen der zurückliegenden Jahre hatten sie einen großen Nachholbedarf, nicht nur was das Einkaufen von Gütern betraf. Sie wollten nach dem überstandenen Krieg auch wieder leben und lieben.

Meine Mutter verliebte sich eines Abends in einem Casino in Gilbert, einen amerikanischen Soldaten aus Ohio. Sie ging mit ihm regelmäßig tanzen, hörte zum ersten Mal Jazzmusik, bekam Schokolade und Nylonstrümpfe geschenkt, die sie sich so wünschte, nachdem sie solche an anderen jungen Frauen bewundert hatte, denn bis dahin besaß sie nur dicke Wollstrümpfe.

Meine Mutter war inzwischen eine attraktive, junge Frau geworden mit in Wellen gelegten, mittelblonden Haaren, einer schlanken Figur mit Wespentaille, großen grau-blauen Augen und einer bronzefarbenen Haut. Nach Gilbert, von dem sie sich irgendwann eine Stunde lang traurig am Bahnhof verabschiedete, weil er in die Vereinigten Staaten zurückkehren musste, folgten weitere Freunde und »Verehrer«, die von Oma Frieda als »Schamster«, bezeichnet wurden. Dabei handelt es sich um einen Begriff aus dem deutschen Schlesisch mit der Bedeutung eines Geliebten oder Bräutigams. Im Polnischen bedeutet es »hübscher Kavalier«. Die an sie gerichteten Liebesbriefe hat meine Mutter teilweise bis in die Gegenwart mit bunten Schleifchen zusammengebunden aufbewahrt. Zu dieser Zeit gab es häufig auch platonische Freundschaften, man schrieb sich schwärmerische Briefe in einer Gegenwart und nach einer Vergangenheit, die äußerst belastend war. Der Wunsch nach Romantik und Kitsch spiegelt sich auch in den Filmen aus der Nachkriegszeit wider. Inspiriert durch ein Buch, in dem die Protagonistin Fotografin war, entwickelte meine Mutter den Wunsch, ebenfalls eine Ausbildung zur Fotografin zu machen und begann schließlich ihre Ausbildung beim *Letteverein* in Berlin.

Am 17. Juni 1953 gingen Arbeiter in der DDR für bessere Arbeitsbedingungen, die Freilassung politischer Häftlinge, den Rücktritt der sozialistischen Regierung, freie Wahlen und die Einheit Deutschlands auf die Straße. Der Aufstand wurde durch das Auffahren sowjetischer Panzer niedergeschlagen. Sieben Jahre danach kämpfte die DDR auch wegen der an die Sowjetunion zu leistenden Entschädigungen und Demontagen für den erlittenen Krieg wirtschaftlich um das Überleben.

Meine Mutter pendelte so lange von ihrem Wohnort im Osten nach Westberlin zur Arbeit und zum Einkaufen, wie dies noch möglich war. Hunderttausende Menschen hatten sich nach und nach zu einem Fortgang aus dem Osten entschlossen, weil sie in der sowjetischen Besatzungszone und der später gegründeten DDR keine Perspektiven für sich sahen und Waren immer knapper wurden. Der Bau der Mauer 1961 sollte diese Massenflucht schließlich verhindern.

Schließlich zog meine Mutter mit einem großen Koffer aus der Wohnung ihrer Tante im östlichen Randbezirk Berlins aus und endgültig mit Flüchtlingsstatus versehen nach West-Berlin. 1954 lernte sie während ihrer Tätigkeit bei der DEFA (Deutsche Film AG) meinen Vater kennen, den Sohn eines mit Auszeichnungen versehenen Kameramannes, der in die Fußstapfen seines Vaters treten sollte. Der große, junge Mann mit dem noch etwas kindlichen Gesichtsausdruck war ihr durch seine Hilfsbereitschaft und besondere Höflichkeit aufgefallen und er schien sie zu verehren. Sie verliebten sich ineinander und verabredeten sich regelmäßig. Meine Mutter war zu diesem Zeitpunkt 25 Jahre alt, während mein Vater erst 15 Jahre alt war. Den Altersunterschied empfanden sie nicht als Hindernis.

Nach einer Ausbildung zum »Laboranten für Massenbedarfsgüter« erlernte mein Vater, wie zuvor meine Mutter, die Fotografie. Allerdings plante er im Anschluss daran, Kameramann zu werden. Zu dieser Zeit war es unter den Kameramännern Mode, Baskenmützen zu tragen. Dementsprechend bestand sein Vater, mein Opa Ernst, darauf, dass sein Sohn ebenfalls solch eine Mütze trug. Allerdings ließ mein Vater die Baskenmütze in seiner Tasche verschwinden, sobald sein Vater nicht mehr in der Nähe war.

Mein Vater wurde nur wenige Monate vor Beginn des Zweiten Weltkrieges in Berlin geboren. Seine ersten Lebensjahre waren somit geprägt von Aufenthalten in Luftschutzkellern. Dort verbrachte er auf dem Schoß seiner Mutter viele Stunden, nachdem Fliegeralarme ertönten und der Großdeutsche Rundfunk über Volksempfänger Durchsagen machte, die feindliche Bomber in Richtung Berlin ankündigten. Kurz darauf detonierten über ihnen Bomben und Häuser wurden zerstört. Luftminen machten zahlreiche Wohnungen der Zivilbevölkerung unbewohnbar. Als mein Vater größer wurde und laufen gelernt hatte, spielte er mit Nachbarskindern im Schutt der umliegenden, von Bomben zerstörten Häuser. Für die Kinder war es oft ein gefährliches Abenteuer, denn es befanden sich auch Blindgänger darunter. Da die Kinder kaum Spielsachen besaßen, benutzten sie zum Spielen alle möglichen Materialien, die sie fanden. Eines Tages, während mein Vater wieder einmal mit seinen kleinen Freunden auf der Straße spielte, stand plötzlich ein russischer Besatzungssoldat vor ihnen, den sie an seiner Uniform erkannten. Sie erschraken zunächst. Der Soldat gab ihnen mit Handzeichen zu verstehen, dass sie ihn begleiten sollten. Als die Jungen nach einem kurzen Fußmarsch an der Hauptstraße angekommen waren, standen sie vor einem riesigen Panzer, in den der russische Soldat stieg, nachdem er ihnen ein weiteres Zeichen gab, zu warten. Kurz darauf kam er wieder heraus und hielt ein Brot in der Hand, ein sogenanntes Kommissbrot, dass er den Jungen überreichte. Sie waren tatsächlich sehr hungrig und freuten sich über dieses Geschenk, das sie sofort unter sich aufteilten und niemals vergaßen.

Mein Opa Ernst war Kameramann und Regisseur bei der DEFA. Er erhielt für seine Arbeit Auszeichnungen, aber leider arbeitete und rauchte er zu viel. Deshalb hatte er auch kaum Zeit für seine Familie. Wenn mein Vater und sein Bruder mit ihm etwas unternehmen oder spielen wollten, schlug er ihnen vor, »Schlafen« zu spielen, denn er war sehr erschöpft, wenn er nach Hause kam.

Irgendwann konnte seine Familie ihn überzeugen, sich das Rauchen abzugewöhnen. Das dadurch ersparte Geld sollte in einer Spardose landen, um später ein Grundstück in der Nachbarschaft zu kaufen. Für besonders erfolgreiche Filme erhielt Opa Ernst Prämien und so füllte sich die Spardose, die schließlich im Jahr 1957 geplündert werden konnte, um den Grundstückskauf zu verwirklichen. Anschließend wurde darauf ein schönes, großes Haus für die Familie errichtet. Mein Vater und sein Bruder bekamen darin eigene Kinderzimmer und im Wohnzimmer stand später ein Klavier.

Die Freude über das neue Zuhause war leider nur von kurzer Dauer, denn eineinhalb Jahre darauf erlitt mein Opa Ernst auf dem Heimweg von seiner Arbeit einen Schlaganfall, von dem er sich nicht mehr erholte. Er verstarb einige Tage darauf in einer Klinik im Alter von nur 54 Jahren. Leider habe ich ihn deshalb nicht mehr kennenlernen, sondern nur Fotos von ihm ansehen können.

Meine frisch verliebten Eltern verabredeten sich nun beinahe täglich. Der Altersunterschied störte sie nach wie vor nicht. Sie unternahmen viel gemeinsam, gingen ins Kino oder ins Theater, fuhren zum Baden an den Wannsee und zum Spazierengehen in den Grunewald. Dabei tauschten sie sich oft über die Fotografie aus. Die Mutter meines Vaters, meine Oma Anna, war von ihrer Beziehung allerdings nicht begeistert. Nach dem Verlust ihres Ehemannes klammerte sie sich an meinen Vater und seinen Bruder. Sie wollte ihre Söhne offenbar nicht loslassen. Deshalb machte sie deren Freundinnen schlecht, vor allem meine Mutter lieferte ihr schon aufgrund des großen Altersunterschiedes Futter für Kritik. In ihren Briefen vergab sie teilweise beleidigende Bezeichnungen für die Freundinnen ihrer beiden Söhne und auch mein Opa Willi erhielt von ihr eine geringschätzige Bezeichnung.

Trotzdem verlobten sich meine Eltern und mein Vater zog zu Hause aus, um mit meiner Mutter in eine gemeinsame Wohnung zu ziehen. In einem Berliner Altbau in der Weimarer Straße wohnten sie zunächst zur Untermiete. Meine Mutter, die ihre Ausbildung zur Fotografin abgeschlossen und nach ihrer Beschäftigung bei der DEFA nun in einem Fotolabor arbeitete, schenkte meinem Vater zu seinem Geburtstag von ihren Ersparnissen das erste Auto: Einen Fiat 500. Da hat meine Oma Anna sicher nicht schlecht gestaunt. Sie ihrerseits verkaufte das inzwischen zu groß und zu teuer gewordene Haus und zog in einen kleineren Bungalow nach Düppel bei Berlin.

Als meine Mutter ihren 30. Geburtstag feierte, wurde ihr bewusst, dass ihre biologische Uhr bereits tickte. Viel länger wollte sie deshalb mit der Familienplanung nicht warten, auch weil ihre Schwester Edith inzwischen eine sechsjährige Tochter besaß, meine Cousine Thea. Nachdem sie ein knappes Jahr später mit mir schwanger geworden war, heirateten meine Eltern kurz nach dem 22. Geburtstag meines Vaters standesamtlich mit einem kleinen Strauß gelber und lilafarbener Freesien in der Hand. Zehn Tage nach dem Bau der Berliner Mauer wurde ich, von meinen Eltern in den ersten Jahren noch liebevoll »Püppi« genannt, im Westen der Stadt Berlin geboren und wenig später von meinem

Vater mit Stolz den Arbeitskollegen auf dem Tresen einer Berliner Kneipe präsentiert.

Weil er jetzt eine kleine Familie ernähren musste, unterschrieb mein Vater einen befristeten Werkarbeitsvertrag bei einem Filmkopierwerk der UFA (Universum Film AG), bei der er zusammen mit zwei Kollegen in Nachtschichten Filme im Akkord kopieren sollte. Trotz des betäubenden Lärms der Kopiergeräte hatten die drei jungen Männer viel Spaß bei ihrer Arbeit. Durch das Manipulieren der Geräte konnten sie erreichen, dass der Kopiervorgang schneller beendet war als vorgesehen und dadurch verschafften sie sich etwas Freizeit während ihrer Schichten, die sie für das ein oder andere kleine Nickerchen nutzten. Dafür legten sie sich auf einen Schrank, gebettet auf Seidenpapier, das eigentlich als Verpackungsmaterial diente oder krochen in eine Tonne, in der üblicherweise Filmmaterial aufgefangen wurde. Ohne Hilfe wären sie allerdings nicht mehr herausgekommen, also mussten sie sich beim Ausstieg auf ihre Kollegen verlassen. Eines Abends startete mein Vater draußen auf dem Parkplatz eine Lambretta und fuhr mit ihr einmal quer durch die dunkle Halle mit den Kopiergeräten.

Während dieser Zeit war meine Mutter häufig allein zu Hause, denn sie musste für mich da sein, während mein Vater das Geld verdiente, Spaß mit seinen Kollegen hatte und hin und wieder auf Partys ging. Er war schließlich erst Anfang 20 und wollte seine Jugend genießen. Währenddessen saß sie abends auf dem Sofa und schaute sich das Eiskunstlaufen vor dem Fernseher an, nachdem sie mich ins Bett gebracht und ihre Eintragungen in einem kleinen Tagebuch gemacht hatte. Am Tage kümmerte sie sich um den Haushalt, ging mit dem Kinderwagen auf der Rehwiese spazieren, schrieb Briefe an ihre Schwester und bekam hin und wieder Besuch von Oma Frieda, die ihr bei der Hausarbeit half. Mein Vater hatte mit Kindererziehung und Hausarbeit nichts am Hut und fühlte sich daneben regelmäßig seiner Mutter gegenüber zur Hilfe verpflichtet, denn sie besaß weder ein Auto, noch war sie gut zu Fuß. So übernahm er abwechselnd mit seinem Bruder Besorgungen für sie, während meine Mutter oft vergeblich auf seine Unterstützung hoffte. Die Stimmung zwischen meinen Eltern war immer öfter gereizt, denn mein Vater schien nach Feierabend gedanklich abwesend und hörte meiner Mutter nur halbherzig zu. Wie es schon sein Vater getan hatte, wollte er sich nach der Arbeit entspannen und nicht mit familiären Problemen behelligt werden. Eines Abends wartete meine Mutter mit Käsebroten auf meinen Vater. Schließlich wurde es so spät, dass sich die Käsescheiben an den Rändern aufrollten. Wut stieg in ihr hoch. »Er hätte mir wenigstens Bescheid geben können«, dachte sie und fasste nur deshalb den Entschluss, ins Kino zu gehen. »Dem werde ich zeigen, wie es ist, wenn niemand zu Hause wartet!« Sie nahm ein Kostüm aus dem Schrank und verließ die Wohnung in Richtung Bushaltestelle zur Innenstadt und kehrte erst nach mehreren Stunden zurück, ohne wirklich Freude an dem Film empfunden zu haben. Nachdem sie in die Wohnung zurückkam und mein Kinderzimmer betrat, fand sie mich in meinem Gitterbett weinend und in meinem Erbrochenen liegend. Vermutlich war ich irgendwann panisch geworden und hatte mich sehr aufgeregt, weil ich vergeblich nach ihr gerufen hatte.

Ich weiß nicht, mit welcher Absicht sie mir Jahre später von diesem Vorfall berichtete. Ich war damals noch zu klein, um mich daran erinnern zu können. Während sie sprach, verurteilte sie das Verhalten meines Vaters ihr gegenüber und hoffte scheinbar, im Nachhinein in mir eine Verbündete gegen meinen Vater zu finden oder erwartete sie von mir Absolution, wobei das Verhalten meines Vaters als Rechtfertigung für ihr Fehlverhalten dienen sollte? Für mich war klar, dass sie ihre Aufsichtspflicht verletzt hatte.

So verliefen meine ersten Lebensjahre in der Obhut einer Frau, die ein Kind bekommen hatte und dadurch das Gefühl bekam, in einer Sackgasse gelandet zu sein. Ihre Eintragungen in dem kleinen, schwarzen Tagebuch spiegelten dies wider.

Mein Vater war ein großer, dunkelhaariger Mann mit blauen Augen und besaß ab seinem 30. Lebensjahr einen leicht verwegen wirkenden, an den Enden gezwirbelten, rötlich-braunen Schnauzbart. Er hatte seinen jugendlichen Charme nie verloren. Trotzdem war er bei seiner Arbeit immer seriös, höflich und bescheiden. Er war kein Angeber, was seine Kollegen besonders an ihm schätzten. Wenn er lief, dann tat er es mit ausladenden, leicht wiegenden Schritten. Er wirkte positiv auf Frauen, wohl auch deshalb, weil es von seiner Art nicht sehr viele Männer gab. Auf elegant-sportliche Kleidung legte er großen Wert, auch in der Freizeit. Ich konnte ihn mir niemals in einer Jogginghose oder einer kurzen Hose mit Schlabber-T-Shirt vorstellen. Er hob sich klar von den Männern ab, die laut und polterig waren, schlechte Witze machten, zu viel tranken oder ungepflegt daherkamen. Leider war er als Familienvater nicht besonders geeignet, obwohl er ohne Familie nicht sein wollte.

Seine Ausbildung zum Kameramann hatte er inzwischen abgeschlossen, arbeitete gerne in diesem Beruf bei der Fernsehgesellschaft der Berliner Tageszeitungen und träumte wieder einmal von einem schnelleren Auto, denn sie waren seine große Leidenschaft. Er hatte interessante berufliche Einsätze und berichtete meiner Mutter an den Abenden manchmal davon. Später konnte meine Mutter ihn einmal bei einer Reise ins Ausland begleiten, während Oma Frieda auf mich aufpasste. Auf dem Weg zur Wohnung meiner Großeltern spekulierten meine Eltern: »Ob Püppi sich freut, wenn sie uns wiedersieht?« Während meine Oma die Wohnungstür öffnete, sagte sie zu mir: »Guck mal, wer da ist! Mutti und Papa sind zurück!« Aber ich fremdelte und stellte fest: »Das ist keine Mutti, es ist eine Tante.« Ich war erst zwei oder drei Jahre alt und sicher war sie mir durch ihre Abwesenheit fremd geworden.

Ab Ende der 1960er Jahre war mein Vater bei der Deutschen Presseagentur (DPA) als freier Mitarbeiter beschäftigt und zuständig für die bildliche Berichterstattung über Ereignisse in Norddeutschland und Skandinavien. Aus diesem Grunde verlegte er seinen Wohnsitz nach Hamburg, wo er in einem Zimmer in Hamburg-Blankenese zur Untermiete wohnte. Wenn er die Gelegenheit hatte, besuchte er meine Mutter und mich in Berlin. Meine Eltern freuten sich immer auf ein Wiedersehen und mein Vater brachte von unterwegs *Steiff*-Tiere mit. Wenn er zu Hause war, bekam ich regelmäßig Fieber vor Aufregung. Während der räumlichen Trennung schrieben sich meine Eltern viele Briefe und telefonierten miteinander. Sogar der Plan für ein zweites Kind ist in dieser Zeit entstanden. Meine Mutter begann, nach der Temperaturmethode ihre fruchtbaren Tage zu berechnen. Im Januar 1964 wurde schließlich mein Bruder Martin geboren und meine Mutter schob von nun an noch einige Zeit allein den Kinderwagen mit mir an der Hand über die Rehwiese und sah abends Eiskunstlaufen im Fernsehen. Gerne hätte sie meinem Vater von unserer Entwicklung und auch ihren Sorgen berichtet, aber er war selten zu Hause. 1965 trafen meine Eltern deshalb die Entscheidung, in eine gemeinsame Wohnung nach Hamburg-Rissen umzuziehen.

Die Wohnung in dem Vier-Familien-Haus war geräumig und anfangs nur spartanisch eingerichtet. Es gab einen Balkon zur Südseite und eine Sandkiste neben einem Komposthaufen. Direkt dahinter fuhr, nur von einem Zaun getrennt, in regelmäßigen Abständen die S-Bahn vorbei. Auf dem Hof hinter dem Haus habe ich das Fahrradfahren gelernt. In unserer Wohnung lebte auch meine imaginäre Freundin, sie hieß »Frau Töner« und war oft dabei, wenn ich spielte. Martin war ja noch zu klein. Meine Haare hatte ich inzwischen kurz geschnitten bekommen und weil ich meine langen Haare vermisste, habe ich mir manchmal weiße Baumwolltücher mit Zopfspangen um den Kopf gebunden, die die langen Haare ersetzen sollten.

Martin schaute gern aus dem Fenster unseres Kinderzimmers und jedes Mal, wenn eine S-Bahn vorbeifuhr und wieder verschwand, sagte er: »Hack«, was wohl »weg« heißen sollte. Meine Mutter ging nun mit uns im *Forst Klövensteen* spazieren und fand schwer Kontakt zu anderen Müttern. Sie beklagte sich über die Hochnäsigkeit der Hamburger.

Die Ehe meiner Eltern begann erneut zu kriseln. Martin war gerade zwei Jahre alt geworden. Meine Mutter hegte den Verdacht, mein Vater könne sie betrogen haben. Es gab wohl auch Indizien, die dafürsprachen. Sie war verletzt und wollte sich das nicht bieten lassen. Deshalb vereinbarte sie einen Termin bei einem Rechtsanwalt, um sich zu erkundigen, wieviel Unterhalt ihr im Falle einer Trennung zustehen würde. Der Rechtsanwalt schrieb meinem Vater einen Brief, der eine Unterhaltsberechnung enthielt. Mein Vater war geschockt und sich nun bewusst, dass meine Mutter es ernst meinte. Er entschuldigte sich für alles Mögliche und versicherte ihr, zukünftig ein guter Ehemann zu sein. Zu einer Trennung kam es dann nicht. Meine Mutter vermutete aber, dass meinem Vater eine Scheidung nur zu teuer gewesen wäre und dass er sich deshalb wieder mit ihr zusammengerauft hatte.

KINDHEIT AUF DER KUHBLÄKE

Schließlich fasste mein Vater den Plan, aus der Mietwohnung am Stadtrand auszuziehen und ein eigenes Haus zu bauen. Dieses Vorhaben machte er meiner Mutter schmackhaft. Dabei wurde er von meiner Oma Anna unterstützt, die noch in Berlin wohnte, weil sie allein war und gern mit einziehen wollte. Sie hatte meine Mutter inzwischen wohl oder übel akzeptiert und sagte auch ihre finanzielle Unterstützung zu.

Durch das Projekt »Eigenheim« kamen meine Eltern nun auf andere Gedanken und ihre Beziehungsprobleme rückten in den Hintergrund. Sie suchten nach einem Grundstück und fuhren deshalb mit Martin und mir auf ihren Fahrrädern in Richtung Norden, bis sie nach knapp 10 Kilometern in ein Dorf mit 1.500 Einwohnern kamen, in dem es noch Bauernhäuser gab. Es schien ihnen nicht allzu weit von Hamburg entfernt. Auch gab es dort eine Schule, einige kleine Geschäfte, zwei Gasthöfe und eine Tankstelle. Meiner Mutter gefiel es einigermaßen, allerdings fühlte sie sich nach wie vor als Berlinerin und so bezeichnete sie dieses Dorf erst einmal als »Kuhbläke«. Kuhbläke ist eine abwertende Beschreibung für eine kleinere Siedlung mit Landwirtschaft. Ihre ländlichen Wurzeln waren ihr wohl nicht mehr bewusst. Bei der Suche nach einem Grundstück war mein Vater einfallsreich, indem er zur Dorfgaststätte fuhr, um die Männer am Tresen zu fragen, ob jemand im Dorf ein Grundstück zu verkaufen habe. Er erhielt die gewünschte Information. Auf einem großen Grundstück an der Hauptstraße wuchsen

Kartoffelpflanzen und Kohlköpfe in Reihe und im hinteren Bereich gab es einen Apfelbaum. Den Eigentümern war die Gartenarbeit zu anstrengend geworden und sie wollten gern einen Teil des Grundstücks verkaufen. Noch bevor meine Eltern bei ihnen klingelten, zählten sie an der Straße die vorbeifahrenden Autos, denn sie wollten sichergehen, dass es nicht zu viele waren. Von den Eigentümern wurden sie freundlich empfangen und bei Kaffee und Keksen wurden sie sich über den Kaufpreis einig. Unser neues Zuhause sollte also dort entstehen. Ein Architekt aus der Nachbarschaft sollte mit der Planung beauftragt werden. Vorher mussten noch ein Notartermin vereinbart sowie unendlich viele Anträge gestellt werden, bis es mit den Bauarbeiten losgehen konnte. Während der Bauphase fuhren meine Eltern regelmäßig zur Baustelle, um nach dem Baufortschritt zu sehen. Hin und wieder kaufte mein Vater unterwegs einen Sechserpack Bier, um die Handwerker bei Laune zu halten, was sie jedoch nicht davon abhielt, einmal auf dem Fußboden unseres zukünftigen Badezimmers ihre Notdurft zu hinterlassen.

Kurz vor Weihnachten 1967 war das Haus fertig und wir konnten einziehen. Ich durfte mir sogar eines der beiden Kinderzimmer aussuchen. Anfangs roch alles noch etwas fremd. Damals war mir nicht bewusst, dass es ein Privileg war, von nun an in einem eigenen Haus mit Garten, noch dazu in einem Neubau mit Zentralheizung, wohnen zu dürfen. Später berichteten mir Freunde, dass sie im Gegensatz dazu noch mit Öl- oder Kohleöfen aufgewachsen waren.

Unser Garten um das Haus war noch kahl und wurde nach den Vorstellungen meiner Eltern angelegt, ein Rosenbeet wünschte sich meine Mutter. Der Apfelbaum, der später regelmäßig für frisches Apfelmus sorgte und den Belag für Kuchen bescherte, durfte natürlich bleiben und an seinem kräftigsten Seitenast wurden Seile für unsere erste Schaukel befestigt.

Wenn mein Vater nach seinen Auslandsaufenthalten oder langen Drehtagen spät abends nach Hause kam, wollte er an den freien Tagen danach seine Ruhe haben. Er schlief lange und las nach dem Frühstück die Zeitung oder blätterte in Autoprospekten, denn er kaufte sich fast jedes Jahr ein anderes Auto.

Im Übrigen befand er sich permanent in einem »Abrufmodus«, denn er war immer noch freier Mitarbeiter und jeder Telefonanruf konnte einen neuen Job ankündigen, weshalb wir Kinder auch den Hörer des Telefons nicht abnehmen sollten. Aktuelle Ereignisse und die Konkurrenz warten nicht, deshalb war mein Vater immer sofort abfahrbereit. Dies machte ihm nichts aus, denn er lebte für seinen Beruf. In seinem schwarzen Koffer mit der Aufschrift »Arriflex« befand sich seine schwere Kamera, die er auf seiner rechten Schulter trotz ihres Gewichts sicher in verschiedensten Positionen bewegte, ohne dabei Aufnahmen zu verwackeln, innerhalb einer Menschenmenge, in schwindelerregender Höhe oder am Rande eines Spielfelds. Das meterlange Filmmaterial wurde in flachen, runden Blechdosen aufbewahrt, die unmittelbar nach den Dreharbeiten zum Flughafen gebracht werden mussten, damit die dokumentierten Ereignisse noch in den Abendnachrichten desselben Tages gezeigt werden konnten. Einmal haben wir meinen Vater bei seiner Fahrt zur Frachtabteilung des Hamburger Flughafens durch die Rushhour der Stadt begleitet, was damals schon stressig und auch für uns Kinder kein Vergnügen war.

Im Sommer nach unserem Umzug fand meine Einschulung statt, bei der ich einen roten Schottenrock und schwarze Lackschuhe tragen sollte, weil meine Mutter das hübsch fand. Mir gefielen die Sachen gar nicht und ich kann bis heute Lackschuhe oder Schottenmuster nicht ausstehen. Ich fühlte mich darin verkleidet und ich war froh, dass es warm genug war, so dass ich nicht auch noch eine von diesen fürchterlichen Strumpfhosen aus

Polyamid tragen musste, an denen sich schon nach einmaligem Tragen diese hässlichen Knötchen bildeten und die beim Ausziehen knisterten. Ich bekam zur Einschulung eine Schultüte und mein Vater hatte zum Glück frei. In der Schule wurden wir von unserer Lehrerin begrüßt und danach sollten wir an Zweiertischen einen ersten Vorgeschmack auf den Unterricht bekommen. Anschließend wurden auf dem Schulhof noch Fotos von dem zusammengewürfelten Haufen Kinder gemacht, bevor wir wieder nach Hause fahren durften. Die Kinder meiner Klasse hatte ich vorher noch nie gesehen, denn einen Kindergarten gab es im Ort nicht und wir waren ja erst ein halbes Jahr zuvor in unser Haus eingezogen.

Ich konnte zu Fuß zur Schule gehen und in den ersten zwei Jahren machte mir das Lernen noch Spaß, denn ich hatte Erfolgserlebnisse und wurde von der Lehrerin gelobt, wenn ich richtig gerechnet, sauber geschrieben oder toll gezeichnet hatte. Die Lehrerin war nett und ich schrieb gern Diktate und Aufsätze. Martin und ich hatten zu Hause immer viel gemalt und deshalb gefiel mir der Zeichenunterricht auch am besten. Nur einmal war ich total verzweifelt. Die Aufgabe bestand darin, einen Mähdrescher zu zeichnen. So ein Ding hatte ich in meinem Leben noch nie gesehen und wusste deshalb nicht, wie ich mit der Zeichnung beginnen sollte. Auch die Tatsache, dass man immer alle seine Sachen beisammenhaben musste, bereitete mir manchmal Stress. Das Sportzeug zu vergessen war blöd und ich habe die Kinder beneidet, die gegenüber der Schule wohnten und sich in den Pausen schnell die vergessenen Sachen holen konnten.

Noch bevor die Klingel auf dem Schulhof ertönte, um das Ende der Pause anzukündigen, konnten einige Kinder offenbar nicht schnell genug Hand in Hand jeweils zu zweit in das Gebäude zurückzukehren. Es entstand ein Wettbewerb darum, wer als erster vor dem Podest zur Eingangstür stand. Dabei wurde gedrängelt und geschubst und schon kurz nach Beginn der Pause damit begonnen, diesen Platz zu verteidigen. Ich fand das so sinnlos, denn alle hatten doch drinnen ihren Platz und es wurden schließlich keine Geschenke verteilt. Außerdem mochte ich einem Jungen nicht die Hand geben, weil er während des Unterrichts in der Nase gebohrt und seine Popel aufgegessen hatte. Auf dem Heimweg wurde es noch schlimmer, sogar richtig gemein. Im Dorf gab es einen Zebrastreifen, über den wir Erstklässler die Hauptstraße überqueren sollten, zu allem Übel auch noch mit peinlichen, orangefarbenen Pudelmützen, die wir zu unserer Sicherheit von der Schule erhalten hatten. Schülerlotsen aus den höheren Klassen geleiteten uns hinüber. Sobald wir aber auf der gegenüberliegenden Straßenseite angekommen waren, begannen einige Jungs aus der Klasse damit, uns Mädchen von hinten mit Füßen zu treten. Wir liefen deshalb, so schnell wir konnten, denn ihre Tritte taten weh. Ich wünschte mir jedes Mal, ich hätte die Straße nicht überqueren müssen.

Der Kontakt zu unseren Nachbarn beschränkte sich von Seiten meiner Eltern auf einen kurzen Gruß. Sie waren nicht besonders kontaktfreudig und fühlten sich vielleicht der Landbevölkerung gegenüber als etwas Besseres, was dazu führte, dass auch wir Kinder Berührungsängste hatten. Manchmal kostete es mich schon Überwindung, an unserer Nachbarsfamilie vorbeizulaufen, wenn der Vater und seine beiden erwachsenen Kinder mit verschränkten Armen vor den Oberkörpern wie Zinnsoldaten in ihrem Vorgarten standen, um den Autos nachzuschauen, während die Mutter das Essen zubereitete. Dabei sprachen sie kein Wort miteinander und wir gewöhnten uns an diesen Anblick, der immer den Abend einläutete. Martin und ich spielten den Sommer über gern und lange im Garten, bis es dunkel wurde. Bevor wir ein Planschbecken bekamen, stand an den heißen Tagen auf der Terrasse eine große Zinkwanne mit kaltem Wasser, in der wir unsere Füße abkühlen konnten. Und wenn es kalte Kirschsuppe mit Mehlklößchen, eine Kaltschale oder eine Melone gab, dann war der Sommer perfekt. Im Jahr darauf haben wir ein großes Schaukelgestell bekommen, das vor der Garage stand und auf dem man seitlich auch klettern konnte.

Nach meinen ersten Schultagen stand plötzlich ein Mädchen mit strohblonden Haaren, blauen Augen und einer Stupsnase vor unserer Gartenpforte und fragte, ob sie mit mir spielen könne. Sie ging in meine Klasse, was mir in diesem Moment noch gar nicht bewusst war und sie schien wie vom Himmel gefallen, denn wir hatten uns nicht verabredet. Britta wurde meine beste Freundin für die folgenden Jahre. Wir spielten fast jeden Tag zusammen und ich war traurig, wenn sie einmal keine Zeit hatte. Britta besaß fünf Geschwister, vier Schwestern und einen Bruder. Meine Mutter hatte sie einmal gefragt, ob sie noch Geschwister habe. Sie konnte mit diesem Wort wohl nichts anfangen und antwortete mit »nein«. Vielleicht hielt sie es für eine Krankheit. Ihre jüngste Schwester war erst wenige Monate alt und lag noch im Kinderwagen, als ich sie zum ersten Mal sah. Ich beneidete Britta um ihre kleine Schwester, die noch im Kinderwagen lag. Vor ihrem kleinen Wohnhaus in der nahen Seitenstraße stand ein großer Pflaumenbaum und wir spielten auf der Straße immer gern Gummitwist. Im Haus von Brittas Familie wohnte auch ihre Oma, mit der die Eltern häufig nachmittags im Wohnzimmer saßen und rauchten. Wir sollten immer draußen spielen. Ihr Vater lief mit einem weißen Unterhemd herum und schmierte sich Pomade in sein schwarzes Haar, die Britta manchmal vom Supermarkt mitbringen sollte. Brittas Kinderzimmer war wegen des Pflaumenbaums nachmittags dunkel und es gab zwei Etagenbetten, so dass vier Kinder darin schlafen konnten. Für Spielsachen war wenig Platz und es roch dort nicht besonders frisch, alles wirkte etwas schmuddelig. Das hatte aber nichts mit Britta zu tun, die ich sehr mochte, denn wir waren zusammen fröhlich und am liebsten draußen unterwegs.

Nach der Schule liefen wir viel im Dorf herum, spielten auf Wiesen, im Wald, auf Baustellen und versuchten regelmäßig, uns Höhlen zu bauen, die eine Gruppe von Jungen immer wieder zerstörte. Sie waren von nun an unsere Feinde und wir versuchten immer, ihnen einen Schritt voraus zu sein, indem wir »unsere Projekte« tarnten, damit sie von ihnen nicht entdeckt wurden. Auf der Wiese neben einer Autowerkstatt stand ein Anhänger, den wir wie eine Wippe benutzten, um damit auf- und abzukippen. Irgendwann stand neben der Werkstatt ein bis zum Rand gefüllter Karton mit BRAVO-Zeitschriften. Unsere Eltern hätten sie uns nicht gekauft. »Super, Britta, jetzt können wir uns in den Anhänger legen und lesen!« Dabei erhielten wir Informationen über die angesagten Musikbands, sahen uns die Foto-Lovestorys an. Die Antworten auf die an Dr. Sommer gerichteten Fragen angeblicher Leser waren besonders spannend.

»Was hältst du davon, wenn wir ein Feuer machen und etwas grillen?« schlug Britta vor. Wir besorgten uns ein paar Kartoffeln aus dem Keller und liefen zur gegenüberliegenden Straßenseite. Dort gruben wir neben einem Maisfeld ein Loch in die Erde und suchten kleine Zweige als Brennmaterial zusammen. Wir legten vertrocknete Blätter hinein und zündeten sie so oft an, bis eine Flamme entstand und irgendwann auch die Zweige brannten. Nun war der richtige Moment gekommen und wir spießten unsere Kartoffeln auf etwas dickere Zweige, um sie über den Flammen zu rösten. Schnell waren sie fast schwarz und etwas verkokelt, aber direkt unter der Schale zumindest etwas durchgegart. Wir pusteten, bis sie abgekühlt waren und probierten. »Mhm, die schmecken tatsächlich. Lass uns noch mehr davon aufspießen!« sagte ich. Das besondere Aroma habe ich nie vergessen. Und sie rochen nach Freiheit und Abenteuer. Vielleicht erklärt sich dadurch meine heutige Vorliebe für Barbecue-Aromen. Ich stellte mir oft vor, wie es wohl wäre, frei und unabhängig von den Eltern draußen in der Natur in einer Höhle oder einem Schuppen zu leben. Auch Britta fand diese Vorstellung spannend.

In einer Nacht wollten Britta und ich schon einmal mit einem Zelt das Abenteuer starten. Auf einer Rasenfläche in der Straße, in der Britta wohnte, bauten wir es auf und richteten es mit Kissen und Decken ein. Unsere Fahrräder hatten uns als Transportmittel gedient. Dann begann es, dunkel zu werden und wir wollten vor dem Schlafen gehen noch etwas umherstreifen, auch um in der Nachbarschaft im Schutz der Dunkelheit Erdbeeren zu pflücken, die an den Tagen zuvor so verlockend rot geleuchtet hatten. Wir kletterten über einen Zaun und schlichen uns in den Garten, pflückten nur eine Handvoll Früchte. Dann bekamen wir es doch mit der Angst zu tun und liefen schnell zurück zu unserem Zelt. Anschließend begannen wir, uns Geschichten zu erzählen, die von Minute zu Minute gruseliger wurden. Britta fragte: »Hast du schon einmal von Graf Dracula gehört? Er schläft tagsüber in einem Sarg und kommt um Mitternacht heraus, um bei den Menschen Blut zu saugen.« Danach konnten wir bei dem Gedanken an Vampire gar nicht mehr einschlafen. Kleinlaut schlug Britta vor, nach Hause zu gehen. Ich war einverstanden und so rafften wir unsere Decken und Kissen zusammen und liefen mit unseren Fahrrädern zu unserem Garten hinter dem Haus, um es uns auf den Liegestühlen gemütlich zu machen. Durch ein Poltern wurde meine Mutter aufmerksam und staunte, als sie uns auf den Liegestühlen sah. Sie musste uns nicht lange überreden, ins Haus zu gehen, um dort zu übernachten.

Manchmal fuhren Britta und ich mit unseren Fahrrädern einfach nur durch die Gegend. Dabei versuchte ich, einhändig oder sogar freihändig zu fahren. Ich mochte es besonders an den

Sommerabenden, wenn mir dabei der warme Wind über das Gesicht und durch die Haare wehte. Im drei Kilometer entfernten Nachbardorf gab es kurz hinter dem Ortseingang auf der rechten Seite einen Vorgarten, in dem eine Gruppe mit zahlreichen, bunten Gartenzwergen sowie eine kleine Windmühle stand. Wir fuhren manchmal nur deshalb dorthin, um uns die Zwergengesellschaft anzusehen. Auf dem Rückweg kamen wir an einem unscheinbaren, grauen Haus vorbei, das ein Fenster besaß, welches als Schaufenster diente, weil sich darin ein kleiner Spielzeugladen befand. Wir bremsten unsere Fahrräder ab und blieben einige Minuten stehen, während wir die Spielsachen betrachteten, besonders natürlich die Barbie-Puppen. Wenn da nicht die Preisschilder gewesen wären. »Unser Taschengeld reicht im Leben nicht« stellten wir fest. Nie hatten wir so viel Geld dabei, um uns dort etwas zu kaufen. Als wir zu Hause angekommen waren, hatten wir die Eindrücke aber schon wieder vergessen.

In unserem Haus gab es einen Keller, in dem meine Mutter viele Dinge aufbewahrte: Kleidung, die gerade nicht getragen wurde, Schwimmreifen, Matten und Hüte für den Urlaub, Weihnachtsdeko, ein Vorrat an Lebensmitteln, selten benutzte Küchengeräte sowie das umfangreiche Tischlerwerkzeug meines Opas mit diversen Hobeln, Feilen und Sägen. Einmal bat meine Mutter mich, aus dem Keller etwas zu holen. Als ich aus Neugierde auch einen Blick in den großen Kleiderschrank mit den vielen bunten, selbst genähten Kleidern meiner Mutter warf, entdeckte ich dort eine verpackte Barbiepuppe. Aufgeregt und voller Freude lief ich zu meiner Mutter, um ihr von meinem Fund zu berichten. »Mutti, stell dir vor, im Keller liegt eine Barbie. Ich habe mir doch immer eine gewünscht!« Sie freute sich aber nicht für mich, sondern reagierte wütend und unterstellte mir, ich hätte »geschnüffelt«, also systematisch danach gesucht. Sie hatte die Puppe dort versteckt, um sie mir später zum Geburtstag zu schenken. Dann fügte sie verärgert hinzu: »Da hast du dir die Geburtstagsüberraschung selbst verdorben.«

Unser Taschengeld reichte für Süßigkeiten. Sobald wir etwas Geld hatten, gingen wir in den kleinen Supermarkt an der Straßenecke und suchten uns ein paar Teile aus den runden Behältern aus. Es gab Lollis, kleine Püppchen in Reihe, weiße Mäuse, und Weingummi sowie Brausebonbons und Lakritz-Schnecken. Wenn ich einmal mehr als 40 Pfennig beisammenhatte, gönnte ich mir einen Schoko-Pudding mit Sahne. Bei Regenwetter waren wir manchmal mehrfach in dem Laden und schauten uns auch die Titelbilder der bunten Zeitschriften an. Wenn wir uns zu lange aufhielten, wurden wir von dem Marktleiter, dessen Nachname ein japanisches Schwert bezeichnete, aufgefordert, den Laden zu verlassen. »Das ist hier keine Aufwärmhalle« sagte er unfreundlich.

Während wir in den folgenden Jahren unsere kleine Welt auf dem Lande entdeckten, war mein Vater, der ja für den Newsbereich tätig war, anlässlich der Mittelamerika- und Karibischen Spiele in Panama und auf den Bahamas. Er war immer wieder beruflich unterwegs und kam nur sporadisch zum Schlafen nach Hause. Wir erhielten Postkarten von ihm. Hin und wieder gab er uns Informationen zu Sendezeiten, dann konnten wir seine Filmberichte im Fernsehen anschauen. Lieber hätte ich ihn mal am Frühstückstisch gesehen oder etwas Zeit mit ihm verbracht. Als wir von der bevorstehenden Rückkehr von einer seiner vielen Reisen erfuhren, warteten Martin und ich einmal an einem späten Nachmittag im Sommer auf kleinen Stühlen vor unserer Hecke auf ihn. Bei jedem Auto, das vorbeifuhr, hofften wir, darin unseren Vater zu entdecken, der nun endlich nach Hause kommen würde. Wir warteten und warteten, bis es dunkel wurde, schließlich mussten wir ins Bett und schliefen mit dem Wunsch ein, ihn am nächsten Tag zu sehen. Vielleicht würde er dann auch ein bisschen Zeit für uns haben.

Zwischendurch bekam mein Vater immer mal wieder besondere Aufträge, die er als »Süßlupinen« bezeichnete. 1979 flog er für sechs Wochen nach China mit einem Gewinner des Deutschen Filmpreises in Gold und Jurymitglied der Berlinale. Stolz pinnte ich immer seine bunten Postkarten aus vielen verschiedenen Städten und Ländern in meinem Zimmer an die Wand und träumte manchmal davon, wie es wohl wäre, wenn ich ihn hätte begleiten und auch all die interessanten Städte kennenlernen können. Aber er blieb ein Vater auf Distanz.

In der zweiten Klasse bekam ich einen neuen Lehrer. Herr Krüger war groß und schlank, hatte gewelltes, braunes Haar und eine moderne Brille. Er trug hellblaue, enganliegende Hemden und graue Hosen mit Umschlag sowie Schuhe mit Kreppsohlen. Er hatte viele neue Ideen und ich fand ihn cool. Im Sachkundeunterricht sollten wir einen Stromkreis herstellen. Dafür mussten in einem Elektrogeschäft Bananenstecker gekauft werden, von denen weder meine Mutter noch ich zuvor etwas gehört hatten. Im Unterricht befestigten wir auf einer Platte verschiedene Teile und Drähte, die anschließend miteinander verbunden wurden, so dass am Ende tatsächlich ein kleines Lämpchen leuchtete. Das hat mich tatsächlich ein bisschen beeindruckt. Dann sollte Herr Krüger uns auch noch in Sexualkunde unterrichten, was für unsere Eltern überraschend oder sogar unangenehm war. In einer der ersten Stunden Sexualkunde versuchte Herr Krüger, uns zu erklären, was eine Prostituierte ist. Ich konnte das Wort kaum schreiben oder aussprechen, geschweige denn, dass mich die Sache mit der käuflichen Sexualität interessiert hätte. Es war merkwürdig.

Wenn mein Vater endlich einen Tag frei hatte, dann war es etwas ganz Besonderes. Auch meine Mutter war immer etwas aufgeregt, bevor er zu Hause auftauchte und machte sich besonders chic. Er brachte oft Schallplatten mit von Bob Marley, Neil Diamond, Johnny Cash oder Nana Mouskouri mit französischen Titeln, die wir zusammen hörten. Manchmal kochte er etwas für die ganze Familie und dann aßen wir Spaghetti mit Tomatensoße oder Tortilla. Er verriet mir, dass das Geheimnis der Tortilla im Vergleich zu Bratkartoffeln darin bestand, rohe Kartoffeln zu verwenden. Die Zwiebeln für die Spaghetti-Soße ließ er immer leicht anbrennen, wodurch sie ihr besonderes Aroma bekamen. In der Kühlschranktür stand ein Sortiment von Fläschchen mit würzigen Saucen, die er irgendwann mitgebracht hatte, wie Tabasco oder Worcestersauce. Unser Vater war durch seine vielen Auslandsaufenthalte für uns ein Trendsetter, etwa vergleichbar mit einem Influencer heute, nur mit dem Unterschied, dass ausschließlich wir seine Follower waren.

Die Vorstellungen vom Leben wichen bei meinen Eltern in den Jahren nach dem Hausbau immer mehr voneinander ab und sie lebten sich endgültig auseinander. Ihr Altersunterschied war nicht allein dafür verantwortlich. Mein Vater war nach wie vor zu selten zu Hause, um am Familienleben teilzunehmen. Deshalb kamen seine sporadischen und strengen Erziehungsversuche auch unerwartet und ungelegen. Gemeinsame Unternehmungen mit unseren beiden Eltern gab es nicht, abgesehen von einem Dänemark-Urlaub, den ich in guter Erinnerung habe. Meine Mutter war mit sich und den alltäglichen Dingen zu beschäftigt, um auf die Idee zu kommen, mit Martin und mir einmal einen Ausflug zu machen. Sie war oft gereizt und beschwerte sich regelmäßig über die viele Haus- und Gartenarbeit. Allerdings wurden wir von ihr auch nicht eingebunden. Stattdessen machte sie uns Vorwürfe, dass immer alles an ihr hängenbleiben würde. Wenn sie schlecht drauf war, explodierte sie und schrie uns ohne Vorwarnung an.

Dabei verzog sie ihr Gesicht zu einer Grimasse und wurde manchmal sogar handgreiflich. Sie schien mir oft unberechenbar. Später strafte sie uns mit Ignoranz. Einmal sagte sie zu mir: »Nimm dir ein Beispiel an Martin, der hat sich immerhin schon bei mir entschuldigt.« Ich glaube, ihr ging es in erster Linie um das »Dampf ablassen«, denn konstruktive Gespräche gab es nicht.

Mein Vater folgte nun einem Trend und es war ihm vor allem wichtig, kein »Spießer« zu sein, er orientierte sich damals politisch eher links und verurteilte sämtliche Traditionen. Meine Mutter dagegen wünschte sich weiterhin eine gutbürgerliche Existenz, die geprägt war von den Einflüssen des überstandenen Krieges und den Wertvorstellungen ihrer Eltern, von denen sie sich niemals wirklich abgenabelt hatte. Sie wohnten ja auch bei uns im Haus und unterstützten und beeinflussten sie.

Meine Oma Anna sollte ursprünglich in die Einliegerwohnung unseres Hauses mit einziehen. Ihre Möbel waren schon aus Berlin mit einem Umzugsunternehmen gebracht worden. Während der Reise oder kurz vorher muss sie allerdings gesundheitliche Probleme bekommen haben. Nach ihrer Ankunft am Hamburger Hauptbahnhof saß sie stundenlang hilflos mit einem Zettel auf einer Bank, auf dem unsere Adresse notiert war. Meine Mutter wurde durch einen Anruf von der Bahnhofsmission darüber informiert und sie bat darum, Oma Anna in die S-Bahn zu begleiten, damit sie sich an der Endstation ein Taxi zu uns nehmen konnte. Bei ihrer Ankunft stellte sich heraus, dass sie einen Schlaganfall erlitten haben musste, wie einige Jahre zuvor schon mein Opa Ernst. Nachdem der Arzt ins Haus gekommen war, bat mein Vater telefonisch darum, dass meine Mutter sich um Oma Anna kümmern möge. Sie tat dies für eine Schwiegermutter, von der sie jahrelang nicht akzeptiert wurde. Meine Oma Frieda reiste aus diesem Grund aus Berlin an, um bei der Versorgung von Oma Anna, die inzwischen nicht mehr laufen und kaum noch sprechen konnte, behilflich zu sein. Nach wenigen Wochen musste sie aber ins Krankenhaus verlegt werden, wo sie kurz darauf verstarb.

Martin und ich haben davon kaum etwas mitbekommen. Unsere Eltern erzählten uns, unsere Oma sei zu ihrer Schwester nach Wien gereist. Von dieser Reise ist sie merkwürdigerweise nie zurückgekehrt Von ihrem Tod haben wir erst viele Jahre später erfahren. Inzwischen waren Opa Willi und Oma Frieda zu uns gezogen. Sie hatten sich kurz zuvor eine Eigentumswohnung in Berlin gekauft. Weil mein Vater aber in der für seine Mutter eingerichteten Wohnung keine fremden Menschen wohnen lassen wollte, ließen sie sich überreden, den Kaufvertrag rückabzuwickeln. Im Gegenzug erhielten sie von meinen Eltern ein lebenslanges Wohnrecht, zahlten einen festgeschriebenen, überschaubaren Nebenkostenbetrag und konnten das Mobiliar von Oma Anna übernehmen.

Meine wenigen Erinnerungen an Oma Anna beinhalten ihr Geschenk zu meinem vierten Geburtstag. Sie hatte mir einen großen Puppenwagen mit einer Bordüre aus aufgedruckten gelben Rosen geschenkt, über den ich mich sehr gefreut und den ich lange in Ehren gehalten habe. Meine Mutter war allerdings über dieses Geschenk verärgert, weil sie einen kleinen Stubenwagen für mich besser gefunden hätte, den sie besorgen wollte. Mit ihrer Kritik an dem in ihren Augen zu protzigen Geschenk sparte sie nicht, was mich belastete und mir die spontane Freude an dem Geschenk nahm.

Als ich in der dritten Klasse war, bekam mein Leben noch einmal einen Dämpfer und die Unbeschwertheit verabschiedete sich nun endgültig daraus.

SÜSSER DIE GLOCKEN
NIE KLANGEN

Eines Abends kam meine Mutter zu mir ans Bett und wirkte verzweifelt. Sie war bedrückt und sagte verzweifelt: »Papa ist arbeitslos geworden und wir wissen nicht, wie es nun weitergehen soll.« Ich fühlte mich hilflos, denn mit zehn Jahren war mir nicht klar, welche Konsequenzen sich hieraus für uns ergeben würden. Sein bisheriger Arbeitgeber, eine Tochterfirma der Deutschen Presseagentur, hatte nach einem Regierungswechsel in Deutschland keine Möglichkeit mehr, meinen Vater weiter zu beschäftigen, weil das entsprechende Budget ersatzlos gestrichen wurde. Wir waren vor kurzem erst in unser neu erbautes Haus gezogen und der Kredit hierfür musste natürlich weiter getilgt werden. Mein Vater verkaufte erst einmal seinen Volvo und kaufte sich einen zitronengelben Kleinwagen, den er als seine »Arbeitslosenschüssel« bezeichnete.

Zum Glück tat sich nach wenigen Monaten für meinen Vater eine neue Chance auf. Nach dem Hinweis eines Freundes bewarb er sich bei einem Fernsehsender, der als guter Arbeitgeber galt, denn das Betriebsklima sollte dort besonders angenehm sein. Schließlich erhielt mein Vater eine Zusage. Die Sache hatte allerdings einen Haken: Sein neuer Arbeitgeber befand sich in einer 300 km entfernten Stadt und er musste von nun an zweimal täglich diese weite Strecke fahren. Zu dieser Zeit war gerade erst damit begonnen worden, den neuen Elbtunnel in Hamburg zu bauen. Diese Fahrten waren auf Dauer eine große Belastung für meinen Vater, auch wenn er immer gern Auto fuhr. Meine Eltern besprachen daraufhin, ob sie erneut umziehen sollten und besichtigten an einem der folgenden Wochenenden eine Wohnung in der Nähe seines Arbeitsplatzes. Meine Mutter war allerdings überhaupt nicht begeistert, denn sie hatte ja vor Kurzem erst unser Haus eingerichtet, Rosen gepflanzt und ihre Eltern hatten ihre Berliner Heimat aufgegeben. Martin und ich besuchten noch die Grundschule. Einen Umzug in ein Mehrfamilienhaus konnte sie sich gerade gar nicht vorstellen. Die Situation war verfahren. Nach weiteren Diskussionen entschieden meine Eltern sich dann für einen Kompromiss in der Weise, dass mein Vater eine kleine Wohnung in der Nähe seines Arbeitgebers anmieten sollte, um hin und wieder dort zu übernachten, wenn seine Drehtage spät endeten.

An einem seiner freien Tage überraschte mein Vater Martin und mich mit der Idee, einen Drachen steigen zu lassen, obwohl es kaum windig war. Also fuhren wir mit dem Auto einige Kilometer aus dem Dorf heraus, um den Drachen aus dem Fenster seines Autos flattern zu lassen. Wir stiegen gar nicht aus, aber immerhin war es ein gemeinsames Erlebnis mit unserem Vater, das ich nicht vergaß. Ein paar Mal spielte er mit mir Schach, nachdem er mir die Regeln erklärt hatte. Martin und ich waren nicht sehr anspruchsvoll und freuten uns, wenn unser Vater überhaupt einmal Zeit für uns fand. Da meine Mutter Martin häufig bevorzugte, war ich immer besonders glücklich, wenn mein Vater durch seine Anwesenheit das Gleichgewicht herstellte und ich besondere Aufmerksamkeit von ihm bekam.

Irgendwann gab es aber auch Momente, in denen mein Vater mir nach längerer Abwesenheit wie ein Fremder vorkam und verkrampfte Situationen entstanden. Beim Abendessen erwartete er gute Tischmanieren. Er sagte einmal zu mir: »Wenn du etwas haben möchtest, dann bitte mich, es dir herüberzureichen. Ich

möchte nicht, dass du dich deshalb über den Tisch beugst.«
Dann wartete er so lange, bis ich ihn um die Margarine bat, was
mich Überwindung kostete. Es kam mir vor, als würde er mich
dressieren wollen. An unserer Erziehung war er ja ansonsten
kaum beteiligt und deshalb waren wir umso überraschter, wenn
er mit unerwarteter Strenge plötzlich Regeln aufstellte.

Zu der Zeit, als es im Fernsehen nur drei Sender gab, liefen an den
Wochenenden beliebte Quizshows, wie »Der große Preis« oder
»Dalli, Dalli«. Mein persönliches Highlight am frühen Samstagabend war aber immer »Die Hitparade«. Ich war neun Jahre alt,
mochte damals deutsche Schlager und kannte alle Interpreten. Eine
Abstimmung erfolgte per Postkarte und am Ende eines Titels wurden Autogrammadressen eingeblendet. In den Liedertexten ging es
um Wunder, Liebe und Romantik, sie suggerierten eine heile Welt,
die ich mir so gerne vorstellte. Der Sendezeitpunkt war zusätzlich
ein Indiz für das Wochenende ohne Hausaufgaben.

An einem Samstagabend kam mein Vater nach Hause und
brachte einen Kollegen mit, der bei uns übernachten sollte. Martin und ich saßen bei ihrem Eintreffen durch die Terassentür vor
dem Fernseher, während gerade »Die Hitparade« lief. Völlig
überraschend schritt mein Vater an uns vorbei und energisch auf
den Fernseher zu, um ihn auszuschalten. »Das ist doch Volks-
verdummung,« behauptete er. Ich war enttäuscht und hatte kein
Verständnis für seine Aktion. Vielleicht wollte er sich gegenüber seinem Kollegen profilieren. Mein Vater, den ich sonst so
bewunderte, weil er sensibel und modern war, konnte auch anmaßend und intolerant sein. Meine Mutter versuchte manchmal,
die Dinge in unserem Sinne wieder zu richten. Sie gab mir auch
mein geliebtes Radio zurück, das er einmal im Keller versteckt
hatte, damit ich abends früher einschlief. Mein Vater kam mir
inzwischen nur noch wie ein Gast in unserem Haus vor, auf dessen nicht nachvollziehbare Aktionen ich gut verzichten konnte.

Wenn es mal wieder irgendwelche Querelen zwischen Martin und mir gab, wobei wir uns gegenseitig bezichtigten, für den Streit verantwortlich zu sein, machte mein Vater es sich leicht und sagte: »Schuld sind immer beide.« Dem konnte ich natürlich nicht zustimmen, aber seine Schuldverteilung war zumindest fairer als die meiner Mutter, die zu oft mir die Schuld gab. In ihren Augen war Martin der kleine, unverdorbene Junge und ich war oft die böse, große Schwester. Nicht nur einmal betete ich zum lieben Gott, sie möge irgendwann in der Zukunft die Wahrheit erfahren, ihre Kinder objektiv und vor allem Martin nicht immer als einen Heiligen betrachten! Wenn sie damals schon gewusst hätte, wie alles später einmal kommen und dass ich es sein würde, die ihre Angelegenheiten regeln würde...

Dann kam der Tag, an dem sich offenbar der Verdacht meiner Mutter bestätigt hatte. Sie kam mit einem versteinerten Gesichtsausdruck auf Martin und mich zu, offensichtlich um uns eine schockierende Neuigkeit zu berichten. »Euer Vater hat eine Freundin. Er hat sich bei einer Feier in eine jüngere Frau verliebt.« Mein Vater war inzwischen Anfang 30 und hatte keine Erfahrungen vor seiner Ehe gesammelt. Ich hatte ja schon bemerkt, dass die Stimmung zwischen meinen Eltern in der letzten Zeit sehr angespannt war. Manche unangenehme Szene hätten sie uns Kindern besser erspart. Die Atmosphäre war vergiftet und es spitzte sich nun offenbar zu. Martin und ich wurden mit einbezogen und von meiner Mutter immer wieder auch als Werkzeug in diesem Gefecht benutzt.

Als meine Mutter den Verdacht hatte, unser Vater könne in seiner neuen Wohnung eine andere Frau treffen, forderte sie uns auf, ihn in regelmäßigen Abständen zu fragen, wann wir denn endlich zu Besuch kommen könnten. Damit wollte sie ihn natürlich in Erklärungsnot bringen. Aus dieser Strategie machte sie auch keinen Hehl. Aus nachvollziehbarer Enttäuschung und verletzter

Eitelkeit heraus schmiedete sie schließlich weitere Pläne, um ihrem untreuen Ehemann das Leben nicht allzu leicht zu machen. Ich war dabei, als sie auf einem Brot, das sie meinem Vater für unterwegs zubereitete, den Inhalt einer Kapsel des Medikamentes verteilte, von dem sie wusste, dass er es nicht gut vertrug und es allergische Reaktionen bei ihm auslösen würde.

In der Vorweihnachtszeit eskalierte die Situation dann. Unsere Mutter wollte mit unserem Vater in die Stadt fahren, um Geschenke zu kaufen, wozu mein Vater gerade überhaupt keine Lust hatte. Er äußerte sich negativ über den vorweihnachtlichen Konsumrausch und war dagegen, gemeinsam einzukaufen. An seine Kinder hat er dabei nicht gedacht. Vermutlich war er mit seinen Gedanken nur noch bei seiner 19-jährigen Freundin. Nach der Absage meines Vaters weinte meine Mutter bitterlich und voller Verzweiflung. Ich saß in meinem Kinderzimmer gegenüber, hörte ihr lautes Schluchzen und fühlte mich unendlich hilflos, denn ich wusste nicht, ob und wie ich sie trösten konnte.

Unser Weihnachtsfest in jenem Jahr verlief entsprechend traurig, denn mein Vater hatte sich tatsächlich entschieden, den Heiligabend lieber mit seiner Freundin zu verbringen anstatt seiner Familie mit kleinen Kindern den Vorrang zu geben. Wir warteten neben dem geschmückten Tannenbaum und mit unseren Geschenken bei Weihnachtsmusik und einer großen Schüssel Kartoffelsalat gemeinsam mit unseren hilflos wirkenden Großeltern vergeblich auf ihn. Es war nun ein Vorteil, dass uns das Gefühl des Wartens auf ihn schon vertraut war.

Am ersten Feiertag erschien mein Vater dann um die Mittagszeit und bestimmt hatte er sich eine Rechtfertigung gebastelt, die in eventuell unbeherrschten Worten meiner Mutter während der angespannten Vorweihnachtszeit bestand. Die Tatsache, dass unsere Großeltern den Heiligabend mit uns verbrachten, diente sicher zu seiner Beruhigung. Meine Mutter konnte sich kaum beherrschen, als sie ihn sah. Die Stimmung war tief im Keller. Zu allem Überfluss entdeckte sie an seinem Schlüsselbund aus Leder den Anfangsbuchstaben des Vornamens seiner Freundin, wahrscheinlich ein Weihnachtsgeschenk von ihr, das man mit dem Markieren des Reviers vergleichen konnte. Nachdem sie sich Werkzeug geholt hatte, entfernte meine Mutter diese Provokation von dem Schlüsselbund. Wie dieser bedrückende erste Weihnachtstag dann weiter verlaufen ist, erinnere ich nicht mehr.

Dieses Weihnachtsfest hatte sich jedenfalls bei meiner Mutter eingebrannt. Als Folge davon wagte ich es in den darauffolgenden Jahrzehnten nicht ein einziges Mal, Weihnachten ohne meine Mutter zu feiern. Noch ein trauriges Weihnachtsfest wollte ich ihr ersparen. Sie hatte auch eine genaue Vorstellung davon, wie die Feiertage verlaufen sollten. Nach den Geburten meiner Töchter richtete ich in allen zurückliegenden Jahren das Weihnachtsfest so aus, wie es bei uns schon früher üblich war, während Martin sich darauf beschränkte, meine Mutter zu fahren. Er legte keinen Wert auf dieses Fest und bemühte sich kaum, es zu verbergen.

Die Ehe meiner Eltern war danach lange Zeit fast ausschließlich geprägt von Vorwürfen, Streitgesprächen, Zusicherungen und unserer Verunsicherung, ob sie sich wieder zusammenraufen würden. Zwischendurch gab es hin und wieder Signale, die uns hoffen ließen. Martin und ich wünschten uns natürlich nichts mehr als dass sich unsere Eltern wieder vertragen würden. Meine Mutter kämpfte zu Beginn der Affäre meines Vaters noch um ihn und ich fand es später beeindruckend, wie stark sie sich machte. Damals wollte ich das alles in Wirklichkeit lieber gar nicht so genau wissen. Sie teilte alles mit mir und belastete mich damit ungemein.

Einmal habe ich ihre Augenfältchen-Creme im Bad versteckt, bevor mein Vater nach Hause kam, damit er durch sie nicht auf den inzwischen von ihr so häufig thematisierten Altersunterschied aufmerksam wurde. Ich hatte doch beschlossen, mit meiner Mutter gemeinsam um unseren Vater zu kämpfen, obwohl ich mich nur als unbedeutende Schraube in diesem Getriebe fühlte. Ich wusste doch, dass ich machtlos war. Insgeheim wünschte ich mir die Anerkennung meiner Mutter für meine Solidarität.

Irgendwann gab mein Vater ein schriftliches Versprechen ab, wonach er zukünftig zweimal wöchentlich » an den heimischen Herd« zurückkehren wollte. Vielleicht wollte er von nun an zweigleisig fahren oder er strebte ernsthaft einen Neuanfang an, letztlich hatte er aber Zweifel, ob meine Mutter ihm jemals verziehen hätte. Und so kam die Information von der bevorstehenden Scheidung dann irgendwann doch. Sie war nicht überraschend und nur die Konsequenz aus dem zwei Jahre andauernden, zermürbenden Hin- und Her. Ich hatte mit meiner Mutter während dieser Zeit darauf gewartet, dass sich mein Vater wieder von seiner Freundin trennen und sich für uns entscheiden würde. Meine Mutter schlief nur noch mit Hilfe von Tabletten ein und war tagsüber oft gereizt. Sie sagte: »Ich bin froh, dass ich euch habe, denn sonst hätte ich nicht mehr leben wollen.« Meine eigenen Gefühle traten völlig in den Hintergrund. Diese Jahre haben einen Raum in meinem Leben eingenommen, der unbeschreiblich groß war. Mich selbst habe ich gar nicht mehr wahrgenommen und ich wurde schließlich immer verschlossener.

Die Antwort meiner Mutter auf Martins Frage, wann denn Papa wieder nach Hause kommen würde, hatte sich in mein Gedächtnis eingebrannt. Sie antwortete ihm: »Papa kommt gar nicht mehr nach Hause und ihr seid ihm auch nicht wichtig. Das hat er mir so gesagt, stellt euch das mal vor!« Verschwiegen hatte sie, dass dies seine Antwort auf ihre Frage war, ob ihn denn nicht wenigstens die Kinder davon abhalten würden, sich zu trennen. Später hatte sie dem Ganzen noch die Krone aufgesetzt, indem sie anderen gegenüber die Trennungssituation durch die bildliche

Beschreibung untermauerte, dass sich unter Martin eine Pfütze aus seinen Tränen gebildet hatte, nachdem sie ihm berichten musste, dass sein Vater nicht mehr nach Hause kommen würde. Sie hatte nie einen Gedanken daran verschwendet, es ihren Kindern schonender beizubringen. Sie war verletzt. Nur das zählte. In all den Jahren nach der Scheidung hat sie immer wieder betont, dass ihr Exmann sie wegen einer jüngeren Frau verlassen hatte und deshalb die Schuld an allem trug. Von nun an war sie die Protagonistin in einem Drama. Ihr Leben gestaltete sich von da an »wie eine Reise in einem wackeligen Gefährt mit nur drei Rädern und angeschaltetem Warnblinker« (Zitat Martin).

Ich hatte nach wie vor den Wunsch, unseren Vater in seiner neuen Wohnung einmal zu besuchen und daran sollte seine Freundin mich nicht hindern. Als ein Termin gefunden war, holte er mich zu Hause ab und wir erwarteten nach unserer Ankunft Chrissy, um gemeinsam etwas einzukaufen. Sie hatte halblange, braune Haare und Sommersprossen, die etwas frech wirkten und trug einen weißen Blazer mit türkisfarbenen Streifen. Nach der Begrüßung gingen wir gemeinsam in einen Laden mit hohen Regalen. Mein Vater und sie liefen Hand in Hand neben mir. Bei diesem Anblick konnte ich meine Tränen kaum unterdrücken. Ich wünschte mir plötzlich so sehr meine Mutter wieder an seiner Seite. Es fühlte sich falsch an, was ich sah. Wie so oft, unterdrückte ich meinen Schmerz und entschied, die Situation zu akzeptieren. Danach fuhren wir in ihre gemeinsame Wohnung. Die Eindrücke dort lenkten mich erst einmal ab, denn die Zimmer machten einen jugendlich-frischen Eindruck und waren mit interessanten Gegenständen dekoriert. Chrissy war zwanzig Jahre jünger als meine Mutter, hatte Modedesign studiert und war kreativ. In der Küche hatte sie weiße Wolken an die blau gestrichene Wand gemalt. Es wirkte alles anders als bei uns zu Hause.

Für die Nacht hatte mein Vater mir im Wohnzimmer auf dem Boden eine Schlafmöglichkeit hergerichtet und ich fand neben meiner Matratze einen Zettel, auf dem er mir handschriftlich eine gute Nacht wünschte und schrieb, dass er sich über meinen Besuch freute. Ein Glas mit Bonbons stand daneben. Wenn mein Vater Briefe schrieb, zeichnete er darauf immer noch ein Katzengesicht, das war sein Markenzeichen. Vor meiner Rückfahrt am nächsten Tag kaufte mein Vater mir noch einen Jeansrock, auf den ich sehr stolz war.

Das Leben mit unserer Mutter war für Martin und mich durch die von ihr nun eingenommene Opferrolle nicht einfach. Sie stützte sich auf uns, hielt sich an uns fest und gleichzeitig verwehrte sie uns ihren Respekt. Die Rollen waren vertauscht. Sie verhielt sich oft kindisch und ich musste schnell sehr erwachsen sein.

Meine Mutter fand immer das Haar in jeder Suppe. Ich kann mich kaum daran erinnern, dass sie fröhlich und unbeschwert war, nur wenn am Freitagabend im Fernsehen »Dick und Doof« lief, konnte sie sich ausschütten vor Lachen. Sonst hat sie sich über das Leben beklagt, so lange ich denken kann, besonders natürlich seitdem unser Vater sie für eine jüngere Frau verlassen hatte, wie sie es immer formulierte. Nach ihrer Ansicht war ihr ein nicht wiedergutzumachendes Unrecht widerfahren, für das Martin und ich seit unserem siebten bzw. neunten Lebensjahr Verständnis aufbringen mussten.

Es gab immer wieder diese Momente, in denen aus für mich nicht nachvollziehbaren Gründen plötzlich Wut in ihr hochstieg, die sich bei uns entlud. Nach Streitigkeiten sprach sie lange nicht mehr. Später sagte sie wieder einmal zu mir: »Du solltest dich bei mir entschuldigen, Martin hat es immerhin schon getan.« Besonders hilflos fühlte ich mich, wenn ich spürte, dass sie eine

Mauer um sich herum aufgebaut hatte, die sich nicht zum Einstürzen bringen ließ, nicht durch Tränen, die Verzweiflung ausdrückten, nicht durch Argumente und auch nicht durch die Tatsache, dass ich ihr Kind war. Ich suchte bei ihr vergeblich nach etwas, das nicht da zu sein schien: Fürsorgliche Mutterliebe.

Ich behaupte nicht, dass sie eine schlechte Mutter war. Sie nahm ihre Verantwortung wahr, tröstete sich auch nicht mit Drogen oder wechselnden Männerbekanntschaften. Sie war ihr Leben lang diszipliniert. Wenn Martin und ich später Probleme hatten, hörte sie sich unsere Nöte und bot Hilfe an. Nur in dem Arm genommen hat sie mich nie. Diese wärmende Herzlichkeit suchte ich bei ihr vergeblich. Es gab ein paar Situationen, in denen ich das Gefühl hatte, einem Eisblock gegenüberzusitzen.

Über Geschenke konnte sie ihre Freude selten zeigen. Zur Begrüßung gab sie mir ab und zu förmlich die Hand und das wohl eher aus einem Reflex heraus, weil ich gerade mit anderen Personen in einer Reihe stand, die ihr die Hand reichten. Martin empfand es kaum anders, obwohl er immer ihr Liebling war und von ihr bevorzugt wurde. Als ich mit Mitte Zwanzig Liebeskummer hatte, sprach ich mit ihr darüber und hoffte auf Trost. Während sie in der Küche beschäftigt war, gab sie einen Erklärungsversuch ab und behauptete, mir würde die Mütterlichkeit fehlen, die Männer bei Frauen suchten. Was war denn das für eine Aussage? Meinte sie womöglich sich selbst damit? Wie sollte ich Mütterlichkeit und Fürsorglichkeit ausstrahlen, nachdem ich sie von ihr kaum empfangen hatte. Das war doch paradox.

Termine bei Ärzten und auch Elternabende hat meine Mutter pflichtbewusst wahrgenommen und sie hat sich für uns eingesetzt, wenn ihr etwas ungerecht erschien. Leider kam sie nie auf die Idee, mit uns einen Ausflug zu machen. Nur das Einkaufen in der Stadt ein paar Mal im Jahr hat uns gemeinsam Spaß gemacht.

Die Bratwurst am Bahnhof oder das Stück Kuchen in einem Café waren für uns Luxus, denn das Geld war bei einer alleinerziehenden Mutter natürlich knapp. Deshalb war es auch immer etwas Besonderes, wenn ich ein neues Kleidungsstück bekam und meine Mutter nahm mir jedes Mal das Versprechen ab, dieses Teil auch ganz bestimmt anzuziehen.

In der nahegelegenen Kleinstadt fand zweimal jährlich ein Jahrmarkt statt. Martin und ich freuten uns, als meine Mutter überraschend verkündete, dass sie mit uns dort hingehen wollte. Wir machten uns voller Vorfreude auf den Weg. Kurz nach dem Betreten des Geländes wurde unsere Freude allerdings schon getrübt, denn meine Mutter klagte plötzlich über Herzstiche und krümmte sich. Den Grund dafür sah sie in dem Stress, den sie durch die Trennung von meinem Vater hatte. Natürlich waren Martin und ich besorgt und wir brachen unseren Ausflug ab. Ausgelassene Fröhlichkeit war also immer woanders, niemals dort, wo wir gerade waren.

Bei einer Routineuntersuchung stellte die Gynäkologin meiner Mutter Knoten in ihrer Brust fest. Deshalb sollte eine weitergehende Untersuchung vorgenommen werden. Für sie brach eine Welt zusammen und sie berichtete mir, dass sie eventuell Brustkrebs habe. Auch meinen Vater informierte sie aus diesem Anlass, der sie dann zu dem Termin begleitete. Meine Eltern verstanden sich inzwischen wieder zumindest so gut, dass mein Vater bei besonderen Anlässen manchmal auch dabei war. Und dies war ja ein besonderer Anlass. Es konnte immerhin sein, dass meine Mutter nicht mehr lange zu leben hatte. So kommunizierte sie es jedenfalls, bis sie einige Tage nach dem Termin einen negativen Befund erhielt. Währenddessen lebte ich mit der Angst, ich könnte meine Mutter bald verlieren.

Ob der Konfirmationsspruch von damals ihr Fühlen und Handeln beeinflusste, der lautete: »Nimm Dein Kreuz auf dich und folge mir nach«? Er sollte bedeuten, dass sie nicht länger machtlos war, wenn sie ihr Kreuz nahm und sich auf den Weg machte mit dem Ziel, in ihrem Leid nicht stehenzubleiben. Die Bedeutung dieses Spruchs hatte sie aber nie verstanden und dabei war er doch so passend für ihr Leben. Sie legte den Spruch offenbar so aus, dass sie ihren Kindern das schwere Kreuz zum Tragen überlassen konnte.

Erfahrungen, die meine Mutter schon früh durch Krieg, Verlust der Heimat, Lageraufenthalte und eine frühe Arbeitsaufnahme machen musste, haben Spuren in ihrer Seele hinterlassen. Ich hätte mir trotzdem gewünscht, dass sie mit uns Kindern anders umgegangen wäre, vielleicht auch einmal Licht am Ende des Tunnels und die vielen kleinen Sterne um sie herum wahrgenommen hätte. Immerhin konnten wir nach der Scheidung weiterhin in unserem Haus mit dem schönen Garten wohnen, weil es meinem Vater wichtig war, dass wir Kinder unser Zuhause nicht verlassen mussten. Die finanzielle Einigung war aus diesem Grunde von seiner Seite eher großzügig ausgefallen. Meine Mutter wurde auch von ihren Eltern unterstützt. Sie fand schließlich einen guten Job in der Grafikabteilung einer Firma, die Werbefilme produzierte. Den Arbeitsplatz konnte sie in wenigen Minuten mit dem Auto erreichen, das Opa Willi ihr überlassen hatte. Viele der verheirateten Kollegen flirteten mit ihr, denn sie war erst Anfang Vierzig und attraktiv. Sie hätte ihr Leben genießen und irgendwann einen Neuanfang wagen können, aber sie kam aus ihrem Schneckenhaus nur selten heraus. Sie verschloss sich vielen Dingen, schien überfordert und machte sich das Leben oft schwer. Dabei klagte sie immer wieder ihr Leid und schlief nach wie vor nur mit Hilfe von Schlaftabletten ein.

Martin formulierte einmal einen passenden Vergleich: »Mit unserer Mutter ist es, als würde man versuchen, mit einem zusammengeklappten Liegestuhl Walzer zu tanzen.«

VERWANDTENBESUCH
NACH 1945

Wenn der Kühlschrank meiner Mutter gut gefüllt war, dann konnte es nur bedeuten, dass Tante Edith und Onkel Gunther ihren Besuch angekündigt hatten. Sie lebten im Ruhrgebiet und besuchten uns früher vorwiegend an den Geburtstagen meiner Großeltern und nach Weihnachten. Dann wurde jedes Mal das Fondue-Set aus dem Keller geholt und wir feierten zusammen Silvester. Tante Edith und Onkel Gunther waren die organisiertesten Menschen, die ich kannte und deshalb fuhren sie auch immer an einem Sonntag sofort nach dem Frühstück wieder nach Hause. Onkel Gunther hätte eine zeitliche Verzögerung sicher nicht toleriert. Durch ihren Besuch entstand in unserem Haus immer etwas von einer ansonsten unbekannten Geselligkeit und an den Abenden stand sogar eine Flasche Wein auf dem Tisch. Ein Gläschen Wein wurde bei uns ansonsten nur zur Weihnachtsgans getrunken. Tante Edith und Onkel Gunther unterschieden sich von den anderen Verwandten, denn sie waren nicht schon alt und grauhaarig und besaßen sogar eine Tochter, die sie manchmal begleitete. Meine Cousine Thea war sechs Jahre älter als ich und sie verstand sich mit meiner Mutter schon vor meiner Geburt gut, so dass meine Mutter ihr angeboten hatte, die »Tante« in der Anrede wegzulassen. Ein vergleichbares Angebot habe ich von meiner Tante Edith nicht erhalten, aber das fand ich nicht schlimm und es wunderte mich auch nicht in einer Familie, in der meine Oma Anna nicht mit »Oma« angesprochen werden sollte,

sondern mit dem Vornamen meines Vaters, an den ein »-Mutti«
anzuhängen war. Thea hatte ein freundliches Lächeln. Sie studierte Deutsch und Philosophie, bevor sie an einer Waldorfschule
unterrichtete. Sie war sehr kreativ und hatte ihre Haare Henna rot
gefärbt. Eine Zeitlang schrieben wir uns regelmäßig Briefe und
ich fand, dass man mit ihr interessante Gespräche führen konnte,
wenn sie bei uns war. Nachdem sie Mutter geworden war, brachte
sie ihre kleinen Söhne mit. Dies waren meine einzigen Kontakte
zu kleinen Kindern. Ich war inzwischen siebzehn Jahre alt und
fand die kleinen, wissbegierigen Zwerge sehr süß.

In den Augen unserer Mutter führte ihre Schwester Edith die
perfekte Ehe, wie sie häufig neidvoll zugab. Mit ihrem Ehemann
hatte ihre Schwester scheinbar den Hauptgewinn gezogen. Der
große, schlanke und sportliche Onkel Gunther mit lockigem,
dunklem Haar und gepflegtem Bart, der in geselliger Runde gerne
mal ein paar Witze erzählte, war in den 1950er Jahren Bergmann
unter Tage und arbeitete später bei einem Energieversorger in lei-
tender Position. Er konnte mit Anfang Fünfzig in Rente gehen und
betreute von diesem Zeitpunkt an einmal jährlich den Messestand
seines Arbeitgebers. Onkel Gunther war ausgesprochen strukturiert und ordnungsliebend. Bei manchen Besuchen sortierte er
sogar in unserem Keller, den Opa Willi vor Jahren als Werkstatt genutzt hatte, Nägel, Schrauben, Kabel und Glühlampen, verpackte
alles in Schachteln und beschriftete sie fein säuberlich. Tante Edith,
die ebenso klein und zierlich wie meine Mutter war, aber braune
Augen und dunklere Haare hatte, war nur kurze Zeit berufstätig.
Sie hatte begonnen, Kunst zu studieren, wurde aber nach ihrer
Heirat Hausfrau und Mutter sowie eine ausgezeichnete Köchin.

Meine Mutter und ihre Schwester Edith lernten schon früh
Onkel Gunther kennen, dessen Vater in der Nähe ihres Wohn-
ortes ein Sägewerk besaß. Vermutlich wurde die Tischlerei meines Urgroßvaters gerade mit Holz beliefert, als Onkel Gunther

die beiden Schwestern zum ersten Mal sah und sie gefielen ihm schon damals. Nachdem der Krieg ausgebrochen war, wurde er als junger Mann Gebirgsjäger. Er brachte diese Zeit hinter sich und nach Kriegsende erinnerte er sich gern an die unbeschwerte Kinderzeit in Westpreußen und entschloss sich, meiner Mutter einen Brief zu schreiben. Als sein Brief bei ihr eintrudelte, war sie freudig überrascht. Allerdings hatte sie sich kurz zuvor in einen jungen Berliner verliebt, der ein Segelboot besaß und der sie für das kommende Wochenende zu einem Segeltörn auf dem Wannsee eingeladen hatte. Sie schlug deshalb Edith vor, sie möge doch den Brief ihres gemeinsamen Jugendfreundes beantworten, was diese gern übernahm. Als Onkel Gunther Ediths Antwortbrief in den Händen hielt, freute er sich über dieses Lebenszeichen und horchte in sich hinein. Tatsächlich gefiel ihm Edith auch und ihre Art fand er sogar etwas lieblicher als die ihrer Schwester. Zwischen ihnen begann ein romantischer Briefwechsel, sie tauschten Fotos aus und verabredeten sich zu einem Treffen, das beide schließlich aufgeregt erwartet hatten. Sie waren erwachsen geworden und hatten in der Zwischenzeit doch so viel erlebt, worüber sie sich nun unterhalten konnten. Einige Zeit später fand ihre Verlobung statt und Oma Frieda ließ es sich nicht nehmen, für diesen Anlass wieder ein besonders schönes Kleid für ihre Tochter zu nähen. Später heirateten Tante Edith und Onkel Gunther, Thea wurde geboren und sie lebten in einem schönen Haus mit Garten nahe der Ruhr. Ihre Ehe, die für meine Mutter der Inbegriff einer funktionierenden Beziehung darstellte, hielt bis zu Tante Ediths Tod. Ob meine Mutter mit Onkel Gunther eine ebenso harmonische Beziehung geführt hätte, bezweifle ich, denn sie war sicher kompromissloser, aufbrausender und dickköpfiger als ihre Schwester, die allerdings ein wenig schnippisch sein konnte.

Zu befreundeten Kollegen meines Vaters und deren Familien hatte meine Mutter nach der Scheidung keinen Kontakt mehr.

Vielleicht bedingt durch die Unbeständigkeit und häufige berufliche Abwesenheit meines Vaters hatten meine Eltern kaum gemeinsame Freunde. Sie waren daran aber scheinbar auch nicht sehr interessiert, denn unsere Nachbarn wurden niemals eingeladen, engere Kontakte im Ort hatten sich nicht entwickelt, also gab es bei uns auch keine Grillabende oder Feiern mit Freunden. Die Gastfreundschaft meiner Mutter beschränkte sich auf ihre Verwandtschaft. Meine Berliner Eltern hatten sich nicht die Mühe gemacht, die Menschen in ihrer neuen, ländlichen Umgebung kennenzulernen. In dieser Hinsicht passten sie gut zusammen.

Cousinen und Cousins meiner Mutter sowie Geschwister meiner Großeltern, die inzwischen im Rentenalter waren und nur deshalb aus der DDR ausreisen durften, besuchten uns mehrmals im Jahr, vor allem natürlich zu der Zeit, als meine Großeltern noch lebten. Regelmäßig verschickte meine Mutter an Verwandte in der DDR-Päckchen mit Kaffee und Pralinen oder Kleidung, die uns nicht mehr passte, immer mit der Aufschrift »Geschenksendung, keine Handelsware«. Einmal revanchierten sie sich mit einem selbst gebackenen Christstollen und Schokolade, die ganz anders schmeckte als wir es gewohnt waren. Die Päckchen aus der DDR hatten einen ganz besonderen Geruch, der vielleicht von den Kohleöfen dort herrührte.

Wenn Verwandte ihren Besuch ankündigten, backte meine Mutter beinahe jedes Mal ihren leckeren Käsekuchen und es wurde das damals noch intakte Service mit den türkisfarbenen Kreisen aus dem Schrank geholt und Filterkaffee aufgebrüht, dessen anregender Geruch durch das gesamte Haus zog. Eine besonders schöne Tischdecke wurde auf den ausgezogenen Esstisch gelegt, bevor das versilberte Besteck aus dem kleinen Koffer darauf verteilt wurde. Eine Glasschale mit geschlagener Sahne sowie ein kleiner Blumenstrauß für die Deko durften nicht fehlen. Meine

Mutter, die bei solchen Anlässen ein schönes Kleid trug, wurde immer nervöser, je näher die Ankunft ihrer Verwandten rückte. Sie wollte einen guten Eindruck machen. Dann trudelten die inzwischen teilweise gut genährten, lauten Geschwister meiner Oma oder aber die eher hageren, grauhaarigen und etwas dröge wirkenden Geschwister meines Opas aus verschiedenen Regionen Deutschlands ein. Sie hatten sich nach den Entbehrungen des Krieges inzwischen an das gute Leben in den Wirtschaftswunderjahren gewöhnt und berichteten nun nicht ohne Stolz, was sie erreicht oder erworben hatten. Leider ließen sie ihre Kinder zu Hause, deshalb waren ihre Besuche für Martin und mich eher langweilig und anstrengend, denn wir mussten uns an der Kaffeetafel möglichst unauffällig verhalten.

Kinder wurden in der Nachkriegszeit oft als störende Anhängsel der Erwachsenen empfunden, da diese Elterngeneration in erster Linie mit sich und ihren eigenen Bedürfnissen beschäftigt war. Martin und ich waren für unsere Mutter während der Besuche unsichtbar und als verspannte Gastgeberin vergaß sie manchmal sogar, uns zu fragen, welches Stück Kuchen wir gerne haben wollten. An dem ausgezogenen Tisch in der etwas zu schmalen Essecke oder bei größeren Anlässen an der provisorisch verlängerten Kaffeetafel im Wohnzimmer auf dazu gestellten Gartenstühlen wurde lautstark durcheinander über Belangloses, gerade nicht anwesende Verwandte oder über ihre gemeinsamen Kindheitserlebnisse gesprochen. Martin und ich wurden nur nach unseren Schulnoten gefragt. Wenn man wusste, dass meine Mutter als Kind bei Verwandtenbesuch manchmal unter der Kaffeetafel saß, dann waren wir gar nicht so schlecht dran.

Zwanzig Jahre nach seinem Ende wurden die schrecklichen Erlebnisse des zweiten Weltkriegs bei solchen Treffen kaum thematisiert, man beschränkte sich auf Oberflächliches. In den Erzählungen tauchte allerdings immer wieder ein besonderes Datum auf: »Nach 45 ... « Der 8. Mai 1945, das Ende des zweiten Weltkrieges und die Befreiung durch die Alliierten, hatte für alle natürlich eine besondere Bedeutung. Es war die Zeitenwende für die Generation meiner Eltern und Großeltern. Über ihre Sorgen und Ängste während des Krieges sprachen sie dabei nie, sie wollten vergessen oder hatten ihre Kriegstraumata vergraben. Die Unterdrückung von Gefühlen und das Schweigen über das Geschehene war damals eine Zeiterscheinung, Wunden sollten nicht aufgerissen und die Frage nach der Verantwortung für alles Geschehene wurde nicht thematisiert. Dabei wurden ihre Ängste aber auf die nächste Generation übertragen, denn heute weiß man, dass Traumata sich vererben. *(www.deutschlandfunk.de, »Bis ins vierte Glied – Traumata prägen auch die Kinder« von Silke Hasselmann).* Ich habe mich oft gefragt, warum ich mich manchmal ohne Grund so verloren gefühlt habe. Verlustängste haben mich lange begleitet. Vermutlich hatten die nachvollziehbaren Ängste meiner Mutter während des Krieges ihren Anteil daran. Mit großem Interesse las ich später auf der Homepage des Heilpraktikers (Psychotherapie) Carsten Neumärker[1] über das Kriegsenkel-Syndrom Folgendes:

»Zumeist handelt es sich bei der Beziehung von traumatisierten Eltern zu ihren Kindern um die transgenerationale Weitergabe von Ängsten und kontraproduktiven Lebensgefühlen, sowie eine sehr verengte Wahrnehmung der Bedürfnisse der Kinder.« ...
   Und weiter:
»Zuweilen ist eine Tabuisierung von Gefühlen erlebt worden. Die heute betroffenen Erwachsenen haben während ihrer Kindheit und Jugend wenig emotionale Unterstützung, stattdessen eine permanente Sorge der Eltern erfahren und wenig Zutrauen in das eigene Handeln bekommen.«

---

1   Hypnotherapie Köln: Kriegsenkel-Syndrom, *https://hypnotherapie.koeln*

So habe ich es in meiner Kindheit empfunden, wobei die Sorge gar nicht mir persönlich galt, sondern bei uns zu Hause ein Grundgefühl dem Leben gegenüber war, das einen positiven Mut kaum zuließ.

Nach ihrer Ankunft bei uns frage Martin die große, schwarz gekleidete Tante mit dem Netz über dem grauen Dutt und den streng wirkenden Augenbrauen, die nach den Worten meiner Mutter keine Sympathie für Mädchen besaß, ob sie ihm etwas mitgebracht habe. Eine Tafel Schokolade für die Kinder war bei Besuchen damals obligatorisch, denn man machte sich noch keine Gedanken über zu viel Zucker in Lebensmitteln. Etwas widerwillig kramte sie daraufhin in ihrem Portemonnaie und gab Martin schließlich 50 Pfennig in die kleine Hand, bevor sie begann, ihren Koffer auszupacken. Ich erhielt nichts, hatte ja auch nicht gefragt. Diese Tante war es auch, die einige Jahre später bei einem weiteren Besuch meinen Vater, dessen Mutter gerade verstorben war, bei der Begrüßung floskelhaft fragte, wie es ihm ginge. Mein Vater beantwortete ihre Frage damit, dass seine Mutter leider verstorben sei, worauf sie entgegnete: »Ach, das ist ja schön«, bevor sie ihren Fauxpas bemerkte und dann kurz auf seine Information einging.

Als geschiedene Frau in den 1970er Jahren fühlte sich meine Mutter im Vergleich zu verheirateten Paaren immer unvollständig und deshalb minderwertig und sie wurde von ihren Verwandten vermutlich auch als bedürftig angesehen.

Mein Onkel Otto, der einzig überlebende Bruder meiner Oma, war ein Unikum. Er hatte mit Geschäftssinn und Gerissenheit in der Zeit des Wiederaufbaus der Stadt Berlin nach dem Krieg vor allem mit dem Transport von Trümmerteilen und Baumaterialien viel Geld verdient. Er hatte es geschafft, in seiner Westpreußischen

Heimat noch vor Beginn des Krieges einige Wertsachen so gut zu verstecken, dass sie während der Kriegswirren nicht verloren gegangen waren. Irgendwie ist es ihm später gelungen, diese aus dem inzwischen zu Polen gehörenden Gebiet zurückzuholen. Er fiel durch seine laute Sprache auf, weil er inzwischen schwerhörig war und er benutzte gern deftige Ausdrücke. Er hatte kräftige Hände und große Ohren sowie einen verschmitzten Gesichtsausdruck. Die braunen Augen und dunklen Augenbrauen hatte er mit meiner Oma Frieda gemein. Offensichtlich war er eitel, denn er hatte seine inzwischen grauen Haare dunkelbraun gefärbt. Haarfärbungen schienen es ihm irgendwie angetan zu haben, denn er kaufte seinem einzigen Sohn später einen Friseursalon und saß damit an der Quelle. Sein Dalmatiner durfte bei ihm im Bett schlafen und seine wesentlich jüngere zweite Ehefrau, die mit ihrem knallroten Lippenstift und schlecht überkronten Zähnen sowie mit tiefem Dekolleté in groß gemusterten Kleidern aus Polyester etwas gewöhnlich wirkte, spielte bei ihm scheinbar nur die zweite Geige. Nach ihrem Umzug von Berlin in eine noble Wohngegend nahe Frankfurt erwarben Onkel Otto und Tante Elvira dort mehrere Mietshäuser. Bei einem ihrer Besuche bei uns übergaben sie Martin und mir feierlich ein Puzzle mit 1000 Teilen, Motiv »Schloss Neuschwanstein«, mit dem Hinweis, dass sie es schon selbst vergeblich versucht hatten, alle Teile zusammenzufügen und es somit keine Garantie auf Vollständigkeit der Teile gab. Ich kann gar nicht beschreiben, wie sehr wir uns darüber gefreut haben.

Und dann gab es noch Verwandte, die viele Jahre für ein Eigenheim in der Nähe von Köln gespart hatten. Ihre Sparsamkeit soll sogar so weit gegangen sein, dass sie sich jahrelang nur von Tütensuppen ernährt hatten und von dem edlen Cognac aus ihrer Karaffe durften ihre Gäste nicht probieren, sondern nur einmal daran schnuppern.

Das Kindermädchen, das im Krieg auf dem Schiff nach Argentinien den Bruder Erich meines Opas Willi geheiratet hatte, lebte inzwischen als Witwe in einer Berliner Wohnung, die mit diversen Kartons in der Küche, unzähligen Uhren an den Wänden und mehreren Schichten von Tischdecken belegten Tischen ausgestattet war. Wir erhielten einmal jährlich ein Päckchen von ihr. Dabei wurden Martin und ich jedes Mal mit Haselnuss-Waffeln in goldener Folie bedacht. Sie waren durch den Transport immer plattgedrückt, was dem Geschmack aber keinen Abbruch tat. Martin fragte einmal Oma Frieda, was denn der Onkel Erich in Argentinien gemacht hatte, warum er überhaupt dort lebte. Oma Frieda, die inzwischen über neunzig Jahre alt war, antwortete ernsthaft: »Er ist über die Felder geritten und hat Heuschrecken gejagt.«

Zwei Schwestern von Opa Willi waren Zwillinge. Eine von ihnen war unverheiratet und kinderlos. Sie lebte in Darmstadt und ich musste ihr oft nette Briefe schreiben. Meine Mutter fühlte sich ihr zu Dank verpflichtet, nachdem sie sich seinerzeit an den Kosten ihrer Fotografen-Ausbildung beteiligt hatte. Ihre Zwillingsschwester lebte mit ihrem Mann, Onkel Georg, der auch der Erbonkel meiner Mutter war, in einer Kleinstadt südlich von Hamburg. Einige Male nahmen wir mit meiner Mutter die umständliche Bahnfahrt auf uns, um die beiden in ihrem Bungalow zu besuchen. Auch sie waren kinderlos und deshalb war es dort alles so steril. Angeblich lebten in ihrem Garten Zwerge, das. hatte Onkel Georg jedenfalls behauptet. Martin und ich durften aber nur in Begleitung von Onkel Georg im Garten nach ihnen suchen. Es war vergeblich und wir starrten immer wieder durch das große Fenster mit der weißen, gerafften Gardine, aber Zwerge wollten sich uns nicht zeigen. Spielsachen gab es dort nicht und wir fanden es todlangweilig, während die Erwachsenen lange

Gespräche führten, vor allem Onkel Georg sprach ausführlich mit monotoner Stimme. Er war Elektroingenieur und hatte auch bereits ein Sachbuch geschrieben. Die Zeit während der Besuche wollte einfach nicht vergehen.

Bei einem weiteren Besuch im Winter, nachdem Schnee gefallen war, schlug Onkel Georg vor, mit einem Schlitten in den Wald zu gehen. Es sollte dort einen Berg zum Rodeln geben. Wie sich herausstellte, handelte es sich aber um einen unscheinbaren Hügel, von dem keine temporeiche Abfahrt zu erwarten war. Ich war enttäuscht und machte meinem Ärger Luft: »Es gibt hier ja überhaupt keinen richtigen Berg! Das macht doch gar keinen Spaß!« Meine Mutter war entsetzt: »Reiß dich mal zusammen. Onkel Georg hat es doch gut gemeint und nun benimmst du dich wieder so.«

EINGEFROREN UND
AUFGETAUT

Unmittelbar nach der überstandenen Scheidung fuhr meine Mutter mit ihrer Schwester Edith und Onkel Gunther nach Dänemark, um auf andere Gedanken zu kommen. Martin und ich waren nicht eingeplant, obwohl auch wir uns natürlich über einen Urlaub sehr gefreut hätten. Also blieben wir zu Hause, über uns wohnten ja Opa Willi und Oma Frieda. Nach der leidigen Trennungsgeschichte unserer Eltern hätten wir neue Eindrücke gut gebrauchen können. Ich war zehn Jahre alt und kam mit der Situation zu Hause nicht zurecht. Ich vermisste meine Mutter sehr. Opa Willi setzte schließlich einen Notruf in Form einer Postkarte ab, auf der er vermerkte: »Deine Tochter vermisst Dich sehr und lässt sich kaum beruhigen, schreibe ihr doch und tue mal so, als würdest Du bald zurückkommen.« Martin hatte noch hinzugefügt: »Und ich vermisse dich gar nicht.« Wahrscheinlich wollte er ihr keine Sorgen bereiten, es reichte ja, wenn ich dies tat.

Vermutlich waren es auch meine Großeltern, die meinen Vater ebenfalls informierten, der sich daraufhin entschloss, für einige Tage in unser Haus zurückzukehren. Er übernachtete mit mir zusammen in dem ehemaligen Ehebett meiner Eltern. Ich war so dankbar und habe es ihm niemals vergessen. Aber als er schon bald auf unbestimmte Zeit wieder fortmusste, machte mich dies wiederum traurig.

In der dritten Klasse war meinem Klassenlehrer aufgefallen, dass ich so still geworden war, denn es hatte sich in meiner Seele inzwischen viel Müll angesammelt. Er schlug eine Therapie für mich vor. Meine Eltern besprachen dies und vereinbarten Termine bei einer Therapeutin. Als ich erfuhr, dass ich eine Therapie machen sollte, glaubte ich, dass alle anderen in der Familie in Ordnung seien und nur mit mir etwas nicht stimmte. Schließlich hatte Opa Willi mich schon einmal nach einem Streit als verrückt bezeichnet. Dabei wollte ich mir damals nur nichts gefallen lassen. Martin und ich stritten uns oft. Wir mussten uns eine Bezugsperson teilen, die so mit sich selbst beschäftigt war, dass ihre Kapazitäten nicht auch noch für unsere Meinungsverschiedenheiten ausreichten.

Die Therapeutin trug einen weißen Arztkittel, den meine Mutter unpassend fand, weil es ja darum ging, ein Vertrauensverhältnis zu einem Kind aufzubauen. Mir fiel zunächst ihre braungebrannte Haut mit den tiefen Falten auf. Nachdem ich mit ihr allein war, musterte sie mich. Dann holte sie einen Koffer mit kleinen Figuren und Tieren aus Holz hervor, Weidezäune gab es auch. Ich sollte die Figuren aufstellen. Dabei überlegte ich, wie sie meinen Aufbau wohl auslegen würde, denn ich vermutete, dass die Positionen der Figuren meine Familie und das Verhältnis der Personen zueinander darstellen würden. Ich wollte sie austricksen und alles perfekt machen, um möglichst stark und nicht ungewöhnlich zu wirken. Ich konnte nichts spontan machen, das hatte ich in meinen ersten Lebensjahren verinnerlicht. Meine Familie hatte dafür gesorgt, dass sowohl positive als auch negative Gefühle unterdrückt werden mussten. Ich hatte Enttäuschungen tapfer ertragen müssen und sollte nicht aufbegehren oder gar wütend sein. Deshalb war ich inzwischen so verkopft.

Ohne mir dessen bewusst zu sein, habe ich mich oft verstellt, weil ich es besonders meiner Mutter recht machen wollte. Dabei habe nicht in mich hineingehorcht. Soweit kam ich gar nicht. Ich hatte verstanden, dass ich nicht wichtig war. Ich fühlte mich eher wie ein Wurmfortsatz meiner Mutter. Und wenn ich doch einmal so wütend war, dass ich es kaum ausgehalten habe, entschied die Familie, dass es mit mir extrem schwierig war. Aber hätte meine Mutter nicht besser eine Therapie machen sollen, bevor sie Kinder bekam oder spätestens nach ihrer Scheidung? Vielleicht hätten meine Eltern auch zu der Zeit noch gar keine Kinder haben sollen oder nicht gemeinsam.

Ich weiß so viel über das Leben meiner Mutter, abgesehen von all dem, was sie tief in ihrer Seele vergraben hatte. Über die Gefühlswelt von Martin und mir hat sie sich dagegen kaum Gedanken gemacht. Wenn ich einmal den Mut aufbrachte, mit ihr über meine Gefühle zu sprechen, die oft mit ihrem Verhalten in Verbindung standen, war ihre Reaktion immer besonders kalt: »Du...? Denk lieber mal darüber nach, wie es mir geht!« Aber das tat ich doch ständig! Oder sie flüchtete sich bei der kleinsten Kritik wieder einmal in ihre Opferrolle: »Na, dann habe ich ja alles falsch gemacht.« Damit war das Gespräch für sie beendet. Verletzte Gefühle waren allein ihr vorbehalten. Sie warf mir im Grundschulalter bereits vor, egoistisch zu sein, sie selbst besaß ein Buch mit einer Anleitung zum Egoismus. Als sei es ein Makel, sagte sie in einem anderen Zusammenhang später einmal zu mir: »Du bist ja auch so extrovertiert.« War ich das überhaupt? Und warum war ich in ihren Augen nie richtig?

Die Therapeutin hatte meiner Mutter ein Buch empfohlen, das nun in ihrem Regal stand. Es handelte sich um das Buch »*Dibs. Ein kleiner Junge befreit sich aus seinem seelischen Gefängnis*« von Virginia M. Axline, einer Pädagogin und Kinderpsychologin mit Praxis in New York. Einige Jahre später wurde ich neugierig und begann, die ersten Kapitel darin zu lesen. Die Mutter des Jungen mit dem Namen Dibs empfindet ihr Kind als hinderlich und gibt ihm die Schuld daran, ihr Leben ruiniert zu haben. Er verschließt sich der Außenwelt und durch eine Spieltherapie beginnt er nach langer Zeit, sich zu öffnen. Ich sah Parallelen zu meinem Leben und sprach meine Mutter später einmal vorsichtig auf das Buch an. »Hast du es gelesen und worum geht es darin?« fragte ich mit möglichst naivem Tonfall. »Ach, ich habe das Buch gar nicht zu Ende gelesen. Es war mir zu langatmig,« antwortete sie und damit war das Thema für sie beendet.

Wenn es einmal Stress von außen gab mit Lehrern, Nachbarn oder Freunden, zeigte meine Mutter sich überraschend verständnisvoll und setzte sich für Martin und mich ein. Das machte die Sache so schwierig. Wie sollte ich sie also einschätzen? War sie meine Freundin oder meine Feindin? Um die Seele meiner Mutter zu erreichen, entschloss ich mich eines Abends, mir bewusst den Magen zu verderben, damit sie sich um mich kümmern und mir auch eine Entschuldigung für die Schule schreiben würde. Allerdings waren diverse Schlaftabletten hierfür keine gute Wahl, denn ich wachte auf der Intensivstation des Krankenhauses auf, nachdem mir der Magen ausgepumpt worden war. Nach dem Krankenhausaufenthalt wurde der Vorfall von meiner Mutter nicht mehr thematisiert. Die Ärzte und auch mein Klassenlehrer waren sogar davon ausgegangen, dass ich mir das Leben nehmen wollte.

Während meiner Kindheit hatte ich einen immer wiederkehrenden Albtraum: In der Mitte eines großen Raumes befand sich ein schlichtes Bett, auf dessen Matratze ich regungslos lag, denn ich war absolut nicht in der Lage, mich zu bewegen, konnte nicht aufstehen oder weglaufen. Meine Muskeln reagierten nicht. Vor mir stand eine gesichtslose, sehr bedrohliche Gestalt. Ich fürchtete mich vor diesem Wesen in meiner Nähe, vor dem ich nicht fliehen konnte. Gleichzeitig entwickelte sich in meinem

Kopf ein lautes Brummen, das mir zusätzlich Angst machte. Ich war jedes Mal erleichtert, wenn ich aus diesem schrecklichen Traum wieder erwachte. Dieser Albtraum endete, nachdem ich nicht mehr zu Hause wohnte.

Meine Therapeutin war es schließlich, die vorschlug, dass ich die Sommerferien in einem Kinderheim an der Nordsee verbringen sollte. Dies würde mir sicher guttun, meinte sie. Meine Eltern waren einverstanden und brachten mich gemeinsam mit dem Auto nach Dagebüll zu einer Fähre, die mit zahlreichen weiteren Kindern an Bord zur Nordseeinsel Föhr fuhr. Nach der Ankunft in Wyk in einem großen, alten Gebäude mit Wintergarten fühlte ich mich zunächst etwas verloren. Vor allem abends im Bett verspürte ich Heimweh. Bei einer Wanderung am nächsten Tag und einem Aufenthalt am Strand vergaß ich dieses Gefühl für kurze Zeit und genoss die Nordseeluft und die Wellen des Meeres. Nur wenn ich am Horizont kein Land mehr sah und deshalb nicht einmal mehr erahnen konnte, wo vor kurzem noch mein Zuhause war, kroch dieses schreckliche Heimweh wieder in mir hoch. Verzweifelt schrieb ich deshalb am Abend einen Brief nach Hause, in dem ich meine Eltern bat, mich so schnell wie möglich wieder abzuholen. Da mein Brief aber von der Heimleitung gelesen wurde, erhielt ich stattdessen eine Antwort meiner Mutter mit der Bitte durchzuhalten, weil es sicher bald besser werden würde und dann kündigte sie mir noch ein Päckchen mit Süßigkeiten an. Meine Eltern holten mich nicht ab, aber an den folgenden Tagen schenkte eine der Erzieherinnen mir besondere Aufmerksamkeit. Dorothee, die erwähnte, dass sie 60 Zigaretten täglich rauchte, war so nett zu mir, dass ich mich schnell besser aufgehoben fühlte. Es machte mir von Tag zu Tag mehr Spaß, mit der Gruppe etwas zu unternehmen. Während der Wanderungen sangen wir gemeinsam Lieder und versuchten dabei, im Gleichschritt zu laufen. Am Strand liefen wir bei Ebbe weit hinaus durch das Watt. Es war für mich ein völlig neues Gefühl, mit nackten Füßen auf dem feuchten Meeresboden entlangzulaufen, der bei jedem Schritt nachgab und Abdrücke entstehen ließ, die sich im Nu wieder glätteten. Dazu kam die frische Meeresluft, die nach Muscheln und Krebsen roch und Wattwürmer hatten kleine Kunstwerke gebaut. Es war einfach nur schön! Dabei lernte ich, was Priele waren und wenn die Flut kam, mussten wir immer wieder schnell unsere Sachen zusammenraffen und sie in Richtung Strand tragen. In Wyk durften wir an einem Nachmittag von unserem Taschengeld Souvenirs kaufen und ich entschied mich für ein paar kleine Seehunde und eine besonders große Postkarte mit verschiedenen Motiven der Insel. Ich war glücklich dort, weil ich mich in der Gemeinschaft wohlfühlte. Nur die zweistündige, erzwungene Mittagsruhe fand ich schrecklich langweilig. Während der Rückreise nach vier Wochen freute ich mich schon darauf, meine kleinen Mitbringsel in der Familie zu verteilen.

Im darauffolgenden Jahr durfte ich Urlaub auf einem Reiterhof in Niedersachsen machen. Ich las gerne »Hanni und Nanni«-Bücher und ich wollte nun ähnliche Mädchen-Abenteuer auch selbst erleben. Ich wohnte in einem Mehrbettzimmer mit vier Mädchen, die alle nett waren und war gespannt auf die Pferde, vor denen ich keine Angst hatte. Das Voltigieren am ersten Tag hatte gut geklappt, denn ich hatte mit dem Aufsteigen und bei den Übungen auf dem Rücken des großen Pferdes keine Probleme. Am zweiten Tag durfte ich schon in der Halle mitreiten. Nachdem wir ein paar Informationen zu den Pferden bekommen hatten, durften wir uns jedes Mal ein Pferd aussuchen und meistens kam der Reitlehrer diesem Wunsch nach. Bevor es in die Halle ging, sollten wir unser Pferd in seiner Box striegeln, auftrensen und satteln. In der Halle roch es angenehm nach Sägespänen. Es gab ein paar Pferde, die etwas schwierig waren, was wir berücksichtigen mussten. So konnte man beispielsweise mit einem bestimmten Pferd ausschließlich als Letzte in der Runde reiten, weil es immer nach hinten austrat oder man musste bei einem anderen damit rechnen, dass es auf die Idee kam, sich plötzlich auf dem Boden zu wälzen. Eines meiner Pferde ist einmal überraschend über ein Hindernis gesprungen.

Meine neuen Freundinnen kamen aus ganz Deutschland und wir hatten eine gute Zeit zusammen. Ein Mädchen mit langen braunen Haaren kam aus Duisburg und erzählte stolz: »Mein Vater ist von Beruf Gentleman.« »Das ist doch gar kein Beruf«, wunderte ich mich, »Doch, doch«, sagte sie, »ich schwöre, er trägt deshalb auch immer so elegante Anzüge.« Ich hatte trotzdem Zweifel an ihrer Behauptung. Abends, wenn wir im Bett lagen und uns Geschichten erzählten oder über die Pferde sprachen, hörte man draußen auf der Weide neben dem Haus einen Esel rufen. In der Dämmerung entschlossen wir uns schließlich, ihm einen Besuch abzustatten. Bei der Weide angekommen versuchten wir, ihn mit Gras anzulocken. Er war grau und ließ sich nicht streicheln. Offenbar war er eigensinnig, wie man sich einen Esel vorstellte. Dann bekamen wir spontan Lust, auf dem Pferd, das auf der Nachbarweide stand, zu reiten, und zwar ohne Sattel. Und so kletterten wir abwechselnd hinauf und hielten uns an seiner Mähne fest, während das Pferd langsam zu traben begann. Zum Glück lief es nicht allzu schnell und wir sprangen nach kurzer Zeit lieber wieder ab. Wir wollten uns dabei besser nicht erwischen lassen.

Als ich wieder zu Hause war, tauschte ich mit einigen Mädchen aus der Gruppe noch eine Zeitlang Briefe und Postkarten aus. Darin schworen wir, uns im Jahr darauf ganz bestimmt wiederzusehen. Aber ein Jahr ist lang und der Plan geriet schließlich in Vergessenheit.

Diese Ferienaufenthalte machten mir so viel Spaß und waren sicher positiv für meine weitere Entwicklung. Meinen Eltern war ich dankbar, dass sie mir diese ermöglicht hatten. Irgendwann fühlte ich mich insgesamt besser und zum Ende des vierten Schuljahres bekam eine Empfehlung für den Wechsel auf das Gymnasium. Dort ließ meine Freude am Lernen allerdings von Jahr zu Jahr nach, denn die Erfolgserlebnisse wurden weniger und es ging unpersönlicher zu als in der kleinen Dorfschule.

ORTSWECHSEL

Als ich mit zwölf Jahren in die Pubertät gekommen war, nahmen die Konflikte mit meiner Mutter ein neues Ausmaß an. Ich wollte mir nichts mehr gefallen lassen und wehrte mich immer öfter, wenn ich mich von ihr ungerecht behandelt fühlte. Sie schrie mich dann mit verzerrtem Gesicht an, bedrohte mich und versuchte, mich körperlich anzugreifen. Wenn sie gar nicht mehr weiterwusste, drohte sie Martin und mir mit dem Jugendamt und der Abschiebung in ein Heim. Das klang nicht gut.

Mich nervte es auch, dass sie nach jedem Streit immer sofort zu ihren Eltern lief, um sich Unterstützung zu holen. Oma Frieda und Opa Willi waren aber gar nicht in der Lage, Konflikte zu bereinigen, vermittelnde Gespräche gab es nie. Vielmehr hörte sich Oma Frieda die Klagen meiner Mutter kritiklos an, während sie jeden Satz ausschließlich mit: »Ja, ja, ja« kommentierte. Bei der nächsten Gelegenheit kamen sie oder Opa Willi zu mir und fragten vorwurfsvoll: »Musst du deine Mutter immer so ärgern?« Es war klar, wer mal wieder alle Schuld auf sich geladen hatte.

Eines Tages erhielt ich von meinem Vater einen Brief, der auch eine Bitte beinhaltete: »Streite doch nicht so oft mit deinem Bruder, es belastet deine Mutter und du bist schließlich die Ältere und Vernünftigere«. Meine Mutter hatte also bei ihm gepetzt. Eine Chance, mich zu den Vorfällen zu äußern, hatte ich nicht.

Nachdem es mit meiner Mutter wieder einmal eskaliert war und wir wutentbrannt aufeinander losgegangen waren, stand fest, dass es so nicht weitergehen konnte und sie entschied an einem der folgenden Tage, dass es besser sei, wenn ich zu meinem Vater und seiner Freundin Chrissy ziehen würde. »Sie will mich loswerden«, dachte ich, aber fand die Idee sogar gut. Wahrscheinlich hatte sie meinen Vater inzwischen schon gefragt, ob er die schwer erziehbare Tochter übernehmen könne.

Zum Glück war mein Vater einverstanden und ich freute mich auf ihn, denn ich hatte mir ja schon immer gewünscht, mehr Zeit mit ihm zu verbringen. Mein Vater nannte mich inzwischen häufig »Töle«, weil ich mich gern draußen »herumtrieb«, wie er es nannte. Wenn er gute Laune hatte, hieß ich bei ihm auch mal »Zaubermaus«. Endlich konnte ich mit meinem Vater zusammen sein, der sonst kaum Zeit für mich hatte und den ich trotzdem oder gerade deshalb anhimmelte. Er richtete in seiner Wohnung ein Zimmer für mich ein und ich packte zum Ende der nächsten Ferien ein paar Sachen zusammen. Mein Vater holte mich ab und ich freute mich auch schon auf die gemeinsame Fahrt. Wenn mein Vater unterwegs tanken musste, brachte er jedes Mal ein paar Schokoriegel für mich mit. Endlich hatte ich meinen Papa für mich, zumindest so lange, bis Chrissy auf der Bildfläche erschien.

Die Einrichtung meines neuen Zimmers gefiel mir und ich sah der Zukunft optimistisch entgegen. Nach meinem ersten Tag in der neuen Schule holte mein Vater mich mit einem bunten Blumenstrauß ab. Er gab sich große Mühe und als er einmal einen Tag frei hatte, kochte er Milchreis für uns beide, den er kunstvoll ringförmig mit Kirschen auf dem Teller anrichtete. Ich genoss die kostbaren Stunden, an denen ich mit meinem Vater allein war. Allerdings waren sie auch jetzt wieder zeitlich begrenzt, denn abends kam Chrissy nach Hause und wir mussten uns meinen Vater teilen. Sie war nur acht Jahre älter als ich und anfangs freundlich, weil mein Vater es wohl von ihr erwartete. Daneben war sie aber für meinen Geschmack etwas zu flapsig, denn sie nannte mich »Madamchen«. Aber was konnte ich von einer Zwanzigjährigen in dieser Situation erwarten? Es war doch klar, dass ich kein Wunschkind in dieser frischen Beziehung war, sondern eher störte. Schon bald gab Chrissy mir zu verstehen, dass ich bei ihr nicht sonderlich willkommen war. Als mein Vater von mir davon erfuhr, versprach er, sie noch am selben Abend auf ihr Verhalten anzusprechen. Am nächsten Morgen berichtete er, dass er ihr »den Kopf gewaschen« habe. Danach war sie tatsächlich netter zu mir. Spätestens seit diesem Zeitpunkt hatte ich ein besonderes Verhältnis zu meinem Vater, denn er hatte sich für mich eingesetzt und er gab mir tatsächlich manchmal das Gefühl, wertvoll sein.

In der Klasse meiner neuen Schule war ich gut aufgenommen worden und meine Klassenlehrerin war sehr nett. Ich lernte bei ihr nun auch Französisch und war darin anfangs sogar besser als im Fach Englisch, in dem ich zuvor schon gute Noten hatte. Zu dieser Zeit herrschte in Niedersachsen ein Mangel an Lehrern und deshalb fielen viele Stunden aus, manche Fächer wurden gar nicht erteilt. Englisch unterrichtete nun ein kahlköpfiger Engländer mit gutem Humor, der die Klasse mit komödiantischen Einlagen zum Lachen brachte, aber leider habe nichts bei ihm gelernt. Jetzt machte mir Mathematik zu schaffen, vor allem Geometrie war nicht mein Ding, da half auch die Nachhilfe von unserem Nachbarn und Freund meines Vaters nichts. Nach Schulschluss fuhr ich mit dem Bus nach Hause und betrat eine leere Wohnung. Niemand hatte etwas gekocht, deshalb aß ich Gemüse aus einer der vielen kleinen Konservendosen, die mein Vater besorgt hatte, kalt und ohne Beilagen. Mein Vater war manchmal sogar mehrere Tage am Stück beruflich unterwegs und Chrissy arbeitete als Journalistin bis abends in einer Zeitungsredaktion. Ich langweilte mich zu Hause, sah mir die Bilder und Bücher in der Wohnung an, entdeckte dabei manchmal auch kleine Liebesbotschaften, die

Chrissy und mein Vater sich gegenseitig geschrieben und offen liegengelassen hatten. Verabredungen hatte ich nach der kurzen Zeit noch nicht und es hätte mich auch niemand irgendwohin fahren oder abholen können. In der Umgebung kannte ich mich noch nicht aus.

An einem Nachmittag nahm mein Vater mich mit zum Fernsehsender, für den er arbeitete. Er musste mit Kollegen noch einiges besprechen und es ergab sich, dass wir während einer Probe für eine Musiksendung dabei waren. Ginger Baker, der auch Schlagzeuger bei der Band *Cream* war, trommelte gerade scheinbar um sein Leben, bis schließlich der Trommelstock zerbrach und durch das Studio flog. Ich sammelte das Stück Holz auf und bewahrte es lange Zeit in meinem roten Setzkasten auf.

An den Wochenenden wollte ich gern Martin und meine Mutter besuchen und fuhr regelmäßig mit dem Zug nach Hamburg. Während der Fahrten las ich »Fix und Foxi«-Comics, dabei verging die Zeit schnell. Am Hamburger Hauptbahnhof wechselte ich in die S-Bahn in Richtung Westen. Bei meinen Besuchen sah ich meine Freundin Britta endlich wieder und auf der Straße begegnete ich manchmal dem Jungen mit den braunen Locken, den ich schon vor meinem Umzug so cool fand. Wenn ich am Monatsanfang nach dem Besuchswochenende zu meinem Vater zurückfuhr, gab meine Mutter mir regelmäßig noch den Auftrag mit auf den Weg: »Erinnere bitte deinen Vater an den Scheck,« womit der Scheck über den Unterhalt gemeint war. Dieser Satz stand auch immer wieder in ihren Briefen an mich.

Nach einem halben Jahr war das Experiment bei meinem Vater leider gescheitert. Ich war zu häufig allein. Vor allem deshalb wollte ich in die vertraute Umgebung zurück und wechselte erneut die Schule. Meine Freundin und der Junge aus dem Dorf, für den ich schwärmte, waren daran aber auch nicht ganz unschuldig. Allerdings kannte ich ihn zu dieser Zeit nur vom Sehen auf der Straße. Viele Jahre später habe ich mich einmal mit ihm getroffen und musste feststellen, dass ich ihn langweilig und humorlos fand und deshalb verabredeten wir uns danach nie mehr.

Onkel Otto und Tante Elvira verschenkten nicht nur langweilige Puzzle, sondern besaßen inzwischen drei Reihenhäuser auf Mallorca. Eines Tages erfuhren wir überraschend, dass wir dort in den Sommerferien Urlaub machen durften. Onkel Otto hatte offenbar auch eine soziale Ader. So war ihm das minderwertige Puzzle für alle Ewigkeit verziehen, denn unsere zahlreichen Mallorca-Urlaube wurden in den nächsten Jahren die absoluten Highlights meiner Kindheit.

Meine Mutter sparte das Geld für die Flüge zusammen und packte kurz vor der geplanten Reise Badekleidung, Handtücher, Sonnenhüte und Badeschuhe sowie eine blau-weiß-rot gestreifte Luftmatratze für uns in die Koffer. Wir waren aufgeregt und wussten nicht, was uns erwarten würde. Ausgerechnet wenige Tage vor unserer Abreise erfuhren wir aus den Nachrichten, dass die Fluglotsen in Deutschland streiken würden. Meine Mutter wurde unruhig und telefonierte mit der Fluggesellschaft. Zum Glück war der Streik aber am Tag unserer Abreise wieder beendet, weil sich die Streikenden geeinigt hatten. Im Flugzeug bekamen wir Getränke und etwas zu Essen, die Kinder erhielten Malsachen und kleine Geschenke. Die Zeit verging schnell, während wir aus dem Fenster schauten. Irgendwann entdeckten wir die schnee-bedeckten Alpen und waren beeindruckt. Kurz vor der Landung konnte man bereits das türkisblaue Meer um die Insel sowie ihre bewaldeten Berge sehen, um die sich kleine Schleierwolken ge-bildet hatten. Dann drehte das Flugzeug noch ein paar Runden, bevor es zur Landung ansetzte und die Berge, Felder und Häuser der Insel immer näherkamen. Schließlich hörte man die Räder der Maschine auf der Landebahn aufsetzen. Rasend schnell ging es anschließend zu einem Parkplatz nahe dem Flughafengebäude in Palma, während die Passagiere klatschten, weil sie glücklich waren, gut gelandet zu sein und sich auf ihren bevorstehenden Urlaub freuten.

Als wir die Maschine über die Gangway verlassen hatten, empfingen uns ein bis dahin unbekannter, warmer Wind sowie ein Fotograf, der die ankommenden Passagiere ablichtete, um seine Fotos später anzubieten, weshalb sie am Flughafen auf großen Tafeln ausgestellt wurden. Datenschutz war noch ein Fremdwort.

Als wir unser Gepäck erhalten hatten, fuhren wir mit dem Taxi nach *Costa de la Calma*. Die genaue Adresse hatte meine Mutter dabei und sie wusste, dass wir als erstes zu der Hausverwalterin gehen mussten, damit diese das Wasser anstellte. Dann konnte der Urlaub beginnen. Wir freuten uns schon auf das Meer und packten als erstes unsere Badesachen aus. Auch die Taucherbrillen, Schnorchel und Flossen hatte meine Mutter nicht vergessen. In dem Wohnzimmer unseres Ferienhauses standen klobige Polstermöbel, die Onkel Otto in Deutschland entbehren konnte und es gab auch einen alten Plattenspieler, den Martin und ich besonders interessant fanden. Zwar gab es nur Schallplatten mit alten Schlagern, trotzdem hatten wir Spaß daran, Platten aufzulegen und die Musik zu starten.

Später machten wir uns auf den Weg zum Meer. Wir liefen an einem Pinienwald vorbei, durch das Gelände einer Kiesgrube und überquerten neben einem Hotel mit großem Pool die Straße. Schließlich sahen wir das blaue Mittelmeer direkt vor uns und Felsplateaus, auf denen Sonnenschirme aus Süßgras standen, unter denen Menschen lagen, die Bücher lasen oder schliefen. Andere schwammen im Meer, das glitzerte und in der Ferne sah man ein paar weiße Boote. Der Himmel war dunkelblau, es war nicht eine Wolke zu sehen. Wir suchten uns einen schattigen Platz unter einem Felsvorsprung und breiteten unsere Matten und Handtücher aus. Dann entdeckten wir eine Treppe, die direkt ins Meer führte und durch das klare Wasser konnte man auf den Felsen schwarz-glänzende Seeigel entdecken. Nun mussten wir nur noch die Treppe hinuntersteigen und losschwimmen. Ich dachte nicht lange nach. Das Meerwasser war nicht kalt und hier konnte man wunderbar schwimmen. Martin wollte unbedingt seine Taucherbrille sofort aufsetzen und Flossen anziehen, während meine Mutter erst einmal genießerisch ihre Augen schloss, bevor sie sich mit Sonnenmilch eincremte. Es war so schön dort, man konnte es kaum beschreiben.

Als wir Stunden später bei großer Hitze durch die staubige Kiesgrube zu unserem Haus zurückgingen, schwitzten wir sehr, aber wir waren bereichert durch die neuen Eindrücke und konnten kaum den nächsten Tag erwarten. Ich wollte meine Sachen zum Schnorcheln nächstes Mal auch mitnehmen und am folgenden Tag wurde ich nicht enttäuscht. Viele bunte Fische entdeckte ich beim Schnorcheln unter der Wasseroberfläche vor und neben mir.

Wenn wir mittags hungrig vom Strand zurückkehrten, bereitete meine Mutter in der Pfanne auf dem Herd immer etwas Leckeres zu, das wir auf dem Balkon aßen, wo uns hin und wieder kleine Katzen besuchten. Von dort aus konnte man in den Garten sehen, in dem Johannisbrotbäume wuchsen. Nach einer Siesta gingen wir am späten Nachmittag oft in die Stadt, wo die Geschäfte abends lange und auch sonntags geöffnet hatten. Wir bummelten mit vielen Touristen aus verschiedenen Ländern durch die Straßen und betrachteten die vielen Souvenirstände vor den Geschäften. Überall saßen Menschen in Restaurants an den Straßen und es roch nach Knoblauch und gegrilltem Fleisch oder Fisch. Kleine Supermärkte boten frisches Obst und Gemüse an. Die Pfirsiche waren hier viel größer als bei uns zu Hause und sehr saftig. Aus den Lokalen hörte man Musik und es herrschte überall eine fröhliche Stimmung.

Wir kamen schließlich zu einem Geschäft, in dessen Schaufenster Martin eine Trinkflasche zum Umhängen entdeckt hatte, die ihn interessierte. »Wenn die meine Freunde sehen, werden sie bestimmt neidisch« spekulierte er. Sie bestand aus Rindsleder und hatte außen braun-weiß geflecktes Fell. In dem Geschäft roch es intensiv nach Leder und ich suchte mir schließlich ein kleines, rotes Portemonnaie aus. In dem Supermarkt in der Nähe unseres Ferienhauses kauften wir unsere Lebensmittel. Dabei fielen Martin und mir besonders die Artikel auf, die wir aus Deutschland noch nicht kannten, wie Toastbrot ohne Rinde, Marmelade aus Mirabellen oder gezuckerte Kondensmilch. Natürlich interessierten wir uns immer auch besonders für das Eis in der Kühltruhe.

Während unsere Freunde und Klassenkameraden die Ferien bei ihren Großeltern in Hamburg verbracht hatten, kehrten wir nach zwei Wochen zum ersten Mal braungebrannt zurück und es war der Auftakt für viele weitere Reisen auf die schöne Insel im Mittelmeer.

Nur Martin hatte nach zwei Jahren keine Lust mehr, mit meiner Mutter und mir gemeinsam in den Urlaub zu fliegen. Deshalb starteten wir von nun an mindestens einmal jährlich zu zweit nach Mallorca und wir verstanden uns dabei fast immer gut. Oft machten auch Tante Edith und Onkel Gunther zur selben Zeit Urlaub in der Nähe. Wir unternahmen hin und wieder einiges zusammen und ich fand es dann immer besonders schön.

Einige Jahre später, als ich ungefähr zwanzig Jahre alt war, wollte meine Mutter während unseres Urlaubs mit mir zum Tanzen gehen. Sie schlug ein Lokal vor, das sie früher einmal mit einer Freundin besucht hatte. Kurz nach unserem Eintreffen wurde ich dort von einem Mann zum Tanzen aufgefordert. Sofort kippte ihre Stimmung. »Der ist ja beinahe so alt wie ich. Was will so einer von dir?« beschwerte sie sich, als ich von der Tanzfläche zurückkehrte. Dann bezahlte sie die Getränke und stand auf, um das Lokal nach kurzer Zeit wieder zu verlassen. Es war kein schöner Abend.

DAS UNSCHULDSLAMM

Mein Bruder Martin wurde geboren, als ich zweieinhalb Jahre alt war und ich hätte ihn damals am liebsten in die Mülltonne geworfen, denn ich konnte mit ihm erst einmal nichts anfangen. Er war als Spielkamerad noch ungeeignet und hatte keine Haare auf dem Kopf, ein kleiner Alien, der die Aufmerksamkeit meiner Mutter in Anspruch nahm und mich auf den zweiten Platz verwies. An die ersten gemeinsamen Jahre erinnere ich mich ansonsten nicht mehr. Mein Gedächtnis setzt erst zu dem Zeitpunkt wieder ein, als Martin und ich in der Lage waren, miteinander zu spielen und uns auch zu streiten.

Später bekam Martin dunkelbraune Haare, die er seit vielen Jahren unter einer schwarzen Kappe versteckt. Ohne diese inzwischen etwas speckige Kappe geht er nie aus dem Haus.

Während der Grundschulzeit war er eher klein, aufgeweckt und etwas schwatzhaft. So stand es jedenfalls in seinen Schulzeugnissen. Irgendwann befürchtete meine Mutter, er könne womöglich nicht mehr wachsen und klein bleiben, was sich aber nicht bestätigte, denn er ist inzwischen 1,78 m groß und hat beim Laufen den gleichen wiegenden Gang wie unser Vater.

Als wir noch die Grundschule besuchten, übernachteten Martin und ich manchmal gemeinsam in einem unserer Kinderzimmer. Meine Mutter nahm sich hin und wieder die Zeit, uns aus einem alten Märchenbuch, *Märchen aus 1001 Nacht,* vorzulesen. Das Märchen *Aladdin und die Wunderlampe* war mein Lieblingsmärchen. Weitere orientalische Märchen, von denen wir auch Schallplatten besaßen, wie *Das Zauberpferd*, *Kalif Storch* und *Zwerg Nase* habe ich besonders geliebt. Im Winter saßen wir vorher noch gemeinsam mit eingecremten Gesichtern und einem Sonnenschutz auf den Augen vor einer Höhensonne. Anschließend haben Martin und ich noch im Bett herumgetobt. Als wir irgendwann müde wurden und das Licht ausgeschaltet hatten, kuschelte ich mich in meine warme Bettdecke. Plötzlich wurde es unangenehm kühl, weil kalte Luft unter die Decke zog. Das hasste ich. Martin musste die Bettdecke zu weit auf seine Seite oder nach oben gezogen haben, so dass unsere nackten Füße hinten herausschauten. So konnte ich unmöglich einschlafen. Das sollte sich ändern. So kam mir die Geschichte von einem »Fußbeißer« in den Sinn. Es handelte sich um ein grünes, drachenähnliches Tier, das im Dunkeln um Betten herumschlich und nur darauf wartete, nach nackten Füßen zu schnappen. Meine Warnung vor dem gefährlichen Tier verfehlte ihre Wirkung nicht: Martin hatte Respekt und bemühte sich, die Decke als Schutz über unseren Füßen zu lassen. So konnten wir sicher einschlafen.

Zwischendurch war ich immer wieder auch froh, einen Bruder zu haben. Martin besaß schließlich eine coole Parkgarage mit Tankstelle für »Matchbox«-Autos, verschiedene Auto-Quartetts, mit denen wir die PS-Stärken, Beschleunigungssekunden und Hubraumgrößen gegenseitig abfragten und verglichen sowie ein Indianerfort mit Figuren und Pferden. Zu dieser Zeit liefen viele Western im Fernsehen und so spielten wir Situationen nach, ohne etwas über die Geschichte der USA, der Indianer oder die Hintergründe für die Kämpfe zwischen den Nord- und Südstaaten gewusst zu haben. Mit Puppen habe ich nur selten gespielt.

In unserem Haus herrschte aber auch immer wieder Krieg. Meine Mutter hatte ihre unvorhersehbar miese Laune, die hin und wieder in Wutausbrüchen mündete und Martin und ich stritten uns regelmäßig über den Besitz von Spielsachen, das Recht, Entscheidungen zu treffen und um gefühlte oder tatsächliche Ungerechtigkeit. Dabei stellte ich immer wieder fest, dass er bei diesen Streitigkeiten die bessere Position besaß, offenbar weil er der Jüngere war und meine Mutter ihn immer bevorzugte. »Die kleine Petze läuft immer wieder zu Mutti und beschwert sich über mich«, stellte ich fest. Jedes Mal hatte dies zur Folge, dass ich für unseren Streit verantwortlich gemacht wurde, auch wenn Martin die Ursache geliefert hatte. »Du bist schließlich die Ältere und solltest die Vernünftigere sein«, hieß es oft. Also erwartete sie, dass ich nachgab, mich reumütig zeigte oder auf irgendetwas verzichtete. Das Unschuldslamm bekam einen Freifahrtschein von ihr, der uneingeschränkt bis in die Gegenwart Gültigkeit behielt.

Ich wurde das Gefühl nie los, dass sie mit ihm eine Einheit bildete und ich als böses Mädchen außen vor war. Immer wieder gab es Situationen, in denen ich mich wegen dieser andauernden Schuldzuweisungen absolut hilflos gefühlt habe und ich betete mehr als einmal zu Gott, meine Mutter möge irgendwann in ferner Zukunft eine andere Sicht auf die Dinge bekommen und sich ihrer Ungerechtigkeit bewusstwerden.

Unsere Streitigkeiten blieben nicht ohne Konsequenzen. Deshalb ist mir ein Streit besonders in Erinnerung geblieben. Ich war neun Jahre alt und hatte mir ein Meerschweinchen gewünscht, auf das ich mich schon sehr gefreut hatte, nachdem ich erfahren hatte, dass ich tatsächlich eines bekommen sollte. Aber nun, nach einem Streit, sagte meine Mutter streng: »Zur Strafe für euer Verhalten gibt es kein Meerschweinchen. Da könnt ihr mal sehen, was ihr davon habt.« Ich war todunglücklich, empfand die Bestrafung als absolut ungerecht, weil sie vor allem mich traf, ohne dass ich mir einer Schuld bewusst war. Ich weinte eine Zeitlang und entschied mich dann, mit meiner Bettdecke und einem

Kuscheltier auf meinen Kleiderschrank zu klettern, der hinter der Tür stand. Dort wollte ich bleiben und am liebsten nie wieder herunterkommen.

Ein paar Monate später fuhr Opa Willi zu einer Kur nach Bad Bramstedt und deshalb haben wir dann doch völlig überraschend noch Meerschweinchen bekommen. Eigentlich wollte er nur eines mitbringen, aber als die Dame mit den Meerschweinchen erfuhr, dass Opa Willi zwei Enkelkinder hatte, bestand sie darauf, ihm eines für jedes Kind mitzugeben. Ich bekam ein Weißes, taufte es »Dixi« und freute mich riesig. Martin erhielt ein Braunes, es hieß von nun an »Dalli«. Jeden Tag holten wir Dixi und Dalli nun mehrfach zum Spielen aus ihrem Käfig. Sie hoppelten fröhlich quiekend durch die Kinderzimmer, nicht ohne dabei ab und zu kleine Ködel fallen zu lassen, die manchmal zwischen den Knoten des Sisalteppichs verschwanden. Dixi bekam eines Tages sogar Nachwuchs, so dass wir nun vier Meerschweinchen hatten. An dem Tag, als wir die Babys entdeckten, waren wir so aufgeregt und wollten unserer Mutter sofort davon berichten, aber sie machte gerade Mittagsschlaf. So schlichen wir in ihr Schlafzimmer und flüsterten leise, bis sie davon wach wurde. Wir konnten es kaum erwarten, ihr die Überraschung im Keller zu zeigen und als sie die niedlichen, kleinen Meerschweinchen gesehen hatte, konnte sie uns nicht böse sein, dass wir sie geweckt hatten. Im Frühling baute Opa Willi einen Auslauf für den Garten, so bekamen sie immer frisches Gras. Einige Monate später wurden tatsächlich weitere Meerschweinchen geboren. Wir hatten ihre Fruchtbarkeit unterschätzt und hatten Inzucht überhaupt nicht einkalkuliert.

Oma Frieda wurde die Sache schließlich zu bunt und sie entschied, dem tierischen Treiben ein Ende zu setzen. Kurzerhand packte sie einige von ihnen in eine größere Handtasche, fuhr mit uns zum Tierpark in die Stadt und ließ sie in einem Außengehege bei Artgenossen frei. Opa Willi überredete Martin später, Dalli gegen Bezahlung an eine Zoohandlung abzugeben. Martin kaufte sich von dem Geld ein lang ersehntes Taschenmesser. Dixi starb zwei Jahre später eines natürlichen Todes.

Bei schlechtem Wetter haben Martin und ich oft gemeinsam gemalt. Mein Lieblingsmotiv im Winter war ein zugefrorener See mit vielen Kindern, die bunte Pudelmützen trugen und mit Schlitten oder Schlittschuhen unterwegs waren. Familien habe ich auch oft gezeichnet: Mutter, Vater, Kinder, Oma, Opa und Häuser. Alles so, wie es meiner Meinung nach sein sollte. Es sind unzählige Bilder entstanden, die viele Jahrzehnte im Keller des Hauses von meiner Mutter aufbewahrt wurden.

Sonntags zur Mittagszeit lief beim Norddeutschen Rundfunk immer die *Internationale Hitparade* und Martin und ich warteten gespannt darauf, unsere Lieblingstitel auf Kassette aufzunehmen. Nach der Ansage unserer Favoriten flitzten wir so schnell wir konnten quer durch das Wohnzimmer zur Stereoanlage und drückten möglichst im richtigen Moment die beiden Tasten für die Aufnahme. Während der Titel lief, durfte am Esstisch nicht mehr gesprochen oder mit dem Besteck geklappert werden, weil man es sonst bei der Aufnahme gehört hätte. Die Stopp-Taste musste natürlich auch sekundengenau gedrückt werden.

Martin begann irgendwann, selbst Musik zu machen. Er kaufte sich von seinen Ersparnissen eine Gitarre und gründete mit ein paar Freunden eine Band. Regelmäßig verabredete er sich mit ihnen, um Titel einzuüben. Dafür hatten sie unseren großen Kellerraum mit Styropor beklebt und rot angestrichen. Durch die Räume oder das geöffnete Kellerfenster hämmerte nun oft laute Punkmusik. Meine Mutter muss wohl zu dieser Zeit besonders tolerant gewesen sein. Ich war froh, dass ich zu dieser

Zeit nicht mehr dort wohnte, denn für mich war das keine Musik. Ich stand damals auf die Musik der Schwarzen in den USA, auf Funk und Soul. Meine Lieblingstitel bezeichnete meine Mutter immer etwas überheblich als »Discomusik«, während Martin ihrer Meinung nach anspruchsvollere Musik mochte. Von seinen Vorbildern in der Musikszene inspiriert, entschied sich Martin eines Tages während einer Kurzreise, seine inzwischen schwarz gefärbten Haare an den Seiten abzurasieren und sich einen Irokesenschnitt zuzulegen. Bei seiner Rückkehr fiel Opa Willi fast vom Stuhl, als er ihn sah und hatte dafür nur wenige klare Worte: »Ich wünsche mir den Kaiser Wilhelm zurück.«

Bei den Mädchen kam Martin gut an, einige standen wie Groupies vor seinem Fenster. Freundinnen brachte er nach einer geschmacklosen Bemerkung unserer Mutter nie mehr mit nach Hause. Während einer Diskussion hatte sie einmal geäußert: »Du hast schon den gleichen primitiven Gesichtsausdruck wie Deine Freundin.« Martin hatte ihr diese Aussage nie verziehen. Eine weitere Bemerkung meiner Mutter über ein Mädchen, das in einem Bus neben Martin saß, ging in die gleiche Richtung. Meine Mutter war in ihrem Auto zufällig hinter dem Bus hergefahren und war offenbar unangenehm überrascht davon, ihren Sohn in Begleitung eines Mädchens zu sehen. Später fragte sie ihn, ob diese Freundin auf den Strich gehen würde.

Seine Zeit am Gymnasium empfand Martin als zunehmend unangenehmer, es ergaben sich Schwierigkeiten mit autoritären Lehrern. Deshalb wechselte er auf eine Schule in Hamburg und machte dort sein Fachabitur. Gleichzeitig identifizierte er sich immer mehr mit der Punk- und Hausbesetzer-Szene in der Hamburger Hafenstraße, während ich inzwischen meine Ausbildung in einem Anwaltsbüro nahe der Alster begonnen hatte. Unterschiedlicher konnten wir zu dieser Zeit kaum sein.

Zwischen Martin und meiner Mutter wurde der Ton nun auch rauer und ihr Zusammenleben gestaltete sich immer schwieriger. Ich erfuhr davon nur etwas, wenn meine Mutter sich während unserer Telefonate über Martin beschwerte. Ich wusste nicht, wer sich wem gegenüber respektlos verhalten hatte, aber ihre Meinungsverschiedenheiten eskalierten nun ebenso wie unsere damals, als ich anschließend zu meinem Vater gezogen war.

Martin konnte erfolgreich verhindern, von der Bundeswehr zum Wehrdienst eingezogen zu werden. Auch meine Mutter war überzeugt davon, dass er dort gehänselt oder sogar schikaniert werden könnte, schließlich hatte sie ja schon so einiges über »die Zustände« bei der Bundeswehr gelesen. Er absolvierte stattdessen Zivildienst bei der Arbeiterwohlfahrt, fuhr Essen aus und Senioren zu Veranstaltungen. Danach war er nicht sicher, wie es für ihn beruflich weitergehen sollte. Was er dagegen sicher wusste, war, dass er auf keinen Fall für jemanden »knechten« wollte. Über Rente machte er sich noch keine Gedanken.

Als Martin sich von seiner Mutter den Satz »Solange du deine Füße unter meinen Tisch stellst, ...« nicht mehr anhören wollte, zog er in eine Hamburger Wohngemeinschaft. Von diesem Zeitpunkt an ging sie respektvoller mit ihm um, weil sie ihn sonst ganz verloren hätte.

Wenn meine Mutter fürchtete, den Kontakt zu uns zu verlieren, wurde sie immer ungewöhnlich freundlich oder entschied sich, einen beinahe lebensbedrohlichen Gesundheitszustand, wie Herzprobleme, vorzugeben.

Martin machte einen Taxischein. In seinen Pausen las er viele Bücher und hatte Kontakt zu politisch links orientierten Hamburgern, verurteilte Kapitalismus und Ausbeutung und demonstrierte gegen Atomkraft.

Zu den Familienfeiern, die meiner Mutter immer so wichtig waren, erschien er nicht, denn er empfand sie als zu oberflächlich oder sogar unangenehm. Tante Edith hatte ihn einmal gefragt, ob er immer noch ein »Halbstarker« sei. Das hatte er nicht vergessen. Mit der immer gleichen Begründung, er müsse schließlich Geld für seinen Lebensunterhalt verdienen und Taxi fahren, klinkte er sich aus. So konnte ich auf keinen Fall auch fernbleiben, um unsere Mutter nicht zu enttäuschen, die Martins Gründe für seine Abwesenheit immer akzeptierte.

Martin war einmal von einer Freundin sehr enttäuscht worden, so wie damals meine Mutter von unserem Vater. Diese Gemeinsamkeit schweißte die beiden zusammen und vielleicht sah sie ihm auch deshalb Vieles nach. Einmal jährlich lud sie ihn zu seinem Geburtstag in ein chinesisches Restaurant ein. Zumindest in den letzten zehn Jahren wurde sonst niemand einbezogen. Martin selbst lud nie jemanden zu seinem Geburtstag oder aus anderen Gründen ein. Seine Wohnung sei zu klein und er habe dort keine Sitzgelegenheiten für Gäste, betonte er immer wieder.

Mit unserem Vater hatte Martin endgültig gebrochen, nachdem er von ihm für sein Aussehen und die Tatsache, dass er keine Berufsausbildung begonnen hatte, kritisiert worden war. Auch die unbeantwortet gebliebenen Briefe in einer Zeit, in der er sich gern mit ihm ausgetauscht hätte, hatte er nie vergessen. Mein Vater unternahm im Laufe der Jahre noch einige mehr oder weniger unbeholfene Versuche, mit Martin in Kontakt zu kommen. Martin aber hatte sich entschieden, seinen Vater von nun an nur noch als seinen Erzeuger anzusehen. Dies gipfelte darin, dass er einen Anruf seines Vaters mit den Worten beantwortete: »Ich habe gerade keine Zeit und es ist auch egal, ob du mich anrufst oder der Müllmann, das macht doch keinen Unterschied.«

Unserer Mutter spielte das natürlich in die Karten und sie bezeichnete diesen Kontaktabbruch als konsequent. Martins Verhalten sah unsere Mutter bis zu ihrem Lebensende als adäquate

Bestrafung für den Ausbruch unseres Vaters aus der von ihnen gegründeten Familie an. Da ich die Verbindung zu meinem Vater hielt, sah meine Mutter sich dazu veranlasst, dies als ein »Anbiedern« von meiner Seite zu bezeichnen. Aber sie war es doch, die sich ihn als meinen Vater ausgesucht hatte! Martin verhielt sich ihrer Meinung nach charakterstark. Indirekt gab sie mir damit zu verstehen, dass er sich ihr gegenüber loyaler verhielt als ich.

Der Keil, den sie zwischen uns Geschwister trieb, wurde immer größer. Sie hat unseren Kontakt jahrzehntelang nicht gefördert, sondern erschwert, indem sie negative Äußerungen über mich, die Martin angeblich von sich gegeben hatte, zitierte. »Du bist ihm eben zu oberflächlich,« sagte sie ohne weitere Erklärung, nachdem ich mich gefragt hatte, warum er mich nie besuchte. Sie wollte seine Zeit wohl lieber selbst in Anspruch nehmen.

Die Kritik, ich sei bestimmend und hätte einen »unangenehmen Ton am Leibe« stammten aus ihrem eigenen Vokabular. Ich war nicht sicher, ob Martin sich jemals so über mich geäußert hatte. Auch meinte sie immer wieder, Martin schützen und verteidigen zu müssen. »Martin befürchtet, du könntest ihn über den Tisch ziehen,« sagte sie einmal im Zusammenhang mit meinem Vorschlag für eine Organisation der Vermietung des Hauses und einer Regelung für die Zukunft. Was musste ich doch für ein unangenehmer Mensch sein. So hat sie uns gespalten. Dabei konnte sie uns für ihre Belange getrennt voneinander in Anspruch nehmen und sich bei uns über den jeweils anderen beschweren. Im Ergebnis sah ich Martin nur noch ein- bis zweimal im Jahr.

AMBIVALENTE FREUNDSCHAFT MIT SPASSFAKTOR

Nach meinem erneuten Schulwechsel sah ich Heike in der vorletzten Reihe des Klassenzimmers zum ersten Mal und als es zur Pause klingelte, entschlossen wir uns, diese gemeinsam zu verbringen. Ich fand sie auf Anhieb sympathisch. Heike trug einen sandfarbenen Rollkragenpullover aus Merinowolle und hatte ihre leicht gewellten, blonden Haare zu einem Pferdeschwanz gebunden. Mit ihrem makellosen, ovalen Gesicht, ihren großen blauen Augen und ein paar Kilo mehr um die Hüfte sah sie weiblicher aus als die anderen Mädchen in der Klasse, die hinter ihrem Rücken lästerten, weil sie behauptet hatte, einen erwachsenen Freund zu haben, der in Wirklichkeit aber ihr Onkel sei.

Als Heikes geboren wurde, war ihre Mutter erst achtzehn Jahre alt und es beeindruckte Heike, wenn ihre Mutter Jahre später mit ihr in Discotheken ging. Ihr Vater war ein kühler, ehrgeiziger und unsympathischer Mann. Heike hatte ihre Grundschulzeit auf einer Nordseeinsel verbracht, bevor sie von ihren inzwischen geschiedenen Eltern immer wieder hin- und hergeschoben wurde. Sie musste deshalb früh selbstständig werden und stellte sich auf die Herausforderungen des Lebens auf besondere Weise ein. Wenn sie mir von den manchmal spontanen Umzügen zu einem der Elternteile oder den Großeltern berichtete, war immer ein Streit vorausgegangen. Ihre Kindheit war geprägt von fehlender Geborgenheit. Wir hatten schnell einige Parallelen zwischen uns gespürt.

An den Wochenenden verabredeten wir uns häufig und übernachteten nach unseren Discobesuchen gemeinsam, manchmal auch bei Heikes Großeltern, bei denen sie aktuell lebte. Ihr Zimmer in dem kleinen Einfamilienhaus war im Dachgeschoss über eine schmale Treppe zu erreichen und mit ausrangierten dunkelbraunen Möbeln im Stil der fünfziger Jahre eingerichtet. Es war kaum beheizt, wenn wir dort eintrafen, so dass man sich nicht sehr willkommen fühlte, aber Heike legte trotzdem immer großen Wert darauf, dass wir bei unserem Eintreffen als erstes ihre Großeltern, die in ihrer guten Stube vor dem Fernseher saßen, freundlich begrüßten. Auch war es besonders wichtig, am nächsten Morgen nach dem Duschen auf den Kacheln im Bad keine Wassertropfen zu hinterlassen. Es würde sonst Ärger geben, sagte sie. In der Küche kochte sie uns morgens eine Kanne mit starkem Kaffee, den ich damals noch gar nicht gern trank. Nachdem Heike eines Tages nach der Schule die Kochkünste ihrer Oma kritisiert hatte, stellte ihre Oma das Kochen für sie ein und von da an ging sie immer in einen Imbiss, wenn sie etwas Warmes essen wollte.

Im Vergleich zu Heike, die sich schon früh für Jungs interessierte, war ich mit dreizehn Jahren fast noch etwas naiv. Als sie mir eines Tages überraschend von ihrem ersten Freund, einem Nachbarsjungen, berichtete, stand dessen Geburtstag unmittelbar bevor und sie lud mich zu seiner Geburtstagsfeier ein. Ohne dass ich es ahnte, wollte sie mich bei dieser Gelegenheit mit seinem Freund verkuppeln. Als wir am späten Nachmittag im Keller des Hauses seiner Eltern saßen, schaltete Heike plötzlich das Licht aus und der Junge neben mir versuchte, mich zu küssen. Dann fragte er auch noch, ob wir miteinander gehen wollten. Das wollte ich nicht. Ich fühlte mich total überrumpelt und Heike behauptete später einmal, ich hätte darauf geantwortet: »Wohin denn?« Heike nahm es mit der Wahrheit nicht immer genau, aber vielleicht stimmte es auch.

In der Schule fielen Heike und ich durch unsere langen blonden Haare auf. Inzwischen hatte ich auch damit begonnen, mich zu schminken, was ein Mädchen einmal dazu veranlasste, mich als »Tuschkasten« zu bezeichnen, aber das war mir egal. Ich hatte erfahren, dass der Cousin einer Mitschülerin, der zwei Klassen über uns war und einen grünen Sportwagen fuhr, sich in mich verliebt hatte. Das passte Heike überhaupt nicht, also begann sie damit, ihn systematisch bei mir schlecht zu machen. Dabei verglich sie ihn mit einem Wesen aus dem Tierreich. Durch ihre verletzenden Worte erreichte sie, dass ich nicht ernsthaft darüber nachdachte, ob er mir eventuell auch gefiel.

Heike sprach oft abwertend über Menschen. Sie machte sich über diejenigen lustig, die nicht in ihr Schema passten. Wenn sie aber etwas erreichen wollte oder von einer Person abhängig war, gab sie sich ausgesprochen freundlich. Vor allem Lehrer dachten sicher: »Was für ein nettes, aufgeschlossenes Mädchen.« Mit ihren blauen Augen und den blonden Haaren wirkte sie rein und ehrlich. Sie war daneben sehr redegewandt und konnte Menschen deshalb um den Finger wickeln. Sicher traute ihr niemand etwas Schlechtes zu. Allerdings bemerkte ich schnell, dass sie Menschen für ihre Zwecke benutzte. Allerdings sah ich ihr manches nach, weil ich ihre Familienverhältnisse kannte.

Über meinen Opa Willi machte sie sich lustig, weil er buschige Augenbrauen hatte und sie erlaubte sich, meine Mutter in ihrer Abwesenheit mit dem zweiten Vornamen, der etwas altmodisch klang, zu bezeichnen. Menschen, mit denen ich im Kontakt stand, empfand sie als Konkurrenten und deshalb boten sie ihr eine Angriffsfläche. Mit viel Fantasie zeigte sie mir deren Charakterschwächen auf und kam dabei zu dem Ergebnis, dass es für mich besser sei, wenn ich mit ihnen nichts zu tun hatte. Das war so durchschaubar.

Trotzdem verbrachten Heike und ich viel Zeit miteinander und hatten dabei Spaß. Wir konnten oft zusammen lachen. Im

Laufe der Zeit realisierte ich aber auch, dass mir ihr manipulatives und egoistisches Verhalten nicht guttat, während sie gleichzeitig sehr an unserer Beziehung festhielt.

Als meine Schulnoten unabhängig davon inzwischen schlechter geworden waren, entschied ich mich, noch einmal die Schule zu wechseln. Vorausgegangen war ein Eintrag in das Klassenbuch, weil ich im Sportunterricht zum zweiten Mal ein T-Shirt in der falschen Farbe getragen hatte. Der Vorgang wurde bei dem nachfolgenden Elternsprechtag thematisiert und mein Vater, der meine Mutter dieses Mal begleitete, hatte für das Verhalten der Schule kein Verständnis. Allerdings tat er mir keinen Gefallen damit, als er die Vorgehensweise der Lehrer mit Methoden des Dritten Reiches verglich. Dies wirkte sich prompt auf meine nachfolgenden Noten aus. Mit Wohlwollen der Lehrer brauchte ich nun nicht mehr zu rechnen. Viele Jahre später las ich, dass diese Schule für ihre nationalsozialistische Vergangenheit inzwischen öffentlich kritisiert wurde.

Nach meinem Schulwechsel blieben Heike und ich weiter in Verbindung, jedoch war unser Kontakt von nun an etwas lockerer. Ich hatte mich ihrem »Zugriff« entzogen und damit das Gefühl, meine Persönlichkeit zurückgewonnen zu haben.

In den Sommerferien fuhr Heike auf die Nordseeinsel, auf der sie einige Jahre gelebt hatte. Dort wohnte sie bei ihrer Oma und schrieb mir alle paar Tage einen Brief. Das Thema war jedes Mal ihr Flirt mit dem Verlobten ihrer Tante. Mit vierzehn Jahren war sie schon ein »Früchtchen«.

AUF EIGENEN FÜSSEN

Als mir die Meinungsverschiedenheiten zu Hause und die Abhängigkeit von einem Bus, der nur unregelmäßig in die Stadt fuhr, endgültig zu belastend wurden, entschied ich mich, zu Hause auszuziehen. Ich wollte ja schon lange weg und hatte vor meinem Schulabschluss bereits laufend Blindbewerbungen für einen Ausbildungsplatz in Hamburg geschrieben. Viele wurden trotz guter Noten, abgesehen von einer Fünf in Physik, höflich damit beantwortet, dass ein Ausbildungsplatz gar nicht angeboten werden könne. Endlich klappte es doch noch, allerdings hätte ich nun mit Bus und Bahn eine Stunde pro Strecke pendeln müssen. Über einen Führerschein hatten wir zu Hause noch nicht gesprochen, meine Mutter hätte die Kosten dafür auch gar nicht übernehmen können.

Nach einer Übergangszeit in einer kleinen Wohnung in S-Bahn-Nähe, nur durch eine breite Straße getrennt von der Reeperbahn, die ich mir mit einer Freundin teilte, suchte ich in den Kleinanzeigen des Hamburger Abendblatts nach einer eigenen Wohnung. Ohne Internet, angewiesen auf kleine Anzeigen, denen sich nur die wichtigsten Eckdaten entnehmen ließen, machte man sich damals auf den Weg zu Wohnungsbesichtigungen. Meine Aufmerksamkeit fiel auf eine Ein-Zimmer-Wohnung mit Küche und Vollbad in der Nähe des Heiligengeistfeldes, dem großen Platz, auf dem dreimal jährlich das Volksfest *Hamburger Dom* stattfand. Der Dom mit seinen vielen Fahrgeschäften, den bunten Lichtern,

Musik, Fischbrötchen und Schmalzkuchen hatte mich schon als Kind magisch angezogen. An meinem zehnten Geburtstag hatte ich beim Lose ziehen sogar einmal den Hauptgewinn gezogen, den *Bert* aus der *Sesamstraße* im Fernsehen, eine Figur halb so groß wie ich selbst. Ich musste an die Zeit mit meiner Freundin Britta zurückdenken, als ich immer mein gesamtes Taschengeld zusammengekratzt hatte, wenn die Zeit des Doms herannahte, um S-Bahn-Fahrkarten für uns beide zu kaufen, damit wir uns einen schönen Nachmittag bei Musik mit bunten Lichtern und dem Geruch von Schmalzkuchen machen konnten. Meine Mutter warf mir zu dieser Zeit oft vor, »vergnügungssüchtig« zu sein. »Nach den spaßfreien Jahren zu Hause kann man das doch sein«, dachte ich mir. Britta und ich schminkten uns manchmal für diesen Anlass. Ich trug hellblauen Lidschatten bei ihr auf, der gut zu ihren Augen passte und während ich ihre Wimpern schwarz tuschte, drückte sie die Augen fest zu. Brittas Eltern tolerierten unsere Ausflüge nicht und schickten einmal sogar die große Schwester hinterher, um sie nach Hause zu holen. Ansonsten hatten sie sich bei der Kinderbetreuung nicht mit Ruhm bekleckert. An ihrem Geburtstag hatte Brittas Vater einmal ihrem Bruder heißes Wasser über den Oberkörper geschüttet. Die Feier musste deshalb abgesagt werden.

Auch kulinarisch wurden Britta und ihre Geschwister nicht verwöhnt. Nach der Schule gab es bei ihnen Cornflakes zur Selbstbedienung. Deshalb war sie auch fast immer hungrig. »Ich brauche jetzt was zwischen die Kiemen«, sagte sie oft zu mir und dann sollte bei uns etwas Essbares besorgen. Martin und ich bekamen immer ein warmes Mittagessen, allerdings wurde es oft spät, weil meine Mutter nach der Scheidung wieder halbtags arbeitete. Nach Schulschluss hing mir der Magen schon in den Kniekehlen, wenn das Essen endlich auf den Tisch kam. Einmal hatte ich deshalb auch versucht, etwas vorzubereiten und meine Mutter zu entlasten. Als sie nach Hause kam und sah, dass ich das Kartoffelpüree schon fertig hatte, reagierte sie allerdings verärgert: »Wie kannst du das Püree machen, bevor die Fischstäbchen fertig sind? Es kühlt doch in der Zwischenzeit ab!« So nahm sie mir oft die Motivation. Auch bei der Gartenarbeit wollte ich ihr gerne helfen. Sie hatte doch immer geklagt, dass ihr alles zu viel sei. Trotzdem bezog sie mich nicht ein. »Du ziehst mir womöglich die Blumen mit heraus, denn du kannst sie ja vom Unkraut nicht unterscheiden.« Damit war auch dieses Thema erledigt und ich verspürte keine Lust mehr, ihr meine Hilfe anzubieten. Ich ignorierte von da an ihr Jammern, denn viele Probleme waren hausgemacht.

Auf dem Dom lernte ich mit dreizehn Jahren Pablo kennen. Er war Grieche, hatte schwarze Haare, braune Augen und war einige Jahre älter war als ich. Als er mich später zum Bahnhof begleitete, nahm er zum ersten Mal meine Hand und ich war stolz, denn nun hatte ich wohl meinen ersten Freund. Zum Abschied gab er mir dann den ersten Kuss. Damit hatte er mich überrascht und nun befand ich mich in einer neuen Welt. Er hatte sich für mich entschieden und ich war beeindruckt. Als ich an diesem Abend nach Hause kam, fragte ich mich, ob meine Mutter mir wohl etwas ansehen würde. Vor dem Schlafengehen wusch ich mir ausnahmsweise nicht das Gesicht, denn ich wollte dieses besondere Ereignis konservieren. Pablo und ich verabredeten uns noch einige Male und das funktionierte, obwohl wir keine Handys besaßen. Es war ein heißer Sommer und bei unseren Treffen fielen mir immer seine muskulösen Oberarme mit der braunen Haut in den weißen, etwas durchgeschwitzten T-Shirts auf. Ein Geruch von Männlichkeit und Stärke umgab ihn, der mir bis dahin fremd war und er gefiel mir. Es verunsicherte mich allerdings, wenn Pablo immer wieder hartnäckig den Wunsch äußerte, mit mir zum Gelände der ehemaligen Gartenbauausstellung *Planten und Blomen* zu gehen. Ich vermutete, er könne zwischen den Grünanlagen zu aufdringlich werden und blockte immer wieder ab, weil mir die Sache zu schnell ging. So blieb es bei einer kurzen, eher platonischen Beziehung. Pablo wurde kurze Zeit später zum Militär nach Griechenland eingezogen und ich erhielt erst ein Jahr später überraschend zur Weihnachtszeit einen hellblauen Luftpostbrief aus Thessaloniki. Darin befand sich auch ein etwas dunkles Foto von Pablo und er fragte mich darin, ob ich mich noch an ihn erinnern würde. Wir verabredeten uns schließlich für die Zeit nach seiner Rückkehr. Als wir uns einige Wochen später bei ihm in Hamburg trafen, hörten wir eine Schnulze von Percy Sledge, aber es war nicht mehr das Gleiche wie in jenem Sommer. Die Faszination für den Dom hielt bei mir dagegen noch eine Weile an.

Wenn mir das Geld für die Fahrten zum Dom fehlte, fuhr ich auch mal schwarz, also ohne Ticket. Einmal musste meine Mutter mich sogar bei der Bahnpolizei abholen, weil die Kontrolleure mich am Abend nicht allein und ohne Fahrschein nach Hause fahren lassen wollten. Jemand musste ja auch das Bußgeld bezahlen. Meine Mutter wurde telefonisch vor die Alternative gestellt, mich auszulösen oder zuzulassen, dass man mich in dieser Nacht in einem Jugendheim unterbrachte. Während ich wie eine arme Sünderin im Büro der Bahnpolizei auf sie wartete, war ich auf ein Donnerwetter gefasst. Wider Erwarten war sie aber gar nicht so böse, wie es in Anbetracht der Umstände zu erwarten gewesen wäre. Als ich später mit ihr im Auto saß, berichtete sie mir, der blonde Polizist der Bahnpolizei sei sehr charmant gewesen und habe mit ihr geflirtet. Das war mein Glück, so war ich dieses Mal gut davongekommen.

Nun, fünf Jahre später, war ich nach meinem Feierabend auf dem Weg zu der Wohnungsbesichtigung in der Nähe des

Heiligengeistfeldes. Immerhin gab es zu dieser Zeit noch einige bezahlbare Wohnungen und ich konnte davon ausgehen, dass sich nicht noch mindestens dreißig weitere Bewerber durch die Räume drängelten. Ich lief vorbei am St. Pauli-Stadion, dem großen Bunker aus dem zweiten Weltkrieg und überquerte danach eine große Kreuzung. Auf der rechten Seite befand sich das Schanzenviertel mit seinen vielen Restaurants und Kneipen. Gegenüber entdeckte ich ein hellgelbes Gebäude mit einem Türmchen, hinter dem sich die Adresse mit der freien Parterrewohnung befand. Die Hausmeisterin mit tiefer Stimme und maskuliner Ausstrahlung begrüßte mich freundlich und zeigte mir die Wohnung, während wir über unsere gemeinsame Liebe zu Katzen sprachen. Das Wohnzimmer war groß und weiß gestrichen. Die Einbauschränke darin beeindruckten mich besonders, so würde ich mir keine Schränke kaufen müssen. Es gab eine offene Küche, die vom Flur abging und vollständig eingerichtet war. Das Bad hatte eine Badewanne und ausreichend Platz für eine Waschmaschine. Am darauffolgenden Tag gab ich nach einem nicht enden wollenden Fußmarsch bis zur Hausnummer 569 in einem Stadtteil nahe dem Flughafen meine Unterlagen bei der Hausverwaltung ab und unterschrieb den Mietvertrag.

Dann organisierte ich nach und nach einige Möbel, einen gebrauchten Fernseher und bestellte helle Auslegeware für das Wohnzimmer. Sogar mein Vater fand Zeit, mit mir in ein schwedisches Möbelhaus zu fahren, um einen großen runden Esstisch, einen kleinen Badezimmerschrank und ein Bett zu kaufen. Der Tisch mit dem Namen »Ingo« machte während der gesamten Rückfahrt pfeifende Geräusche auf dem Dach seines Autos.

Ich freute mich sehr auf die neue Unabhängigkeit und den Einzug in meine erste eigene Wohnung, meldete den Telefonanschluss und Strom an. Kurze Zeit später war es darin schon wohnlich und

Heike besuchte mich, nachdem sie bei ihren Großeltern war. Sie lebte inzwischen in der Nähe von Heidelberg, wo sie Portugiesisch und Französisch studierte.

Wir kauften einige Lebensmittelvorräte und Küchenutensilien in dem großen Supermarkt um die Ecke ein, bei dem es fast alles gab, was mein Herz begehrte. An der Kasse nahmen wir noch die neueste Ausgabe eines bekannten Hamburger Stadtmagazins mit und studierten später die Kleinanzeigen. Wir redeten stundenlang, bis es dunkel wurde und uns gingen die Themen nie aus, zwischendurch schütteten wir uns aus vor Lachen.

Nachdem wir uns mit Hilfe des Magazins über Clubs und Diskotheken in Hamburg informiert hatten, entschieden wir uns, diesen Abend im *Posemuckel* zu verbringen und stylten uns auf. Das *Posemuckel* war ein Ableger des *Ku'dorfs* in Berlin und es gab in dem Kellergewölbe am Alsterfleet mehrere ineinander übergehende gemütliche Kneipen, einen Imbiss, einen Bierbrunnen mit einem großen, künstlich belaubten Baum in der Mitte, daneben eine Tanzfläche sowie im hinteren Bereich eine weitere Tanzfläche mit Bar. Wir fanden die Beschreibung interessant, auch wenn das Publikum von damals heute etwas überheblich als »überwiegend gewöhnlich« beschrieben wird. Es war tatsächlich gemischt, auch viele Hamburg-Touristen kamen hierher. Heike und ich waren jedenfalls bereit, das Hamburger Nachtleben unsicher zu machen. Es wurde gerade überall Musik der *Neuen Deutschen Welle* gespielt, die immer gute Laune machte und bei der man mitsingen konnte. Wir waren zwei Blondinen mit guter Laune und es dauerte nicht lange, bis wir von verschiedenen Leuten angesprochen wurden. Die Besucher standen dicht gedrängt zusammen und die Atmosphäre sowie die Musik gefielen mir. Während ich tanzte, konnte ich auch mal nicht an meine Mutter denken, die zu Hause war und mir vor Verabredungen manchmal ein schlechtes Gewissen mit auf den

Weg gab, indem sie sagte: »Du gehst dich amüsieren und ich sitze hier!« Sie pflegte zu dieser Zeit gerade ihre Eltern mit Unterstützung eines Pflegedienstes und während ihrer Urlaubsreisen halfen Verwandte aus.

An diesem Abend im *Posemuckel* lernte ich schließlich noch Uta kennen, mit der ich in den nächsten Jahren befreundet war.

Nachdem ich nun auch stolze Besitzerin einer Hamburger Telefonnummer war, telefonierte ich nach Feierabend oft mit meiner Mutter zum »Abendtarif«, denn nach 18.00 Uhr waren Gespräche in auswärtige Netze günstiger als am Tage, Flatrates gab es noch nicht. Das Verhältnis zu meiner Mutter entwickelte sich durch den räumlichen Abstand überraschend positiv. Sie hat mir sogar Gardinen für meine Wohnung genäht und angebracht, während ich bei der Arbeit Überstunden machte. Auch besuchten wir gemeinsam ein Klezmer-Konzert und sowie das Musical *Showboat* im Hamburger *Congress Centrum*.

Ich verabredete mich nun oft mit Uta, die auch sehr unternehmungslustig war. Wir gingen gemeinsam in den Tierpark, fuhren zum Strand an die Ostsee, besuchten Freunde oder spielten »Mensch ärgere dich« bei mir zu Hause, wobei meine beiden Kater regelmäßig kurz vor Ende des Spiels die Figuren umwarfen. Wenn wir an den Wochenenden gemeinsam losgingen, hatte Uta ihre nach außen geföhnten Wellen im Haar mit viel Haarspray fixiert. Sie fuhr einen orangefarbenen VW-Käfer und besaß darin einen Kassettenrekorder, den sie immer laut aufdrehte, wenn wir unterwegs waren. Wir trugen möglichst enge Jeans und immer Schuhe mit Absätzen, dabei konnten meine nie hoch genug sein. Sneakers hießen damals noch Turnschuhe und man trug sie nur beim Sport. Erst als Leggins in Mode kamen, trug ich weiße Sneaker dazu. Mein absolutes Lieblingsoutfit war ein curryfarbener Overall mit schwarz-gelb kariertem Innenfutter und diversen Reißverschlüssen. Ich besaß auch ein goldenes Stirnband.

Anstelle eines breiten Gürtels trug ich manchmal ein rotes Tuch mit feinen, goldenen Fäden zu dem Overall, das ich um die Taille gebunden hatte. Am liebsten tanzte ich zu Funk- und Soulmusik und manchmal kam ich erst bei Tagesanbruch nach Hause, wenn wir noch in einer Kneipe, der *Klimperkiste* oder dem *Gestern & Heute,* frühstücken waren.

An einem Novemberabend lernte ich Gino kennen. Er war groß und sehr schlank, hatte braune Haare und blaue Augen. Sein Akzent ließ auf eine Herkunft in Osteuropa schließen. Später erfuhr ich, dass er in einem Urlaubsort an der Schwarzmeerküste aufgewachsen war und auf einem Schiff angeheuert hatte, um seine Heimat zu verlassen. Dabei wollte er sich in erster Linie von seinem autoritären Vater befreien, der so eifersüchtig war, dass er ihm unterstellt hatte, ein Verhältnis mit seiner eigenen Mutter zu haben. Als wir uns kennenlernten, lebte Gino bereits ein paar Jahre in Deutschland. Er wirkte charmant und sensibel, beinahe feminin, weshalb sich auch Männer für ihn interessierten, was aber nicht auf Gegenseitigkeit beruhte. Wir trafen uns einige Male und nach wenigen Wochen machte er mir vor dem Einschlafen einen Heiratsantrag. Ich fühlte mich zwar geschmeichelt, war aber auch misstrauisch und fragte ihn, ob er dadurch seinen Aufenthaltsstatus verbessern wolle. Er war gekränkt und vielleicht tat ich ihm damit Unrecht. Trotzdem blieb er von diesem Tag an bei mir.

Wie sich in den nächsten Tagen herausstellte, durfte er seine Wohnung nach dem Besuch eines Gerichtsvollziehers wegen Mietschulden nicht mehr betreten. Also war er doch ein Wolf im Schafspelz und ich war nicht sicher, ob ich Mitleid haben sollte, wenn er mit Bedauern von seiner hochwertigen Kleidung sprach, die ihm deshalb abhandengekommen war. Trotzdem verstanden wir uns zunächst gut und wurden gemeinsam häuslicher. Ich versuchte mich an meinem ersten Gulasch, das zäh war wie eine

Schuhsohle, als es auf dem Teller landete. Erst danach erhielt ich von meiner Tante Edith ein Kochbuch für Anfänger. Das Rezept für ihren beliebten Käsekuchen bekam ich von meiner Mutter. Gino machte den besten Apfelstrudel und er war daneben lieb zu meinen beiden Katern. Wir gingen oft italienisch essen, denn Gino liebte Scampi in Knoblauch.

Nachdem wir ein Jahr zusammen waren, bat ich Gino einmal, mit einem Scheck von meinem Konto Geld abzuheben, weil ich selbst keine Zeit hatte, zur Bank zu gehen. Nach meinem Feierabend wartete ich an diesem Tag lange auf Gino. Um 23.00 Uhr betrat er wie ein begossener Pudel die Wohnung und gestand, dass er in einer Spielbank sein Geld verspielt und anschließend auch noch mein Geld eingesetzt hatte. Nach den ersten Verlusten habe er wiederholt vergeblich versucht, zumindest den Spieleinsatz wieder hereinzubekommen. Er entschuldigte sich und versprach, den Betrag am folgenden Tag wieder zu erspielen, um es mir zurückzugeben. Ich war von der Aktion nicht begeistert, aber meine Toleranzgrenze war noch nicht erreicht. In der Folgezeit verbrachte Gino nun immer wieder Zeit in einer Spielbank. Mir wurde langsam klar, dass er tatsächlich spielsüchtig war.

Nachdem Gino vor einiger Zeit damit begonnen hatte, seinen Führerschein zu machen, plante ich eine gemeinsame Reise nach Italien. Ich hatte so schöne Fotos von Alessio gesehen und Gino gefiel die Idee auch, zumal er auch etwas italienisch sprach. Ungeduldig wartete ich seine nächsten Fahr- stunden und die bevorstehende Prüfung ab, damit wir ein Auto kaufen und in den Urlaub fahren konnten. An einem Nachmittag wollte Gino direkt nach dem Theorieunterricht nach Hause kommen. Als er aber nicht erschien, ging ich zur Fahrschule, wo ich erfahren musste, dass er gar nicht dort gewesen war. Nun war ich wirklich sauer. »Er hat doch sein Leben nicht im Griff,« dachte ich. So wollte ich nicht weitermachen und entschied mich deshalb, selbst einen Führerschein zu machen. Das Anmeldeformular füllte ich sofort aus.

Auf meinem Weg zur Arbeit hatte mich ein blonder junger Mann angesprochen. Er stand an einer Kreuzung und überreichte mir aus seinem Auto heraus ein kleines Geschenk. Es waren Pralinen. »Die werden hoffentlich nicht vergiftet sein«, dachte ich sofort. Als die Ampel auf Grün sprang, rief er mir noch hinterher: »Wie heißt Du?« Einige Tage später war er zur selben Zeit wieder dort, hielt an und fragte mich, ob er mich in die Oper einladen dürfe, während er mir einen Zettel mit seinem Namen und seiner Telefonnummer in die Hand drückte. Er hieß Ulli. Bei meiner Arbeitsstelle angekommen, erzählte ich einer Kollegin aufgeregt von der Einladung. »Soll ich mich darauf einlassen und was zieht man überhaupt in der Oper an?« wollte ich von ihr wissen. Ich musste darüber nachdenken.

In der Beziehung zu Gino war ich inzwischen so mürbe geworden, dass ich mich schließlich mit Ulli traf. Er holte mich abends ab, wir sahen uns eine Ballett-Aufführung in der Oper an und er lud mich anschließend in eine Pizzeria ein. Er war höflich und sehr kommunikativ. Ich erfuhr von ihm auch, dass er klassische Musik liebte, besonders Arien von Wagner. Er hatte eine Waldorfschule besucht und damit begonnen, nach seinem Studium bei einem größeren Konzern Karriere zu machen.

Gino besuchte nach wie vor regelmäßig eine Spielbank und kam deshalb immer erst spät nach Hause. Wenn er arbeitete, waren es Jobs in Discotheken, so dass er tagsüber schlafen musste. Also bat ich Gino um eine Aussprache mit dem Ziel, die Beziehung zu beenden. Meine Treffen mit Ulli hatten damit tatsächlich nichts zu tun. Ulli war zwar sympathisch, aber an eine Beziehung mit ihm dachte ich dabei nicht. Wir verabredeten uns hin und wieder und er wusste, dass ich einen Freund hatte.

Gino war geschockt, als er hörte, dass ich Schluss machen wollte. »Ist das dein Ernst?« fragte er und ging ins Bad, wo er die Tür hinter sich schloss. Wenige Minuten später öffnete er die Tür wieder, um mir zu zeigen, was er angerichtet hatte. Mit einer Rasierklinge hatte er sich die Pulsadern aufgeschnitten. Das Blut lief an seinem Handgelenk herunter und sammelte sich im Waschbecken. Ich rief den Rettungsdienst an. Mir war klar, dass Gino mich damit erpressen wollte, aber für einen Freitod war der Schnitt nicht richtig geführt.

Nach ein paar Tagen im Krankenhaus kehrte Gino zurück und für mich war nichts mehr wie vorher. Ich wollte dieses Erlebnis hinter mir lassen und als schließlich ein Schreiben der Hausverwaltung mit Ankündigung einer Mieterhöhung eintraf, entschloss ich mich, mir eine neue Wohnung zu suchen.

Als ich sie gefunden hatte, bot Gino an, mir beim Umzug zu helfen. Ich vermutete, dass er auch in dieses gemachte Nest wieder mit einziehen wollte und lehnte sein Angebot ab. Ich bat ihn, sich nun ernsthaft eine eigene Wohnung zu suchen. Schließlich bekam er das auch hin. Trotzdem trafen wir uns während der nächsten zwei Jahre hin und wieder. Er arbeitete inzwischen als Barkeeper und ich besuchte ihn manchmal nach seinem Feierabend, wenn ich an den Wochenenden unterwegs war und auf dem Rückweg an seiner Wohnung vorbeikam. Ich besaß inzwischen einen hellblauen VW-Käfer, nachdem ich die Führerscheinprüfung bestanden hatte, die mich so viel Geld gekostet hatte, dass mein Konto regelmäßig überzogen war.

In der neuen Wohnung konnte ich meine Waschmaschine leider nicht unterbringen. Deshalb bot meine Mutter mir an, meine Wäsche bei ihr zu waschen, was ich dankbar annahm. Ich verband das Wäschewaschen mit meinen Besuchen an den Sonntagen und freute mich besonders, wenn es bei ihr Rotkohl gab. Bei gutem Wetter gingen wir gemeinsam mit Oma Frieda im Wald spazieren. Was so harmonisch klingt, konnte auch böse enden. Einmal eskalierte ein Gespräch mit meiner Mutter, kurz bevor ich nach Hause fahren wollte. Sie sah sich veranlasst, mir den Inhalt der Plastikwanne mit frisch gewaschener Wäsche auszuschütten und die Treppe herunterfallen zu lassen. Ich fuhr ohne meine Wäsche nach Hause, so dass sie die Sachen irgendwann selbst wieder einsammeln musste.

In der Vorweihnachtszeit besuchte ich Heike zum ersten Mal in der Nähe von Heidelberg. Sie organisierte eine Mitfahrgelegenheit für mich und konnte es kaum erwarten, mir ihre neue Heimat zu zeigen. Während meines Besuchs ernährten wir uns fast ausschließlich von einem Christstollen, weil das Geld bei ihr so knapp war, dass sie inzwischen ihre Mutter auf Unterhalt verklagt hatte. Die monatlichen Zahlungen ihres Vaters und kleine Geldgeschenke der Großeltern reichten für ihren Lebensunterhalt nicht aus.

Die Heidelberger Altstadt, die wir an einem sonnigen Nachmittag mit der Straßenbahn erreichten, bot sich zum Bummeln an, denn es gab eine lange Fußgängerzone mit vielen Studentenkneipen. Wir liefen auch den Neckar entlang, von wo aus man die Schlossruine am Nordhang des Königstuhls sehen konnte.

Wegen einer Meinungsverschiedenheit mit ihrem Vermieter zog Heike nach Leimen um und sie wohnte nun in einer Wohnung über einem homosexuellen Friseur, der einen Salon besaß. Bei ihm hatte Heike sich vergeblich um einen Job beworben. Deshalb wollte sie sich an ihm rächen. Ihre Wohnungen waren sehr hellhörig und deshalb war ihr nicht entgangen, dass ihr Nachbar sich nach Feierabend gern ein Vollbad einließ. Wenn dies der Fall war, wartete sie solange, bis der Friseur es sich in der Badewanne gemütlich gemacht hatte, wobei man ein wohliges »Aah« aus dem Bad unter Heikes Wohnung vernehmen konnte. Nun wählte sie seine Telefonnummer und ließ es so lange klingeln, bis sie sicher hörte, dass er sich aus der Wanne wieder herausbemüht hatte und mit nassen Füßen zu seinem Festnetztelefon gelaufen kam. Als er den Hörer abnahm, legte sie auf und wiederholte das Ganze anschließend noch ein- bis zweimal.

DAVONGESEGELT

Mein Vater hatte im Mai 1976 einen Job als Kameramann auf der *Gorch Fock*, dem Segelschulschiff der Deutschen Marine, übernommen. Es war bereits Ende der 1950er Jahre zu seiner ersten Ausbildungsfahrt in See gestochen war und nun sollte erneut eine Ausbildungsfahrt über den Atlantik stattfinden. Eine Voraussetzung für die Reise war natürlich Seetauglichkeit und mein Vater war daneben abenteuerlustig genug, um die *Gorch Fock* mehrere Wochen lang mit seiner Kamera zu begleiten. Im Anschluss an einen Flug nach Santa Cruz de Tenerife bezog er eine Kabine, die zeitweise auch als Gefängnis genutzt wurde und kurz darauf legte der Segler ab, der in Kiel bereits in See gestochen war. Die Filmausrüstung war schon dort an Bord genommen und hatte eine stürmische Fahrt über den Atlantik hinter sich. Mein Vater und sein Team bemerkten, dass in das Lager, in dem sich die Ausrüstung befand, inzwischen Wasser eingedrungen war. Also mussten sie alle Teile akribisch auf Feuchtigkeit überprüfen, bevor sie zum Einsatz kommen konnten. Wider Erwarten war an den hochwertigen Geräten kein Schaden festzustellen. In den folgenden Tagen konnten nun Filmaufnahmen auf See entstehen, die teilweise sogar aus schwindelerregender Höhe aus der Saling am Mast aufgenommen wurden. Dafür stieg mein Vater mit der Kamera auf seiner Schulter in die Höhe, während einer der Ausbilder ihm versicherte: »Machen sie sich mal keine Sorgen, das wird schon klappen, denn es ist noch niemand abgestürzt, wenn nicht Übermut oder Alkohol im Spiel war.« Mutig stieg mein

Vater mit einem Fuß nach dem anderen in die Seile, vor und hinter ihm befanden sich die Kadetten und wenn es brenzlig zu werden schien, riefen sie laut: »Wahr schau!« (für »wahrhaft schauen«). Ihn reizten derartige Herausforderungen, weil auf diese Weise außergewöhnliche Aufnahmen entstehen konnten. Als er alles »im Kasten hatte«, betrachtete er seine Bilder nicht ohne Stolz, denn manche waren einmalig schön. Abends saß die Crew des Seglers mit dem Fernsehteam gemeinsam unter dem Sternenhimmel. Dabei sahen sie sich Western an, die auf der Leinwand des großen Segels abgebildet wurden. Einer der Kadetten spielte anschließend auf seiner Gitarre Lieder von *Johnny Cash* und *Charley Pride*. Echte Seefahrer-Romantik! Am 01. Juli 1976 legte die *Gorch Fock* im Hafen von Hamilton/Bermuda an.

Die kleine zerklüftete Inselgruppe, die zum britischen Königreich gehört, hatte karibisches Flair und schon einige Hurrikane überstanden. Ihre pastellfarbenen Häuser besaßen weiße Dächer mit treppenartigen Stufen, mit denen Regenwasser aufgefangen wurde. Die Strände waren pinkfarben durch Beimengung von farbigen Muschelteilchen und das Meerwasser leuchtete türkis.

Obwohl mein Vater frisch geduscht von Bord ging, musste er bald feststellen, dass sein Poloshirt am Körper klebte, denn es war nicht nur heiß, sondern es herrschte auch eine hohe Luftfeuchtigkeit. Er hatte sich in Skandinavien immer besonders wohl gefühlt und konnte dem karibischen Klima nicht viel abgewinnen. Um das abgedrehte Filmmaterial schnellstmöglich zum Flughafen zu bringen, besorgte sich das Team am Hafen einen Leihwagen. Während der Fahrt begegneten ihnen unzählige Motorroller. Mein Vater betrat kurz darauf das Flughafengebäude, wo ihm eine Stewardess vom Bodenpersonal mit langen, dunkelblonden Haaren ins Auge fiel, auf die er zusteuerte, um sich bei ihr nach der Luftfrachtabfertigung zu erkundigen. Dabei blickte er wahrhaft in ihre braunen Augen (»wahr schau«) und bemerkte neben vielen Sommersprossen ein ganz besonderes Lächeln. Sein damals leidlich gutes Englisch überspielte er geschickt und begann mit ihr zu flirten, indem er Komplimente machte, die ihr schmeichelten, so dass sie neugierig wurde auf den charmanten, großen Mann mit Schnauzbart. Schließlich sprang eine Verabredung zu einem Date am Abend heraus. Mein Vater wollte schließlich Land und Leute kennenlernen.

Beflügelt stieg mein Vater zu seinen ebenfalls gut gelaunten Kollegen ins Auto, um mit geöffneten Fenstern und karibischem Wind im Haar einmal quer über die Insel zu fahren, vorbei an Somerset Island im Westen und nach Saint George's Island im Norden, wo sie sich das Fort St. Catherine, eine Artillerie-Festung aus dem Jahr 1612 anschauen wollten. Nachdem sie sich dort umgesehen und die knapp 40 km² kleine Insel überquert hatten, wollten sie ihren Durst löschen und kehrten nach Hamilton zurück. Sie kamen am Hafen an der *Gorch Fock* vorbei, die beeindruckend mit ihren weißen Segeln vor dem dunkelblauen Himmel im Wasser lag und liefen weiter die Frontstreet entlang, an der sich die Schaufenster der vielen kleinen Geschäfte mit ihren farbigen Markisen befanden. Viele Souvenirs mit der Aufschrift: *»I survived the Bermuda Triangle«* wurden dort angeboten, denn in dem Seegebiet nördlich der Karibik verschwanden immer wieder Schiffe und Flugzeuge auf mysteriöse Weise, was sich aber nicht wirklich beweisen ließ. Mein Vater und sein Team betraten ein Restaurant, von dessen Balkon sie den gesamten Hafen überblicken konnten. Sie bestellten ein kühles Bier und das Nationalgericht der Insel, eine würzige Fischsuppe. Nach dem Essen sprachen sie über ihre Pläne für den bevorstehenden Abend und die nächsten Tage. Mein Vater war vor allem gespannt auf sein Date und ich kann über den Verlauf dieses Abends nur spekulieren...

Nachdem mein Vater nach Deutschland zurückgekehrt war, besuchte er uns eines Tages überraschend um die Mittagszeit, während meine Mutter noch bei der Arbeit war. Nach der Begrüßung interessierte er sich dafür, ob ich einen Kassettenrekorder besaß. Ich vermutete natürlich, er habe Kassetten mit karibischer Musik von seiner Reise mitgebracht. Dann nahm er eine Kassette aus seiner Jackentasche, legte sie ein und drückte gespannt auf die Starttaste. Überraschend hörte man aber keine Musik, sondern die Stimme einer Frau, die Englisch sprach und ausführlich berichtete, dass es ihr inzwischen wieder gut ginge, nachdem sie sich bei einem Unfall mit einem Motorroller den Arm gebrochen hatte. Ich sah meinen Vater fragend an. Mit einem verschmitzten Lächeln im Gesicht verriet er mir, dass er auf Bermuda eine tolle Frau kennengelernt hatte. Sie hieß Judy und sei ein paar Mal mit ihm ausgegangen. Ich war nicht besonders beeindruckt von dieser Information, denn seit der Trennung meiner Eltern war ich abgeklärt, was die Beziehungen meines Vaters angingen. Lieber hätte ich Musik mit ihm gehört.

Mein Vater und Chrissy hatten sich bereits vor der Seereise getrennt und sie war aus der gemeinsamen Wohnung ausgezogen. Also hatte mein Vater freie Bahn und konnte sich auf seine Eroberung von der Insel einlassen. Nur ein Jahr später erfuhren wir, dass mein Vater plante, Judy zu heiraten. Für die Hochzeit auf Bermuda sei bereits alles vorbereitet und sie sollte schon bald stattfinden. Er sagte, Martin und ich würden an der Feier nicht teilnehmen können, weil die Flüge dorthin ja so teuer seien. Ehrlich gesagt, konnten wir darauf auch verzichten, denn es hätte uns nur verletzt, unseren Vater in einem Hochzeitsanzug neben einer für uns fremden Frau zu sehen.

Ein halbes Jahr nach der Hochzeit auf Bermuda muss Judy wohl nach Deutschland gekommen sein, denn sie lebte inzwischen mit meinem Vater in einem Reihenhaus nicht weit von der Wohnung entfernt, in der Chrissy und ich mit ihm gewohnt hatten. Mein Vater lud mich zu einem Besuch ein, damit ich Judy kennenlernen konnte.

Nach einer zweistündigen Bahnfahrt stieg ich aus dem Zug, ging die Treppe am Bahnsteig herunter und durch das Bahnhofsgebäude, das mir noch so vertraut war aus der Zeit, als ich von den regelmäßigen Besuchswochenenden bei meiner Mutter und Martin zurückgekehrt war. Am Ende des Durchgangs mit den vielen, kleinen Shops entdeckte ich in der Bahnhofshalle meinen Vater, der mir mit großen Schritten entgegenkam. Er hielt Judy, die beinahe so groß war wie er, an der Hand. Sie hatte inzwischen halblange Haare mit blonden Strähnen. Mein Vater freute sich über meine Ankunft, stellte uns einander vor und Judy begrüßte mich überschwänglich auf Englisch. Dann schlug mein Vater vor, zunächst in ein Restaurant im Bahnhof zu gehen. Nachdem die Getränke gebracht wurden, kündigte er feierlich eine Überraschung an: »Wir bekommen ein Baby. Judy ist schwanger«. Ich musste in diesem Moment unweigerlich auf ihren Bauch schauen, der sich unter dem schwarz-bunt gemusterten Kleid schon etwas wölbte. Was sollte ich dazu sagen? Hatten sie erwartet, dass ich mich für sie freute? Ich wusste gerade nicht, was ich denken oder fühlen sollte. Ich war innerlich irgendwie leer.

Mir fiel ein, was meine Freundin Heike vor kurzem erst erzählt hatte. Auch ihr Vater hatte noch einmal geheiratet und sie überraschend mit einem Halbbruder konfrontiert. Ich beschloss, die Sache auf mich zukommen zu lassen. Ich wusste doch inzwischen nur zu gut, dass ich das Schicksal nicht beeinflussen konnte. Das Baby konnte ja auch nichts dafür, dass sein Vater bereits Kinder hatte, die sich all die Jahre mehr Zeit und Aufmerksamkeit von ihm gewünscht hatten. Was das anging, würde es ja zukünftig nicht besser werden, dachte ich.

Anschließend fuhren wir zu ihrer Wohnung und als wir später im Wohnzimmer saßen, betrachtete ich nachdenklich den Inhalt einer Vitrine. Die Einrichtung war etwas konservativer und hochwertiger als in seiner vorherigen Wohnung. Trotzdem wurde mein Vater nie müde, darüber zu klagen, dass das Geld so knapp sei. Und dann hatte ich auch noch auftragsgemäß an den Unterhaltsscheck für meine Mutter erinnert. Weil absehbar war, dass mein Vater nun auch für seine neue Familie sorgen musste, war der Unterhalt für Martin und mich natürlich ein Reizthema. Judy und er brachten das Gespräch auf eine Reduzierung dieses Unterhalts. Ich war aber doch nicht die richtige Ansprechpartnerin dafür und fühlte mich augenblicklich schlecht. Am liebsten wäre ich im Boden versunken. Die Geschenke unseres Vaters für Martin und mich waren in der letzten Zeit schon kleiner ausgefallen. Meine Mutter behauptete in diesem Zusammenhang immer, dass Judy sicher dafür verantwortlich sei.

An einem frostigen Tag im Februar des folgenden Jahres, als auf tief verschneiten Autobahnen sogar Menschen auf Skiern unterwegs waren, wurde meine Halbschwester Juliana geboren. Mein Vater schickte mir wenig später ein Baby-Foto und lud mich ein, ihn wieder einmal zu besuchen, um das Baby live zu sehen.

Bei meinem Besuch einen Monat später schlief ich mit Juliana zusammen im Kinderzimmer und wurde früh am Morgen von einem leisen Wimmern geweckt. Nachdem ich realisiert hatte, was los war, ging ich an das Babybett, in dem die Kleine hilflos lag, vermutlich war ihre Windel voll. Mit Babys hatte ich absolut keine Erfahrung, aber mit meinen Puppen konnte ich früher schon einmal das Wickeln üben. Also entschied ich mich, zu helfen und nahm sie vorsichtig hoch, um sie erst einmal auf die Wickelkommode zu legen. Noch während ich mich fragte, wo saubere Windeln lagen, kam Judy herein, die inzwischen wach geworden war und übernahm den Job. Nach einem gemeinsamen

Frühstück schlug mein Vater vor, einen Spaziergang durch den Ort zu machen und er gab mir deshalb warme Kleidung von sich, einen Pullover und eine Lederjacke, die ich gern anzog. Dann schob ich den Kinderwagen mit Juliana und mein Vater fotografierte uns zusammen vor der Feuerwache. Judy bemühte sich in der Folgezeit, immer freundlich zu mir zu sein. Allerdings war ich mir nicht sicher, wie ich ihre etwas überschwängliche Art einordnen sollte. Ich kannte bis dahin ja nur das unterkühlte Verhalten meiner Familie. Damals wusste ich noch nicht, dass ich mit ihr in der Zukunft gute, intensive Gespräche führen und dass sie mit ihrer positiven Persönlichkeit eine Bereicherung auch für meine Töchter sein würde.

Meinen 18. Geburtstag feierte ich im Haus meiner Mutter, denn mein Vater und Judy hatten aus diesem Anlass ihren Besuch angekündigt. Auch sollten wir wieder einmal eine Neuigkeit erfahren. Es war ein überraschend harmonisches Kaffeetrinken bei meiner Mutter, die wohl auch neugierig auf die neue Ehefrau meines Vaters war. Dabei wirkte sie überraschend gefasst. Als sich der Besuch dem Ende neigte, ließen mein Vater und Judy die Bombe platzen und verkündeten, was sie auf dem Herzen hatten. »Wir haben uns entschlossen, in Zukunft gemeinsam auf Bermuda zu leben. Wir werden dort eine Film- und Videoproduktionsfirma gründen. Unser Flug geht schon nächste Woche.« Ich fragte mich in diesem Moment, wie selten ich meinen Vater wohl von nun an treffen würde und wie viele Flugstunden Bermuda überhaupt entfernt war. Ich würde mich damit abfinden müssen, dass wir uns zukünftig nur noch Briefe schreiben konnten. Telefonate ins Ausland waren zu dieser Zeit noch sehr teuer.

Einige Wochen nach der Auswanderung schrieb mein Vater mir einen ersten Brief und legte Fotos von seiner neuen Heimat bei. Man sah darauf Palmen zwischen weißen Häusern und im Hintergrund das türkisblaue Meer mit unzähligen Booten. Sie wirkten wie Bilder aus einem Urlaubskatalog. Ich hatte keinen Bezug zu ihnen. Mein Vater schrieb über das Klima und dass seine Kleidung, die er über einen Stuhl gehängt hatte, wegen der hohen Luftfeuchtigkeit nach wenigen Tagen begonnen hatte zu schimmeln. Auf der Insel würde ein Teil der Bevölkerung eine schwarze Hautfarbe haben und alles, was man dort kaufen könne, sei sehr teuer, weil es importiert werden müsse. In den Sommermonaten würden regelmäßig große Kreuzfahrtschiffe mit überwiegend amerikanischen Touristen im Hafen liegen.

Die Zeit verging und nach zwei weiteren Jahren schrieb mein Vater mir in einem Brief, dass Judy erneut schwanger sei und er dieses Mal bei der Geburt dabei sein wolle. Kurz darauf wurde mein Halbbruder Moritz geboren und schon bald wollten mein Vater und Judy für eine Woche nach Deutschland kommen. Wir verabredeten uns deshalb in Hamburg in einem Fischrestaurant am Hafen und verbrachten zwei Stunden dort. Auch in den folgenden Jahren sahen wir uns regelmäßig in den Sommerferien nur für einige Stunden. Zwischendurch konnte ich meinen Vater nur hin und wieder wenige Sekunden in dem Abspann einer Musiksendung im Fernsehen entdecken, die vor seiner Auswanderung produziert und inzwischen wiederholt wurde.

Zusammen mit einem Freund, den ich kurz zuvor kennengelernt hatte, plante ich im Sommer eine Reise nach Bermuda, um meinen Vater zu besuchen, nachdem er in seinen Briefen schon mehrfach darum gebeten hatte. Mein Freund war kurz vorher noch mit einer Gruppe in Portugal unterwegs und ich erwartete ungeduldig ein Lebenszeichen von ihm mit der Zusage für unsere Reise, weil ich die Flüge buchen wollte. Unmittelbar nach seiner Rückkehr wollten wir uns bei seinen Eltern treffen und ich fuhr mit einer Tüte Kekse als Proviant deshalb an die niederländische Grenze. Nach meiner Ankunft verbrachten wir den Abend in Enschede, bevor sein Vater uns am nächsten Morgen auf dem

Weg zur Arbeit mitnahm, damit wir vom Flughafen Düsseldorf nach Bermuda mit Zwischenstopp in New York starten konnten.

Geplant war eine Übernachtung in einer Jugendherberge in Manhattan. Am Abend liefen wir an beeindruckenden Wolkenkratzern vorbei, überquerten den Times Square mit seinen vielen bunten Lichtreklamen und in China Town aß ich zum ersten Mal Pfefferminzeis, bevor wir am nächsten Tag wieder am Flughafen John F. Kennedy eintrafen. Dort unterschätzten wir allerdings die Zeit, die es brauchen würde, um einzuchecken, weil in den USA offenbar alle Reisenden einer Fluggesellschaft unabhängig von ihrem Reiseziel am selben Schalter abgefertigt wurden. Vor uns stand nun eine lange Schlange mit interessanten Menschen verschiedenster Nationalitäten und es dauerte eine gefühlte Ewigkeit, bis wir endlich an der Reihe waren. Im Ergebnis blieben uns noch fünf Minuten, um unser Gate zu erreichen. Als wir völlig außer Atem dort ankamen, wurde es gerade geschlossen. Dies bedeutete, dass wir auf die nächste Maschine nach Bermuda am darauffolgenden Vormittag warten mussten. Ich informierte meinen Vater über die Verspätung, der bei dieser Information etwas besorgt schien. Weil wir weder Lust noch das Geld hatten, erneut mit einem Taxi in das Zentrum der Megacity zurückzufahren, entschieden wir uns, die Wartezeit am Flughafen zu verbringen. Irgendwann hatten wir alles um uns herum gesehen und mussten feststellen, dass in dieser Metropole nachts keine Maschinen mehr starteten und, abgesehen vom Sicherheits- und Flughafenpersonal, nur noch wenige Menschen umherliefen. Es kehrte eine ungewöhnliche Ruhe nach all der Hektik ein. Wir legten uns müde auf eine Bank, zur Sicherheit mit den Köpfen auf unser Handgepäck, während wir den nächsten Tag herbeisehnten.

Um die Mittagszeit des nächsten Tages landeten wir dann pünktlich auf dem kleinen Flughafen von Hamilton/Bermuda, wo mein Vater uns nach der Ankunft herzlich begrüßte. Nun sollten vier Wochen Urlaub beginnen, wobei wir unseren Aufenthalt frei gestalten konnten. Mein Vater und Judy arbeiteten in ihrer Firma und verließen morgens mit meinen kleinen Halbgeschwistern das Haus. In der zweiten Woche mietete mein Vater für seine Firma eine Segelyacht mit Kapitän und auch wir konnten an dem Betriebsausflug teilnehmen. An Bord gab es Musik und einen Kanister mit Bermuda Swizzle, dem fruchtigen Nationalgetränk mit Rum. Vom Wasser aus schienen die zahlreichen weißen Dächer der Häuser entlang der Küste besonders hell zu leuchten. Wir genossen den Tag auf dem Wasser. Am nächsten Tag mieteten wir uns einen Motorroller, um damit die Insel zu entdecken, wobei ich mich an den Linksverkehr erst gewöhnen musste, vor allem in einem Kreisel war das herausfordernd. Dann schwammen wir täglich im türkis-blauen Meer und sonnten uns an den rosafarbenen Stränden, während die Sonne bis zum Abend schien. Ein paar Mal kletterte ich auf einen großen, schwarzen Felsen und als ich oben angekommen war, entstanden tolle Fotos.

HOCHPROZENTIGER
R(H)EINFALL

Meine Mutter und ihr Arbeitskollege aus der Grafikabteilung waren sich inzwischen offenbar nähergekommen und es hatte sich eine private Beziehung zwischen ihnen entwickelt. Jost war optisch eine Miniaturversion meines Vaters, schien aber wegen seiner Herkunft eine rheinische Frohnatur zu sein. Martin und ich und freuten uns für unsere Mutter. Jost, der geschieden war und zwei Söhne hatte, zog dann nach dem Verkauf seines Hauses mit seinem dicken, getigerten Kater zu meiner Mutter. Möbel brachte er nicht mit, dafür handwerkliches Geschick, einige Schulden aus einer vorübergehenden Selbstständigkeit mit einem kleinen Laden sowie ein paar skurrile Gegenstände aus seinem früheren Sortiment. Dunkelbraune Kerzen in Phallusform, solche »Scherzartikel« hatte es bis dahin bei uns nie gegeben und ich weiß nicht, ob sie meinen prüden Großeltern je unter die Augen gekommen waren. Martin und ich stellten uns vor, dass eine neue Partnerschaft unserer Mutter guttun und uns in unserer Verantwortung für sie etwas entlasten würde. Jost war ein geselliger Typ und hätte eine Bereicherung werden können für unser etwas morbides Zuhause, in dem es selten Besucher und nie Partys oder Grillabende gab, dachte ich. Für Streiche war er auch zu haben und wenn ich zu Besuch war, hatten wir deshalb auch Spaß. Einmal inspirierte ich ihn zu einem Anruf bei meinem ehemaligen Biologielehrer. Jost berichtete ihm ernsthaft mit besorgtem Ton von seiner Hilflosigkeit, weil er gerade ein lebendiges Schwein in seiner Badewanne habe. Schließlich sei ein Biolehrer doch prädestiniert dafür, ihm einen Rat zu geben, wie nun mit dem Tier umzugehen sei. So harmlos waren damals die Streiche, zu einer Zeit als es noch Telefonbucheinträge gab.

Nach seinem Einzug machte sich Jost im Haus meiner Mutter nützlich und nahm Veränderungen vor, wie meiner Meinung nach nicht notwendige Holzvertäfelungen an einigen Wänden. Er wollte offensichtlich seinen Stil hineinbringen und sprach im Übrigen inzwischen von »Mutti und Papa«, wenn er meine Großeltern meinte.

Eines Tages planten meine Mutter und Jost eine Reise mit dem Zug nach Süddeutschland. Die Fahrt begann zunächst unbeschwert. Allerdings rief mich meine Mutter abends überraschend aus einem Hotel in der Nähe von Soltau an und berichtete, sie haben ihre Fahrt unterbrechen müssen. »Stell dir vor, Jost ist im Krankenhaus. Er hat während der Zugfahrt einen epileptischen Anfall erlitten. Zum Glück konnte eine mitreisende Krankenschwester Erste Hilfe leisten. Und nun habe ich von dem behandelnden Arzt erfahren, dass Jost wohl schon länger ein Alkoholproblem gehabt haben muss.« Mir fehlten die Worte. »Durch die Abstinenz während der Reise wurde bei ihm ein Entzug ausgelöst, der die Ursache für den Anfall geliefert hat,« fuhr sie fort.

Am darauffolgenden Tag rief meine Mutter erneut an und teilte mit: »Jost ist schon wieder zurück im Hotel. Er hat die Sache natürlich heruntergespielt und mir vorgeschlagen, unseren Urlaub nun hier zu verbringen«, berichtete sie. »Und bleibt ihr nun erst einmal dort?« wollte ich wissen. »Nein, mir ist die Lust auf den Urlaub vergangen. Jost hat sich gerade eine Flasche Rum besorgt. Es ist unglaublich! Aber ich habe den Inhalt der Flasche ins Waschbecken gekippt. Nun ist er sauer.« So endete ihre Reise.

Meine Mutter und meine Großeltern lebten sehr asketisch. Der Schuss Rum im Tee zur Winterzeit und ein Glas Wein zu

Weihnachten oder anlässlich des Besuches von Tante Edith und Onkel Gunther waren bis dahin die einzigen Berührungspunkte mit Alkohol. Nach diesem Vorfall nahmen meine Mutter und Jost nun einige Termine bei den *Anonymen Alkoholikern* wahr. Jost zeigte nur kurz seinen guten Willen, mit dem Trinken aufzuhören. Wie sich später herausstellte, hatte er inzwischen sogar die wenigen Flaschen Wein aus dem Vorratskeller meiner Großeltern sowie den Reiswein, den mein Vater vor vielen Jahren aus Asien mitgebracht hatte und der seitdem als Ladenhüter unter der Spüle stand, ausgetrunken.

Für mich war es immer besonders unangenehm, wenn Jost mich abends anrief, um mir mit weinerlicher Stimme langatmig sein Leid zu klagen, nachdem er offenbar wieder getrunken hatte. Er textete mich voll und ich war zu höflich, um das Gespräch einfach zu beenden. Später fragte ich mich, wo meine Mutter sich während dieser Telefonate überhaupt aufgehalten hatte.

Bei meinen Besuchen roch ich die widerliche Alkoholfahne vom Vorabend, die von Jost ausging. Einmal eskalierte ein Streit zwischen Jost und meiner Mutter, während ich dort war. Er war gereizt und ging in der Küche auf meine Mutter los. Martin und ich gingen dazwischen, um sie zu beschützen. Dann packten wir all seine Sachen in seine Reisetasche und warfen sie in den Vorgarten Richtung Straße. Dabei forderten wir ihn auf, das Haus zu verlassen. Ich weiß heute nicht mehr, wie die Sache an diesem Tag ausging. Das muss ich wohl verdrängt haben. Ich dachte damals nur: »Mein Gott, wie tief sind wir gesunken, das war richtig asozial.« Es dauerte dann noch ein zermürbendes halbes Jahr, bis der R(h)einfall beendet und Jost tatsächlich wieder ausgezogen war, um bei einer anderen Frau einzuziehen. Auf diese Episode hätten wir gern verzichtet.

JOB AN DER ALSTER UND
FLIPPERN MIT HOLGER

Nach meinem Umzug zu meinem Vater und wieder zurück hatte ich noch zweimal die Schule gewechselt, bis ich mit meinem Abschluss in der Tasche an einem verschneiten Morgen im Februar die Ausbildung bei einem größeren Hamburger Anwaltsbüro begann. Eine im Sommer zuvor gestartete Ausbildung bei einer Spedition in der Hamburger Innenstadt hatte ich nach dem ersten Tag abgebrochen. Unerwartet fuhr ein Mitarbeiter der Spedition mit mir aus der Stadt zu einem Industriegelände auf der südlichen Seite der Elbe, wo sich ein Bürocontainer befand. Dort verbrachte ich den ersten Arbeitstag an einem Schreibtisch nicht größer als ein Nähmaschinentischchen, um an einer Schreibmaschine italienische Lieferscheine auszufüllen. Erklärungen gab es dazu nicht, aber eine Ankündigung der Kollegin neben mir, dass ich wegen ihres Urlaubs ab der folgenden Woche Telefon und Botengänge übernehmen sollte. Eine zweite Auszubildende war irgendwo am hinteren Ende des Containers gelandet und als der Feierabend nahte, kündigte der Büroleiter an: »Sicher wird einer meiner Mitarbeiter so freundlich sein und euch mit dem Auto zum Bahnhof bringen«. Aber wir warteten vergeblich auf ein solches Angebot und machten uns dann gemeinsam zu Fuß auf den Weg zum Bahnhof, ohne genau zu wissen, wo wir überhaupt gelandet waren. An diesem Sommerabend marschierten meine Kollegin in Flipflops und ich irgendwo im Nirgendwo an einer Gleisstrecke entlang, bis wir endlich einen Bahnhof entdeckten, von dem aus wir nach Hause fahren konnten und der zumindest mich nie wiedersah.

Nun, bei meinem zweiten Anlauf, wollte ich durchhalten, auch wenn es Gelegenheiten gab, die es mir nicht immer leicht machten. Dazu gehörte das Umschichten zahlloser verstaubter Akten aus dem Archiv von einem Raum in einen anderen sowie leidige Botengänge, auch für private Zwecke, die eindeutig nicht dazu beitrugen, etwas für den Beruf und die Prüfungen zu lernen. Das Hamburger U- und S-Bahn-Netz dagegen kannte ich bald auswendig. Manchmal gab es auch Stress mit einer Bürovorsteherin, die launisch war und laut wurde, wenn man nicht perfekt gearbeitet hatte. Während meines ersten Ausbildungsjahres sollte ich einmal ein umfangreiches Formular nach Stichpunkten juristisch korrekt ausfüllen. Als ich ihr meinen Entwurf vorlegte, fiel auf, dass ich hinter den Beträgen innerhalb des Textfeldes die Bezeichnung »DM« vergessen hatte, nachdem dies in den Spalten daneben bereits vorgedruckt war. Als sie dies sah, schrie sie mich an: »Äpfel oder Birnen oder was?« Ich hatte mir inzwischen ein dickeres Fell zugelegt, aber vergessen hatte ich diese Kritik nicht. Trotz des Obstsortiments schloss ich meine Ausbildung mit Prädikat ab und bekam die Möglichkeit, in das Angestelltenverhältnis übernommen zu werden. Ich sollte zukünftig für den Seniorchef arbeiten, mit dessen rauem Charme ich inzwischen umgehen konnte, außerdem für einen Anwalt, der auf Medienrecht spezialisiert war. Ich hatte vor der Prüfung noch darüber nachgedacht, anschließend eine Fremdsprachenschule zu besuchen, entschied mich dann aber dafür, erst einmal Berufserfahrung zu sammeln.

Nachdem die Büroleiterin mich bat, ihr einige schwere Akten abzunehmen, die sie selbst nicht mehr tragen sollte, erklärte sie, sie sei schwanger. Sie verließ deshalb wenige Wochen später die

Kanzlei, was ich nicht bedauerte. Ihr folgte eine unverheiratete, etwas gouvernantenhafte Büroleiterin mit schönen dunklen Haaren. Sie begann morgens früh vor allen anderen mit ihrer Arbeit. Vorher zog sie ihre Straßenschuhe aus und schlüpfte in elegante Pantöffelchen. Offenbar hatte sie ein zweites Zuhause gefunden. Zwei Jahre später entschloss sie sich allerdings, aus privaten Gründen zu kündigen. Ihr folgte eine kleine, lustige, aber etwas nervöse Frau, die zuvor in einer renommierten Berliner Kanzlei gearbeitet hatte, der Aufgabe aber dennoch nicht vollständig gewachsen war. Daraufhin entschlossen sich die Anwälte, sie und ihre Position komplett abzuschaffen, nachdem meine Kolleginnen und ich gefragt worden waren, ob wir ihre Aufgaben übernehmen konnten und wollten. Mir gefiel die Vorstellung davon, denn sie würde meine Arbeit interessanter und verantwortungsvoller machen, daneben gab es eine Gehaltserhöhung. Ich war nun zuständig für Fristenkontrolle, Mahn- und Rechnungswesen, Führen von Honorarlisten, vorbereitende Buchführung, Zwangsvollstreckung sowie die Auszubildenden. Mein Chef hatte es sich inzwischen angewöhnt, viele Briefe blind zu unterschreiben, denn er vertraute mir absolut. Ich war sein wandelndes Gedächtnis und manchmal auch so etwas wie ein Kindermädchen. Während der Urlaubsabwesenheit seiner Ehefrau bat er mich eines Tages nervös und hinter verschlossener Tür, ihn in sein Wochenendhaus zu begleiten. Dass er ein Faible für mich hatte, war mir natürlich nicht entgangen, aber das ging nun zu weit. Deshalb schob ich einen Krankenbesuch bei meiner Oma vor.

Die großen Räume der Kanzlei waren hell und herrschaftlich, die Arbeitsabläufe strukturiert. Mit meinen Kolleginnen verstand ich mich gut, Mobbing gab es nicht. Zu den Mandanten zählten Prominente und auch einige halbseidene Geschäftsleute, darunter ein Händler, der nach einem Termin eine Plastiktüte voller

Geldscheine zunächst vergaß, ein Osteuropäer, der einem Attentat zum Opfer fiel, kurz nachdem er bei einer Grenzkontrolle seine Kontoauszüge verschluckt hatte, ein von der Queen geadelter Schauspieler, einige Musiker, ein schrulliger, bekannter Maler sowie ein eloquenter arbeitsloser Kaufmann, der ständig neue Geschäftsideen entwickelte, für die er Geldgeber brauchte, dessen Pläne aber allesamt floppten. Daneben sponserte mein damaliger Chef eine Musikband. Die Anzahl ihrer Auftritte blieb allerdings überschaubar. Meine Arbeit wurde nie langweilig und das Gehalt stimmte. Durch die im Sommer weit geöffneten Fenster konnten meine Kolleginnen und ich Straßenmusiker hören und unsere Mittagspausen oft draußen verbringen, denn in der Umgebung gab es viele Restaurants.

Über einen Freund lernte ich in einer Hamburger Szenekneipe dann Holger kennen. Er kam irgendwann herein und mit uns ins Gespräch und setzte sich zu uns an den großen Tisch, an dem noch ein Stuhl frei war. Mir war nicht entgangen, dass er mich zwischendurch immer mal wieder interessiert musterte. Umgekehrt gefielen mir seine offene, freundliche Art und seine dunkelblonden Locken. Er trug eine hellblaue Jeans und eine schwarze Bikerjacke aus Leder. An diesem Abend wurde es spät und als ich mich auf den Heimweg machen wollte, stand Holger auf und kam auf mich zu. Er fragte mich überraschend, aber mit einem vertraut klingenden Ton, ob ich Lust hätte, ihn zu einem Weihnachtsball in seinem Heimatort in Niedersachsen zu begleiten. Ich konnte mir spontan darunter wenig vorstellen, fühlte mich aber geehrt und versprach, darüber nachzudenken.

Dann gingen wir auseinander, ohne Telefonnummern ausgetauscht zu haben, er hatte mir aber vorher seinen Nachnamen verraten. Holger kam in mein Leben zu einem Zeitpunkt, als ich mich entschlossen hatte, häuslicher zu werden und an den Wochenenden nicht mehr oft in Discotheken zu gehen. An diesem Abend zu Hause angekommen, war ich neugierig und versuchte noch vor dem Schlafengehen, mich an Holgers etwas ungewöhnlichen Nachnamen zu erinnern. So blätterte ich das gelbe Telefonbuch vergeblich durch, denn ich erinnerte seinen Namen nicht mehr genau. Holger hatte einige Tage später auch vergeblich versucht, mich telefonisch ausfindig zu machen und rief deshalb einige der zahlreichen Anwaltsbüros in der Innenstadt an, um nach mir zu fragen.

Zwei Wochen später stand der Jahreswechsel bevor und ich entschloss mich spontan, der Einladung eines Freundes zu folgen, mit ihm zusammen bei einem befreundeten Paar den Jahreswechsel zu feiern. Am frühen Abend war ich noch unentschlossen, aber je später es wurde und durch einen besonderen Musiktitel im Radio kam ich doch noch in Feierlaune und machte mich auf den Weg, während die ersten Böller krachten. Die Altbauwohnung der Freunde beeindruckte mich wegen ihrer geschmackvollen Einrichtung und der farbigen Holzdielen. Es gab leckere Snacks und Getränke. Um Mitternacht stießen wir auf das neue Jahr an und mein Freund und ich entschieden uns, anschließend noch in die Hamburger *Fabrik* zu gehen. Dabei handelt es sich um ein Veranstaltungszentrum, in dem sich früher eine große Werkhalle befand. An diesem Abend sollte eine brasilianische Band auftreten. Die beeindruckenden, bunt-glitzernden Kostüme auf der dunklen Haut der Musiker und Tänzerinnen passten zu den temperamentvollen Rhythmen und die Stimmung war ausgelassen. Gegenüber der *Fabrik* befand sich die Kneipe, in der ich Holger kennengelernt hatte. Deshalb schlug ich später vor, dort noch einen Absacker zu trinken und hoffte ein wenig, Holger wiederzusehen. Als wir hereinkamen, konnte ich ihn zunächst nicht entdecken. Wir setzten uns an den Tresen und bestellten Getränke. Mein Freund spielte mit zwei weiteren Männern Karten. Es langweilte mich und ich wurde davon müde, als die Tür aufging und überraschend doch noch Holger hereinkam. Er trug einen langen, schwarzen Ledermantel. Nachdem er einige Gäste begrüßt hatte, sah er mich und kam direkt auf mich zu, um mir ein schönes neues Jahr zu wünschen. Mit einem Gähnen in Richtung der Kartenspieler gab ich zu verstehen, dass ich mich langweilte und Holger verstand. Deshalb fragte er mich: »Wollen wir eine Runde flippern?« Der Flipperautomat stand etwas versteckt in einer der hinteren Ecken der Kneipe. Dort spielten wir und konnten uns dabei ungestört unterhalten. Die meisten Flipper-Runden konnte ich sogar für mich entscheiden.

Holger schlug spontan vor, bei ihm noch ein Glas Sekt auf das neue Jahr zu trinken und wir verabschiedeten uns von meinem Freund. Dann hielt Holger ein Taxi an und nannte dem Fahrer seine Adresse mit der Hausnummer 359. Er wohnte nicht weit entfernt mit einem Freund zusammen. Als wir die Wohnung betraten, fielen mir sofort Unmengen von schmutzigem Geschirr auf. Weil Holger gerne kochte, hatte er am Silvesterabend Freunde zum Essen eingeladen. Wir saßen nebeneinander auf seinem Sofa und unterhielten uns so lange, bis es draußen hell wurde. Dann bereitete er noch ein Frühstück für uns zu und ich fühlte mich gut umsorgt.

Holger hatte nach seinem Abitur eine Ausbildung zum Schiffsbetriebstechniker absolviert und verbrachte seinen Wehrdienst als Maat bei der Marine. Er wollte im darauffolgenden Sommer ein Ingenieursstudium beginnen. Ich fühlte mich in seiner Gegenwart wohl, seine fürsorgliche Art gefiel mir. Nach dem Frühstück verabredeten wir uns schon für den Neujahrsabend, an dem Holger traditionell eine Feuerzangenbowle für weitere Freunde zubereiten wollte. Müde fuhr ich nach Hause, wo mich meine beiden Kater schon hungrig erwarteten.

Ein paar Monate später, als sein Mitbewohner sich entschlossen hatte, mit seiner Freundin zusammenzuziehen, zog ich mit meinen Katern bei Holger ein.

In meiner Wohnung fühlte ich mich inzwischen immer weniger wohl, denn in der Nachbarschaft lebte ein mir unheimlicher Mann, der in der Wohnanlage herumschlich und mich beobachtete. Nachdem ich einmal am S-Bahnhof gemeinsam mit ihm aus dem Zug gestiegen war, hatte er mich verfolgt und seine Arme auf das Dach meines Autos gelegt, während ich damit beschäftigt war, das hakelige Schloss der Fahrertür aufzuschließen. Währenddessen sprach er mich in einem gruseligen Flüsterton an: »Du gefällst mir, ist das so schlimm? Ich wohne doch hier in der Nähe.« Er machte mir Angst. In der Folgezeit erschien er häufig aus dem Nichts immer wieder in meiner Nähe und mein Vermieter bot mir an, ihm einen Brief wegen Unterlassung zu schreiben. Aufgrund seines Briefes erhielt ich eines Tages einen Anruf von einer Frau, die behauptete, eine Tante meines unheimlichen Nachbarn zu sein. Sie fragte nach einer kurzen Begrüßung: »Was ist denn überhaupt passiert? Ich habe den Brief ihres Vermieters bei meinem Neffen gefunden und verstehe das nicht.« Ich berichtete kurz von meiner Begegnung. Dann sagte sie: »Na ja, meine Nichte findet ihn auch merkwürdig. Aber er ist harmlos.« Dann beendete sie unser Gespräch mit den Worten: »Aber Fräulein, seien Sie bitte trotzdem vorsichtig.« Diese Aussage beunruhigte mich erst recht.

Holger und ich waren verliebt und wir verbrachten eine unbeschwerte Zeit miteinander ohne Verantwortung für Kinder oder Eltern. An den Wochenenden trafen wir uns mit Freunden, kochten gemeinsam mit ihnen oder gingen auf Veranstaltungen. Manchmal besuchten wir Holgers Familie in Niedersachsen, bei der ich mich wohl fühlte, denn vor allem seine Mutter war ausgesprochen herzlich, ganz anders als meine Mutter. Auch äußerlich war sie die liebe Hausfrau vom Lande, der es vor allem am

Herzen lag, dass ihre Familie sich wohl fühlte. Ihre eigenen Bedürfnisse stellte sie dafür zurück.

Ein Freund von Holger, den wir in Berlin besucht hatten, war lange Single, verkündete eines Tages überraschend, er habe eine Frau mit Kindern kennengelernt und plane nun, sie in Kürze zu heiraten. Mich beeindruckte diese Entschlossenheit und das Thema Hochzeit kam dadurch auch bei Holger und mir auf den Tisch. Wir waren inzwischen ein halbes Jahr zusammen und ich glaubte, ihn gut genug zu kennen, um mein weiteres Leben gern mit ihm zu verbringen. Immerhin hatten wir uns bis dahin niemals gestritten. Holger, der nicht so spontan war, wollte sich aber lieber erst einmal ganz konservativ verloben, denn schnelle Entscheidungen waren nicht sein Ding.

Während einer Unterhaltung mit seinem Berliner Freund, die ich zufällig belauschte, weil ich im selben Zimmer in einem Hochbett lag, berichtete Holger, dass er sich entschlossen hatte, das geplante Studium nun doch nicht zu beginnen. Das war mir neu, offenbar hatte er das mit sich allein abgemacht. Diese Eigenschaft, Dinge nicht zu besprechen, würde mich später noch öfter stören.

Nachdem ich Holger einen Lebenslauf geschrieben hatte, meldete er sich bei der Arbeitsagentur, von der ihm schon kurz darauf ein Job auf einem Schiff angeboten wurde. Hierfür hätte er allerdings einige Zeit auf See verbringen müssen. Seine Beziehung zu mir wollte er durch die lange Abwesenheit aber nicht riskieren. Dann erhielt er eine Stelle als Vertriebsingenieur und bekam einen schönen Firmenwagen, den wir auch privat nutzen konnten. Die Tätigkeit gefiel ihm aber auf Dauer nicht, denn er musste Provisionen verdienen, während Konkurrenzfirmen ihre Produkte offenbar günstiger anboten als sein Arbeitgeber. Er sollte möglichst viel Umsatz machen und musste sich konservativ kleiden. Über Vorauszahlungen auf Provisionen wurde allerdings nie abgerechnet. Schließlich bewarb er sich bei einem staatlichen Unternehmen, bei dem ein Freund tätig war, der ein gutes Wort für ihn einlegte. Während des Vorstellungsgespräches bemerkte er, dass einer der Vorgesetzten vergessen hatte, den Reißverschluss seiner Hose zu schließen. Diskret wies er ihn darauf hin. Trotzdem oder gerade deshalb erhielt er später eine Zusage für den Job und es stellte sich heraus, dass er zum richtigen Zeitpunkt gewechselt hatte, denn sein vorheriger Arbeitgeber war inzwischen insolvent. Ein früherer Kollege verkaufte jetzt Babywindeln. Bei seinem neuen Job musste Holger im Schicht-System arbeiten. Seine Schichten wechselten von Woche zu Woche und ich wollte mir nie merken, wann er welche Schicht hatte, denn ich war damit nicht glücklich. Häufig schlief er tagsüber und war abends oder nachts nicht zu Hause. Wenn ich von der Arbeit kam, gaben wir uns die Klinke in die Hand und konnten immer seltener etwas gemeinsam unternehmen.

Umso mehr freute ich mich über die Besuche meiner Freundin Heike, die inzwischen verheiratet war, nachdem sie Pete, der aus Dublin stammte, während ihres Jobs in einem irischen Pub kennengelernt hatte. Ich war Trauzeugin bei ihrer Hochzeit. Pete lebte lange in Deutschland und arbeitete als Speditionskaufmann. Nach ihrer Hochzeitsreise quer durch die USA fassten Heike und Pete den Entschluss, sich mit einer Umzugsfirma in den USA selbstständig zu machen. Heike brach ihr Sprachenstudium ab und steckte von nun an ihre Energie in die Planung und Umsetzung von transatlantischen Umzügen, Pete brachte seine Erfahrung ein und knüpfte geschäftliche Kontakte. Auch aus diesem Grunde kamen sie regelmäßig abwechselnd nach Deutschland und wohnten dann einige Tage bei uns.

Heike und ich schrieben uns regelmäßig Briefe, die wir inzwischen per Fax verschicken konnten und sie rief mich an den Feiertagen an, vor allem an Heiligabend platze sie oft vor Neugier, während sie fragte: »Na, was hast du bekommen?« Manchmal hatte ich zu diesem Zeitpunkt noch gar nicht alle Geschenke ausgepackt. Aber Heike wollte natürlich vor allem wissen, ob mir ihr Geschenk gefiel, denn sie ließ es sich nicht nehmen, zu den Feiertagen Päckchen zu packen und erwartete umgekehrt auch Geschenke von mir, obwohl das Porto dafür manchmal fast so teuer war wie sein Inhalt. Heike waren meine Geschenke offenbar sehr wichtig, weil sie ansonsten kaum welche bekam, nachdem sie den Kontakt zu ihrer Familie inzwischen komplett abgebrochen hatte.

ERKENNTNIS

Meine Mutter ging in Rente, kurz nachdem sie ihren sechzigsten Geburtstag gefeiert hatte, denn sie wollte nun ihre hilfsbedürftig gewordenen Eltern unterstützen, wobei ihr eine Zeitlang die Mitarbeiterin eines Pflegedienstes zur Hand ging. Nachdem Opa Willi jedoch nach kurzer, schwerer Krankheit verstorben war, widmete sich meine Mutter der Pflege von Oma Frieda beinahe hingebungsvoll und richtete ihr eigenes Leben darauf ein. Sie passte die Wohnungseinrichtung an die eingeschränkte Beweglichkeit von Oma Frieda an und kaufte ihr einen großen, gemütlichen Sessel. Sie kochte von nun an nur noch das, was Oma Frieda gerne aß und besorgte auf ihre speziellen Bedürfnisse abgestimmte Kleidung. Wenn eine Weste keine Taschen besaß, häkelte sie welche und nähte sie daran fest, damit darin Taschentücher verstaut werden konnten. Außerdem bestellte sie Kassetten bei einer Blindenhörbücherei, denn Oma Frieda war nach einer Netzhautablösung so gut wie erblindet und meine Mutter bastelte für sie deshalb ein übergroßes Mensch-ärgere-dich-Spiel. Auch ging meine Mutter beinahe täglich mit ihr spazieren, wobei Oma Frieda sich bei ihr abstützte, bevor sie später einen Rollstuhl für die Ausflüge erhielt. Für Oma Frieda war die Versorgung durch ihre Tochter selbstverständlich und obwohl es ihr an nichts mangelte, ließ sie es sich nicht nehmen, hin und wieder harsch Kritik zu äußern.

Zweimal jährlich flog meine Mutter in einen verdienten Erholungsurlaub. In dieser Zeit übernahmen Tante Edith und Onkel Gunther oder aber Tante Elfie ihre Vertretung.

Meine Hochzeitsvorbereitungen sind somit an meiner Mutter vorbeigegangen. Eine Hochzeitszeitung konnte ich von ihr nicht erwarten. Dafür hätte sie sich Gedanken über mich machen und Erinnerungen zusammentragen müssen. Schwer vorstellbar. Ihr Anteil an den Vorbereitungen für die Feier beschränkte sich darauf, Einfluss auf die Sitzordnung im Restaurant zu nehmen und mir im Vorfeld damit zu drohen, nicht zu erscheinen, sollte ich meinen Vater und Judy einladen. »Dein Vater hat zu Deiner Entwicklung nicht viel beigetragen und nun kommt er womöglich mit seiner neuen Frau und die beiden haben ihren großen Auftritt.« Sie vermutete, sie selbst hätte dahinter verblassen können, was nicht fair gewesen wäre, weil sie es doch war, die mich großgezogen hatte. Also wagte ich nicht, meinem Vater eine Einladung zu schicken und hoffte auf sein Verständnis, aber ich hatte ja an seiner Hochzeitsfeier auch nicht teilgenommen.

Ich hätte mich gefreut, wenn meine Mutter während meiner Hochzeitsvorbereitungen den Wunsch geäußert hätte, mit mir zusammen meine Kleidung auszusuchen. Dafür hatte sie aber weder Zeit noch vermutlich Lust, denn sie sprach dieses Thema überhaupt nicht an. Meine Arbeitskollegin Regina, die selbst keine Kinder hatte, übernahm schließlich die Rolle meiner Mutter und freute sich, mich bei der Suche nach einem Outfit für die Hochzeit zu begleiten und zu beraten.

Im Mai war es dann soweit, Holger und ich wurden in dem repräsentativen Standesamt in Hamburg-Altona getraut. Freunde und ein paar Verwandte waren dabei, allerdings traf meine Mutter erst mit Verspätung kurz nach Beginn der Trauung ein. Ich entschuldigte dies damit, dass sie meine Oma im Schlepptau hatte. Nach der Trauung fuhren wir in ein Restaurant, wo die

Söhne meiner Cousine Thea, die damals noch im Kindergarten-
alter waren, ein Gedicht vortrugen, nachdem sie den zusammen-
gerollten Zettel feierlich aus einem Weidenkörbchen genommen
und von einer roten Samtschleife befreit hatten. Danach stand
Holgers Vater auf, um eine kurze Rede zu halten. Er erwähnte
seine Freude darüber, dass er nun zu seinen beiden Söhnen auch
noch eine Tochter dazu bekommen habe. Ich war dankbar für
seine lieben Worte. Meine Mutter sagte nichts.

Nach der Feier erwarteten Holger und mich zu Hause noch
ein paar Überraschungen von Freunden, wie Wackelpudding
im Waschbecken, Klarsichtfolie unter der Toilettenbrille und
jede Menge Erbsen im Bett. Am nächsten Tag gab es noch eine
Party in einer Gaststätte in Holgers Heimat. Nun war ich also
verheiratet und besonders stolz darauf, einen neuen Namen zu
tragen.

Wenn ich nach meiner Arbeit Feierabend hatte, bummelte ich
immer gern durch die Geschäfte und Kaufhäuser in der Innenstadt. Einmal hatte ich dabei einen schönen, weichen Schal entdeckt, den ich Oma Frieda zum Geburtstag schenkte. Nachdem
ich ihr den Schal überreicht hatte, legte meine Mutter ihn beiseite
mit der Bemerkung: »Mutti hat doch schon genug Schals.« Aus
den USA hatte ich sowohl meiner Mutter als auch Oma Frieda
Nachthemden aus Flanell mitgebracht. Später entdeckte ich sie
zufällig im Keller. Überrascht fragte ich meine Mutter: »Warum
liegen meine Geschenke denn im Keller?« und bekam zur Antwort: »Das Nachthemd kratzt, das kann Mutti nicht tragen.«
Wie konnte es kratzen, es war doch aus Flanell? Und es hatte
sogar Taschen! Ihr perfides Verhalten gipfelte darin, dass sie mir
immer mal wieder vorwarf, ich sei meiner Oma gegenüber nicht
herzlich genug, aber andererseits alles dafür tat, dass ich zu meiner Oma keinen engen Kontakt bekam. Meine Oma selbst war
aufgrund ihres Gesundheitszustandes nicht mehr in der Lage,

irgendetwas zu unserem Verhältnis beizutragen und im Übrigen war sie ja von meiner Mutter abhängig.

Mir wurde erst viel später klar, warum meine Mutter eine Annäherung an meine durch ihren Schlaganfall leider so mechanisch wirkende Oma immer wieder verhinderte. Sie selbst kümmerte sich aufopferungsvoll um sie mit dem Ziel, ihre Dankbarkeit und Anerkennung zu erhalten. Dabei sollte ihr wohl niemand in die Quere kommen. Auch hier spaltete sie wieder. Unterstützungsangebote hatte sie abgelehnt.

Mir wurde klar, dass sie um die späte Liebe ihrer Mutter kämpfte, als diese von ihr abhängig war und ihr nicht mehr verloren gehen konnte. Vielleicht hatte sie in all den Jahren zuvor auch vergeblich die Liebe und Anerkennung ihrer Mutter gesucht. Oma Frieda nahm sich kaum Zeit für Gefühle. Dass sie ein emotionaler Mensch war, bemerkte man nur bei besonderen Anlässen, wenn sie gerührt oder traurig war und ihr deshalb die Tränen herunterliefen. Ihre Kindheit und Jugend auf dem Hof ihrer Eltern war geprägt von körperlicher Arbeit. Anerkennung erhielt sie nur durch besonderen Fleiß. Im Krieg gehörte sie schließlich zu den Trümmerfrauen und musste ihre Familie mit allen Mitteln durchbringen. Gefühle konnte sie sich nur selten leisten.

Die Geschichte der Frauen in unserer Familie wiederholte sich offenbar.

ITALIENISCHE INSPIRATION

Nachdem im Haus meiner Mutter schon länger die untere Etage leer stand, weil sie inzwischen mit Oma Frieda in der Oberwohnung lebte, kam mir irgendwann die Idee, von der Stadt wieder aufs Land zu ziehen. An unserer Wohnung fuhren täglich 30.000 Autos vorbei und ich genoss bei Besuchen in meiner Heimat immer die frische Luft. Auch das Zwitschern der Vögel konnte man dort wieder hören. Die Streitigkeiten mit meiner Mutter musste ich erfolgreich verdrängt haben. Schließlich konnte ich Holger für meine Idee begeistern und wir stellten uns vor, dass die an meine Mutter zu zahlende Miete nicht zu hoch sein würde. Meiner Mutter gefiel der Plan, aber nach einiger Zeit druckste sie herum. »Die Zimmer unten sind doch meine, es stehen all meine Möbel darin und ich möchte die Räume eigentlich nicht aufgeben.« Ich schlug vor, stattdessen die obere Etage zu mieten. Allerdings sollte vorher noch das kleine Bad meiner Großeltern mit der Duschwanne, in der ich als Kind manchmal hinter einem geblümten Vorhang in neongrünem, nach Tannennadeln duftendem Wasser gebadet hatte, vergrößert werden. Auch eine Einbauküche sollte noch hinein. Holger und ich suchten Fliesen, Sanitärobjekte und eine Küche aus und besorgten die Handwerker. Meine Mutter übernahm die Kosten für die Um- und Einbauten und konnte durch diese Wertsteigerung die Wohnung später laufend gut vermieten.

Bei der Berechnung unserer Miete orientierte sie sich an Vergleichsmieten auf dem allgemeinen Wohnungsmarkt, nachdem sie sich zuvor mit Onkel Gunther zusammengesetzt und mit ihm die Höhe besprochen hatte. Bevor wir einziehen konnten, verbrachte Holger noch einige Tage damit, die Zimmer und Türrahmen weiß zu streichen und einen Teppichboden zu verlegen.

Das erste Jahr in der Wohnung unter einem Dach mit meiner Mutter verlief einigermaßen harmonisch. Trotzdem störte mich zwischendurch immer mal wieder etwas. Wenn ich an den Wochenenden vormittags Zeit hatte, unsere Wäsche zu waschen, musste ich bei meinem Weg in den Keller feststellen, dass meine Mutter, die schon vor mir aufgestanden war, ihre Waschmaschine bereits gestartet hatte. Nach ihrer Ansicht sollten nicht beide Maschinen gleichzeitig laufen, also blieb mir nichts anderes übrig, als mit der Wäsche zu warten, bis ihre fertig war. Meine Mutter war Rentnerin und hätte im Gegensatz zu mir doch an den anderen Tagen der Woche waschen können. Wir hätten eine feste Absprache treffen sollen. Auch ging es mir manchmal auf die Nerven, von unten das Stampfen des Gehstocks meiner Oma bei jedem ihrer Schritte zu hören und daneben im Sommer ihre lauten Gespräche auf der Terrasse unter uns. Manchmal lästerten meine Mutter und meine Oma gemeinsam lautstark über Nachbarn, weil sie wohl davon ausgingen, dass alle Menschen schwerhörig waren. Oma Frieda beschwerte sich im Frühjahr bei mir darüber, dass ich unseren Balkon noch nicht bepflanzt hatte. Wenn die beiden sich allerdings im Haus aufhielten, genossen wir auch einige schöne Sommerabende auf unserem inzwischen mit einer Wildblumenmischung bepflanzten Balkon. An den Wochenenden besuchten wir gerne Freunde, luden sie zu uns ein oder besuchten gemeinsam Veranstaltungen.

Holger und ich gönnten uns mindestens einmal im Jahr einen Urlaub im Süden Europas. Aufgrund eines Reiseberichtes einer Freundin wollte ich in diesem Sommer gern nach Sizilien. Holger und ich trafen uns nach Feierabend in einem Reisebüro und planten die Flugreise nach Giardini Naxos, in der Nähe des Ätna. Kurz vor unserer Abreise erfuhren wir aus den Medien, dass ausgerechnet zu dieser Zeit auf der süditalienischen Insel extreme Trockenheit herrschte, wodurch Probleme bei der Wasserversorgung entstanden waren. In meine Vorfreude mischten sich nun Befürchtungen, in unserem Urlaub auf dem Trockenen zu sitzen. Erst ein paar Tage vor unserem Abflug gab das Reisebüro Entwarnung. Unser Flug beinhaltete einen Zwischenstopp in Mailand und anschließend einen tollen Blick auf den schiefen Turm von Pisa, bevor wir in Catania landeten. Danach fuhren wir mit einem Taxi zu unserem Bungalow, der sich in einer schönen Anlage mit Garten und Pool befand. Man konnte dort die Zikaden hören und neben unserer Eingangstür stand ein großer Olivenbaum. In der Ferne konnte man den Ätna sehen. Als wir das Haus betraten, sahen wir an der Decke einen kleinen Gecko entlangflitzen. Nun wollte ich es wissen und stellte erleichtert fest: »Ja, es gab zum Glück Wasser!«

Nachdem wir unsere Koffer ausgepackt hatten, kauften wir im Supermarkt einige Lebensmittel und Holger machte sich daran, das Abendessen vorzubereiten. Ich saß auf unserer Terrasse, während ein appetitlicher Geruch nach gebratenen Zwiebeln und Knoblauch herüberströmte. Plötzlich stand ein Italiener vor mir. Er hatte eine kleine Tüte in der Hand und sagte: »Un piatto por favore«. Er bat also um einen Teller, dann öffnete er die Tüte und schüttete einige große, grüne Oliven darauf, die als Vorspeise gedacht waren. Es stellte sich heraus, dass er einer unserer Nachbarn war, denn neben uns wohnten zwei Familien mit zwei süßen kleinen Kindern, Anna und Michele. Jeden Tag liefen sie freundlich grüßend an unserer Terrasse vorbei und manchmal kam eines der Kinder auch zu uns herübergelaufen. Wir erfuhren später, dass die beiden italienischen Männer Polizisten waren. Uns fiel auf, dass sie immer vorausgingen, während ihre Frauen mit den

Kindern und Strandsachen voll bepackt hinter ihnen herliefen. Ja, wir befanden uns in Süditalien!

Unseren Ausflug zum Strand am nächsten Vormittag mussten wir vorzeitig abbrechen, weil ständig irgendwelche Verkäufer, die billigen Schmuck oder Uhren anboten, vor unseren Handtüchern standen. Das war echte Belästigung. Bei unserem Spaziergang im Anschluss entdeckten wir auch noch ein großes Rohr, das ins Meer führte und danach war für mich klar, dass wir lieber im Pool baden sollten. An den Nachmittagen war es in unserem Garten fast unerträglich heiß. Als es sich am Abend abgekühlt hatte, fuhren wir nach Giardini Naxos. In der Stadt waren viele Autos und Motorroller unterwegs. Es war laut und quirlig. Einige Abende verbrachten wir in unserer Anlage, wo es eine gute Pizzeria gab, die ein Vorspeisen-Buffett in der Nähe des Pools aufgebaut hatte. Ein sanfter Abendwind, Kerzen auf den Tischen und Fackeln am Pool machten die Stimmung perfekt. Kleine Kinder durften lange wach bleiben und versperrten Kellnern den Weg ins Gebäude, die sie aber mit einem Lächeln im Gesicht gewähren ließen. Später planten wir noch Ausflüge nach Taormina und sahen uns ein Amphitheater an. An unserem letzten Morgen waren sämtliche Gartenmöbel mit rotbraunem Sand bedeckt, der aus der Sahara herübergeweht war.

Unsere Nachbarn standen kurz vor ihrer Abreise und sie wollten noch ein Gruppenfoto machen, auf dem Holger und ich, wie ich später feststellte, überraschend groß und kräftig wirkten neben den kleinen, zierlichen Italienern. Unsere Nachbarn wollten uns später Orangen aus ihrer Heimat nach Deutschland schicken und wir tauschten Adressen aus. Die Kinder Anna und Michele hatte ich in mein Herz geschlossen. Ich fand sie so süß, dass in diesem Urlaub zum ersten Mal ernsthaft in mir der Wunsch erwachte, selbst Kinder zu haben. Holger konnte sich ein Leben mit Kindern auch gut vorstellen und so beschlossen wir, in absehbarer Zeit mit der Familienplanung zu beginnen.

Im folgenden Herbst erhielt ich eine Einladung von Heike, sie und Pete in ihrer neuen Heimat in den USA zu besuchen. Wir überlegten nicht lange und buchten die Flüge. Heike holte uns vom Flughafen Newark ab und kochte abends beinahe spektakulär für uns. Sie wirkte ausgeglichener als früher, das Eheleben schien ihr offenbar gut zu tun. Nach dem Abendessen saßen wir noch lange zusammen, denn wir alle hatten uns viel zu erzählen. Vor dem Schlafengehen schmiedeten wir noch Pläne für die kommende Woche und am folgenden Tag fuhren Holger und ich mit einem Sammeltaxi zum Central Park, der umgeben war von vielen Wolkenkratzern, so wie ich es in diversen Filmen gesehen hatte. Dort besuchten wir ein Aquarium, wo man durch eine große Glasscheibe in der unteren Etage Eisbären und Pinguine beobachten konnte, nachdem sie in das Wasserbecken eingetaucht waren. Später liefen wir durch China Town an unzähligen Restaurants und Geschäften vorbei, in denen auch gefälschte Markenartikel angeboten wurden. Auch einige Straßenhändler hatten Plagiate von Rolex- und Cartier-Uhren im Sortiment. Sie ließen ihre Ware allerdings eilig verschwinden, sobald mit Schlagstöcken bewaffnete Polizisten auftauchten.

Heike schlug vor, am nächsten Tag gemeinsam nach Atlantic City zu fahren. Nach ein paar Stunden Fahrt in Heikes kleinem Geländewagen, der gefühlt ohne Stoßdämpfer auskam, erreichten wir bei Einbruch der Dunkelheit die Stadt am Atlantik. Wir liefen den Boardwalk neben großen, rauschenden Wellen entlang, bevor wir uns entschieden, in eines der vielen Spielcasinos zu gehen, in dem in jeder Ecke Spielautomaten blinkten und klingelten. In der Mitte des Raumes gab es große Roulettetische. Ohne einen nennenswerten Geldbetrag zu investieren und schon bald reizüberflutet, mussten Heike und ich feststellen, dass wir Holger aus den Augen verloren hatten. Nach minutenlanger, etwas hektischer Suche entdeckten wir ihn an einem der Roulettetische, wo er tiefenentspannt den Spielern zusah. Nachdem wir wieder zu dritt waren, liefen wir zu einem großen Hotel und fuhren mit dem Aufzug in die zwölfte Etage, wo es ein Restaurant gab, das ausgerechnet an diesem Abend ein bayerisches Büffet mit Sauerkraut und Knödeln anbot und wir hatten Hunger.

Einige Tage später standen wir schon früh auf und machten uns noch einmal auf den Weg zum Flughafen, um auf die Bahamas zu fliegen. Nach der Landung fuhren wir mit einem Taxi in das Zentrum von Nassau, um vor allem Parfum einzukaufen. In den Geschäften wurden wir zuvorkommend behandelt, denn uns wurden die gekauften Sachen von Mitarbeitern an der Kasse eingepackt. Ich war beeindruckt. Danach liefen wir zum Strand. Mit Palmen im Hintergrund, zwischen denen Einheimische auf Ölfässern Musik machten, konnten wir nun in dem traumhaft türkisblauen Meer, dessen Temperatur an das in einer Badewanne erinnerte, schwimmen gehen. In den Toilettenräumen eines Hotels am Strand wuschen wir uns Stunden später den Sand von den Füßen, bevor es wieder zum Flughafen ging.

Zwei Tage später fuhren wir in Richtung Boston vorbei an den für Neuengland im Herbst typischen, bunten Laubbäumen mit dem Ziel Cape Cod, einer maritimen Halbinsel im Südosten von Massachusetts. Heike hatte in New Bedford ein Zimmer in einer Pension für uns gebucht. Das üppig dekorierte Drei-Bett-Zimmer im Untergeschoss des Hauses glich mit seinen gemusterten Stoffen und vielen Rüschen einer Puppenstube. Von hier aus planten wir eine »Whale Watcher Tour«, um mit etwas Glück vor der Küste Wale zu sehen. Leider wollten sich die Wale aber an diesem Tag nicht zeigen. Stattdessen kämpfte ich während der Fahrt mit Übelkeit, während der Geruch einer heißen Fritteuse an Bord meine Lage nicht gerade verbesserte. Wegen der nicht erschienenen Wale wurden beim Aussteigen Karten für eine weitere Fahrt am folgenden Tag angeboten. Holger war daran interessiert, aber ich lehnte dankend ab und entschied mich, lieber mit Heike zum Shoppen nach Provincetown an die Spitze der Halbinsel zu fahren. Wir genossen unsere ausgiebige Shoppingtour, bevor wir Holger wieder abholten, der bei der Wiederholung der Bootstour tatsächlich noch Wale hatte sehen können. Er hatte sogar an Bord einen Deutschen getroffen, der aus der Nähe seiner Heimat stammte. Auf unserer Rückfahrt nach New Jersey machten wir an einer Raststätte eine Pause und gönnten uns zum Nachtisch ein Stück der »8. Todsünde«, ein mit Erdnussbutter-Cups dekorierter Cheesecake. Wie so oft, fragte Heike mich danach mit genießerischem Blick: »Na, hat es dir gemundet?«

Als sich unsere Reise dem Ende neigte und wir unsere Koffer packten, verstauten wir viele der in den USA gekauften Lebensmittel, die es in Deutschland damals nicht zu kaufen gab, zwischen unserer Kleidung. Supermärkte, die dort rund um die Uhr geöffnet waren, hatten mich beeindruckt mit ihrem umfangreichen Sortiment an fruchtigen Aromen bei Lebensmitteln und Shampoos. Nach der Rückkehr hatten wir noch einige Zeit mit dem Jetlag zu kämpfen.

Unser Kinderwunsch war nicht in Vergessenheit geraten und sollte noch beinahe fünf Jahre andauern. Ich war immer wieder enttäuscht, wenn andere Paare um uns herum inzwischen scheinbar ohne Probleme Eltern wurden. Es gab sogar Tage, an denen ich mich als nicht vollwertige Frau fühlte und fürchtete, vielleicht nie Mutter werden zu können. Ich spekulierte, ob die Natur sich vielleicht etwas dabei gedacht hatte, denn wenn es nach meiner Mutter ging, fehlte mir ja die mütterliche Ausstrahlung. Deshalb konnte ich vielleicht auch keine warmherzige Mutter werden.

Holger und ich wollten trotzdem nicht aufgeben und nahmen einige Arzttermine wahr. Nach einem Blick auf die bei Holger festgestellten Werte riet mir mein damaliger Gynäkologe allerdings zu einem Pflegekind, weil es ja schließlich so viele Kinder geben würde, die verantwortungsvolle Eltern suchten. Als ich meiner Mutter während einer gemeinsamen Autofahrt von diesem Vorschlag des Arztes berichtete, wirkte sie zuerst wie versteinert und setzte sich anschließend damit gar nicht mehr auseinander. Für Holger und mich erschien die Aufnahme eines Pflegekindes als denkbare Alternative. Nicht nur in der Familie meines Schwagers, sondern auch in der eines Freundes von Holger lebten neben eigenen Kindern mehrere Pflegekinder. Es dauerte nicht lange und bald war ich Feuer und Flamme für diesen Plan. In meiner Fantasie existierte schon ein Bild von einem kleinen Kind, das auf uns wartete und Freude in unser Leben bringen würde. Trotz eines Hinweises auf mögliche Enttäuschungen und Schwierigkeiten in Bezug auf den Kontakt zu den leiblichen Eltern konnte der Antrag an das Jugendamt für mich gar nicht schnell genug ausgefüllt und darüber entschieden werden. Ich schrieb einen gemeinsamen Lebenslauf, machte alle erforderlichen Angaben in dem Formular und suchte ein Foto von uns heraus.

Schon bald meldete sich eine Mitarbeiterin des Jugendamtes bei uns und schlug einen Termin vor, um uns kennenzulernen. Das Gespräch begann freundlich mit unverfänglichen Fragen. Im weiteren Verlauf des Gesprächs stellte sich dann aber durch die geschulten Fragen der Jugendamtsmitarbeiterin heraus, dass ich die Erfahrungen meiner Kindheit noch gar nicht verarbeitet hatte. Sie fragte mich, welches Bild ich von meinem Vater hätte, denn sie wusste ja, dass meine Eltern geschieden waren. Ich konnte in diesem Moment gar nichts dazu sagen, denn ich hatte plötzlich so etwas wie ein Vakuum im Kopf. Ich hatte gerade gar kein Bild vor Augen, denn ich hatte meinen Vater sehr lange nicht gesehen und meine Leinwand war deshalb leer. Holger stand auf und brachte mir ein Glas Wasser, um die Situation etwas aufzulockern. Schließlich gab die Mitarbeiterin des Jugendamtes noch zu bedenken, dass eine Mutter durch das Weinen ihres Kindes das Gefühl haben könne, es würde sich um ihre eigene Trauer handeln. So etwas hatte sie wohl während ihrer Ausbildung erfahren und vielleicht stimmte es auch, in diesem Moment erschien mir dieser Gedanke aber übertrieben. Schließlich sprach sie noch die Wohnsituation mit meinen Großeltern während meiner Kindheit an. Sie äußerte ihre Verwunderung darüber, dass meine Mutter es nicht zugelassen hatte, dass Martin und ich bei unseren Großeltern zu Mittag aßen, was meine Mutter als berufstätige Frau doch entlastet hätte. Das hätte sie besser meine Mutter fragen sollen, dachte ich. Wir vereinbarten am Ende des Gesprächs einen weiteren Termin, dieses Mal in ihrem Hamburger Büro, um mir noch eine weitere Chance zu geben, bevor sie später gemeinsam mit einem Kollegen noch unsere Ehe näher beleuchtet hätte.

In den Räumen des Jugendamtes in der elften Etage eines Hochhauses war ich dieses Mal überraschend entspannt, denn ich fühlte mich freier als zu Hause. Ich hatte dort nicht mehr das Gefühl, das Ohr meiner Mutter würde mithören. Ich war deshalb sehr offen und erlaubte mir auch die ein oder andere Kritik an meiner Familie, denn ich hatte das Gefühl, nun nichts mehr verlieren zu können. Dann sprach die Mitarbeiterin des Amtes einen für mich in der Zukunft sehr bedeutenden Satz aus: »Sie sind genau richtig so, wie Sie sind.« Meine Mutter hatte mir doch jahrelang ein anderes Gefühl vermittelt. Sie hatte Martin und mir bei Streitigkeiten ja hin und wieder mit dem Jugendamt gedroht und ich ging damals davon aus, dass es als hohes Gericht auf ihrer Seite gestanden hätte. Sie hatte uns in diesen Situationen vermittelt, wir seien charakterlich nicht einwandfrei und unser Verhalten ihr gegenüber sei völlig unangemessen. Und nun klang diese Aussage, dass ich völlig in Ordnung war, doch ganz anders. Es war, als würde eine große Last von mir gefallen sein. Wir verblieben so, dass ich mich ein halbes Jahr später noch einmal bei ihr melden sollte. Nach dem Termin ging ich mit guter Laune in ein Modegeschäft und kaufte mir zur Feier des Tages einen Hosenanzug.

Nach der Empfehlung einer Freundin wechselte ich den Frauenarzt und ging wenig später spontan in seine Praxis, um Vorteile und Risiken einer eventuellen Bauchspiegelung zu besprechen. Der Arzt war tatsächlich sehr nett und sagte schließlich: »Wenn sie meine Frau wären, würde ich eine Bauchspiegelung jetzt noch nicht empfehlen.« Er ging fest davon aus, dass es mit einem Baby auf jeden noch Fall klappen würde. Und tatsächlich, drei Wochen später stellte sich heraus, dass ich inzwischen schwanger war.

Ich hatte die hormonelle Veränderung bereits gespürt und besorgte mir einen Test aus der Apotheke. Während ich auf das Ergebnis wartete, war ich sehr aufgeregt. Holger hatte an diesem Tag Frühschicht und lag nach dem Essen müde auf dem Sofa. Als ich das positive Ergebnis abgelesen hatte, berichtete ich Holger aufgeregt davon, doch er erwiderte nur sachlich: »Lass das lieber erst mal von einem Arzt bestätigen.« Vielleicht wollte er uns eine Enttäuschung ersparen, um kurz darauf einzuschlafen. Aber ich wusste gar nicht, wohin mit meinen Gedanken und entschied, einen Spaziergang zu machen. Vieles ging mir dabei durch den Kopf. In dem Termin beim Arzt bestätigte sich der positive Test. Ich war überwältigt, denn auf dem Bildschirm konnte ich schon jetzt das kleine Herz schlagen sehen. Auf dem ersten Ultraschallbild sah man ein kleines Gummibärchen. Es war phantastisch! In der Praxis erhielt ich diverse Zeitschriften mit Informationen für werdende Mütter und am liebsten hätte ich sie in die Luft gehalten, um jeder Frau auf der Straße mitzuteilen, dass ich ein Baby bekommen würde.

Meiner Mutter, die sich in der Zwischenzeit von dem bis dahin unerfüllten Kinderwunsch wenig beeindruckt gezeigt hatte, erzählte ich am nächsten Tag, dass sie Oma werden würde und sie schien sich zu freuen. Im Laufe der nächsten Monate kämpfte ich jeden Morgen nach dem Aufstehen mit Übelkeit. Das Übergeben gehörte in den ersten Monaten zu meinem Morgenritual und ich war immer froh, wenn ich es ohne Zwischenfall ins Büro geschafft hatte. Viele Gerüche störten mich plötzlich und nach den Mahlzeiten litt ich häufig unter Sodbrennen. Als das Baby in meinem Bauch schon recht groß war, hatte ich oft starke Schmerzen im Bereich des Zwerchfelles. Ansonsten waren bei den Untersuchungen immer alle Werte gut und ich habe bis zum Beginn des Mutterschutzes durchgehend gearbeitet.

Unterstützung erhielt ich von meiner Mutter nicht, im Gegenteil: Auf der Kellertreppe hatte sie einen gefüllten Wassereimer abgestellt, der wegen der Kugel, die ich zum Ende der Schwangerschaft vor mir trug, nicht sofort sichtbar war. Praktische Ratschläge oder Sachen für das Baby habe ich von ihr nicht bekommen. Ich meldete Holger und mich für einen Säuglingspflegekurs und auch für eine Geburtsvorbereitung an. Nach einem langen Arbeitstag hatte ich manchmal die Hoffnung, meine Mutter würde mich einmal am Bahnhof abholen und mit ihrem Auto mitnehmen. Sie fuhr oft zum Einkaufen in die Stadt, aber sie war nie am Bahnhof, wenn ich Feierabend hatte. Dann musste ich mit dem Bus fahren, denn ich besaß zu dieser Zeit kein eigenes Auto, weil wir nur einen Stellplatz bei ihr hatten.

Nach einem erneuten Streit sprachen meine Mutter und ich in den letzten zwei Monaten vor dem Geburtstermin überhaupt nicht mehr miteinander, obwohl wir unter einem Dach lebten.

Umso überraschter war ich von der Reaktion meiner Stiefmutter Judy, die vor Freude wie ein Rumpelstilzchen in ihrer Küche herumhüpfte, als sie bei unserem Besuch davon erfuhr, dass mein Vater zum ersten Mal Opa werden würde. Er selbst musste die Neuigkeit erst einmal verdauen und konnte sich mit der Bezeichnung *Opa* noch nicht recht anfreunden. Spontane oder sogar überschwängliche Gefühlsregungen konnte ich auch von ihm nicht erwarten. Später hatte Judy sich offenbar Gedanken über Hilfsangebote gemacht und schickte mir per Fax handschriftliche Listen, auf denen sie all die Sachen aufgeführt hatte, die ich für das Baby nun brauchen würde, teilweise illustriert mit Zeichnungen und sie schenkte mir auch eine Wickeltasche.

In meiner letzten Arbeitswoche, als der Mutterschutz unmittelbar bevorstand, hatten meine Arbeitgeber und Kolleginnen eine Abschiedsfeier für mich vorbereitet. Es wurden Gedichte vorgetragen und viele Geschenke für mich aufgebaut. Ein Koch mit weißer Mütze servierte das Essen und an dem Kronleuchter unseres großen Konferenzzimmers hingen diverse weiße Babysachen. Auch die Frau meines Seniorchefs kam, um mich zu verabschieden. Mit gemischten Gefühlen verließ ich an diesem Abend nach 20 Jahren Zugehörigkeit das Büro, in den Händen zwei große Tüten mit Geschenken und im Herzen Dankbarkeit für die Aufmerksamkeit.

Zum Ende der Schwangerschaft wollte ich meinen Körper wieder für mich haben, denn mein Babybauch war riesig. Als endlich der errechnete Stichtag herannahte, schickte mich mein Arzt nach der Untersuchung ins Krankenhaus. Nach vielen Stunden entschloss sich Nadja endlich, mit 4.350 Gramm und einer schwarzen Haarpracht auf die Welt zu kommen. Sie wurde Holger in den Arm gelegt, nachdem er die Nabelschnur durchgeschnitten hatte. Ich war total erschöpft, aber sehr glücklich.

Gegen 22.00 Uhr fuhr Holger schließlich nach Hause, um die freudige Nachricht zu verkünden, dass seine Tochter kurz zuvor gesund auf die Welt gekommen war. Tante Edith und Onkel Gunther waren bei meiner Mutter zu Besuch. Holger hätte gern mit einem Glas Sekt auf das freudige Ereignis angestoßen, aber beim Klopfen an die Wohnungstür reagierte niemand. Für sie war es offenbar ein Tag wie jeder andere und sie waren unaufgeregt schlafen gegangen. Holger war natürlich enttäuscht und mit seiner Freude allein. Deshalb entschied er sich, im nahegelegenen Gasthof eine Runde auf seine Tochter auszugeben. Als ich am Morgen nach einer unruhigen Nacht, in der ich Nadja auch schon stillen sollte, beim Zähneputzen plötzlich aus der anderen Ecke meines Zimmers ein leises Glucksen hörte, wurde mir bewusst, welches Wunder geschehen war. Ich freute mich so über das kleine Wesen, das da so friedlich schlief und ich wusste, dass ich nun nie mehr allein sein, sondern für immer eine Tochter haben würde! Und fünf Jahre später sollte sogar noch eine zweite dazukommen!

Am Nachmittag nach der Geburt besuchte meine Mutter mich im Krankenhaus. Nachdem sie das Zimmer betreten hatte, sah sie als erstes in das Babybett, in dem die kleine Nadja lag und schlief, um sachlich festzustellen: »Sie sieht ja aus wie Holger.« Dann suchte sie eine Vase für den Blumenstrauß, den sie mitgebracht hatte. Als die orangefarbenen Blumen in der Vase nicht so stehen wollten, wie sie es sich vorgestellt hatte, kämpfte sie eine Weile mit ihren Stielen, während sie von mir abgewandt vor dem Tisch stand. Vielleicht gratulierte sie mir auch. Aber sie kam mir selbst in dieser Situation nicht zu nahe und hatte mich auch nicht in den Arm genommen. Am nächsten Tag besuchten mich dann Tante Edith und Onkel Gunther kurz, die auf ihrem Weg nach Hause waren. Sie überreichten mir noch einen umfangreichen Ratgeber über den Umgang mit Kindern, ein schönes Geschenk meiner Cousine Thea.

AUF ZUM DEICH

Die ersten Monate nach Nadjas Geburt waren für mich eine Zeit, in der sich die Welt nur noch um mein Baby zu drehen schien. Ich war so glücklich über dieses Geschenk und genoss jeden Tag mit unserer süßen Tochter trotz der anfangs so zermürbenden Koliken. Nachts schlief sie zwischen Holger und mir und am Tage lag ich mit ihr auf der Krabbeldecke und bewunderte die kleinen Hände, die plötzlich nach den Spielsachen greifen konnten und ihr erstes Brabbeln. Wir gingen jeden Tag spazieren und ich lebte im Hier und Jetzt, machte mir über die Zukunft gerade überhaupt keine Gedanken. Im Sommer hielten wir uns im Garten unter dem alten Apfelbaum auf. Es dauerte nicht lange, da robbte Nadja durch die Wohnung und wenig später konnte sie schon in ihrem Hochstuhl sitzen und den ersten Brei mit dem Löffel bekommen. Ich spürte eine Entschleunigung nach zwanzig Jahren Berufstätigkeit mit auch stressigen Tagen. Unser Leben zu dieser Zeit hätte beinahe perfekt sein können, aber das Böse in meiner Mutter brach hin und wieder durch.

Deshalb kamen Holger und ich immer öfter zu dem Schluss, dass unser Umzug in mein Elternhaus keine gute Idee gewesen war, denn nun wurde auch Holger, der mit den unterschiedlichsten Menschen gut zurechtkam, weil er ausgesprochen wohlwollend war, zur Zielscheibe ihrer Attacken.

Als Holger von seinem Vorhaben berichtete, zu Weihnachten für einige Stunden seine Eltern in ihrem rund 100 km entfernten

Wohnort in Niedersachsen zu besuchen, stellte meine Mutter anmaßend fest: »Du kannst besser hierbleiben, die Fahrt tut doch nicht Not. Deine Eltern haben ja noch deinen Bruder, der zu Hause wohnt.« Und sie? Sie hatte eine Tochter, die es nicht wagte, mit ihrem Ehemann und dem Enkelkind den Heiligabend mit den Schwiegereltern oder an einem Urlaubsort zu verbringen, obwohl sie doch die meiste Zeit des Jahres in ihrer Nähe war. Daneben gab es noch Martin, der Heiligabend zu ihr kam. Weihnachten hatten ihre Kinder und Schwiegerkinder ausschließlich mit ihr zu verbringen, da gab es keine zwei Meinungen. Holger kehrte nach einem nur kurzen Aufenthalt bei seinen Eltern am Heiligabend früh zurück. Wenn er damals geahnt hätte, dass seine Eltern nicht mehr lange leben würden, hätte er sicher auf meine egoistische Mutter keine Rücksicht genommen.

Während einer Begegnung im Keller unterhielten Holger und meine Mutter sich über das Sozial- und Rentensystem in Deutschland. Dabei erlaubte sich Holger die Bemerkung: »Dein Sohn trägt ja nicht gerade dazu bei, dass die Rentenkasse gefüllt wird.« Martin war lange an der Uni eingeschrieben und arbeitete auf geringfügiger Basis. Sie reagierte spontan: »Ich werde schon dafür sorgen, dass Martin später abgesichert ist.« Später wurde Holger einmal besonders emotional, als die Rede auf seine Eltern kam, vermutlich weil er inzwischen ihre gütige Art im Vergleich zu der Schroffheit meiner Mutter noch mehr zu schätzen wusste. Als meine Mutter Tränen in Holgers Augen sah, reagierte sie eiskalt: »Was bist du denn für ein Waschlappen?« Holger kannte solch ein Verhalten von seinen Eltern nicht und hatte deshalb nicht lernen müssen, mit derartigen Gemeinheiten innerhalb der Familie umzugehen. Er war deshalb unvorbereitet meiner Mutter ausgeliefert. Mich trafen ihre Gemeinheiten zwar immer noch, aber sie überraschten mich nicht mehr so. Trotzdem empfand ich diese Bemerkung als absolut respektlos und bat ihn, sich solch ein

Verhalten nicht gefallen zu lassen. Wäre ich in diesem Moment dabei gewesen, hätte ich mich eingemischt und dann wäre die Situation sicher eskaliert. Viele Jahre zuvor hatte ich ihr einmal den Inhalt meines Sektglases ins Gesicht geschüttet, nachdem sie sich in Gegenwart meines damaligen Freundes mir gegenüber ebenfalls besonders respektlos verhalten hatte.

Holger litt nun hin und wieder an Atemnot und der Arzt verschrieb ihm ein Asthma-Spray, das er benutzen musste, solange wir noch dort wohnten.

Holgers Eltern waren freundliche und liebenswerte Menschen, sie lebten ländlich und bescheiden in einem großen ehemaligen Bauernhaus mit riesigem Garten, in dem sie Hühner und Kaninchen hielten. Holger kam zwar mit seinem Vater politisch nicht auf einen Nenner, aber nachdem er ihm im Anschluss an eine kontroverse Diskussion einen Brief geschrieben hatte, hatten die beiden sich wieder versöhnt. Meine Schwiegermutter war sehr harmoniebedürftig und beinahe selbstlos. Streitigkeiten konnte sie nicht leiden. Deshalb versuchte sie auch, jede Diskussion sofort im Keim zu ersticken, wodurch Konflikte manchmal unter den Teppich gekehrt wurden.

Vor unserer Hochzeit luden meine Schwiegereltern einmal meine Mutter und meine Tante Elfie zu sich ein. Wir hatten einen schönen Sommertag in ihrem Garten verbracht und hatte meine Mutter anschließend gefragt, ob es ihr bei ihnen gefallen hatte. Ihre Antwort war wieder einmal wie ein Dolchstoß in meine Magengrube: »Mein Gott, ist es bei denen kramig (= unaufgeräumt)!« Mehr hatte sie nicht zu sagen.

Mitten in einer Oktobernacht, kurz nachdem Holger und ich meinen Schwiegereltern von meiner Schwangerschaft berichtet hatten, erhielten wir überraschend einen Anruf von Holgers Vater. Meine Schwiegermutter war völlig unerwartet und viel zu früh im Alter von zweiundsechzig ahren an einem Herzinfarkt verstorben. Ich war sehr traurig. Sie hatte nicht eines ihrer Enkelkinder kennenlernen können, obwohl gerade sie nicht nur eine stolze, sondern auch besonders liebevolle Oma für ihre Enkelkinder gewesen wäre. So aber hinterließ sie eine große Lücke. Meine Mutter nahm an der Trauerfeier nicht teil. Sie pflegte ja Oma Frieda.

Als Nadja acht Monate alt war, erhielt ich einen Anruf von meinem früheren Chef. Er fragte, ob ich nicht wieder arbeiten wollte, zunächst einmal wöchentlich. Ich war einverstanden. Wir kauften deshalb kurzfristig ein Auto für mich, denn unsere Zeit im Haus meiner Mutter sollte sich nun dem Ende neigen. Holger und ich hatten uns inzwischen regelmäßig nach Häusern umgesehen. Wir hatten genug von dem Stress mit meiner Mutter. Meine Idee, den Dachboden des Hauses später einmal ausbauen zu lassen, hatten wir lange verworfen. Unsere Bank übersandte uns Immobilienangebote, eines entdeckte meine Mutter zufällig während unserer Urlaubsabwesenheit. Ich hatte mit ihr über unseren Plan noch gar nicht gesprochen, sondern dieses Gespräch vor mir hergeschoben. Und nun war sie entsetzt.

Nach mehreren Besichtigungen fanden wir schließlich ein passendes Haus mit großem Garten. Besonders die Lage in einer Sackgasse, umgeben von Obstbäumen und angrenzend an ein Feld, auf dem entweder Raps oder Weizen stand, begeisterte uns. Nicht weit entfernt sah man den Deich, dahinter befand sich die Elbe. Nach der Schlüsselübergabe standen noch einige Renovierungsarbeiten an und Holger war häufig zusammen mit einem Kollegen auf der Baustelle, bis die kleine Nadja ihn eines Tages kaum noch erkannte. Ich hatte an einem Abend Nadjas zukünftiges Zimmer gestrichen.

Im Sommer nach unserem Einzug luden wir die Nachbarn zu einer Gartenparty ein. Bei einem Spaziergang mit Nadja hatte ich zuvor schon Gundula getroffen, die am Ende der Straße wohnte und einen Sohn hatte, der nur wenig älter als Nadja war. Später meldete ich uns bei der Kinderturngruppe des Sportvereins an und wir fuhren zusammen mit Gundula und ihrem Sohn auf Fahrrädern zur Sporthalle. Manchmal unternahmen wir auch gemeinsam etwas in der Umgebung, die für Kinder einiges zu bieten hatte, wenn wir nicht gerade in einem unserer Gärten Zeit mit den Kindern verbrachten. In unserer Sackgasse konnten die Kinder mit ihren kleinen Fahrzeugen ungestört hin- und herfahren. Gundula arbeitete vor der Geburt ihres Sohnes in einem sozialpädagogischen Beruf und das merkte man hin und wieder, was ich als sehr positiv empfand. Wenn es etwas zu regeln oder zu organisieren gab, schaltete sie in ihren professionellen Modus und entwickelte mit souveräner Sachlichkeit einen Plan, der möglichst allen gerecht wurde. Dieses Talent, für Konflikte eine sachliche Lösung zu finden, hatte ich mir auch manchmal gewünscht. In der Vergangenheit war meiner Mutter einmal bei einem Streit zwischen Martin und mir, in dem es um eine Schallplatte ging, keine bessere Lösung eingefallen, als die Platte in der Mitte durchzubrechen. Mit Gundula und ihrer Familie feierten war Geburtstage und manchmal kam sie abends auf eine Flasche Wein vorbei, nachdem wir unsere Kinder ins Bett gebracht hatten.

Die ersten Jahre nach dem Einzug in unser Haus am Deich waren tatsächlich unbeschwert und schön, abgesehen von den Szenen, die meine Mutter mir nach wie bescherte und die immer wieder geeignet waren, mich mental herunterzuziehen und mir Energie zu rauben.

Einer meiner nächsten Geburtstage, zu dem ich auch sie und Oma Frieda eingeladen hatte, blieb mir in besonderer Erinnerung. Holger hatte an diesem Tag Frühschicht und bot mir an, Nadja nach seinem Feierabend vom Kindergarten abzuholen. Nachdem ich von meiner Arbeit nach Hause gekommen war, trafen meine Mutter und Oma Frieda etwas früher als abgesprochen ein. Sie brachten den angekündigten, selbst gebackenen Käsekuchen und Blumen für mich mit. Nach der Begrüßung bat ich die beiden, sich schon einmal auf das Sofa zu setzen, während ich den Tisch deckte und mit wenigen Vorbereitungen beschäftigt war. Ich hatte gute Laune und legte meine neue CD ein. Dann rief Holger von unterwegs an, um mitzuteilen, dass er sich etwas verspäten würde, weil er im Elbtunnel im Stau stand. Nachdem er offenbar einem Kollegen von meinem Geburtstag berichtet hatte, meldete sich dieser telefonisch, um mir zu gratulieren. Ich freute mich und hatte nur ein paar Worte mit ihm gewechselt, als meine Mutter abrupt aufstand und Oma Frieda befahl: »Komm, Mutti, wir gehen!« Sie nahm den Kuchen vom Tisch und ging mit meiner Oma zum Auto, um wieder nach Hause zu fahren. War ich im falschen Film? Vermutlich war ihr die Wartezeit zu lang geworden und sie vermisste wohl die gebührende Aufmerksamkeit. Ich war sprachlos und wütend! Als Holger kurz darauf mit Nadja eintraf, nahm ich die Blumen meiner Mutter aus der Vase und warf sie auf den Komposthaufen. Dann rief ich meinen Vater an, der mit Judy ebenfalls inzwischen auf dem Weg zu uns war. Ich bat ihn, beim Bäcker anzuhalten und bitte Kuchen mitzubringen, da ich inzwischen leider keinen mehr anzubieten hatte. Ich hätte selbst auch gerne einen Kuchen gebacken, aber meine Mutter entschied regelmäßig, dass sie welchen mitbringen würde.

Wenn wir mit Nadja und Denise meine Mutter besuchten, verließ sie oft das Wohnzimmer spätestens nach der zweiten Tasse Kaffee, während wir oft wie bestellt und nicht abgeholt bei ihr saßen. Währenddessen suchte sie irgendetwas im Keller oder sie entschloss sich spontan, schon in der Küche das Geschirr abzuwaschen, während wir vor leeren Tassen oder Gläsern saßen und gern noch etwas getrunken und uns mit ihr unterhalten hätten.

Leider hatte sie aber auch nie Getränke im Haus, abgesehen von Kaffee oder selbst aufgesprudelter Selter, auch waren ihre Gläser in den letzten Jahren nicht sauber. Also brachten wir oft unsere eigenen Getränke mit. Aber sie hatte ja auch nie behauptet, eine gute Gastgeberin zu sein. Den Abwasch hätten wir doch gemeinsam später erledigen können.

Unermüdlich war ich viele Jahre diejenige, die das Weihnachtsfest in unserer Familie ausrichtete und meine Mutter an Heiligabend und an den übrigen Feiertagen des Jahres einlud, weil ich es gern tat und als moralische Verpflichtung empfand. Ich wusste doch, dass meine Mutter eine hohe Erwartung an die Feiertage und keinen Partner hatte. Dieser Zustand sollte kompensiert werden. Martin klinkte sich aus und so blieb es an mir hängen. Trotzdem oder gerade deshalb waren unsere Treffen an den Feiertagen häufig alles andere als harmonisch. Wie oft hatte ich mich über das teilweise abstruse oder zumindest nörgelige Verhalten meiner Mutter geärgert. Die Idee, einmal an den Feiertagen mit meiner Familie wegzufahren, verwarf ich immer sofort wieder bei dem Gedanken an den besonderen Gesichtsausdruck meiner enttäuschten und verärgerten Mutter, wenn sie davon erfahren hätte.

Die Ehe zwischen Holger und mir begann zu kriseln als Nadja drei Jahre alt war. Wir lebten inzwischen mehr nebeneinander her als miteinander, jeder von uns hatte sich seine Nischen geschaffen und zog sich in sein Schneckenhaus mit unterschiedlichen Bedürfnissen zurück. Es gelang uns nicht, aufkeimende Konflikte zu formulieren und gemeinsam zu besprechen. Holger war immer schnell eingeschnappt und man konnte mit ihm nicht konstruktiv streiten. Ich hatte Probleme, nach Meinungsverschiedenheiten wieder auf ihn zuzugehen. Nur wenn es um die Erziehung von Nadja ging, waren wir uns einig und wir sprachen abends oft über sie.

Irgendwann begann Holger, sich in seiner Freizeit vorwiegend in oder vor unserem Gartenhaus aufzuhalten. Dort konnte er seine Lieblingsmusik laut aufdrehen, hatte darin neben seinem Werkzeug auch die alten Fotos und Erinnerungsstücke von seiner Familie in einem Schränkchen verstaut und über der Tür hing ein Jugendfoto von mir. Der ein oder andere Nachbar gesellte sich gerne zu ihm und es gab immer Bier. Manchmal machte Holger hinter dem Grundstück auch ein kleines Lagerfeuer. Oft brachte ich Nadja ins Bett nach einem Abendbrot, an dem Holger nicht teilnahm, weil er die Zeit lieber in oder vor seinem Gartenhaus verbrachte. Später am Abend kam er dann auf die Idee, sich noch ein Stück Fleisch anzubraten, wenn Nadja schon im Bett war., so dass der Bratengeruch durch das ganze Haus zog, den Nadja und ich als besonders unangenehm empfanden.

Holger verabredete sich hin und wieder mit Freunden, um Konzerte seiner Lieblingsgruppen oder Autorennen zu besuchen. Ich blieb währenddessen zu Hause bei Nadja.

GEFÜHLS-WIRRWARR

So kam es, dass Holger und ich irgendwann immer weniger Gemeinsamkeiten hatten und ich mich in einen anderen Mann verliebte. Das geschah zu einem Zeitpunkt, als ich das Gefühl hatte, nur noch als Hausfrau und Mutter mit Minijob zu funktionieren. Ich hatte mich lange nicht mehr als Frau wahrgenommen. Dieses Kribbeln im Bauch, als Thomas mit mir flirtete, traf auf einen Nährboden, weil sich meine Gefühle für Holger zu diesem Zeitpunkt gerade auf einem niedrigen Level befanden. Ich vermisste es, mit meinem Partner zusammen zu lachen, über interessante Themen zu diskutieren und Pläne zu schmieden. Holgers Verhalten empfand ich inzwischen häufig als egoistisch und manchmal rücksichtslos, denn er stellte seine Interessen vorn an. Er verhielt sich wie ein Junggeselle. Auch beteiligte er sich nie an der Hausarbeit. Nach seinen Schichten setzte er sich vor den Computer und sah sich Filme an oder hörte Musik, während er seine Feierabendbiere trank. Die leeren Bierflaschen in seinem Gartenhaus habe ich nie gezählt. Die Kisten mit leeren Flaschen wurden immer sofort ersetzt.

Nun flüchtete ich mich in Tagträume, in denen Thomas, der sehr gepflegt, intelligent und charmant war, eine Rolle spielte. Er schien alle meine Wunschvorstellungen zu erfüllen. Deshalb wollte ich ihn gern näher kennenlernen, denn ich hatte die von ihm ausgesandten Signale empfangen. Als er später noch einmal vor unserer Tür stand, bat ich ihn herein, bot ihm einen Kaffee an und begann ein privates Gespräch. Dabei stellten wir fest, dass wir dieselbe Schule besucht hatten. Auch berichtete er, seine Frau habe sich im Urlaub über ihn beschwert, weil sie das Gefühl gehabt habe, die beiden Kinder allein hüten zu müssen. Hier hätten jetzt schon meine Alarmglocken klingeln müssen. Aber ich wollte sie auch nicht hören. Wir gingen an der Elbe spazieren und kurze Zeit später planten wir eine gemeinsame Kurzreise an einem Wochenende. So nahm die Affäre ihren Lauf und nur wenige Wochen nach unserer Rückkehr zog Thomas bei seiner Familie aus und bei einem Freund ein. Wir trafen uns dort und wollten bald in eine gemeinsame Wohnung ziehen. Nadja sollte mit mir kommen. Also musste ich mit Holger sprechen, um ihm reinen Wein einzuschenken. Solch ein Gespräch kann man nicht führen, ohne den anderen zu verletzen. Es ging mir damit nicht gut. Das schlechte Gewissen plagte mich. Aber ich hatte eine Entscheidung getroffen, weil die Beziehung zu Thomas inzwischen zu einem Selbstgänger geworden war, der sich vermeintlich nicht stoppen ließ. Mein Bauchgefühl suggerierte mir, ich hätte den Traummann gefunden, mit dem ich mein weiteres, wieder spannendes Leben verbringen wollte. Meinen Verstand hatte ich ausgeschaltet. Und vielleicht wollte ich dieses Mal ein Spiel gewinnen, das ich als kleines Mädchen verloren hatte, als es um meinen Vater ging.

Es begann die nervenaufreibende Phase eines Neustarts unter denkbar schlechten Voraussetzungen. Wir hatten beide unsere Entscheidung über das Knie gebrochen ohne Rücksicht auf die weiteren Beteiligten und dies sollte sich am Ende rächen, denn dabei gab es nur Verlierer.

Thomas' Frau Angela holte sich in dieser Situation Rat bei ihrer Therapeutin und verkündete anschließend, kurzfristig zu einer sechswöchigen Kur aufzubrechen, während sie Thomas und mir ihre beiden Kinder Karina und Alex, die damals neun und elf Jahre alt waren, überließ. Dahinter steckte natürlich Kalkül. Die frisch Verliebten sollten sich im Alltag aufreiben, was durch die

Kinderbetreuung schließlich auch so kam. Zwei für mich fremde Kinder zogen einer nach dem anderen in unsere gerade erst angemietete, gemeinsame Wohnung ein. Während des Einzugs gab es zwischen Thomas und mir bereits erste Spannungen. Es waren lächerliche Kleinigkeiten und gerade deshalb keimten bei mir erste Zweifel auf, ob meine Entscheidung richtig war.

Karina und Alex waren mir zwar sympathisch, aber es war für alle nicht einfach, sich aufeinander einzustellen. In den ersten Wochen brachte ich Karina täglich mit dem Auto zu ihrer Schule, die sie durch den Umzug nicht mehr zu Fuß erreichen konnte. In Gegenwart von Thomas verhielt sie sich eifersüchtig und sie hatte sich offenbar vorgenommen, gegen Nadja und mich, so oft es ging, zu sticheln. Alex war besonders sensibel und spätestens seit der Trennung seiner Eltern verhaltensauffällig geworden, so dass er sich noch einige Wochen in einer kinderpsychiatrischen Einrichtung aufhielt. Deshalb war er anfangs nur an den Wochenenden bei uns. Nadja war das jüngste Kind und mir war wichtig, besonders auf sie zu achten, denn sie sollte unter diesen Umständen nicht leiden. Als die endgültige Rückkehr von Alex aus der Klinik bevorstand, wurde mir klar, dass ich weiterhin, wie schon während der verlängerten Abwesenheit von Angela, das Kindermädchen würde spielen müssen. Thomas musste arbeiten, während ich noch zwei Monate Erziehungsurlaub vor mir hatte. Schließlich sagte ich ihm, dass ich nicht bereit sein würde, wochenlang während der Nachmittage drei völlig unterschiedliche Kinder in einer Wohnung zu bespaßen. Die letzten freien Wochen vor meinem Arbeitsbeginn nach dem Erziehungsurlaub hatte ich mir, insbesondere mit Thomas, natürlich anders vorgestellt. Thomas sah keine andere Lösung, als meine Äußerung zum Anlass zu nehmen, mit seinen beiden Kindern zunächst wieder in sein Haus einzuziehen, um sie dort zu versorgen, bis ihre Mutter zurück sein würde.

Ich sehnte die Rückkehr von Angela herbei und fühlte mich gleichzeitig wie auf einem Abstellgleis. Trotzdem versuchte ich, die Tage mit Nadja so schön wie möglich zu gestalten. Wir hatten hin und wieder Besuch von Müttern mit Kindern und unternahmen gemeinsame Ausflüge. Immerhin konnte Nadja regelmäßig auch bei Holger sein und mit ihren Freunden in der vertrauten Umgebung spielen, denn wir wohnten nur wenige Kilometer von unserem Haus entfernt. Auch trafen wir uns weiterhin mit den Kindern aus ihrer Spielgruppe.

Mir kamen inzwischen Zweifel, ob sich meine Situation durch die Rückkehr von Angela grundlegend ändern würde. Unsere Beziehung hatte sich, wie zu erwarten war, vor allem durch die organisatorischen Schwierigkeiten bei der Kinderbetreuung, abgekühlt.

Nach der Rückkehr aus ihrer Kur wollte Angela sich zunächst mit mir in einem Restaurant treffen, um zu erfahren, ob ich noch Interesse an ihrem Mann hatte. Als ich ihre dahingehende Frage verneinte, war ich mir allerdings nicht ganz sicher. Ich wollte den eingeschlagenen Weg nicht so schnell wieder aufgeben und konnte nicht alles sofort rückabwickeln. Immerhin hatten wir gemeinsam einen Mietvertrag unterschrieben und meiner Tochter wollte ich nicht schon wieder eine räumliche Veränderung zumuten. Die Zeit war eventuell zu kurz, um ein abschließendes Bild zu bekommen, aber Thomas hatte sich bei einigen Gelegenheiten kleinkariert verhalten. Seine Fassade hatte zu bröckeln begonnen. In unserem Gespräch von Frau zu Frau waren wir uns nun über die ein oder andere Schwäche von Thomas einig, aber in dieser Konstellation konnten wir keine Freundinnen werden.

In der Folgezeit begann für mich eine Zeit des Psychoterrors. Thomas hatte sich offenbar in seinem Haus wieder eingelebt und pendelte nun zwischen ihm und unserer Wohnung hin und her, nachdem Angela ihn unter Auflagen wieder bei sich und den Kindern wohnen ließ. Er sollte sich ausschließlich an den Wochenenden bei ihnen aufhalten, vermutlich weil sie selbst dann entspannt war und ihn mit den Waffen einer Frau zurückerobern wollte. Den Alltag überließ sie mir und störte in der Woche mit Diskussionsfreude während ihrer abendlichen Anrufe. Als die Telefongespräche beendet waren, war es schon sehr spät und es blieb kaum Zeit für Romantik. Ich war genervt, denn mir war allmählich klar, dass er sich von ihr einwickeln ließ und vermutlich nicht mehr zu seiner Entscheidung stehen würde. Ich hätte schon nach den ersten Meinungsverschiedenheiten mit ihm die Notbremse ziehen sollen, aber ich konnte den Wohnsitz so schnell nicht wechseln.

Als sich mein Erziehungsurlaub dem Ende neigte und Nadja von einer Tagesmutter betreut werden konnte, entschloss ich mich, wieder bei meinen früheren Arbeitgebern zu arbeiten. Sie freuten sich über meine Entscheidung und ich sollte zukünftig für einen anderen Anwalt der Kanzlei arbeiten, der sehr nett war und ich sollte daneben zusätzliche Aufgaben im Bereich des Mietrechts übernehmen.

Überraschend teilte mir meine Tagesmutter kurz vor Weihnachten mit, sie habe zukünftig leider nicht mehr die Möglichkeit, Nadja neben ihren beiden eigenen Kindern zu betreuen. Als ich dann von einer Erzieherin auch noch davon erfuhr, dass Nadja sich im Kindergarten immer mehr zurückgezogen hatte, musste ich etwas ändern und entschied mich, nicht mehr in Vollzeit zu arbeiten und für sie einen anderen Kindergarten zu suchen, der auf meinem Arbeitsweg lag und daneben flexible Öffnungszeiten hatte. Während eines Gesprächstermins in der neuen Kita war ich sehr erleichtert, dass es Nadja dort gefiel und wir den Platz bekamen.

Dann organisierte ich einige Helfer, um während der Abwesenheit von Thomas nach einem halben Jahr aus der gemeinsamen Wohnung auszuziehen. Mein Vater hatte mir während eines Telefonates geraten, meinen »Konkubinen-Status« aufzugeben, auch machte er mir Angst, weil ich angeblich Nadja verlieren könnte. »Du befindest dich im freien Fall«, sagte er ernsthaft und wies darauf hin, dass ich durch einen Vollzeitjob und alleinerziehend schlechtere Voraussetzungen als Holger mit einer neuen Partnerin mitbringen würde, wenn es um den Lebensmittelpunkt von Nadja ginge. Natürlich wollte ich alles tun, um Nadja nicht zu verlieren.

Auch aus diesem Grunde entschied ich, mit Holger einen Neuanfang zu versuchen, vorausgesetzt, er würde sich darauf einlassen. Natürlich war er anfangs noch verhalten, ließ mich und Nadja aber wieder in unser gemeinsames Haus einziehen, das ich vor einem halben Jahr verlassen hatte. Ich schlief von nun an im Gästezimmer und benutzte auch das zweite Bad. Er hatte sich inzwischen in der oberen Etage eingerichtet und seine Fühler nach einer neuen Partnerin ausgestreckt. Mir untersagte er, seine Wäsche zu waschen, weil er keinen Fehler machen wollte, wenn es um die Einhaltung des Trennungsjahres vor einer Scheidung ging. So lebten wir wieder unter einem Dach, allerdings getrennt von Tisch, Wäsche und Bett und gingen uns auch eine Zeitlang aus dem Weg. Dann aber gab es auch Sommerabende, an denen wir gemeinsam durch unseren Garten liefen und uns über unverfängliche Themen unterhielten, so dass es sich vertraut anfühlte, wie in besseren Zeiten. Nur verpassten wir die Chance, unsere Probleme, die zur Trennung geführt hatten, anzusprechen und aufzuarbeiten. Holger war resistent, wenn es um Kritik an seinem Verhalten ging. Er zog sich immer sofort in sein Schneckenhaus zurück und ich hatte kaum eine Chance, etwas zu verändern, denn ich trug ja inzwischen das Büßerhemd.

Ein paar Gespräche mit einem Familientherapeuten führten auf beiden Seiten nicht zu irgendwelchen neuen Erkenntnissen und schon gar nicht zu verändertem Verhalten. Wir beschritten unsere ausgetretenen Pfade weiter, auch weil es bequem war. Die Altlasten hatten sich nicht in Luft aufgelöst. Mir fiel mit dem zwischendurch gewonnenen Abstand wieder auf, dass Holger zu viel Bier trank und bemerkte, dass sein Schichtdienst ein Familienkiller war, wenn er nach seinen Schichten kaum aus dem Bett zu bekommen war. Diese Probleme waren zwischendurch in den Hintergrund getreten. Auf der anderen Seite wusste ich nun einige von Holgers guten Eigenschaften mehr zu schätzen. Der Alltag mit guten und weniger guten Tagen holte uns wieder ein und wir lebten beinahe wie vorher zusammen. Dabei stritten wir niemals über die Kindererziehung oder über Geld.

In einer Phase, als es uns offenbar gut gelungen war, Probleme zu verdrängen, wurde ich mit Denise schwanger. An einem ungemütlichen Tag im Januar hatte ich auf dem Heimweg nach der Arbeit einen Schwangerschaftstest besorgt und nach dem Verstauen der Einkäufe angewendet. Holger kam nur kurze Zeit später nach Hause und ich überraschte ihn mit der Neuigkeit. Seine Reaktion war erneut etwas verhalten.

Mein Arbeitsvertrag mit den nach meinen Wünschen angepassten Arbeitszeiten war gerade verlängert worden und nun musste ich in Gedanken erst einmal alles neu organisieren, aber ich freute mich sehr auf das Baby und Geschwisterkind für Nadja. Als mein Vater ein paar Tage später von Bermuda anrief, war ich noch sehr aufgewühlt und berichtete ihm die Neuigkeit. Er reichte den Hörer auch an Juliana weiter, die inzwischen einundzwanzig Jahre alt war und sich mit mir freute.

Zu Nadjas fünftem Geburtstag hatte ich die Idee, sie mit der freudigen Nachricht von einer Schwester, die sie sich schon lange gewünscht hatte, zu überraschen. Dafür wickelte ich einen

Schnuller in Geschenkpapier ein und ließ sie die Bedeutung dahinter erraten.

Holger und ich verbrachten im Sommer eine entspannte Woche auf Sylt. Ich wollte mit meinem Babybauch keine Flugreise mehr unternehmen und ich dachte, es würde für Nadja interessant sein, mit dem Zug über einen Damm auf die Insel zu fahren. Unser Hotel auf Sylt befand sich im Süden der Insel in der Nähe des Strandes und vom Schlafzimmer aus konnte man den Leuchtturm sehen. Mit den Vorbereitungen für die Reise hatte Holger mich allein gelassen, während er in der Nachbarschaft unterwegs war. Ich hatte unsere Koffer spät abends noch gepackt. Dabei ahnte ich, er würde mir später vorwerfen, ihn zu bevormunden, weil ich seine Kleidung ausgesucht und dabei auf zu enge T-Shirts verzichtet hatte. Aus meiner Sicht war diese Situation stellvertretend für unsere Beziehung in den zurückliegenden Jahren.

Meine Oma Frieda erkrankte nach einer gut überstandenen Operation unmittelbar nach ihrem Krankenhausaufenthalt vermutlich an einer Sepsis. Sie litt unter Übelkeit und Fieber, ohne dass jemand dies einordnete. Meine Mutter machte sich Gedanken darüber, ob sie ihr das Eis vom Kiosk lieber nicht hätte kaufen sollen. Ich erkundigte mich deshalb bei ihrem Hausarzt, ob sie etwas Ansteckendes habe und ob ich sie als Schwangere besuchen dürfe. Er riet davon ab, ohne mir eine Diagnose mitzuteilen. Ihr Zustand verschlechterte sich und in einer der folgenden Nächte konnte ich gar nicht schlafen, blieb nachts im Wohnzimmer auf dem Sofa, während ich die Blasen aus Wachs in unserer blauen Lavalampe beobachtete. Wie sich am nächsten Tag herausstellte, war Oma Frieda in dieser Nacht verstorben. Bei ihrer anschließenden Beerdigung war ich hoch schwanger, wie auch bereits bei der Beerdigung meiner Schwiegermutter. Leben geht und Leben kommt. Auf dem Band an dem großen

Blumengesteck, das für die Trauerfeier angefertigt wurde, waren mit einem letzten Gruß namentlich genannt meine Mutter, Tante Edith und Onkel Ludger. Wir Enkelkinder wurden gar nicht erwähnt.

Eine Woche bevor in den USA durch vier Flugzeugentführungen schreckliche Terroranschläge verübt wurden, kündigte sich die Geburt von Denise an. Während ich in der Klinik immer stärkere Wehen bekam, meldete sich bei Holger der kleine Hunger, obwohl er kurz vor der Abfahrt noch eine Portion Gulasch verspeist hatte. Er kam deshalb auf die Idee, zwischendurch in ein Schnellrestaurant zu fahren. Nicht nur ich, sondern auch die Hebamme fanden das befremdlich. Deshalb schlug sie ihm vor, sich etwas Essbares vom Frühstücksbuffet in der Klinik zu besorgen. Holger fehlte manchmal das Einfühlungsvermögen. Die Geburt verlief dank der tollen Hebamme perfekt und ich konnte nach einigen Stunden Denise glücklich in den Armen halten.

Holger waren Konzertbesuche und Treffen mit Leuten wichtig, die er von früher kannte oder die er bei der Party nach dem traditionellen Grünkohlessen im Nachbarort kennengelernt hatte und ich schränkte ihn in seiner Freiheit nie ein. Die Tatsache, dass er immer der Letzte war, der nach einer Feier nach Hause fand, störte mich aber immer wieder. Manchmal vergaß er dann auch, unsere Haustür abzuschließen. Viele schöne Sommertage vergingen, während die Familien in der Nachbarschaft Ausflüge mit ihren Kindern unternahmen, während Holger entweder wegen seines Schichtdienstes oder wegen seines Bierkonsums am Abend zuvor nicht aus dem Bett fand.

Eine Überschwemmung in unserem Haus brachte das Fass bei mir endgültig zum Überlaufen. Es war durch Holgers Verhalten ein erheblicher Wasserschaden entstanden, der in den folgenden Wochen für starke Beeinträchtigungen durch diverse

Trocknungsgeräte sorgte. Er hatte in der Nacht offenbar in angetrunkenem Zustand den Wasserhahn im Bad aufgedreht und gleichzeitig das Waschbecken mit dem Stöpsel verschlossen, bevor er ins Bett ging. In den folgenden Stunden dieser Nacht lief heißes Wasser zunächst in das Waschbecken, dann über den Rand und anschließend durch alle Räume des Obergeschosses bis in das Erdgeschoss hinunter, wo es Küche und Wohnzimmer in eine Tropfsteinhöhle verwandelte. Wir hatten Holzdielen und diese waren nun getränkt mit Leitungswasser. Nadja hatte als erste die Katastrophe bemerkt und weckte mich: »Mama, hier ist alles nass!« Ich schreckte verschlafen hoch und vermutete, sie habe versehentlich in der Nacht Pipi in ihren Schlafanzug gemacht. Aber als ich aufstand, fühlte sich der Teppich unter meinen Füßen an wie das Watt der Nordsee. Erschrocken bemühte ich mich, Holger ebenfalls zu wecken, was sehr herausfordernd war, weil er einen festen Schlaf hatte. Dann reagierte er: »Dann sieh mal zu, dass du hier aufwischst.«

Wir konnten dankbar sein, dass der entstandene Schaden von einer Versicherung übernommen wurde. Aber ich hatte nun endgültig den Respekt vor meinem Mann verloren. Holger hatte sich nicht einmal für diesen Vorfall entschuldigt, sondern versucht, sich aus der Sache herauszureden. Ich fragte mich einmal mehr, ob ich es auch allein mit den Mädchen schaffen würde und dachte erneut über eine, dieses Mal endgültige Trennung nach.

SORGE UM HEIKE

Zu meinem vierzigsten Geburtstag gratulierte Heike mir telefonisch und berichtete am Ende unseres Gesprächs fast beiläufig, dass sie und Pete sich getrennt hatten und deshalb nun ein Rosenkrieg zwischen ihnen ausgebrochen war. Auf die Einzelheiten wollte sie erst später eingehen. Sie versicherte aber, dass sie sich nicht unterkriegen lassen und die gemeinsame Firma zukünftig allein fortführen werde, auch wenn sie schon Federn gelassen hatte. In den folgenden Monaten gewann ich den Eindruck, dass Heike beruflich nach und nach wieder auf die Füße gekommen war, bis sie mir bei einem der nächsten Anrufe wiederum beinahe beiläufig berichtete, dass man bei ihr während einer Routineuntersuchung Krebs festgestellt hatte. Obwohl sie immer hart im Nehmen war und kein Verständnis für die Wehleidigkeit Anderer hatte, bemerkte ich dieses Mal eine gewisse Verzweiflung in ihren Worten. Sie wünschte sich trotz der vor kurzem überstandenen Scheidung noch ein Kind und wollte diesen Wunsch nicht aufgeben. Deshalb war sie bereit, den Kampf gegen die Krankheit aufzunehmen und besaß eine eigene Meinung, als es um ihre Therapie ging. Man hatte ihr dazu geraten, die Gebärmutter entfernen zu lassen. Sie bestand aber auf einer medikamentösen Behandlung in Verbindung mit regelmäßigen operativen Eingriffen, die sie in Deutschland durchführen lassen wollte und bei denen das betroffene Gewebe entfernt werden sollte. Ihr Arzt riet dringend davon ab und schrieb ihr eine besorgte Mail. »Sie spielen mit ihrem Leben, falls sie sich gegen die Totaloperation entscheiden.« Heike erhielt Medikamente, machte aber zunächst weiter wie bisher, hatte Stress mit ihrer Firma und gab auch das Rauchen nicht auf.

In einem der folgenden Telefonate fragte sie mich, ob ich nicht zu ihr nach New Jersey kommen könne, um eine Zeitlang in ihrer Firma zu arbeiten. Ihr ginge es nicht gut mit den Nebenwirkungen der Medikamente, sie müsse sich oft übergeben, auch während der Arbeit. Ich hätte sie vielleicht unterstützt, wenn ich nicht zwei kleine Töchter gehabt hätte, um die ich mich kümmern musste. Heike erwiderte meinen Einwand damit, dass Holger sicher für einige Zeit allein mit den Mädchen zurechtkommen würde. Dies wollte ich mir nicht einmal vorstellen. Schließlich war er berufstätig. Abgesehen davon traute ich Heike nicht über den Weg, denn sie hätte mich sicher ausgenutzt und womöglich in irgendetwas hineingezogen. Wenn Heike einen Plan verfolgte, dann war ihr jedes Mittel Recht. Zu oft hatte ich erlebt, dass nicht alles koscher war, was sie eingefädelt hatte. Manche Hintergründe wollte ich lieber gar nicht so genau wissen.

Zu ihren Operationsterminen flog Heike dann mehrmals nach Deutschland. Einmal verabredeten wir uns deshalb in Heidelberg in einem Hotel und ich ging davon aus, dass es ihr den Umständen entsprechend gut ging, denn wir unterhielten uns ausführlich über alles Mögliche. Heike hatte Pläne für die Zukunft und wollte den operativen Eingriff am Folgetag nur schnell hinter sich bringen. Über materielle Sorgen oder ihre gesundheitlichen Einschränkungen sprach sie nicht.

Ein halbes Jahr später hatte Heike einen geschäftlichen Termin in Alaska und sie wollte mich nach ihrer Landung in Hamburg treffen. Auf ihren Anruf wartete ich an diesem Tag allerdings vergeblich, obwohl ich mir ihretwegen nachmittags frei genommen und Holger gebeten hatte, Nadja von der Kita abzuholen. Wie sich erst durch einen Anruf am Abend herausstellte, hatte Heike sich spontan mit ihrem ehemaligen Lehrer und dessen Frau in der Stadt getroffen, die ihr Medikamente und ein Mobiltelefon besorgt hatten. Sie erklärte mir, sie habe noch kein Guthaben auf dem Handy gehabt und hätte mich deshalb nicht rechtzeitig informieren können. Bis zu ihrem Rückflug am darauffolgenden Tag sei sie bei dem befreundeten Ehepaar untergekommen, kündigte aber ihren Besuch für den folgenden Nachmittag an. Erneut wartete ich vergeblich auf sie. Sie meldete sich nicht mehr und war auch nicht erreichbar. Dieses Verhalten konnte ich mir nicht erklären, denn bis dahin war sie nie so unzuverlässig.

Um Klarheit zu bekommen, rief ich nach zwei Tagen in ihrem Büro in New Jersey an. Ein Mitarbeiter behauptete, Heike sei gerade nicht da und würde mich später zurückrufen. Das Ganze klang unglaubwürdig und tatsächlich blieb ihr Rückruf auch aus. In den nächsten Monaten meldete sie sich nicht mehr, bis schließlich auch ihre Faxnummer nicht mehr erreichbar war. Nun war ich doch beunruhigt, denn sie schien offenbar in Schwierigkeiten zu sein. Also schrieb ich ihr einen Brief per Post, in dem ich ihr vorschlug, nach Deutschland zurückzukehren und unsere Hilfe anbot. Auch darauf erhielt ich keine Antwort. Vor dem Kontaktabbruch hatte sie mir in Heidelberg unter anderem noch von einem Bekannten berichtet, der eine Gefängnisstrafe absaß. Weil ich inzwischen beunruhigt war, begann ich nachzuforschen und telefonierte mit ein paar Menschen, mit denen Heike im Kontakt stand. Dabei musste ich erfahren, dass sie auch für alle anderen Personen völlig überraschend nicht mehr erreichbar war. Niemand hatte eine Erklärung für ihr Verhalten. Ihr Exmann Pete berichtete mir, dass Heikes Auto seit Wochen auf dem Parkplatz vor ihrer Wohnung nicht mehr bewegt worden war und dass die Gardinen ihrer Wohnung stets zugezogen waren. Nun war ich noch mehr in Sorge und überlegte, ob ich ihren Vater informieren sollte, was Heike aus falschem Stolz sicher nicht recht gewesen wäre. Aber vielleicht war sie tatsächlich in großer Not. Lebte sie überhaupt noch?

Schließlich entschied ich mich doch, Heikes Vater anzurufen, der einige Jahre nichts mehr von ihr gehört hatte. Am Ende des Gesprächs klang auch er besorgt. Deshalb informierte er seinen Sohn Jack, der sich wegen weiterer Informationen bei mir meldete, bevor er sich spontan entschloss, mit seiner Freundin nach New Jersey zu fliegen, um nach Heike zu sehen. Wenige Tage darauf stand er vor Heikes Wohnungstür und klingelte mehrfach. Niemand öffnete. Deshalb entschloss er sich, die Polizei um Hilfe zu bitten. Die kurz darauf erschienenen Polizisten forderten Heike auf, ihre Wohnungstür zu öffnen, weil ihr Bruder dort sei, worauf sie erwiderte, sie habe gar keinen Bruder. Schließlich öffnete sie doch und sprach einen Moment lang mit ihrem Halbbruder Jack, der in dieser Situation von ihr einen fahrigen und unaufgeräumten Eindruck gewann. Jack sah aber keine Möglichkeit, mehr von ihr zu erfahren oder sie davon zu überzeugen, nach Deutschland zurückzukommen, falls sie Hilfe bräuchte. Sie mauerte offenbar mal wieder. Aber immerhin lebte sie und ich war erleichtert, als Jack mir anschließend von seinem Besuch berichtete.

Ein weiteres halbes Jahr nach diesem Vorfall rief Holger mich bei der Arbeit an und fragte: »Sitzt du gut? Dann rate mal, wer gerade angerufen hat... Heike!« Sie war offenbar aus der Versenkung aufgetaucht und wieder in Deutschland. Sie wollte mich gern noch am selben Abend besuchen, wenn ich sie vom Bahnhof abholen würde. Wir hatten uns lange nicht gesehen und ich war gespannt. Zum verabredeten Termin stand sie mit einer knallroten, sportlichen Jacke am Bahnhof und mir fielen ihre tiefen Falten um den Mund herum auf, die ich bis dahin an ihr nicht kannte. Sie stieg zu mir ins Auto, als wäre nichts geschehen und plauderte darauf los, wie immer. »Hast du ein neues Auto?« fragte sie zwischendurch. Zu Hause angekommen, kochte ich erst einmal eine Kanne Kaffee für uns und wollte natürlich wissen, wie es ihr inzwischen ging. Zum ersten Mal antwortete sie: »Nicht gut.«

Mit Unterstützung ihres Vaters sei sie nach Deutschland zurückgekehrt, nachdem sie die Firma wegen ihrer Erkrankung nicht mehr habe fortführen können. »Ich konnte den Mitarbeitern kein Gehalt mehr bezahlen und auch meine Miete nur noch mit Mühe aufbringen, nachdem ich Dinge verkauft habe. Ich wusste nicht mehr weiter.« Nur deshalb habe sie sich entschieden, das Angebot ihres Vaters anzunehmen, der ihr den Flug nach Deutschland bezahlt und die Kosten für den Transport weniger Möbel übernommen hatte. Zunächst sei sie bei ihrem Onkel untergekommen, habe einen Job in einem Callcenter gefunden, bei dem es inzwischen aber Differenzen wegen der Bezahlung gegeben habe. Später sei sie in ihre kleine Eigentumswohnung gezogen, die sie vor einigen Jahren der Freundin meines Bruders Martin abgekauft hatte und die bis vor kurzem noch vermietet war. Sie erzählte mir auch von dem Besuch ihres Halbbruders Jack und unterstellte ihm, er habe sie nur aufgesucht, um mit seiner Freundin eine Kurzreise nach New York von ihrem gemeinsamen Vater bezahlt zu bekommen. Diese Unterstellung war wieder einmal typisch für sie. Sie konnte sich nicht vorstellen, dass sich jemand Sorgen um sie machte und bedankte sich auch nicht bei mir für meine Initiative. Das hatte ich aber auch nicht erwartet. Sie verschwieg die Tatsache, dass die letzte Mieterin ihrer Wohnung in der Zwischenzeit vergeblich auf die Rückzahlung ihrer Kaution wartete und ich vermutete, dass sie weitere Schulden in den USA gemacht hatte.

Für einen Moment verdrängte sie all ihre Probleme und wir lachten zusammen, wie in alten Zeiten. Es war spät geworden und als ich sie zum Bahnhof zurückbrachte, fragte sie mich, ob ich ihr etwas Geld leihen könne. Sie wolle Bewerbungen schreiben und hätte kein Papier. Eine Zahlung des letzten Arbeitgebers stünde noch aus. Auch war Heike zu diesem Zeitpunkt nicht krankenversichert. Ich war erleichtert, als sie nach kurzer Zeit einen neuen Job fand und wir gemeinsam ihre Anmeldung bei der Krankenversicherung abgeben konnten.

Als ich sie kurz nach unserem Wiedersehen in ihrer Wohnung besuchte, war ich nicht nur überrascht, sondern schockiert von dem Zustand. Überall standen noch verschlossene Umzugskartons herum, auf dem Boden lagen Staubmäuse, in der Küche türmte sich das schmutzige Geschirr und ihre Stereoanlage funktionierte auch nicht richtig. Dies passte so gar nicht in das Bild, das ich von ihr hatte. Selbst das Stück Seife in ihrem Badezimmer war so winzig, dass man hindurchsehen konnte. Heike war in der Vergangenheit immer ordnungsliebend und schrecklich pingelig, wenn es um Sauberkeit ging. Sie erzählte, dass sie inzwischen weitere ihrer vielen Bücher verkaufen konnte, um den finanziellen Engpass zu überbrücken. Später schlug sie mir vor, zusammen essen zu gehen, weil sie Hunger und nichts im Kühlschrank hatte. Im Restaurant wollte sie die Mahlzeit mit mir teilen und ich sollte bezahlen. Sie würde dann beim nächsten Mal die Kosten übernehmen. Anschließend bat sie mich noch, etwas Geld von meinem Konto für sie abzuheben. Spätestens jetzt wusste ich, wie tief sie gefallen war. Früher wäre sie zu stolz gewesen, jemanden um Geld zu bitten.

Sie zahlte mir den Betrag bald zurück, nachdem sie ihr erstes Gehalt aus dem neuen Job bei einem anderen Callcenter bekommen hatte und besuchte mich in den folgenden Monaten regelmäßig. An den Wochenenden übernachtete sie in einem Schlafsack auf unserem Sofa, nachdem sie immer wieder ihre Tarot- und Lenormand-Karten gelegt und gedeutet hatte, die spannende Veränderungen für die Zukunft ankündigten. Holger, der wegen seines Schichtdienstes oft abends nicht zu Hause war, hatte nichts gegen die regelmäßigen Besuche. Daneben ging Heike ihrer Verkaufstätigkeit mit Aussicht auf Provisionen nach und lebte in ihrer kleinen, unaufgeräumten Wohnung das Leben einer Singlefrau, die niemals zu Hause kochte und ihre Wäsche in ein Waschcenter trug, obwohl sie sich längst eine Waschmaschine hätte kaufen können. Aber sie hatte wohl einen Grund, warum sie in ihrer Wohnung so gut wie keinen Strom verbrauchen wollte. Bestellungen aus Modekatalogen ließ sie immer über mich laufen. Weder an ihrer Klingel noch am Briefkasten befanden sich Namensschilder.

Eines Tages hatte sie in ihrer Mittagspause in einem Restaurant einen Mann mit Ehering gesehen, für den sie sich sehr interessierte. In den folgenden Wochen sammelte sie Informationen über ihn, belauschte in den Mittagspausen seine Gespräche mit Kollegen und schmiedete nach Feierabend Pläne, wie sie ihn erobern konnte. Die Tarotkarten sollten ihr auch dabei den Weg weisen. Sie wollte von ihnen nicht nur wissen, ob sich für sie berufliche Veränderungen ergeben würden, sondern auch, ob sich aus den Begegnungen mit diesem Mann eine Beziehung für sie entwickeln könnte. Als ihre Karten bei mir Veränderungen des Beziehungsstatus' ankündigten, bemerkte Heike überheblich, Holger sei doch von Anfang an nicht der Richtige für mich gewesen. Ihre Einladung in die USA habe damals eigentlich auch nur mir gegolten. Sie unterstützte nun auch jeden Gedanken an eine Veränderung in meinem Leben. Dies tat sie nicht uneigennützig, denn mit einer Freundin ohne Ehemann konnte sie natürlich mehr anfangen.

Daneben hatte Heike ihren Humor nicht verloren. Nachdem sie einmal einen Mann gedatet hatte, der an ihr offenbar nicht sehr interessiert war, von dem sie aber wusste, dass er in einer Band Musik machte, stellten wir uns gemeinsam vor, bei seinem nächsten Auftritt baumwollene Unterhosen in Übergröße, richtig große Schlüpfer, in seine Richtung auf die Bühne zu werfen.

NEUE LIEBE UND
SOMMERFERIEN

Nach der abgekühlten Beziehung zu Holger in Verbindung mit der Überschwemmung in unserem Haus wünschte ich mir eine neue Partnerschaft mit Perspektive und lernte über eine Internetplattform Adrian kennen. Wir tauschten nach einem kurzen Kontakt auf der Plattform unsere E-Mail-Adressen aus und schrieben uns anschließend außerhalb des Portals abends Mails, mit denen wir uns erstmalig auch Fotos übersandten. Ich war schon sehr gespannt, wer sich hinter den vielversprechenden Texten verbarg und vor allem auch auf seine Reaktion auf meine Fotos. Die Fotos hätten durchaus ein K.O.-Kriterium sein können, wenn wir uns optisch nicht zumindest sympathisch gewesen wären. Auf dem ersten Bild, das ich von Adrian sah, fielen mir neben seinen braunen Augen und den blond-braunen Locken seine muskulösen Oberarme und die gepflegten Hände auf, die einem Künstler gehören konnten. Er war braungebrannt, trug ein weißes Shirt und wirkte wie ein Freigeist, ein Lebenskünstler, der vielleicht sogar ungebunden, auf jeden Fall aber kreativ zu sein schien. Ein weiteres Foto von ihm war offenbar während einer Feier in einem Lokal entstanden und er trug darauf ein dunkles Hemd, was etwas förmlich wirkte. Er machte mich neugierig und ich wollte mich vorsichtig an den Menschen, der sich hinter den Mails und Fotos verbarg, herantasten. Eine weitere Enttäuschung wollte ich mir ersparen und mir nichts vorgaukeln lassen. Das war mir besonders wichtig, denn das Internet konnte so viele Fakes enthalten. Adrian aber legte großen Wert darauf, mit sämtlichen Informationen über seine Person offen umzugehen, was die Basis für Vertrauen schaffte.

Seine Art zu schreiben hatte mich schon positiv überrascht, auch wenn ein Deutschlehrer mit der Grammatik nicht in jedem Fall einverstanden gewesen wäre. Mich faszinierte vor allem die Kreativität seiner Worte, nichts davon klang abgedroschen.

Dann offenbarte er mir, er habe sich spontan in die Person auf meinen Fotos verliebt. Natürlich schmeichelte er mir damit, aber ich machte mir nichts vor: Es hätte sein können, dass er gleichlautende Mails auch anderen Frauen schrieb. Aber wieder einmal hörte ich auf mein Bauchgefühl, denn ich glaubte, zwischen den Zeilen lesen zu können und wollte ihn gern besser kennenlernen. Adrian war fünf Jahre jünger als ich und wir hatten schon festgestellt, dass es einige Parallelen zwischen uns gab, denn wir wohnten beide auf Grundstücken im ländlichen Bereich, umgeben von Kühen und Schafen, allerdings trennten uns zwei Flüsse und rund 200 km voneinander. Auch Adrian hatte zwei Kinder, er war offenbar ein Familienmensch und tierlieb. In seiner Ehe war er inzwischen nicht mehr glücklich, gestand er.

Wir verabredeten uns für ein erstes Telefonat und ich war sehr gespannt auf seine Stimme. Sie musste mir gefallen und durfte deshalb auf keinen Fall zu hoch sein. Während ich seine Nummer wählte und überlegte, womit ich das Gespräch beginnen sollte, war ich noch etwas nervös. Adrian nahm ab und seine Stimme klang sehr sympathisch, allerdings redete er schnell und etwas sprunghaft. Wie ich inzwischen weiß, ist dies seine Art. In späteren Telefonaten mit anderen Personen stellte er manchmal eine Frage, noch bevor er die Antwort auf die vorherige Frage verinnerlicht hatte. Er war ein etwas unruhiger, aber kommunikativer Typ und damit das Gegenteil von Holger, dem man beim Laufen manchmal die Schuhe hätte besohlen können. Und für Diskussionen war Holger auch nicht zu haben. Wegen eines besseren Handy-Empfangs hielt Adrian sich gerade unter einer großen Eiche auf, die als Naturdenkmal auf seinem Grundstück stand. Das Ziel vor Augen, beschlossen wir, einen Termin für unser erstes Date zu vereinbaren.

Dann war es soweit. Heike, die in die Angelegenheit eingeweiht war und mal wieder alles möglichst genau wissen wollte, hatte mir in den vorangegangenen Wochen regelmäßig ihre Tarot-Karten gelegt und mit viel Fantasie die Zukunft vorausgesagt. Ich plante also vor meiner Fahrt noch ein kurzes Treffen mit ihr ein. Nach einer Tasse Kaffee und ungebetenen Ratschlägen aus ihrer Sammlung amouröser Erfahrungen, ließ sie es sich nicht nehmen, mir noch eine kritische Bemerkung über meine Kleidung mit auf den Weg zu geben. Aber ich fühlte mich wohl und ließ mir nichts einreden. Wenn Heike das Gefühl hatte, dass nicht sie im Mittelpunkt stand und es bei mir gerade besser lief als bei ihr, ließ sie sich etwas einfallen, um mir die gute Laune zu verderben, aber das hatte ich längst durchschaut und nahm sie gar nicht ernst.

In Hamburg angekommen und nachdem ich gerade eingeparkt hatte, fuhr ein kleines Auto an mir vorbei, aus dem ein Mann ausstieg, der nur Adrian sein konnte. Mein erster Gedanke war, dass dieses winzige Auto nicht sein Ernst sei. Später erklärte er den spontanen Autokauf mit der Tatsache, dass sein Geländewagen durch Überbeanspruchung während der Bauarbeiten auf seinem Grundstück nicht mehr fahrtüchtig war. »Vielleicht will er testen, ob ich mich wirklich für ihn und weniger für materielle Dinge interessiere«, spekulierte ich kurz. Als er direkt neben meinem Auto stand, kamen mir seine braunen Augen noch größer vor als auf den Fotos. Sie musterten mich eindringlich, beinahe so, als würde er mich verschlingen wollen. Er war sportlich gekleidet, trug einen schwarzen Hoodie und schwarze Jeans. Wir beschlossen, ein Restaurant in der Nähe zu suchen und ich stieg in sein Auto, wo mir sofort Reste von Tomaten im Aschenbecher auffielen. Offenbar aß er gern Gemüse, aber appetitlich sah das nicht aus. Auf dem Boden vor dem Beifahrersitz lagen eine Thermoskanne mit Tee sowie eine Leinentasche. Ich versuchte, mir ein Bild von ihm zu machen. »Das hat etwas von einem Öko«, dachte ich. Ein paar Straßen weiter hielten wir vor einem argentinischen Lokal, das durch die geöffnete Tür besonders einladend wirkte. Als wir hineingingen, lief im Hintergrund südamerikanische Musik. An den Wänden hingen große, farbenfrohe Bilder und auf den Tischen standen kleine Vasen aus braunem Ton. Durch die Fenster zum Innenhof fiel noch etwas Tageslicht und auf einer langen Bank gegenüber dem Tresen saßen zu dieser Tageszeit nur wenige Gäste. Wir blickten kurz auf die Speisekarte, wollten uns damit nicht lange aufhalten und Adrian bestellte Kaffee und Wasser sowie einen Teller mit verschiedenen Tapas für uns. Aufgekratzt begann er sofort damit, einige Dinge über sich zu erzählen, stellte aber auch mir viele Fragen. Er schien neugierig auf mich und musterte mich immer wieder intensiv, während ich sprach. Dabei bemerkte ich, dass er sich auch für das interessierte, was ich betrachtete, wenn ich einmal kurz abgelenkt war, denn sein Blick folgte unwillkürlich meinem. Wir unterhielten uns ohne Pause. Adrian hörte mir aufmerksam zu und berührte nach einer Weile leicht meinen Unterarm. Das war nicht zu aufdringlich, fand ich. Bald kam es mir so vor, als würden wir uns schon lange kennen und seine Gegenwart fühlte sich vertraut an.

Adrian sprach mit mir auch über seine Ehe und vertraute mir an, dass seine Frau vor einigen Jahren an Brustkrebs erkrankt war, was eine große Belastung für ihre Beziehung darstellte. Dass er während dieser schweren Zeit und in den Jahren nach der Brust-Operation zu seiner Frau gehalten und sie so gut er konnte unterstützt hatte, beeindruckte mich. Auch habe er täglich eine Kerze für sie angezündet. Nach der erfolgreichen Behandlung hatten sie ihre beiden Kinder bekommen. Schließlich berichtete Adrian voller Enthusiasmus von seinem Lebenstraum, einem aus dem 15. Jahrhundert stammenden Bauernhaus mit Fachwerk in Alleinlage, das er während der letzten drei Jahre neben seiner Arbeit in einem Architekturbüro beinahe allein restauriert hatte. Dabei gestand er sich ein, über diese Kräfte zehrende Arbeit seine Ehe wohl aus den Augen verloren zu haben. Schließlich kamen wir auf meine Ehe mit Holger zu sprechen und ich beschrieb, dass mir im Laufe der Jahre zunehmend die Gemeinsamkeiten, Gespräche und auch Humor fehlten. Adrian und ich hatten das Gefühl, uns dafür erklären zu müssen, warum wir uns als Verheiratete gerade heimlich zu einem Date trafen.

Vor der Tür des Lokals unter einem weißen Sonnenschirm, der uns vor den inzwischen herabfallenden Regentropfen schützte, küssten Adrian und ich uns dann zum ersten Mal. Kurz darauf mussten wir uns allerdings schon wieder am Parkplatz voneinander verabschieden. Ein kurzes Stück fuhren wir noch hintereinander her, bevor sich unsere Wege trennten. Auf dem Heimweg begleitete uns eine Mischung aus aufgeregter Verliebtheit und schlechtem Gewissen.

An den folgenden Tagen telefonierten Adrian und ich diskret miteinander, allerdings wurde Holger trotzdem irgendwann misstrauisch. Er kontrollierte eines Tages sogar mein Auto, indem er seine Hand auf die Motorhaube legte, um festzustellen, ob der Motor warm und ich also damit gefahren war. Er verhielt sich so, wie nie zuvor, denn er war in der Vergangenheit ohne konkreten Anlass niemals eifersüchtig. Ein offenes Gespräch mit ihm war dringend nötig. Unser Verhältnis war nach der Aussprache natürlich geprägt von seinem Misstrauen und verletztem Stolz. Es war ein Zustand, der so nicht weitergehen konnte und ich entschied mich, nach einer Wohnung für mich und meine Töchter zu suchen. Durch ein Schild an der Straße wusste ich, dass gegenüber der Schule im Ort eine Wohnung vermietet werden sollte. Ich begann, die monatlichen Kosten durchzurechnen, denn die finanzielle Situation würde durch eine Trennung und doppelte Haushaltsführung sicher schwierig werden.

Trotzdem rief ich den Vermieter der Wohnung an und vereinbarte einen Besichtigungstermin. Als ich mich an einem heißen Sommertag auf den Weg machte, fragte ich mich, ob es richtig war, was ich gerade tat. Der Vermieter, ein etwas schlitzohriger Bauunternehmer, zeigte mir die frisch renovierte Wohnung in dem ausgebauten Dachgeschoss eines kleinen Bauernhauses. Eine breite Marmortreppe führte nach oben. Dort erreichte man am Ende eines langen Flures, von dem auf beiden Seiten Zimmer abgingen, ein großes Wohnzimmer mit Dachfenstern auf jeder Seite sowie einem großen Giebelfenster. Dadurch war der Raum lichtdurchflutet und er wirkte im Kontrast zu der Außenfassade des Hauses modern. Zu der schmalen, einfach ausgestatteten Küche gab es vom Wohnzimmer abgehend in der Wand zwei Öffnungen, die wie kleine Fenster aussahen. Das Bad war geräumig und besaß sowohl eine Badewanne als auch eine separate Dusche, außerdem gab es ein Gäste-WC. Zwei weitere Zimmer konnten als Kinderzimmer dienen. Die Wohnung strahlte durch ihre Dachschrägen Gemütlichkeit aus und ich war in einer Aufbruchstimmung. Durch die Perspektive, wieder eine Wohnung nach meinen Vorstellungen einrichten zu können, fühlte ich mich jünger und freier und sah darin eine Chance, aus dem festgefahrenen, etwas spießigen Leben der letzten Jahre auszubrechen. Auf der anderen Seite hatte ich mir aber doch Sicherheit und Geborgenheit gewünscht.

Nach der Schlüsselübergabe weihte ich Nadja als die Ältere meiner beiden Töchter zuerst in den Umzugsplan ein und fuhr mit ihr zu der Wohnung. Nadja fand die Idee, umzuziehen zunächst nicht schlecht, denn das Verhältnis zu ihrem Vater war gerade nicht besonders gut. Wir standen zusammen in der kleinen Küche und spekulierten über das Positive, das die Zukunft bringen würde. Über eventuelle Schwierigkeiten wollte ich gerade nicht nachdenken und dann fragte ich sie, in welcher Farbe ich die Wände in ihrem neuen Zimmer streichen sollte.

Auch mit Denise musste ich natürlich noch sprechen, was mir besonders schwerfiel, denn sie hatte irgendwann einmal geäußert, froh zu sein, dass ihre Eltern nicht geschieden waren. Jetzt tat es mir umso mehr leid, sie mit der bevorstehenden Trennung von ihrem Vater zu konfrontieren. Ich versuchte sie damit zu trösten, dass sie ja nichts verlieren würde, sondern zukünftig sogar zwei Zuhause hätte. Ihr Papa sei ja nicht weg, sondern nur wenige Kilometer entfernt im selben Ort erreichbar. Auf einer Postkarte, die ich erst ein Jahr später fand und die ich bis heute aufbewahrt habe, formulierte sie nach unserem Gespräch in Druckbuchstaben ihre Zerrissenheit: »Ich möchte dort hin und ich möchte hierbleiben.« Damals hatte sie gerade erst begonnen, schreiben zu lernen und ich war überrascht über ihre Fähigkeit, ihre Gedanken über die Situation schriftlich zu formulieren. Tatsächlich hätte ich meinen Töchtern eine Trennung von ihrem Vater gerne erspart. Es war doch genau das, was ich selbst als Kind erleben musste. Also wusste ich doch am besten, dass Kinder sich nichts mehr wünschen, als dass ihre Eltern zusammenbleiben. Aber Eltern haben noch einige Jahre vor sich, wenn ihre Kinder sich abnabeln und irgendwann lieber mit ihren Freunden die Zeit verbringen, bis sie schließlich aus dem Haus gehen. Dann sollte das Leben der Eltern doch auch noch spannend und schön sein, denn sonst besteht die Gefahr, dass sie sich in erster Linie auf ihre Kinder konzentrieren, was für diese sehr belastend sein kann.

In dem Büro des Vermieters unterschrieb ich den Mietvertrag, nicht ohne mich über eine »Vereinbarung der Wohnfläche« zu wundern, aber ich wollte die Wohnung auf jeden Fall mieten und hatte ihre Größe ja gesehen. In den nächsten Wochen besorgte ich nach Feierabend im Baumarkt Wandfarbe und suchte Teppichboden aus, strich die Kinderzimmer und freute mich darauf, die Wohnung einzurichten. Ich bestellte schließlich noch ein Bett und einen großen Kühlschrank.

Nachdem ich mit Holger die Aufteilung der Möbel besprochen hatte, kümmerte ich mich um ein Umzugsunternehmen und brachte in den folgenden Wochen schon Bücher und Pflanzen sowie kleinere Möbel in die neue Wohnung. Beim Packen der Kartons gab es Momente, in denen ich mich emotional überfordert fühlte. Einige Sachen ließ ich bewusst für Nadja und Denise im Haus, denn sie würden ja regelmäßig wiederkommen und sollten keine großen Veränderungen in den Zimmern feststellen müssen. An einem Samstagmorgen war es dann soweit und ich verließ mit den großen Möbeln nach elf Jahren unser Haus am Deich. Zwei Kartons mit vielen Kinderfotos, die ich später einmal in Alben kleben wollte, um sie Nadja und Denise zu ihren 18. Geburtstagen zu schenken, ließ ich auch erst einmal dort. Dies stellte sich als Fehler heraus, denn ich habe sie trotz einiger Bemühungen von Holger nie mehr erhalten.

Nachdem der Umzugswagen ausgeladen war und die Möbel in der Wohnung standen, begann ich sofort mit dem Einräumen, denn ich wollte schnell fertig werden, um meinen Töchtern und mir ein akzeptables neues Zuhause zu schaffen. Nachdem ich Nadja und Denise später abgeholt hatte, zeigte ich ihnen stolz ihre von mir frisch gestrichenen Zimmer, die ich auch mit einem Teppichboden ausgelegt hatte. Dann räumten wir gemeinsam noch Sachen ein und fielen abends müde in unsere Betten. Am nächsten Morgen wollte ich ihnen beichten, dass es auch einen neuen Mann in meinem Leben gab, denn Adrian rief mich mehrmals täglich an, weil er sehr anhänglich war und das würde ihnen ja nicht verborgen bleiben. Von der Information zumindest äußerlich nicht besonders beeindruckt, wollten Nadja, die bereits etwas geahnt hatte, und Denise nun Pläne für den Tag schmieden. Die Sonne strahlte und wir beschlossen, an den Elbstrand zu fahren. Während wir mit unseren Decken und etwas Proviant vom Parkplatz zum Strand liefen, musste ich darüber nachdenken, dass ich nun offiziell eine alleinerziehende Mutter war, eine Herausforderung und große Verantwortung. »Hoffentlich komme ich zukünftig mit dem Geld hin«, ging es mir noch einmal durch den Kopf, denn ich wollte meinen Töchtern auch weiterhin Wünsche erfüllen können. Über das Organisatorische machte ich mir weniger Gedanken.

Nun galt es aber erst einmal, den Sommertag zu genießen. Die Wellen der Elbe rauschten in regelmäßigen Abständen in Richtung Strand. Der Sand war hellgrau und hinter uns wuchsen knorrige Weiden und Strandhafer. Es war wie im Urlaub. Nadja und Denise konnten es kaum erwarten, ins Wasser zu gehen, um sich abzukühlen. Die heiße Sonne begleitete uns auch noch auf dem Rückweg, während wir mit Sand an den Füßen ins Auto stiegen. Ich hielt beim nächsten Supermarkt an und kaufte uns eine große Tüte mit gekühltem Erdbeer-Eistee, der uns nie so gut geschmeckt hat wie an diesem Tag.

Die Sommerferien standen vor der Tür und Adrian schmiedete schon Pläne. Er schwärmte davon, wie schön es sein würde, wenn wir einen Teil der Ferien bei ihm auf dem Hof verbringen könnten. Seine Frau sei bereits ausgezogen und er sei nun zeitweise auch alleinerziehender Papa. »Ihr seid herzlich willkommen! Deine Töchter können dann meine Kinder kennenlernen und gemeinsam mit ihnen die Ferien verbringen. Das wird bestimmt richtig gut!« Dann fügte er fragend hinzu: »Aber kommst du mit meinem Hund klar? Er ist ein Dobermann, mag aber besonders Frauen. Wir haben auf dem großen Grundstück hier nicht nur Schafe, sondern auch Hühner und Katzen. Im Haus fehlen allerdings noch Zimmertüren.« Ich hatte zunächst Bedenken, denn seine Frau war noch nicht lange weg und es fühlte sich für mich etwas merkwürdig an. Aber Adrian war so begeistert von der Idee, dass er meine Bedenken ausräumte und mir noch am selben Abend per Fax einen Grundriss von seinem Haus schickte, damit ich mir ein Bild davon machen konnte, was mich erwartete und um die Ernsthaftigkeit seiner Einladung zu untermauern. »Ein Badezimmer ohne Tür ist wohl ein Scherz. Wir alle kennen uns doch noch gar nicht richtig,« gab ich zu bedenken. »Für uns kommt ein offenes Bad deshalb nicht in Frage!« Adrian schluckte, berichtete aber ein paar Tage später, er habe inzwischen eine provisorische Tür für das Bad besorgt. Auch die weiteren Türen sollten bald folgen.

Nadja und Denise wollten die Sommerferien nicht zu Hause verbringen und ihnen gefiel die Idee, Adrian und seine Kinder zu besuchen, vor allem, nachdem wir einen Brief von Adrian mit Fotos von den Katzenbabys erhielten, die kurz zuvor auf seinem Hof zur Welt gekommen waren. Ich hatte ihnen auch bereits von den Tieren und davon berichtet, dass Adrian gerade mit seinem Bagger einen Teich ausgehoben hatte, in dem man später würde baden können.

Vor unserem Urlaub sollten meine Töchter aber Adrian und seine Kinder Nele und Ben schon einmal kennenlernen. Deshalb plante ich einen ersten Besuch bei ihm und kurz darauf packten wir aufgeregt unsere Reisetaschen.

Als Adrian uns später mit seinem kleinen Auto von einem Bahnhof in seiner Nähe abholte, reichte er Nadja und Denise zwei Schokoriegel nach hinten, bevor er losfuhr. Die Mädchen waren zunächst sehr verhalten und vor allem Nadja war von der geringen Größe seines Autos offensichtlich irritiert. Nach einer halben Stunde Fahrt auf schmalen Wegen, vorbei an Wiesen mit braun-weißen Kühen, hielten wir vor einem schweren Gittertor, das Adrian aufschloss, bevor wir eine lange Auffahrt entlangfuhren, die gesäumt war von weiß blühenden Büschen. Am Ende blickten wir direkt auf ein großes Fachwerkhaus mit einem Scheunentor, in dem sich eine Öffnung befand, aus der neugierig der Dobermann herauslugte. Nachdem Adrian das Tor geöffnet hatte, kam er aufgeregt bellend und schnüffelnd auf uns zu. Er war zierlich, aber muskulös und hatte dunkelbraunes Fell, seine tänzelnden Schritte und die Eleganz beim Laufen erinnerten an ein Reh.

Stolz zeigte Adrian uns den gerade ausgebaggerten Teich, in dem inzwischen Karpfen schwammen. Auf dem Grundstück lagen noch Sandhaufen und Baumaterial. In einiger Entfernung liefen mindestens zehn Schafe herum und es gab einen Container, in dem Hühner ihre Eier legten. Hinter dem Wohnhaus befand sich eine Wiese, an die ein kleines Waldstück grenzte. Auch gab es ein etwas verwildertes Gewächshaus und nahe der Auffahrt stand ein Bauwagen, den Adrian seiner Frau einmal zum Geburtstag geschenkt hatte.

Er lief mit uns durch den ehemaligen Stall, in dem sich sein umfangreiches Werkzeug sowie dreißig von ihm gebaute Fenster befanden, die darauf warteten, noch eingebaut zu werden, vorbei an einem schnarchenden, in die Jahre gekommenen Retriever. Durch eine Tür betraten wir den Flur zu den Wohnräumen. In dem riesigen Wohnzimmer mit offener Küche und einem großen Esstisch stand ein kleiner Ofen und es gab ein Klavier. Auf dem Fußboden mit dem hochwertigem Eichenparkett befand sich zum Schutz gegen Kratzer noch ein provisorischer PVC-Belag.

Während Adrian mich umarmte, betonte er, wie sehr er sich über unseren Besuch freute. Dann bereitete er eine Kanne Tee vor und machte sich auf den Weg, um seine Kinder abzuholen.

Als er mit Nele und Ben zurückkehrte, waren alle vier Kinder sehr gespannt aufeinander. Nele hatte hellblonde, leicht wellige Haare und große blaue Augen. Sie wirkte freundlich und aufgeschlossen. Ben hatte offenbar gerade geduscht und seine kurzen, braunen Haare waren noch nass. Er ähnelte Adrian sehr und beäugte mich mit seinen großen braunen Augen misstrauisch, was ich ihm nicht verübeln konnte. Schließlich gingen die Kinder freundlich aufeinander zu und liefen schon kurz darauf draußen herum, um sich mit den Tieren zu beschäftigen. Ich war sehr froh, dass die Chemie zwischen ihnen zu stimmen schien. Adrian schlug vor, das Abendessen aus einem Burger-Restaurant zu besorgen, was bei den Kindern natürlich besonders gut ankam und noch während er unsere Wünsche notierte, rief Nele plötzlich aufgeregt: »Papa, ein Schaf ist in den Graben gefallen und kommt allein nicht mehr heraus!« Adrian holte sofort eine Schubkarre und sprintete damit zum Graben, warf sein Hemd und die Jeans beiseite und zog das Schaf wieder heraus, dann bugsierte er es in die Schubkarre, um es zu seiner Herde zurück zu bringen. Einige Tage später bat er mich, den Zaun vor dem Graben wieder aufzurichten, damit so etwas nicht noch einmal passieren konnte. Weitere Aufgaben hatte er für mich vorgesehen, damit ich mich später nicht langweilte und wer sagte denn, dass ich hier nur faulenzen wollte?

Nach dem Abendessen machten wir auf dem Hof vor dem Scheunentor ein Lagerfeuer. Die Kinder und besonders Ben waren sofort begeistert von der Idee. Zum Nachtisch aßen wir noch Eis, während das Feuer knisterte und der Dobermann herumlief und uns zum Lachen brachte, wenn er in den Vorderreifen des Kinderfahrrades biss, sobald Ben damit losfahren wollte. Es war noch lange warm an diesem Abend und so schön romantisch vor den lodernden Flammen. Die Kinder hatten Spaß und es wirkte in diesem Moment alles perfekt und so schön unkompliziert. Ich fühlte mich wohl in Adrians Nähe und in der ländlichen Umgebung. Er war ein toller Mann, ich war verliebt und das Wochenende verging natürlich viel zu schnell. Als wir uns voneinander verabschiedeten, freuten wir uns alle auf ein Wiedersehen in den bevorstehenden Ferien.

Nele und Ben hatten von ihrer Mutter inzwischen Spielekonsolen bekommen. Adrian machte sich deshalb Gedanken darüber, dass auch Nadja und Denise welche haben sollten, damit sie sich nicht zurückgesetzt fühlen würden während des bevorstehenden Besuchs. Ich war beeindruckt von seinem Einfühlungsvermögen und Gerechtigkeitssinn.

Nur ein paar Wochen später begannen die Sommerferien. In der Wohnung packten wir erneut unsere Koffer für die Reise zu Adrian. Dieses Mal fuhren wir mit meinem Auto und Nadja saß neben mir, wobei sie mich mit Hilfe eines Zettels, auf dem Adrian die Route notiert hatte, unterstützte. Mein Navi funktionierte leider nicht einwandfrei. Als wir nach zweieinhalb Stunden von der Autobahn abgefahren waren, wurden die Straßen immer schmaler und führten schließlich zu einem Weg, der vor einer Weide überraschend endete. »Wo sind wir nur gelandet? Das scheint die ideale Gegend für jemanden zu sein, der untertauchen möchte«, dachte ich. Ich rief Adrian an. »Kein Problem, ich komme euch entgegen«, sagte er freudig. Ich legte den Rückwärtsgang ein, fuhr noch ein paar hundert Meter weiter geradeaus und stand plötzlich vor dem großen Eisentor. Dahinter hatte er gerade seine Geländemaschine gestartet. Er öffnete das Tor. Wir fuhren gemeinsam die Auffahrt entlang zum Haus, wo Nele und Ben uns schon mit den beiden Hunden erwarteten.

»Was haltet ihr jetzt von einem erfrischenden Bad im Teich?« fragte Adrian, der seine Einweihung kaum erwarten konnte.

Mich kostete es allerdings Überwindung, in das Wasser zu gelangen ohne Uferbefestigung und mit dem schlammigen, dunklen Boden unter den Füßen. Es dauerte nicht lange, dann begannen die Kinder, sich mit Schlamm zu bewerfen. Es gab eine Schlammschlacht und der arme Ben bekam dabei Sand in die Augen, was ihm natürlich den Spaß verdorben hatte. Wir spülten seine Augen mit klarem Wasser aus und nach einiger Zeit ging es ihm zum Glück wieder besser. Dann gingen die Kinder auf die Suche nach den Katzenbabys.

Als wir im Haus waren, holte Adrian eine Tüte hervor und bat Nadja und Denise, die Geschenke darin auszupacken. Was für eine Freude! Er hatte tatsächlich Spielekonsolen für sie gekauft. Nadja und Denise waren begeistert. Nun konnten sie mit Nele und Ben einige Spiele starten. Adrian und ich öffneten nach dem Essen eine Flasche Wein, kuschelten uns aneinander und begannen von einer gemeinsamen Zukunft zu träumen. Dabei hörten wir Musik und waren glücklich.

Auch die folgenden Sommertage waren schön, obwohl Adrian leider keinen Urlaub bekommen konnte. Er fuhr aber immer erst spät zur Arbeit und kochte jeden Morgen Kaffee und bereitete das Frühstück vor. Das hatte ich in den vergangenen Jahren so vermisst, denn Holger war niemals vor mir aufgestanden. Wenn Adrian später zur Arbeit gefahren war, arbeitete ich meine Liste ab, fütterte die Tiere, sammelte die Hühnereier ein und besorgte einen großen Sack Hühnerfutter vom Landhandel, wusch Wäsche und putzte das Bad, denn die Kinder kamen mit ihren sandigen Füßen oft von draußen hereingelaufen. Mit den Kindern kam ich gut zurecht. Ich machte einen Großeinkauf und kochte für meine neue Patchworkfamilie. Hot Dogs oder Milchreis mit Kirschen kamen bei ihnen besonders gut an. Nachmittags gönnte ich mir eine Auszeit auf dem Liegestuhl in der Sonne. Wenn Adrian abends nach Hause kam, kündigte der Dobermann ihn schon lange vorher an und lief ihm aufgeregt entgegen. Manchmal wurde es spät, denn in dem Architekturbüro, bei dem Adrian beschäftigt war, musste ein größerer Auftrag termingerecht fertiggestellt werden. Nach seinem Feierabend genossen wir aber die gemeinsamen Abende und bewunderten die schönen Sonnenuntergänge hinter den Wiesen, während wir die Auffahrt Hand in Hand entlangliefen. In unseren Gesprächen stellten wir fest, dass wir uns zum Teil sehr ähnlich waren. Ich mochte an Adrian vor allem seinen Mut, Ideenreichtum und die Hemdsärmeligkeit. Welche Frau wünscht sich nicht solch einen Mann, der daneben intelligent, partnerschaftlich sowie kinder- und tierlieb war?

Am folgenden Wochenende besuchten wir mit allen vier Kindern einen Jahrmarkt und Adrian schoss an einem Stand für jeden von uns eine rote Rose. Als wir nach Einbruch der Dunkelheit nach Hause zurückfuhren, trällerte er eine Arie, während er einige Male im Kreis um sein Haus herumfuhr. Er hatte besonders gute Laune an diesem Abend.

Schließlich wünschte sich Adrian, dass wir zu ihm ziehen sollten und er begeisterte auch alle vier Kinder für diese Idee. Das Ganze untermauerte er mit Umbauplänen für weitere Kinderzimmer. Auch gingen wir in sein Büro im Dachgeschoss, wo er kurzentschlossen eine Mail an die zuständige Arbeitsagentur schrieb, in der er nach Jobangeboten in seiner Region für mich fragte. Dies hatte zur Folge, dass ich später ausgerechnet während eines Betriebsausfluges mit meiner bisherigen Arbeitgeberin telefonisch ein Jobangebot erhielt.

Adrians Noch-Ehefrau Dora erschien ein paar Tage nach unserer Ankunft auf den Hof, um Wäsche abzuholen sowie Nele und Ben zu besuchen. Adrian hatte mir gesagt, dass Dora eventuell auf das Aufenthaltsbestimmungsrecht für ihre Kinder verzichten würde, denn sie sei leider keine ausgesprochen fürsorgliche Mutter und würde sich nun offenbar selbst verwirklichen wollen, nachdem sie vor kurzem ihre Doktorarbeit geschrieben hatte. Eine Babysitterin habe sich in der Vergangenheit oft um Nele und Ben kümmern müssen. Im Vergleich dazu empfand Adrian mein Verhältnis zu Nadja und Denise als herzlicher. Nun war Dora vielleicht neugierig, wer die Frau war, die ihren Platz einnehmen sollte und gerade ihre Kinder beaufsichtigte. Als ich sie zum ersten Mal sah, war sie mir sympathisch und ich fühlte mich erneut wie ein Eindringling in dem Haus, das vor kurzem noch ihr Zuhause war. Aber Adrian hatte immer betont, er und Dora hätten schon länger keine emotionale Verbindung mehr zueinander, zumal auch Dora inzwischen einen neuen Partner habe. Ich sollte also kein schlechtes Gewissen haben.

Abgesehen davon wusste ich nur zu gut, dass trotz der scheinbar unbeschwerten Tage, die wir zusammen verbrachten, noch Vieles zu regeln sein würde. Schließlich arbeitete ich seit ein paar Jahren in einem Anwaltsbüro, das auf Familienrecht spezialisiert war und kannte alle Fallstricke.

Bei einer Tasse Tee versicherte ich Dora, die sich doch Gedanken um den Lebensmittelpunkt ihrer Kinder machte, dass ich nicht beabsichtigte, in Konkurrenz zu ihr zu treten. Dies beruhigte sie und bevor sie nach Hause fuhr, kündigte sie an, am nächsten Tag mit allen vier Kindern gemeinsam etwas unternehmen zu wollen.

Als die Sommerferien sich dem Ende neigten, konnten meine Töchter und ich uns schließlich vorstellen, ganz bei Adrian zu wohnen. Er hatte ja auch viel dafür getan, uns von einem Leben bei ihm zu überzeugen. Kurz vor unserer Rückfahrt besuchten Adrian und ich noch ein Möbelhaus, wo ich eine neue Küche aussuchen sollte. Dabei liefen wir etwas planlos durch die Möbel-ausstellung, während mein Verstand mir sagte, dass solch ein Ein-kauf verfrüht war. Und so fuhren wir mit nur ein paar Kissen und einer kleinen Lampe für unsere Wohnung zurück. Es sollte doch erst alles geregelt sein

DUNKLE TAGE

In der Woche nach unserer Abreise mussten auch Nele und Ben wieder zur Schule und Adrian traf mit Dora eine Absprache, wonach sie mit den Kindern die Nachmittage im Haus verbringen und Essen kochen sollte. Abends wollte sie mit Nele und Ben in ihre Wohnung zurückkehren und an den Wochenenden sollte Adrian die Zeit mit seinen Kindern verbringen. Diese Regelung funktionierte eine Zeitlang gut, während Dora darauf drängte, eine endgültige finanzielle Regelung zu treffen. Dora und Adrian hatten schon viele Stunden damit verbracht, »die Kuh vom Eis zu bekommen.« Dora wollte sich finanziell von Adrian und dem gemeinsamen Haus lösen, allerdings sah Adrian sich nicht ohne Weiteres in der Lage, sie auszuzahlen, denn sein Arbeitgeber erhielt inzwischen wegen einer weltweiten Finanzkrise kaum neue Aufträge, wodurch sein Job in Gefahr schien. Bei der finanziellen Auseinandersetzung mit Dora legte Adrian vor allem Wert darauf, dass auch seine umfangreichen Eigenleistungen honoriert würden. Ich bot ihm an, einen Termin bei meinem früheren Arbeitgeber zu vereinbaren, damit Dora und er mit seiner Hilfe eine faire Lösung finden konnten. Auch schlug ich Adrian vor, sich vorsorglich schon einmal anderweitig zu bewerben. Aber die gesamte Situation wuchs ihm schließlich über den Kopf.

Zwischen Adrian und Dora gab es eines Tages ein folgenreiches Gespräch, in dem er die Nerven verlor, nachdem sie ihm gesagt hatte, dass die bisherige Lösung für sie nicht mehr praktikabel sei. Sie wollte Nele und Ben dauerhaft bei sich behalten, er war verzweifelt und drohte Dora, was er sofort bedauerte, aber damit konnte er nicht verhindern, dass sie von nun an nicht mehr mit den Kindern kam. Er war in dem großen Haus plötzlich allein und auf sich gestellt, fühlte sich mit der Situation überfordert und bat mich, möglichst noch vor den nächsten Ferien mit meinen Töchtern bei ihm einzuziehen. Das wollte ich aber noch nicht zusagen. Nach Feierabend begann Adrian nun damit, den Parkettfußboden zunächst in den Kinderzimmern abzuschleifen und ich hoffte, es würde ihn ablenken und dabei helfen, die Zeit bis zu unserer Ankunft zu überbrücken.

Adrian besuchte mich dann noch einmal an einem Wochenende, wobei ich feststellen musste, dass der Mann, der so stark und zuversichtlich war, während er so viele Pläne hatte, nun planlos und schwach wirkte. Ich erkannte ihn kaum wieder. Nachts konnte er nicht schlafen und schließlich vereinbarte ich für ihn einen Termin bei einer Rechtsanwältin, die ihn wegen der Trennungsfolgen und der Vermögensauseinandersetzung beriet. Trotzdem musste ich feststellen, dass er keine zielgerichteten Handlungen mehr umsetzen konnte. Er ließ es geschehen, dass Dora an seiner Stelle handelte und sich Vorteile verschaffte, wie sich später herausstellte.

Adrian entwickelte teilweise irrationale Ängste, er konnte nicht mehr klar denken, befand sich in einer Spirale, aus der er nicht mehr herauskam.

Aus der Entfernung waren mir die Hände gebunden, sonst hätte ich ihn sicher zu einem Arzt begleitet. Bei seiner Arbeit konnte er sich auch kaum noch konzentrieren und brach schließlich sämtliche Aktivitäten in seinem Haus ab. Nele und Ben hatte er einige Wochen nicht mehr gesehen und sie fehlten ihm sehr. Weil ich mir große Sorgen machte, rief ich Dora an, denn sie war vor Ort und schließlich noch mit ihm verheiratet. Es hieß doch: »In guten wie in schlechten Zeiten…« Deshalb bat ich sie, sich um professionelle Hilfe für Adrian zu kümmern, aber sie nahm meine Sorge nicht sehr ernst und meinte, Adrian würde sich schon wieder fangen. Im Übrigen sei er viel zu eitel, um sich etwas anzutun. Deshalb unternahm sie auch nichts. Sie war vielmehr damit beschäftigt, ihr eigenes Leben neu zu planen und hatte gerade andere Sorgen, wie die Finanzierung zur Übernahme des Hauses, Berechnung der Unterhaltsansprüche und nachträgliche Getrenntveranlagung zur Einkommensteuer mit dem Zweck einer späteren satten Erstattung auf ihrem Konto. Mit ihrer Kontovollmacht hob sie den ihr nach ihrer Meinung zustehenden Unterhalt für Nele und Ben von Adrians Konto ab. Später behauptete sie, er habe sich in dieser Zeit nur ausgeruht und es sei alles an ihr hängengeblieben.

An einem der folgenden Nachmittage im Herbst rief Adrian mich noch einmal verzweifelt an. »Ich weiß nicht weiter. Ich kann nicht mehr und fahre nun zu meinen Eltern. Melde dich bitte nicht mehr bei mir.« Mir zitterten die Knie bei dem Gedanken, er könnte sich etwas antun. Ich fühlte mich so hilflos in diesem Moment.

Ich lebte mit Nadja und Denise inzwischen das Leben einer alleinerziehenden Mutter und musste funktionieren, aber ich schlief von nun an auch nur noch schlecht. Abends konnte ich kaum einschlafen und morgens wurde ich lange vor dem Klingeln des Weckers wach. Dann hoffte ich im ersten Moment, ich hätte nur schlecht geträumt und begann zu grübeln, während der Himmel anfangs schwarz war und später grau wurde, als der Tag endlich anbrach. Ich suchte immer wieder nach einer Erklärung für Adrians Verhalten und fand zunächst keine. Dann versuchte ich doch noch einmal, ihn zu erreichen, aber er ging nicht mehr an sein Telefon.

In der dunklen Jahreszeit kämpfte ich mich von einem Tag zum nächsten, machte mir viele Gedanken über Adrian und die schönen, gemeinsamen Sommertage. Dabei verstand ich immer noch nicht genau, was mit ihm passiert war, bis ich wenig später im Internet einen ausführlichen Artikel über Depressionen und die menschliche Psyche las. Nun erklärte sich sein Verhalten und mir wurde klar, dass Adrian alle Symptome für eine Depression aufwies. Aber ich hatte keine Möglichkeit, mit ihm darüber zu sprechen.

Auch ich entwickelte Zukunftsängste, aber konnte mich nicht gehen lassen und wollte kämpfen. Das war ich Nadja und Denise schuldig. Als erstes buchte ich einen Internetanschluss und ließ meinen gebrauchten Laptop fertigmachen, um Bewerbungen zu schreiben. Ich plante, mir einen Job in Vollzeit zu suchen, denn bei meiner Arbeitsstelle ließ sich die Arbeitszeit nicht aufstocken. »Aber was mache ich nachmittags mit Nadja und Denise? Wie lange kann ich sie unbeaufsichtigt lassen?« fragte ich mich. Denise ging erst in die zweite Klasse der Grundschule mit Betreuungsmöglichkeit bis längstens 14.00 Uhr. Nadja war inzwischen fast dreizehn Jahre alt, aber ihr wollte ich die Verantwortung nicht aufdrücken. Betreuungsangebote gab es nicht viele auf dem Land und die Bezahlung einer Tagesmutter hätte meinen Mehrverdienst wieder aufgefressen.

Manchmal wünschte ich mir meinen Garten zurück, denn bei der Gartenarbeit konnte ich immer den Kopf frei bekommen. Aber gerade fühlte ich mich etwas eingesperrt in unserer Dachgeschosswohnung, durch deren Fenster ich von meinem Bett aus nur die Wipfel der Tannen gegenüber sehen konnte, die sich abends und früh morgens vor dem grauen Himmel schwarz abhoben. Dazwischen leuchtete der Mond oft scheinheilig und sprachlos. Er konnte mir keinen Rat geben.

Von meinen Sorgen versuchte ich mich abzulenken, indem ich hin und wieder Freundinnen einlud. Heike kam oft nach ihrem

Feierabend mit Kuchen zu uns, brachte für Nadja Kosmetik mit und blätterte mit den Mädchen in Modekatalogen. Denise hatte sich inzwischen mit einem Mädchen aus der Nachbarschaft angefreundet, das in ihre Klasse ging. Sie verbrachte viel Zeit bei ihr und ich unterhielt mich immer kurz mit ihrer Mutter, wenn ich Denise abholte. Jedes Gespräch mit Menschen half mir über diese schwere Zeit hinweg. Jede noch so kleine positive Begebenheit kam mir vor wie die Stufe einer Treppe, die mir dabei half, den Weg hinaufzusteigen.

Schließlich rief ich meinen früheren Chef an und bewarb mich in seinem neuen Büro in der Nähe der Speicherstadt in Hamburg. Dort konnte ich mehr verdienen und erhielt eine Zusage, nachdem ich einen Probearbeitstag absolviert hatte. Als ich an diesem Tag erst bei Dunkelheit wieder zu Hause eintraf, hatte Nadja sich inzwischen bemüht, das Mittagessen für sich und Denise zuzubereiten. Unsere kleine Küche sah chaotisch aus, denn wir hatten dort keinen Geschirrspüler. Unter dem Tisch kullerten Erbsen. Die beiden taten mir in diesem Moment so leid und ich konnte mir nicht vorstellen, sie von nun an jeden Nachmittag allein zu lassen. Ich war in einem Konflikt. Nach einiger Bedenkzeit sagte ich später den Job in Hamburg wieder ab, weil ich versuchen wollte, in der Nähe etwas anderes zu finden, auch wenn ich dort weniger verdienen würde. Daneben hatte ich damit begonnen, ein Haushaltsbuch zu führen, um unsere Ausgaben im Blick zu behalten.

An einem der folgenden Abende telefonierte ich mit meinem Vater und berichtete ihm von meinen Sorgen. »Wer sich die Suppe einbrockt, der muss sie auch selbst wieder auslöffeln,« sagte er. Ich war also wieder einmal allein auf mich gestellt und es tat mir vor allem für meine Töchter leid, dass ich, geleitet von verliebten Gefühlen, eventuell zu leichtfertig eine Sicherheit aufgegeben und damit auch ihr Leben schwerer gemacht hatte. Mein

Vater überwies mir eine Woche später einen Geldbetrag, von dem ich mir einen Drucker kaufte, um Bewerbungen auszudrucken.

Nadja war inzwischen mitten in der Pubertät und es war wegen der Veränderungen auch in ihrem Leben für uns nicht immer einfach, harmonisch im Alltag miteinander umzugehen. Sie hatte einige Freundinnen, mit denen sie viel Zeit verbrachte und manchmal war es sicher besser, wenn ich nicht so genau wusste, was sie zusammen anstellten. Wenn Nadja ihre Schulsachen oder Kleidungsstücke im Bus vergessen hatte, entstand natürlich zusätzlich Stress. An einigen Nachmittagen musste sie ihre Sachen bei der Fundstelle des Busunternehmens abholen mit dem Ergebnis, dass man sie dort irgendwann schon kannte. Einmal hatte sie einen Beutel an einer Bushaltestelle liegen lassen, in dem sich leider nicht nur ihre Spielekonsole, sondern auch Kleidung und Schulhefte mit Namen und Adresse sowie ihr Haustürschlüssel befanden. Dies erfuhr ich erst am nächsten Tag von der Mutter ihrer Freundin, nachdem sie selbst keinen Mut hatte, mir die Sache zu beichten. Ich war davon mehr als unangenehm überrascht, aber in erster Linie froh, dass wir nicht bereits in der Nacht zuvor unliebsamen Besuch erhalten hatten. Die Mutter von Nadjas Freundin hatte noch ein Türschloss herumliegen und brachte es mir beim Abholen ihrer Tochter mit. Sie war auch noch so lieb und wechselte das Schloss unserer Haustür aus, damit wir wieder ruhig schlafen konnten.

In der darauffolgenden Woche erhielt ich einen Anruf von der Mutter einer Mitschülerin von Nadja. Sie hielt sich nicht lange mit Höflichkeitsfloskeln auf, sondern kam gleich zur Sache. Nadja sei die Anführerin einiger Mädchen in der Klasse, die Cartoons gezeichnet hatten, in denen ihre Tochter die Hauptrolle spielte, was sie als Mobbing bezeichnete. Ich war überrascht, denn ich hatte bisher nicht eine dieser Bildgeschichten gelesen und versicherte, es täte mir leid, wenn es so sei und versprach, auf Nadja einzuwirken und entschuldigte mich schließlich in Nadjas Namen. Die Anruferin war trotzdem fest entschlossen, sich deswegen an die Schulleitung zu wenden. Im Anschluss an das unerfreuliche Gespräch bat ich Nadja, die sowohl toll zeichnen konnte als auch einen guten Humor besaß, mir diese Cartoons einmal zu zeigen, um zu beurteilen, ob sie diffamierend waren. Sie erschienen mir harmlos, wenn man einmal davon absah, dass die Mädchen sich immer wieder dieselbe Person herausgepickt hatten, um sie zur Protagonistin von Geschichten zu machen, die den Schulalltag zum Inhalt hatten. Die gesamte Klasse einschließlich ihres Lehrers hatte schließlich Spaß an den Cartoons. Ihr Klassenlehrer ließ als Belohnung für gute Mitarbeit am Ende der Stunde immer eine der Kurzgeschichten vorlesen. Nadja versicherte mir, dass sich die betroffene Mitschülerin mit ihrer Rolle zuvor sogar einverstanden erklärt hatte. Aber mit der Beschwerde an die Schulleitung nahmen die Dinge ihren Lauf und ich erhielt einen Brief, der darüber informierte, dass beabsichtigt sei, wegen der Sache eine Schulkonferenz einzuberufen.

Eine Woche später saßen wir zusammen mit weiteren Schülerinnen und deren Eltern wie arme Sünder vor dem Raum, in dem die angekündigte Schulkonferenz stattfinden sollte. Holger war ebenfalls erschienen und trug zu diesem Anlass sogar ein dunkles Jackett, was er selten tat. Dann sollten wir an einem großen Tisch Platz nehmen, an dem die Schulleiterin und diverse Lehrer bereits saßen, die alle, während der Vorwurf von dem scheinheiligen Klassenlehrer formuliert wurde, mit teils anklagenden, teils betroffenen Mienen in die Gesichter der beschuldigten Mädchen blickten. Mir erschien es wie ein Tribunal. Derselbe Lehrer, der selbst über die Cartoons gelacht und das Vorlesen als Bonus für gute Mitarbeit am Ende einer Unterrichtsstunde eingesetzt hatte, richtete seine verlogenen Worte nun anklagend und vorwurfsvoll an die Mädchen, nachdem er ihnen zuvor eindringlich geraten hatte, darüber Stillschweigen zu bewahren.

Einige der betroffenen Mädchen weinten. Nadjas Miene wirkte versteinert und aus Verlegenheit grinste sie auch einmal. Die Lehrer legten das Weinen der Mädchen als Reue aus, Nadjas Grinsen interpretierten sie als Überheblichkeit. Ich wies darauf hin, dass Nadjas Mimik doch als Ausdruck von Unsicherheit zu werten sei. Dem wollten sich die anwesenden Pädagogen nicht anschließen. Ich kannte Nadja natürlich besser und wusste, dass sie auch verlegen gegrinst hatte, als unsere Katze ein Jahr zuvor eingeschläfert werden musste. Das war ihr sehr nahe gegangen, aber sie wusste im Beisein ihrer Freundin nur nicht damit umzugehen und hätte sich vielleicht geschämt, wenn sie vor ihren Augen geweint hätte.

Die Lehrer befanden schließlich, dass es Mädchen mit mehr und welche mit weniger Schuld gab. Im Fall von Nadja wurde ein Schulverweis in den Raum gestellt. Mir ging sofort durch den Kopf, welche Schule sie mit einem solchen Makel später aufnehmen würde und wie sie eine weiter entfernte Schule überhaupt hätte erreichen können. Das wäre ein zusätzliches Problem geworden, denn ich hätte sie doch nicht jeden Tag fahren können.

Völlig überraschend kam an einem Nachmittag eine SMS von Adrian bei mir an, in der er mitteilte, dass er sich inzwischen in einer Klinik aufhalten würde, die er in dem kurzen Text als »Klapse« bezeichnete. Seine Eltern hätten ihm Kleidung und Waschzeug gebracht und nun würde er Tabletten bekommen. Er bat mich, ihm dabei behilflich zu sein, dort wieder herauszukommen. »Nein, das werde ich auf keinen Fall tun«, dachte ich. Im Gegenteil fiel mir ein Stein vom Herzen, dass ihm endlich geholfen wurde unter ärztlicher Aufsicht. Es galt nun abzuwarten, ob die Medikamente wirken würden, damit er aus dem

Tief wieder herauskommen konnte. Meine Freundin Kerstin riet mir, Geduld zu haben, dann würde sicher alles wieder gut. Sie schenkte mir eine Kette mit einem schwarzen Turmalin, der mich vor negativen Gedanken schützen sollte.

Weil die Gedanken an Adrian und meine eigene Situation mich weiter quälten, entschloss ich mich an einem der dunklen Nachmittage, mit meiner Hausärztin kurz über meine Situation zu sprechen. Sie gab mir daraufhin eine Liste mit Psychotherapeuten, damit ich eine Gesprächstherapie beginnen konnte. Am folgenden Tag begann ich damit, die Liste abzuarbeiten und sie der Reihe nach wegen eines Termins anzurufen. Einige von ihnen behandelten allerdings ausschließlich Privatversicherte und fielen deshalb heraus, andere hatten in absehbarer Zeit keine freien Termine. Eine Therapeutin vertröstete mich auf einen späteren Zeitpunkt, während sie ihr Essen kaute und andere riefen gar nicht erst zurück. Schließlich meldete sich in der folgenden Woche doch noch eine Therapeutin und bot mir einen Termin an. Sie wollte in einem ersten Gespräch zunächst feststellen, ob wir zueinander passten und gab mir diverse Fragebögen zum Ausfüllen mit. Sie beinhalteten auch sehr persönliche Fragen, die ich mir bis dahin selbst noch nie gestellt hatte und es kostete Kraft, sich mit den Antworten zu beschäftigen. Irgendwie war das jedoch auch schon der Beginn der Therapie, denn ich konzentrierte mich auf mich selbst und das tat nach den Erlebnissen der vergangenen Monate und der Sorge um Adrian in dem Moment tatsächlich gut.

Als meine Freundin Heike von meiner bevorstehenden Therapie und den Fragebögen erfuhr, sagte sie nur: «Na, dann pass mal auf, dass deine Töchter das nicht lesen.» Ich konnte mir die Bemerkung nicht verkneifen, dass es auch ihr nicht schaden würde, einmal eine Therapie zu machen. Die Gespräche bei der

Therapeutin taten mir gut und danach fühlte ich mich jedes Mal etwas leichter. Sie beschrieb mich als »Sehnsuchtstyp« und ja, ich hatte immer Sehnsucht, auch nach berechenbaren Eltern innerhalb einer großen Familie, die zusammenhielt und in der man sich füreinander interessierte.

Nun begann die Adventszeit und ich wollte mit Nadja und Denise sowie einer Freundin von Nadja auf den Weihnachtsmarkt gehen. Wir fuhren wegen der Straßenglätte mit dem Bus mit einem Stopp bei meiner Mutter, die uns begleiten wollte. Allerdings machte sie mir in Gegenwart der drei Kinder eine Szene, weil ich sie bat, den Kindern die Adventskalender nach unserem Jahrmarktsbesuch zu überreichen, damit wir unseren Bus nicht verpassten. Sie entschied sich deshalb, nicht mitzukommen. Auf dem Weihnachtsmarkt und auch bei anderen Gelegenheiten traf ich überraschend Menschen, denen ich sehr lange nicht und danach nie wieder begegnet bin. In diesen Momenten sah ich in ihnen Engel, die mir Hoffnung gaben und mich von dem Negativen ablenkten.

Heike wollte sich eine Woche später auch mit uns auf einem Weihnachtsmarkt treffen, wo wir uns in einem Café verabredeten. Nach der Begrüßung berichtete ich Heike davon, dass ich inzwischen eine Zusage für einen Job in Hamburg erhalten hatte, bei dem ich mehr hätte verdienen können. Heike sprach mal wieder viel von ihrer Arbeit und ihren Verkaufsgesprächen. Sie war die geborene Verkäuferin, denn sie besaß Überzeugungskraft und konnte Menschen manipulieren. Allerdings setzte sie ihre Fähigkeiten nicht immer positiv ein. Schließlich lästerte sie über den grünen Lodenmantel ihres Chefs, der ihn wie einen Förster aussehen ließ, was sie ihm gegenüber auch bereits kundgetan hatte. Dann fragte sie mich überraschend, ob ich damit einverstanden sei, wenn ihr Arbeitgeber einmalig die nächste für sie bestimmte

Gehaltszahlung auf mein Konto überweisen würde, denn angeblich sei es ihr noch nicht möglich gewesen, ein Konto in der Region zu eröffnen. Ihr Chef hätte sich geweigert, ihr das Gehalt in bar auszuzahlen. Ich vermutete dahinter allerdings die Pfändung ihres Kontos und sagte nur, dass ich es mir noch überlegen müsse.

Schließlich fragte sie mich im Laufe des Abends noch, ob ich für Nadja und Denise ausreichend vorgesorgt hätte, falls mir etwas zustoßen sollte. Einige Monate zuvor hatte sie mir schon einmal aus der Hand gelesen und behauptet, mir würde im Gegensatz zu ihr ein langes Leben leider nicht beschieden sein. Nadja und Denise langweilten sich während unserer Gespräche am Tisch und wollten sich gerne gebrannte Mandeln kaufen. Ich gab ihnen etwas Geld und als Heike und ich kurz danach aufbrachen, waren Nadja und Denise plötzlich nicht mehr zu sehen. »Wo konnten sie nur sein?« Panik überkam mich. Die liebe Heike hielt dies nicht davon ab, sich im selben Moment eilig von mir zu verabschieden, ohne beim Suchen der Mädchen zu helfen. »Tschüss, ich rufe dich morgen an«, sagte sie und lief schnell davon in Richtung Bahnhof, obwohl zu Hause niemand auf sie wartete.

Kurz vor Weihnachten besorgte ich einen kleinen Tannenbaum, meine Nachbarin lieh mir ihren Ständer dafür aus, da sie Weihnachten nicht zu Hause sein würde und ich schmückte den Baum. Auch kaufte ich Lebensmittel für ein kleines Festessen ein und lud Heike trotz ihrer Schwarzmalerei für den ersten Feiertag zu uns ein. Bereits einen Tag vor Heiligabend klingelte Heike überraschend an unserer Tür und hatte Weihnachtsgeschenke für Nadja und Denise dabei, die diese in ihrer Gegenwart sofort auspacken sollten. Dieses unmögliche Anliegen erklärte sie damit, dass sie meine Einladung für den ersten Weihnachtsfeiertag nicht annehmen würde, weil sie vermeiden wollte, womöglich mit Adrian zusammenzutreffen. Sie vermied ein Kennenlernen mit der

Begründung, er sei moralisch nicht einwandfrei und natürlich wollte sie mich beeinflussen. Sie fühlte sich wieder einmal dazu berufen, in anmaßender Art und Weise einen Menschen zu verurteilen, der mich von ihr hätte entfernen können. In Adrian sah sie einen Konkurrenten und machte keinen Hehl daraus, dass sie meinen Kontakt zu ihm missbilligte. Zuvor hatte sie schon jedes Mal das Gesicht verzogen, wenn Adrian mir Textnachrichten schrieb.

Den Heiligabend verbrachte ich mit Nadja und Denise bei meiner Mutter. Wir blieben über Nacht dort. Auch Martin war gekommen, den ich gebeten hatte, den Weihnachtsmann zu spielen. Leider hatten wir immer noch wenig Kontakt und in unserer Wohnung hatte er uns nie besucht. Aber am Abend unterhielten wir uns noch lange. Am nächsten Morgen erhielt ich überraschend eine Nachricht von Adrian. Er wünschte mir schöne Weihnachtstage und ich freute mich über sein Lebenszeichen.

Schließlich war ich am ersten Weihnachtsfeiertag allein, nachdem ich Nadja und Denise zu Holger gebracht hatte. Adrian kam, wie erwartet, nicht. So bereitete ich mir am Nachmittag ein Weihnachtsessen zu. Offenbar war ich gerade dabei zu lernen, ohne schlechte oder sogar panische Gefühle allein zu sein.

An einem frostigen Tag im Januar rief meine Mutter nach meinem Feierabend an, um einen gemeinsamen Spaziergang im nahegelegenen Park vorzuschlagen, denn die Natur sah gerade so schön aus, wie mit Puderzucker bestäubt. »Eine schöne Ablenkung,« dachte ich und sagte freudig zu. Sie kam zum Mittagessen und hatte eine Dose mit Kohlrouladen dabei. Nachdem ich sie erwärmt und Kartoffelpüree zubereitet hatte, füllte ich unsere Teller, wobei sie sich mürrisch beschwerte, nicht genug Soße bekommen zu haben. Also gab ich ihr noch einen ordentlichen

Nachschlag. Nach dem Abdecken sagte ich ihr, dass ich nun noch schnell das Essen für Denise und Nadja, die kurz darauf mit einer Freundin von der Schule nach Hause kommen würden, vorbereiten müsse.

Die Zeit hierfür konnte meine Mutter offensichtlich nicht mehr aufbringen, ihre Stimmung kippte augenblicklich, also packte sie verärgert ihre Tasche und fuhr ohne Worte wieder. Ob sie dann allein in den Park gegangen ist, hatte ich nie erfahren. Ich war maßlos enttäuscht von ihrem egoistischen Verhalten und warf mich später auf mein Bett, denn ich hatte einmal mehr dieses Gefühl von Wut und Enttäuschung in mir, bis es überraschend klingelte. Die Mutter von Nadjas Freundin stand vor der Tür und lächelte freundlich. Dadurch wurde ich aus meinem Tunnel in das Leben zurückgeholt. Ich hätte sie in diesem Moment umarmen können. Danach fragte ich mich wieder einmal, wie andere Menschen mir gegenüber so freundlich sein konnten, während meine eigene Mutter doch so gemein und unberechenbar war. Wäre ich bei einer anderen, liebevolleren Mutter aufgewachsen, hätte ich vielleicht Verständnis für eine Frau aufbringen können, die nicht erwachsen geworden war und sich gehen ließ, wenn sie sich zurückgesetzt fühlte. Aber als ihre Tochter hatte ich nicht die Kapazität, um mit ihren Defiziten souverän umzugehen.

Vielleicht hätte ich ihr Genörgel in all den Jahren auch einfach überhören sollen, aber dazu war ich nie in der Lage. Stattdessen war ich immer darum bemüht, dass es ihr gut gehen sollte und wünschte mir ihre Anerkennung.

Ein paar Wochen später meldete sich mein Vater und fragte mich, warum ich meiner Mutter die Enkeltöchter vorenthalten würde. Auch er hatte es sich zur Angewohnheit gemacht, sich am Telefon förmlich mit seinem Nachnamen zu melden. Sein Vorwurf ließ mich aus allen Wolken fallen. Meine Mutter hatte wohl meinem Vater ihr Leid geklagt, das sie sich selbst eingebrockt hatte und vermutlich hatte sie auch nicht die ganze Geschichte erzählt. Natürlich hätte ich es nicht verhindert, wenn meine Töchter mit ihrer Oma hätten Kontakt aufnehmen wollen, aber die Initiative hierfür hatte ich nach dem Vorfall an jenem Wintertag natürlich nicht ergriffen.

Während der Sendepause mit meiner Mutter erhielt ich überraschend Post von einer Notarin. In dem großen Umschlag befand sich eine Patientenverfügung und eine Vorsorgevollmacht, die meine Mutter offenbar in der Zwischenzeit für Martin und mich erstellt hatte. Konnte sie so etwas nicht vorher mit mir besprechen oder zumindest ankündigen? Das war wieder einmal so befremdlich.

ADRIAN KEHRT ZURÜCK INS LEBEN

Im neuen Jahr wollte ich einmal bei Adrians Eltern anrufen, die ich bis dahin nicht persönlich kannte, um mich nach seinem Befinden zu erkundigen. Seine Mutter war am Telefon und mir fiel sofort ihre freundliche, jugendliche Stimme auf. Sie berichtete, dass sie Adrian hin und wieder besuchen und es ihm inzwischen etwas besser gehen würde. Ich war sehr erleichtert. Dann bat ich sie, Adrian von mir zu grüßen, falls dies möglich sei. »Ja, natürlich. Er wird sich freuen«, antwortete sie.

Im Februar erhielt ich am frühen Nachmittag überraschend eine weitere Nachricht von Adrian. Er schrieb mir, seine Eltern hätten Grüße von mir ausgerichtet, worüber er sich sehr gefreut hätte. Im nächsten Satz fragte er, wie es mir ginge und ob er mich einmal anrufen dürfe, vorausgesetzt, ich würde nicht bereits in einer neuen Beziehung leben. »Wie kann er so etwas denken? Seine Art zu schreiben klingt ganz anders als noch vor ein paar Monaten, irgendwie zaghaft und beinahe förmlich«, dachte ich. Trotzdem hüpfte mein Herz vor Freude! Endlich würde es wieder möglich sein, mit ihm zu sprechen! Wir verabredeten eine Uhrzeit am Abend und ich war aufgeregt als es fast soweit war. Gleichzeitig war ich mir gar nicht sicher, ob er tatsächlich anrufen würde, denn die Verbindung zu ihm schien noch sehr filigran zu diesem Zeitpunkt. »Womöglich bekommt er wieder kalte Füße«, befürchtete ich. Doch dann klingelte pünktlich um 20.00 Uhr das Telefon. Adrian klang ungewohnt ruhig. »Wie geht es dir inzwischen?« fragte er vorsichtig und beschrieb die Umgebung auf dem Klinikgelände. In der Nähe befand sich wieder ein großer Baum, auf dem sich zahlreiche Krähen vor dem Abendhimmel versammelt hatten, deren Gekrächze ich in diesem Moment tatsächlich hören konnte. Dann berichtete er, wie es ihm in den letzten Monaten ergangen war und dass er sich auf Anraten seines Bruders selbst in die Klinik begeben hatte, nachdem er aufgrund der Wochen andauernden Depression so geschwächt war, dass er nicht einmal mehr sicher laufen konnte. Er habe zu dieser Zeit irrationale Ängste entwickelt, auch vor mir habe er sich gefürchtet. Erst nachdem er Medikamente erhalten hatte, sei es ihm wieder möglich gewesen, klar zu denken. Dann habe er sofort an mich gedacht, hatte aber befürchtet, ich könnte ihn gar nicht mehr auf dem Zettel haben, weil er mich enttäuscht hatte. Er hatte wirklich eine schwere Depression durchgemacht. Deshalb war er gerade nicht mehr der aufgekratzte, abenteuerlustige, unkonventionelle Mann, den ich vor Monaten kennengelernt hatte, sondern ein zartes Geschöpf, das sich langsam in den Alltag zurückkämpfte.

Wir verabredeten uns für den folgenden Abend zur selben Zeit und dann sagte er klipp und klar: »Wenn ich das alles hinter mir habe, dann heirate ich Dich.« Das war jetzt doch wieder der Mann, den ich kennengelernt hatte. Aber er hätte mich auch fragen können, denn dazu gehören ja schließlich zwei.

In einem weiteren Telefonat klang bei Adrian Besorgnis durch, was seine finanzielle Lage anging, denn er wollte mir auch etwas bieten können. Am Silvestertag hatte er seinen Anteil an dem gemeinsamen Haus auf Dora überschrieben. Dadurch war er schuldenfrei, denn sie konnte durch ihren Beamtenstatus die Kreditbelastungen ohne Probleme allein übernehmen. Ich fragte mich allerdings, wie ein Notar eine Beurkundung mit jemandem durchführen konnte, der offensichtlich gerade in einer Depression steckte. Aber vielleicht war dies auch die vernünftigste Lösung. Ich war mir sicher, dass wir zukünftig zu zweit alles irgendwie wieder auf die Reihe bekommen würden, auch ohne großes Vermögen. Wenn man einmal nicht stark genug zum Kämpfen war, muss man danach kleinere Brötchen backen, um wieder Kraft zu schöpfen.

Während und nach meiner Trennung gab es immer wieder Momente, in denen ich es bereute, mich für meinen Beruf entschieden zu haben, der zwar verantwortungsvoll, aber außerhalb der Großstadt schlecht bezahlt wurde. Ein berufstätiger Mensch sollte doch mit seinem Gehalt eine akzeptable Lebensführung einschließlich Miete und Nebenkosten sowie die Ausbildung seiner Kinder finanzieren können. Ein Anwalt, der auf der Suche nach einer selbstständig arbeitenden Mitarbeiterin war, hatte mir in einem Bewerbungsgespräch geraten, die Differenz zu dem von mir geforderten und dem von ihm angebotenen Gehalt beim Jobcenter einzufordern.

Adrian kündigte in unserem nächsten Telefonat an, dass er bald zum ersten Mal einen Tag »Ausgang« und damit Zeit für ein Wiedersehen habe. Er würde sich riesig freuen, wenn ich ihn besuchen käme, dabei konnte er meinen entsprechenden Vorschlag kaum glauben. Also ging ich am nächsten Tag nach Feierabend in ein Reisebüro und kaufte eine Fahrkarte für das folgende Wochenende. Nadja und Denise sollten verabredungsgemäß das Wochenende bei Holger verbringen. Kurz bevor es soweit war, überlegte ich, was ich zu diesem besonderen Anlass anziehen sollte. Durch den Stress der letzten Monate hatte ich einige Kilos abgenommen und mir passte eine Jeans besonders gut, die ich mit einem breiten Gürtel tragen wollte. Es war Anfang März und noch kühl, so dass ich darüber meine geliebte dunkelblaue Caban-Jacke tragen wollte. Am Samstagmorgen klingelte mein Wecker früh um 4.00 Uhr, aber es fiel mir nicht schwer, aufzustehen und mich fertig zu machen, so sehr freute ich mich auf das Wiedersehen mit Adrian.

Bei Dunkelheit stieg ich in mein Auto und fuhr zum nächstgelegenen Bahnhof. Zu dieser Zeit, als die meisten Menschen noch schliefen, wirkte draußen alles etwas gespenstisch. Niemand außer mir war gerade auf der Landstraße unterwegs, nur ein Polizeifahrzeug erschien plötzlich im Rückspiegel. »Mist, hoffentlich halten die mich nicht gerade jetzt an, denn dann verpasse ich womöglich deswegen meinen Zug! Meine Anschlüsse kann ich dann knicken,« ging es mir durch den Kopf. Zum Glück passierte es nicht, so dass ich die erste S-Bahn pünktlich erreichte. Nach vier Stunden Fahrt und zweimaligem Umsteigen kam ich an dem kleinen Bahnhof an, an dem ich mit Adrian verabredet war. Nach dem Aussteigen sah ich mich um und entschied mich für einen der Ausgänge, hinter dem ich Adrian zunächst vergeblich suchte. Eine leichte Panik überkam mich. »Wie naiv von mir, wie konnte ich so sicher davon ausgehen, dass Adrian inzwischen wieder mutig genug war, mich zu treffen?« Und nun stand ich wieder einmal irgendwo im Nirgendwo und hatte das Geld für die Fahrkarte eventuell in den Sand gesetzt.« Ich entdeckte aber nun einen weiteren Ausgang auf der anderen Seite des Bahnhofs und lief in diese Richtung. Erleichtert sah ich plötzlich von weitem Adrian vor einem Kiosk stehen. Als ich näherkam, stellte ich fest, dass er inzwischen etwas zugenommen hatte, was ihm gut stand. Er freute sich riesig, mich zu sehen und dann umarmten wir uns lange. Adrian wirkte bei allem, was er sagte oder tat noch vorsichtig. Aber unsere Gefühle füreinander waren sofort wieder da und die fürchterlichen letzten Monate schienen in diesem Moment vergessen.

Nachdem wir an einem der Stehtische einen Kaffee getrunken hatten, liefen wir zusammen in die nahe Fußgängerzone der Stadt. Die Sonne schien inzwischen und man konnte sehen, dass sich der Frühling ankündigte, denn die ersten bunten Krokusse und Osterglocken schauten aus der Erde heraus, ein Neuanfang für die Natur und für uns nach all den dunklen Monaten.

In einem Bistro bestellten wir belegte Brötchen und Milchkaffee, den wir draußen an einem Tisch unter einer blau-weißen Markise tranken, wobei wir die Menschen um uns herum kaum wahrnahmen, weil wir uns so viel zu erzählen hatten und so glücklich waren, wieder zusammen zu sein. Dann machten wir Fotos von uns, dabei schien die Zeit vorübergehend still zu stehen. Anschließend fuhren wir mit dem kleinen Auto, das er immer noch besaß, in eine andere Stadt in der Nähe, in der es eine schöne Fußgängerzone gab. Adrian musste sich nach seinem Klinikaufenthalt, der ihn in Watte gepackt hatte, erst wieder an die vielen Menschen und Eindrücke außerhalb der Klinik gewöhnen. Unsere gemeinsame Zeit an diesem Tag verging dann doch viel zu schnell und bevor ich am späten Nachmittag wieder zurückfahren musste, saßen wir noch eine Weile eng umschlungen auf einer Bank am Bahnsteig. Nachdem ich in den Zug gestiegen war, warf Adrian mir durch das Fenster der Tür noch Küsse zum Abschied zu, wie in einem Film.

Die Rückfahrt verging gefühlt viel schneller als die Hinfahrt. Ich dachte über Adrian nach und erstellte in Gedanken eine Liste mit Eigenschaften, die ich ihm zuordnete. Auf der positiven Seite tauchten immerhin vierzehn gute Eigenschaften auf, die seine übertriebene Eifersucht auf der negativen Seite verblassen ließen.

Was für eine schöne Überraschung, als er schon an einem der folgenden Wochenenden berichten konnte, er sei aus dem Krankenhaus entlassen und gerade dabei, mit einer älteren Dame Tee zu trinken. Wie sich herausstellte, handelte es sich dabei um seine Mutter. Dann kündigte er an, schon in ein paar Tagen zu uns kommen zu können, wenn es mir recht wäre. Ich freute mich natürlich über diese Ankündigung und sprach anschließend mit Nadja und Denise darüber. Ihre Begeisterung hielt sich allerdings zunächst in Grenzen, denn sie hatten nachvollziehbar gar nicht damit gerechnet. Wir hatten ja vor kurzem erst unsere Umzugspläne über Bord geworfen und uns mit dem Gedanken vertraut machen müssen, dass Adrian abgetaucht war.

Am nächsten Tag kaufte ich mir nach der Arbeit einen neuen Rock und später am Nachmittag in einem Möbelhaus ein Sideboard, in dem Adrian erst einmal seine Sachen unterbringen sollte. Weil er sich bei seinen Eltern nicht lange wohl fühlte, konnte er es kaum erwarten, zu uns zu kommen, also packte er seine Sachen schon früher als ursprünglich geplant. Ich hatte es mir schon gedacht. So blieb mir gerade noch genug Zeit, nach der Arbeit die Wohnung aufzuräumen und mich umzuziehen. Ich war aufgeregt und sah optimistisch in die Zukunft, trotz aller eventuellen Schwierigkeiten, die noch auf uns zukommen würden. »Schlimmer als in den letzten Monaten kann es kaum werden. Das Wichtigste ist, dass wir wieder zusammen sein können, denn zu zweit wird alles leichter sein«, dachte ich, während ich ein Abendessen für uns vorbereitete. Als Adrian an der Tür klingelte, schien die Situation noch ein bisschen unwirklich. Dann umarmten wir uns lange und die Zeit schien stillzustehen. »Wir wollten doch zusammen Tauben füttern, erinnerst du dich?« fragte er und dann bewunderte er meinen neuen Rock. Nach dem Essen holte er sein Gepäck aus dem Auto. Er hatte nur wenige Kartons dabei und ich freute mich, dass er mit mir einen Neuanfang starten wollte. Er vertraute sich mir an und ich fühlte mich stark genug, alle Hürden mit ihm gemeinsam zu meistern. Plötzlich waren wir wieder eine Patchworkfamilie, auf die noch einige Herausforderungen warteten. Auch ein gutes Verhältnis zu Nadja und Denise wollte Adrian erreichen, ohne ihren Vater ersetzen zu wollen. Allerdings machte Nadja es ihm nicht immer leicht.

Adrian sorgte sich vor allem um seine Krankenversicherung, nachdem Dora ihn aus der Familienversicherung herausgenommen hatte, bei der er während seiner Selbstständigkeit versichert war. Ich kümmerte mich um diese Versicherung als erstes, danach gingen wir zu einem Arzt, der ihm für eine gewisse Zeit noch die Tabletten verschreiben konnte, die ihm so gut geholfen hatten. Auch wollte Adrian so schnell wie möglich wieder arbeiten. Er wurde von Tag zu Tag stärker.

In der Zwischenzeit brachte sich Adrian mit seinem handwerklichen Geschick in unserer Wohnung ein und renovierte das bis dahin vernachlässigte Gäste-WC, das Nadja zum Schminken nutzte. Auch begleitete er Denise manchmal zur Schule, hing die Wäsche auf und bereitete das Essen vor. Wenn ich von der Arbeit kam, trug er mir die Einkäufe in die Wohnung, nachdem er an den Vormittagen damit begonnen hatte, seine Bewerbungsunterlagen zusammenzustellen. Die wichtigsten Unterlagen besaß er zum Glück noch. Nachdem ich seine sehr guten, ausführlichen Zeugnisse gelesen hatte, ging ich davon aus, dass es für ihn nicht schwer sein würde, schnell wieder einen guten Job zu finden. Schließlich musste er ja auch für Nele und Ben Unterhalt zahlen. Von ihnen besaß er inzwischen nur einen einzigen Brief, der ihn in der Klinik erreicht hatte. Er vermisste die beiden sehr und wollte sie unbedingt auch bald wiedersehen. An den Nachmittagen zeigte ich ihm unsere Gegend. Wir fuhren zu verschiedenen Parks, zum Deich und zum Elbstrand oder gingen mit den Mädchen Eis essen. Leider verbrachten wir auch viel Zeit damit, über Vergangenes, Kindesunterhalt und die anstehenden Scheidungen zu diskutieren. Adrian ging der Verlust seines Bauernhauses, in das er soviel Kraft gesteckt hatte, immer noch besonders nahe.

Nadja traf sich nach der Schule häufig mit Freundinnen und Denise besuchte regelmäßig ihre Freundin von gegenüber, die einen Narren an ihr gefressen hatte. Deren Mutter unternahm oft etwas mit beiden Mädchen und ich war dankbar für alles, was verhinderte, dass Nadja und Denise durch unsere Gespräche über die unangenehmen Trennungsfolgen belastet wurden.

Es folgten viele Wochen, in denen Adrian und ich uns darüber unterhielten, wie unsere Zukunft aussehen konnte. Adrian erinnerte sich inzwischen wieder an viele Gegenstände, die er wegen seiner Depression zurückgelassen hatte. Er übermittelte Dora eine Liste per Mail und bat um die Rückgabe. Da Dora nicht reagierte, nahm ich seine Unterlagen mit zur Arbeit und ließ von einer Rechtsanwältin ein Schreiben wegen der Rückgabe seiner teilweise teuren Werkzeuge und auch wegen des Umgangs mit Nele und Ben anfertigen. Adrian wurde jetzt erst bewusst, dass er sich zu lange nicht um diese Angelegenheiten gekümmert hatte. Dora reagierte schließlich auf das Anwaltsschreiben und behauptete, die Werkzeuge und weitere Gegenstände seien gestohlen worden. Auch wenn wir davon ausgingen, dass dies nicht stimmte, hätte eine gerichtliche Auseinandersetzung dazu geführt, dass Adrian, der noch sehr dünnhäutig war, die Vorkommnisse des vergangenen Jahres noch einmal hätte durchleben müssen. Nur deshalb ließen wir die Sache auf sich beruhen. Durch Vermittlung seiner Eltern erhielt Adrian von Dora später noch zwei weitere Kartons, in denen sich allerdings nur wertloses Zeug befand. Nele und Ben besuchten uns irgendwann zum ersten Mal und Adrian freute sich riesig. Anschließend kamen sie öfter an den Wochenenden zu uns und dann wurde es in unserer Wohnung eng, wenn wir nicht gerade draußen unterwegs waren.

Schon im vergangenen Sommer hatte Dora offenbar den Entschluss gefasst, Adrian finanziell bluten zu lassen. Bei der Anfertigung der Steuererklärung nutzte sie sein Vertrauen aus und versicherte ihm, die von ihr geplante Getrenntveranlagung zur Einkommensteuer der zuvor gemeinsam veranlagten Eheleute würde eine für beide vorteilhafte Lösung darstellen. Adrian hatte regelmäßig Umsatzsteuervorauszahlungen geleistet und erzielte in den letzten Monaten des Jahres bedingt durch seinen Burnout überhaupt keine Umsätze mehr. Umso größer war die Überraschung, als Adrian und ich nach Abgabe der Steuererklärung feststellen mussten, dass das Finanzamt eine nicht unerhebliche Steuererstattung auf der einen Seite sowie eine entsprechende Nachforderung auf der anderen Seite ermittelt hatte. Im Ergebnis hatte Dora die Erstattung erhalten und Adrian sollte für eine Forderung einstehen, die er in der Vergangenheit schon ausgeglichen hatte. Adrian konnte nur durch ein Darlehen seiner Eltern verhindern, in eine Schuldenfalle zu geraten.

Während ich bei der Arbeit war, schrieb Adrian Tag für Tag unzählige Bewerbungen auf meinem alten Laptop und erhielt einige Einladungen zu Vorstellungsgesprächen in ganz Deutschland, für die die Fahrtkosten nur zum Teil erstattet wurden. Immer wieder aufs Neue hofften wir, er würde einen Job in der Nähe finden. Aber mit Anfang 40 und nach einigen Jahren Selbstständigkeit gestaltete es sich nicht so einfach, denn bei den Arbeitsvermittlern galten Bewerber ab Ende 30 schon als schwer vermittelbar.

Irgendwann hatten wir die Idee, uns einen Hund anzuschaffen, weil Adrian oft an seinen geliebten Dobermann denken musste, der bei Dora geblieben und schließlich an eine Hundetrainerin abgegeben wurde. Wir entschieden uns für einen Straßenhund aus Zypern. Adrian hatte einen weißen, nicht gerade kleinen Hund mit großen braunen Augen ausgesucht, dessen Fell von dem vermittelnden Verein verglichen wurde mit Zuckerwatte. Wir konnten ein paar Wochen später unseren Skippy am Hamburger Flughafen abholen. Er lebte sich bei uns gut ein, hatte einen lieben, wenn auch etwas dickköpfigen Charakter und sah es als seine Aufgabe an, uns als sein Rudel zu bewachen. Allerdings probte er in den folgenden Jahren hin und wieder auch die Flucht.

Nadja und Denise wünschten sich in den nächsten Ferien von Holger, mit ihm für einige Tage nach Paris zu fahren. Leider erfüllte er ihnen diesen Wunsch nicht. Als Adrian davon erfuhr, sagte er kurzerhand: »Wenn Euer Vater das nicht geregelt bekommt, dann fahren wir mit euch nach Paris.« Mir ging die Sache fast etwas zu schnell, aber dann reizte mich der Gedanke an Paris. Adrian war schon einmal dort und erinnerte sich noch an einige Details. Wegen der Verkehrs- und Parksituation dort empfahl er, besser mit seinem kleinen Auto zu fahren. Nachdem wir die Buchungsbestätigung eines Hotels mit dem Namen eines Hamburger Stadtteils erhalten hatten, packten wir eifrig unsere Koffer. Gemeinsam mit Skippy fuhren wir in Richtung Westen zu Adrians Eltern, bei denen wir eine Nacht verbringen wollten. Adrians Bruder Peer hatte sich bereit erklärt, auf Skippy aufzupassen, der sich allerdings für immer bei ihm unbeliebt machte, nachdem er Käse und Zucker vom Tisch genascht hatte. Am nächsten Morgen fuhren wir sehr früh in Richtung Niederlande, durchquerten danach Belgien und erreichten am Nachmittag Paris. Nach einer Tunneldurchfahrt befanden wir uns plötzlich mitten im Pariser Straßengewirr. Ohne Navi konnte ich auf der Straßenkarte das Hotel ausfindig machen und Adrian den Weg weisen, obwohl ich mit Straßenkarten eigentlich auf Kriegsfuß stand. Mit meinem Schul-Französisch, übersetzte ich in Gedanken den Straßennamen: »Straße der Vorstadt-Fischer« und ich dachte sofort an Fischerboote und Bouillabaisse, dort waren wir am Ziel. Wir fanden in einer kleinen Nebenstraße den letzten freien Parkplatz und es bestätigte sich, dass es klug war, sich für das kleine Auto zu entscheiden.

Gleich nach dem Einchecken im Hotel machte Adrian Tempo. Er wollte, dass wir keine Zeit verlieren und wir machten uns auf den Weg zum Eiffelturm. Deshalb gingen wir hinunter zu einer Station der Metro, in deren Tunnel die Züge mit großer Geschwindigkeit klappernd in verschiedene Richtungen hin- und herbrausten. Nach wenigen Haltestellen stiegen wir aus und liefen eine Treppe hinauf. Oben angekommen, konnte ich nur staunen, denn wir standen beinahe vor dem Triumphbogen. Die ersten Eindrücke ließen unsere Müdigkeit sofort verschwinden und als wir den Eiffelturm sahen, wurden unsere Schritte schneller. Nadja und Denise freuten sich besonders, denn er war schließlich Motivation für diese Reise. Es wurde nun dunkel und der Eiffelturm war vor dem Abendhimmel beleuchtet zu bewundern. Als wir näherkamen, mussten wir allerdings ernüchtert feststellen, dass vor den Kassen lange Schlangen von Menschen standen, die dieselbe Idee wie wir hatten. Nach einer halben Stunde Wartezeit konnte ich kaum noch stehen, denn mein Rücken schmerzte. Nadja und Denise hatten noch Energie. Trotzdem entschlossen wir uns nach weiteren zwanzig Minuten, den Aufstieg auf den nächsten Tag zu verschieben. Auf dem Weg zum Hotel wären Nadja und ich dann beinahe auf einer Bank in der Metro-Haltestelle eingeschlafen.

Die folgenden Tage starteten wir in der Nähe unseres Hotels mit einem typisch französischen Frühstück mit Café au Lait, Croissants und Orangensaft. Neben dem Aufstieg auf den Eiffelturm planten wir den Besuch weiterer touristischer Hotspots. Wir liefen die Champs d'Elysee entlang, wo Nadja und Denise nach dem Besuch eines Straßencafés in einer Parfümerie von der

Kosmetik-Auswahl überwältigt wurden, wobei Security-Mitarbeiter alle Kunden genau im Blick behielten. Vor den Türen der großen Geschäfte mit Luxusgütern konnte man auch bettelnde, körperlich stark eingeschränkte Menschen sehen, die den Bürgersteig entlangkrochen sowie Menschen, die Mülleimer nach Essbarem durchsuchten. Es war traurig. Die Gegensätze waren krass.

Am Tag darauf besuchten wir den Louvre, wo wir neben vielen anderen Gemälden auch die Mona Lisa entdeckten, die ich mir tatsächlich größer vorgestellt hatte. In den Straßen um unser Hotel gab es diverse Brautmoden-Geschäfte, deren Schaufenster Nadja und Denise besonders interessant fanden. In einem Schuhgeschäft suchten die beiden Mädchen sich Ballerinas aus. Am Nachmittag liefen wir den Montmartre hinauf, um die Basilika Sacré Coeur zu besichtigen, in der zahlreiche Kerzen und Teelichter angezündet waren, was magisch wirkte. Der Blick vom Montmartre auf die wunderschöne Stadt mit ihren unzähligen weißen Gebäuden war unbeschreiblich. Diverse Straßenkünstler präsentierten hier ihr Können. Wir sahen ihnen noch lange zu, bevor wir wieder herabgingen, vorbei an vielen, kleinen Cafés, vor denen bunte Blumenkübel standen.

An unserem letzten Tag in Paris kauften wir noch etwas ein, natürlich Baguette und Obst als Proviant für die Fahrt sowie Käse und Salami als Dankeschön für Adrians Familie. Als wir mit unserem Gepäck in unserem kleinen Auto saßen, war es bis unters Dach gefüllt. Der nette Kellner in unserem Frühstückslokal verabschiedete uns fröhlich mit den Worten: »Dankeschön, bitteschön, auf Wiedersehen«.

MUTIGER HANDWERKER UND GEDULDIGE FRAU GESUCHT

Nach zwei Jahren in unserer Dachgeschosswohnung war die Zeit reif für eine Veränderung, für ein neues Zuhause. Ich wollte wieder einen Garten haben und es war mir wichtig, dass Nadja und Denise größere Zimmer bekamen. Ihre derzeitigen Zimmer sollten nur eine Übergangslösung darstellen. Ich dachte oft an meinen großen Garten am Deich zurück, den ich mit viel Liebe bepflanzt und gepflegt hatte. Unzählige Rosen und Hortensien sowie Obststräucher und zwei Rhabarberstauden hatte ich besorgt und eingepflanzt sowie eine japanische Kirsche, die nach meinem Auszug sicher von Jahr zu Jahr größer geworden war, während sie im Frühjahr sicher üppig blühte. Ingrid, die nun mit Holger zusammenlebte, war eine merkwürdige, unsympathische Frau, mit der Nadja und Denise aus nachvollziehbaren Gründen nicht warm wurden und die sich nun an den rosa Blüten des Baumes erfreuen konnte, wenn sie ihn nicht abgesägt hatte, um an seiner Stelle einen ihrer vielen, kitschigen Deko-Gegenstände aufzustellen. In meinem ehemaligen Garten gab es auch zwei Kirschbäume mit Knupperkirschen, die so gut geschmeckt hatten, dass sie besonders gern von Krähen geerntet wurden. Wenn sich ein Krähenschwarm näherte, waren sie innerhalb weniger Minuten abgeerntet. Es gab auch einen großen Walnussbaum, dessen Nüsse ich jedes Jahr im Herbst aufgesammelt und zum Trocknen weggestellt hatte, um sie leider später zu vergessen. Meine Mutter nahm immer gern einige Beutel davon mit, denn sie hatte Zeit, sie zu knacken. Im Vorgarten lag ein großer Stein, auf den ich eine Eidechse gemalt hatte.

Inzwischen war das Internet ein nützlicher Informant, wenn man etwas suchte und es gab einige Anzeigen mit aussagekräftigen Fotos von Häusern, die Käufer suchten. Vorbei war die Zeit, als man sich nur aufgrund einer Kleinanzeige auf den Weg zu Hausbesichtigungen machen musste, um eventuell anschließend nach langer Anfahrt von dem Objekt enttäuscht zu sein. Vor Jahren hatte ich mit Holger schon einschlägige Erfahrungen gemacht.

Nun hatte ich Adrian an meiner Seite und wir gingen erneut auf die Suche. Seine Fachkenntnisse waren hierbei natürlich hilfreich und er traute sich zu, noch einmal von vorn anzufangen und dabei Vieles selbst zu gestalten. Wir fuhren nachmittags auch oft durch unsere Gegend und schauten, ob irgendwo ein Haus leer stand. Mir war ein Haus aufgefallen, das sich neben einer Brücke befand, die ich täglich überquerte. Auf dem Deich neben dem Flüsschen liefen Schafe und seine Lage schien perfekt. Wir begannen zu recherchieren und als wir den Namen der Eigentümerin erfahren hatten, vereinbarten wir einen Besichtigungstermin. Um zur Eingangstür zu gelangen, mussten wir uns durch einen verwilderten Garten kämpfen. Dieses Haus befand sich in einem Dornröschenschlaf. Innen war es bereits entkernt, auf dem Boden lag Baumaterial und jede Menge Schutt. Man brauchte viel Fantasie, um sich bewohnbare Zimmer darin vorzustellen. Adrian wollte von der Eigentümerin, einer Geschäftsfrau aus der Region, den Kaufpreis wissen und kalkulierte die Kosten für Baumaterial. Schließlich nannte sie uns einen Preis, der uns zu hoch erschien, wenn man bedachte, dass der Arbeitsaufwand noch immens war. Adrian wollte es fast geschenkt haben, um der Eigentümerin die Abrisskosten zu ersparen. Da sie mit dem Preis aber nicht herunterging, sagten wir später ab. Das Haus steht heute immer noch in unverändertem Zustand dort.

In den folgenden Monaten sahen wir uns noch weitere Häuser an. Durch die Besichtigungen lernten wir Schleswig-Holstein besser kennen, es war eine spannende Zeit. In einem älteren, großen Haus mit Laubengang befanden sich diverse Zimmer, die zugestellt waren mit antiken Möbeln, Vasen, Figuren und Büchern. Merkwürdigerweise gab es in nahezu jedem Raum ein Bett. Die beiden Badezimmer wirkten selbst auf die Maklerin, die uns herumführte, offenbar gruselig, denn sie konnte gar nicht schnell genug die Tür von außen wieder schließen. Sie berichtete, der Eigentümer sei derzeit in einem Pflegeheim und deshalb sei der Preis kaum verhandelbar. Meine innere Stimme musste zu mir sprechen, wenn es sich um das richtige Haus handeln würde. Hier jedenfalls fühlte ich mich unbehaglich.

Nun kam ein Haus in die engere Auswahl. Bei unserer ersten Besichtigung zusammen mit Nadja und Denise saß die damalige Mieterin gerade mit ihren Freundinnen beim Kaffeekränzchen. Der Geruch von frisch gebrühtem Kaffee schaffte eine heimelige Atmosphäre, ein kluger Schachzug des Maklers, vermuteten wir. Die großen, hellen Räume mit ihren weißen Kassettentüren und Stuck an einigen Decken beeindruckten uns. Mir gefiel der Charme von Altbauten und hier war ich zudem überrascht von der Größe des Hauses aus dem Jahr 1889. Das Haus hatte eine besondere Ausstrahlung und meine innere Stimme hatte eine Entscheidung getroffen.

Positiv aufgefallen war mir sofort der kleine Vorbau mit Sprossenfenstern, der wegen der weißen Holzverkleidung innen an ein Ferienhaus erinnerte. Oben gab es eine große Dachterrasse, die leider nur über das Bad zu erreichen war, was aber praktisch war, wenn man dort Wäsche aufhängen wollte. In dem nachträglich ausgebauten Obergeschoss regierte allerdings der Charme der 1980er Jahre, die Tapeten waren entsprechend farbig und die vielen unterschiedlichen Türen wirkten zusammengewürfelt.

Nachdem wir uns auf der Rückfahrt entschieden hatten, diesem Haus eine Chance zu geben, weil es auch Nadja und Denise gefiel, vereinbarten wir einen weiteren Besichtigungstermin. Danach stand unsere Entscheidung endgültig fest. Allerdings zogen sich die Kaufverhandlungen noch einige Monate hin.

Im Anschluss an den Notartermin und die Schlüsselübergabe besprachen wir noch ein paar Einzelheiten mit der ehemaligen Mieterin, die inzwischen eine Wohnung gefunden hatte. Als Adrian und ich noch einmal durch die nun überwiegend leeren Räume gingen, wurde uns die Größe des Objekts noch einmal bewusst und Adrian realisierte vermutlich, wieviel Arbeit in Kürze auf ihn zukommen würde. Nach der anfänglichen Euphorie machte sich etwas Ernüchterung bei uns breit und dabei vergaßen wir ganz, den mitgebrachten Sekt zu trinken. Auf der Rückfahrt hatten wir viel zu besprechen, denn nun wollten wir unser Projekt angehen. Nachdem wir in unserer Wohnung angekommen waren, schrieb ich die Kündigung an den Vermieter und begann mit den Ab- und Anmeldungen von Telefon, Energie und den Schulen. Umzugskartons erhielt ich von der Mutter einer Freundin von Denise und so konnten wir schon bald mit dem Verpacken unserer Sachen beginnen. An einem sonnigen Tag im Herbst war es dann soweit.

Adrian hatte einen großen Umzugswagen gemietet und vor der Tür geparkt. Dann verbrachten wir unzählige Stunden damit, ihn zu beladen, bis er schließlich bis unter das Dach gefüllt war. Zu guter Letzt verstauten wir noch mein Fahrrad. Für Nadja und Denise hatten sich im Laufe der Zeit viele Spielsachen und Spielgeräte angesammelt und ich konnte kaum glauben, dass sie in der Wohnung und einem kleinen Kellerraum Platz gefunden hatten. Am späten Nachmittag konnten wir endlich abfahren in Richtung Norden. Denise wollte mit Adrian im LKW fahren und Nadja begleitete mich mit Skippy und unserem Hamster im Auto, umgeben von Pflanzen und weiteren Kartons.

Es wurde bereits dunkel, als wir vor dem Haus in unserer neuen Heimat ankamen. Adrian bestand aber darauf, den LKW sofort zu entladen, weil er ihn am folgenden Tag schon früh wieder zurückbringen musste.

Beim Betreten unseres Hauses bemerkte ich einen leicht moderigen Geruch, der von den alten Holzfußböden aufstieg, die erneuert werden mussten. Diesen Geruch kannte ich aus der kleinen Wohnung meiner Tante Elfi in der Siedlung am Rande von Berlin, wo sie bereits zu DDR-Zeiten lebte. Die ehemalige Mieterin unseres Hauses hatte absprachegemäß einige Schränke zurückgelassen, denn darin wollten wir Werkzeug verstauen oder sie als Abstellflächen während der Bauphase nutzen. Da wir erst einmal oben wohnen wollten, mussten unsere Möbel eine steile Treppe hinauf transportiert werden, was wir ohne Umzugshelfer geschafft haben, denn Adrian war nicht nur stark, sondern auch sparsam und bei solchen Aktionen ein Eigenbrötler. Nur der schwere Kühlschrank blieb unten stehen, weil wir unsere Lebensmittelvorräte in einer Kammer unter dem Dach verstauen konnten, wo es kühl genug war. Schnell hatte Adrian ein Bett, in dem Nadja und Denise in der ersten Nacht gemeinsam schlafen wollten, aufgebaut und Skippy legte sich an das Fußende, um die beiden in der fremden Umgebung zu beschützen. Danach schraubte er unser Bett in einem schmalen Zimmer neben der Dachschräge zusammen, dort passte es genau hinein und es war so gemütlich, wie in einem skandinavischen Ferienhaus.

Früh am nächsten Morgen startete Adrian den LKW und ich fuhr später mit den Mädchen einkaufen. Ein kleines

Einkaufszentrum war nicht weit entfernt und der Kofferraum meines Autos war schnell gefüllt. Bei einem Bäcker gönnten wir uns noch Kakao und Kuchen. Als Adrian später zurückkehrte, hatte er schlechte Laune, weil noch kein warmes Essen auf dem Tisch stand, sondern nur belegte Brötchen.

Während des gesamten Wochenendes waren wir hauptsächlich mit dem Auspacken der Kartons beschäftigt und ich musste mich in der schmalen Küche im Obergeschoss mit einem Wasserboiler über der Spüle arrangieren, der seine besten Jahre lange hinter sich hatte. Aber immerhin gab es einen funktionierenden Herd.

Nach dem Wochenende musste ich wieder arbeiten und war gespannt, ob die Fahrt reibungslos klappen würde. Ich fuhr zum Bahnhof in die nächstgrößere Stadt, um von dort den Zug zu nehmen. Nadja begleitete mich in dieser ersten Woche, denn sie wollte ein freiwilliges Praktikum bei einer Buchhandlung absolvieren, während Denise noch die Ferien genießen konnte. Wir fuhren mit der Bahn an Feldern mit grünen und roten Kohlköpfen vorbei und es kam mir in dem komfortablen Abteil vor, als würden wir einen Ausflug machen. Beim Aussteigen nach einer dreiviertel Stunde mussten wir feststellen, dass es an diesem Morgen schon ausgesprochen kalt war, so dass wir Handschuhe vermissten. Adrian startete während unserer Abwesenheit damit, die Fußböden im Erdgeschoss aufzureißen. Dabei arbeitete er sich von einem Raum zum nächsten vor und begann mit dem Entkernen.

Nach Feierabend richtete ich die oberen Räume möglichst komfortabel für uns ein. Im Erdgeschoss hatte Adrian vorsorglich überall Energiesparlampen eingedreht, weil die Kosten für Energie in dem großen Haus zu diesem Zeitpunkt noch nicht überschaubar waren. Auch durch die schlechte Beleuchtung wirkte die untere Etage am Abend etwas schaurig und ich war froh, wenn ich die steile Treppe dann nicht mehr hinabgehen musste.

An einem der folgenden Nachmittage hörte ich aus dem Erdgeschoss plötzlich sehr laute Schläge, ein Krachen und schließlich das Bröckeln von Steinen. Wie sich herausstellte, hatte Adrian spontan zwei Wände inklusive Holzvertäfelung in der Küche niedergerissen, die den Zugang zum Keller umkleideten. In den Keller, in dem sich Gas- und Wasseruhr befanden und wo auch eine Kröte lebte, konnte man deshalb nur noch durch eine Luke mit Deckel gelangen, die Adrian angefertigt und in den Boden eingelassen hatte. Mit dieser Maßnahme bekam die Küche mehr Tageslicht und Größe, war aber nur noch durch die ehemalige Kellertür zu betreten. Adrian sowie später Mitarbeiter der Energieversorger hatten von nun an das Vergnügen, durch eine Luke in den Keller hinabzusteigen.

Einen braunen PVC-Belag aus den 1970er-Jahren entfernte Adrian aus der Küche und stemmte schließlich noch den Fußboden über der Gewölbedecke auf, um ein gleichmäßiges Niveau zu bekommen. Bei dem Aufbau des neuen Fußbodens sollte ich ihm spontan helfen und im Geröll stehend ein rotes Band halten, während er an den Wänden Markierungen vornahm. Dabei musste ich die Erfahrung machen, dass Adrian bei der Arbeit ungeduldig war und mir unwirsch Anweisungen gab, wie es wohl auf dem Bau üblich ist. Ich ärgerte mich darüber, dass er sein Werkzeug sowie Arbeitsschuhe überall herumliegen ließ, manchmal direkt hinter einer Tür. Es grenzte an ein Wunder, dass wir in Kombination mit der sparsamen Beleuchtung nicht über eines dieser Hindernisse gestürzt sind. Auch die Luke zum Keller direkt hinter der jetzigen Küchentür war manchmal geöffnet, ohne dass Adrian es vorher angekündigte hatte. Der Alltag mit ganz besonderen Herausforderungen hatte uns eingeholt.

Nach dem bereits frostigen Herbst startete der Winter in jenem Jahr mit eisigen Temperaturen, so dass sich Anfang Dezember

lange Eiszapfen an der Regenrinne vor unserem Schlafzimmer-
fenster bildeten, die ich bewundern konnte, während ich abends
mit einer Zimmer-Fernsehantenne hantierte, um wenigstens ein
paar Programme empfangen zu können. Wenn Schnee gefallen
war, brachte Adrian mich morgens mit seinem Auto zum Bahnhof und holte mich mittags mit verstaubter Arbeitskleidung wieder ab. Mit seiner blauen Strickmütze, die man unter der Staub-
schicht erahnen konnte und seinen plötzlich ergrauten Haaren
und Augenbrauen wirkte er um Jahre gealtert. Ein Maskenbildner
hätte es nicht besser machen können. Mit dem Ziel vor Augen
und kleinen Highlights zwischendurch kamen wir durch diese an-
strengende Zeit. Adrian richtete ab und zu kulinarische Wünsche
an mich, die dazu beitrugen, dass nach Feierabend eine schöne
Stimmung entstand. Weil ich gerne kochte, wünschte er sich an
einem Abend eine italienische Antipasti-Platte und dann sagte
er: »Lass doch bitte die Küchentür beim Kochen geöffnet, damit
die appetitlichen Gerüche bei mir im Erdgeschoss ankommen«.
Als die ich die große Platte mit dem bunten, leicht gerösteten
Gemüse fertig hatte, zog Adrian sich um und wir hörten beim
Essen italienische Musik.

Denise begleitete ich eine Woche später zu ihrer neuen Schule.
Ihren Klassenlehrer hatte ich schon kennengelernt und er schien
sehr nett zu sein. Als sie den Klassenraum betrat, lief sofort ein
Mädchen auf sie zu, um ihr behilflich zu sein, so dass ich unbeschwert zu meiner Arbeit fahren konnte. Nadja dagegen
wurde mit ihren Mitschülerinnen anfangs nicht richtig warm.
Ich konnte das gut nachvollziehen, denn ich hatte früher doch
auch mehrfach die Schulen gewechselt. Jahre später träumte ich
manchmal noch davon, neu in eine Klasse zu kommen, bevor
mir bewusstwurde, dass ich inzwischen erwachsen war und nicht
mehr in eine Schule gehen musste. Schade, dass Menschen oft auf
Neue in einer Gruppe misstrauisch oder gleichgültig reagieren

anstatt sie als bereichernd zu betrachten, im Tierreich ist es nicht anders.

Einige Wochen nach Beurkundung des Kaufvertrages für das Haus an unserem neuen Wohnort ergab sich für mich die Möglichkeit, den Arbeitsplatz zu wechseln, um Stundenzahl und Gehalt aufzustocken. Die beurkundende Rechtsanwältin/ Notarin suchte eine neue Mitarbeiterin und ich bewarb mich bei ihr. Meine bisherige Arbeit bot kaum noch Herausforderungen, abgesehen von dem Umgang mit anstrengenden Mandanten, die mich mit ihrer Therapeutin oder der Telefonseelsorge verwechselten. Kurz vor Ende der Kündigungsfrist fiel es mir schwer, meiner stets fairen Arbeitgeberin die Kündigung zu überreichen.

Adrian erhielt nun überraschend einen Anruf von seinem Onkel Hans, einem Bruder seiner Mutter, bei dessen Firma er sich Monate zuvor beworben hatte, ohne bisher ein Feedback erhalten zu haben. Onkel Hans, der Maschinenbauer und Erfinder mit Fachwissen und Bauernschläue sowie eine Mischung aus Daniel Düsentrieb und Dagobert Duck war, wollte eine neue Werkshalle bauen lassen. Adrian sollte die Planung übernehmen und Onkel Hans wollte ihn dafür einstellen. Er hatte im Laufe der Jahre viele Erfindungen zum Patent angemeldet und es war ihm gelungen, einen Betrieb mit über 100 Mitarbeitern aufzubauen. Was Onkel Hans allerdings auch auszeichnete, war seine Unberechenbarkeit. Adrian und ich hatten gar nicht mehr mit einer Zusage gerechnet und in unserem Haus gab es noch so viel zu tun. Meine Freude hielt sich deshalb in Grenzen. Hinzu kam, dass die Firma von Onkel Hans 300 km entfernt war. Adrian wollte das Jobangebot auf jeden Fall annehmen und entschloss sich, wochentags zunächst im Haus seiner Eltern zu wohnen. Ich war gespannt, ob ich in der Zwischenzeit mit allem allein klarkommen würde. Nun brauchten wir Geduld bei unserem Hausprojekt und für Adrian stellten die langen Fahrten mit Staus vor den Wochenenden eine zusätzliche Belastung dar. Vor seiner Abreise wünschte ich mir allerdings noch, er würde sein Versprechen einlösen und die Küchenschränke im Erdgeschoss einbauen, die kurz zuvor geliefert worden waren. Mir war eine Küche im Parterre wichtig, damit ich in meinen Mittagspausen nicht mehr die steile Treppe hinauflaufen musste, um unter Zeitdruck das Essen in der kleinen, altmodischen Küche zuzubereiten.

In der folgenden Woche arbeitete ich vereinbarungsgemäß nach meinem Feierabend im alten Büro einige Stunden zur Probe an meinem neuen Arbeitsplatz. Dabei machte ich mich mit einem neuen EDV-Programm vertraut und arbeitete einen Stapel Akten mit unterschiedlichen Aufgaben ab. Als ich im Dunkeln zu meinem Auto ging, fühlte ich mich ausgelaugt und hätte Adrian gern sofort von meinem Tag berichtet. Aber damit musste ich nun warten, bis auch er Feierabend und Zeit für mich hatte. Er war selbst voller neuer Eindrücke, deshalb hörte er mir auch nur mit halbem Ohr zu. Er hatte sich das Inventar für sein Büro selbst zusammensuchen und seine Aufgaben in dem Betrieb von Onkel Hans finden müssen. Auch gab es einen Kollegen, der ihm offenbar nicht wohlgesonnen war, weil er Konkurrenz fürchtete. Die Voraussetzungen waren somit nicht gerade perfekt, aber Adrian war erleichtert, wieder einen sicheren Job zu haben und war stark genug, sich von Mobbing nicht beeindrucken zu lassen. Seine Tabletten hatte Adrian inzwischen allmählich abgesetzt, was ihm guttat. Nur war er inzwischen nicht mehr so übermütig, sondern manchmal sogar etwas demütig.

Zuhause zog nun ein kleiner Kater bei uns ein, den Denise über eine Schulfreundin organisiert hatte, deren Eltern einen

Bauernhof besaßen. Als Nadja und ich Denise abholten, hielt sie einen schwarz-weiß gefleckten Kater auf dem Arm. Wir waren auf der Stelle begeistert und als uns angeboten wurde, ihn sofort mitzunehmen, überlegten wir nicht lange. Nadja nahm ihn während der Rückfahrt auf den Schoß und ich besorgte noch Katzenstreu und Futter. Skippy war außer sich und bellte aufgeregt, als er ihn sah und der kleine Kater flüchtete vor Schreck auf Nadjas Kopf, wobei er seine Krallen ausfuhr, die sich wie Nadeln in Nadjas Kopfhaut gruben. Skippy beruhigte sich schließlich und sie entwickelten vor allem während der Spaziergänge beinahe eine Freundschaft.

Als Adrian nach seiner ersten Arbeitswoche in Niedersachsen zurückkehrte, nahm er mich in den Arm und stellte fest: »Du bist doch die Richtige«. »Bin ich ihm inzwischen fremd geworden?« fragte ich mich irritiert.

Dies klang, als hätte er inzwischen Zweifel bekommen. Ich hoffte, dass er mich mit unserem Kräfte zehrenden Hausprojekt nicht im Stich lassen würde, weil ihm eine Fernbeziehung und die Fahrten auf die Dauer zu anstrengend waren. In den zwei Jahren zuvor hatten wir noch jeden Tag miteinander verbracht.

Nach dem Wochenende tropfte kurz nach Adrians Abreise plötzlich Wasser aus dem Obergeschoss durch die Decke in den Flur. Ich wollte nicht viel Zeit verlieren, rief Adrian an und mit dem Telefon in der Hand suchte ich bei schlechter Beleuchtung in mehreren Räumen nach einer Rohrzange. Das Werkzeug war im gesamten Erdgeschoss verteilt. Mit Hilfe von Adrians Telefonsupport gelang es mir schließlich, den Wasserstrahl zu stoppen und den Wasserzulauf unter der Spüle zu schließen. Einen erneuten Wasserschaden konnte ich wirklich nicht gebrauchen. Nachdem ich das ausgelaufene Wasser aufgewischt hatte, hoffte ich, die feuchten Stellen unter der Treppe würden bald trocknen. Mit einer schnell in Panik verfallenden Mutter aufgewachsen, beobachtete ich mich nun dabei, wie ich gelassener und handwerklich geschickter wurde, je mehr Herausforderungen auf mich zukamen. Adrian konnte technische Zusammenhänge gut erklären und vertraute mir. Bedauert habe ich nur, dass ich für manche Arbeiten nicht stark genug war. Aber trotzdem fühlte ich mich manchmal wie Pippi Langstrumpf in der Villa Kunterbunt. Ich übernahm auch die Vor- und Nachbereitung einiger Abbrucharbeiten, brachte dabei Schutt, Steine und Bretter aus dem Haus, ging unzählige Male mit dem Staubsauger durch die Räume und schwang immer wieder den Feudel. Zwischendurch versuchte ich vergeblich, Ordnung in Adrians Werkzeug und unzählige Schrauben und Nägel zu bringen, die überall verteilt waren. Irgendwann besorgte ich im Baumarkt Aufbewahrungskörbe dafür. Die alten Möbel, die inzwischen nicht mehr gebraucht wurden, zerlegte ich mit einer Brechstange und trug sie in Einzelteilen zur Straße. Regelmäßig habe ich im Laufe der Jahre die Abholung von Sperrmüll bestellt. Ich genoss die Gestaltungsfreiheit. In unserem Garten pflanzte ich, wonach mir der Sinn stand, nur manchmal mischte Adrian sich ein und bestellte überraschend vier Obstbäume. Zwischen all den Bauarbeiten und mancher Improvisation lebten wir einen besonderen Alltag, wofür Nadja nicht immer Verständnis hatte und deshalb mit Kritik für manche Unzulänglichkeit nicht sparte. Denise dagegen war überraschend tolerant und feierte sogar einen ihrer Geburtstage in dem Rohbau unseres Wohnzimmers auf einer Bierzeltgarnitur, allerdings hatte ich den langen Tisch herbstlich geschmückt und für Pizza gesorgt. Sie und ihre Freundinnen haben die fehlenden Tapeten und Möbel damals nicht gestört und ihre Freundschaften dauern bis heute an.

In den ersten Jahren des Getrenntlebens während der Woche empfanden Adrian und ich bei unseren Wiedersehen oft ein Gefühl der Entfremdung. Wir mussten uns erst wieder miteinander vertraut machen und die Grenzen abstecken. Ich fand, dass er sich anfangs wie ein Alpha-Männchen verhielt, das der Meinung war, zu Hause erst einmal Dinge regeln zu müssen, obwohl ich doch an den übrigen Tagen alles allein managte, wie eine Seemannsbraut. Aber schon bald rüttelte es sich zwischen uns wieder ein und lief sehr gut.

Komplizierter wurde unsere Situation allerdings zu dem Zeitpunkt, als Onkel Hans Adrian das verlockende Angebot machte, die obere Etage in einem seiner großen Häuser am Fluss zu bewohnen. Adrian zog bei seinen Eltern aus und am darauffolgenden Wochenende sprach er voller Überzeugung davon, dass wir zukünftig gemeinsam in dem Haus von Onkel Hans mietfrei würden wohnen können. Dies sei eine Chance für uns. Auch ich sollte einen Job in der Firma von Onkel Hans erhalten. Ich war erst einmal sprachlos, denn in unserem Haus waren ja noch nicht einmal alle Kartons ausgepackt, geschweige denn, alle Baumaßnahmen abgeschlossen. Das Angebot, mietfrei zu wohnen, empfand ich als Almosen und wollte es auf keinen Fall annehmen. Ich war für klare Verhältnisse und wäre niemals ohne einen Vertrag eingezogen, damit es später keinen Streit geben konnte. Aber in erster Linie stand für mich fest, dass Nadja und Denise nach so kurzer Zeit nicht wieder entwurzelt werden durften. Trotzdem ließ Adrian in den folgenden Monaten nicht locker und versuchte regelmäßig, mich von einem Ortswechsel zu überzeugen. Ich war in einem Konflikt und verärgert über den Einfluss, den Onkel Hans auf Adrian inzwischen ausübte.

Als ich an einem der nächsten Wochenenden Onkel Hans persönlich kennenlernte, war ich von ihm enttäuscht. Er kam zwar mit einer Flasche Wein und einer Einladung für den Abend auf uns zu, aber als wir dann mit ihm zusammensaßen, sprach er unentwegt nur mit Adrian über die Arbeit in der Firma und ich vermisste jegliches Interesse an meiner Person. Er war nicht der väterliche Freund, als den Adrian ihn beschrieben hatte. Stattdessen wirkte er ichbezogen und beinahe unhöflich, denn er wollte die Frau, die mit seinem Neffen in sein Haus einziehen sollte, offenbar gar nicht kennenlernen, selbst zu einem Smalltalk war er nicht in der Lage. Und dann sollte ich mein Schicksal und das meiner Töchter in seine Hände legen? Unvorstellbar.

Um mir mein Herz auszuschütten, telefonierte ich mit meiner früheren Kollegin, die mir schon oft zur Seite gestanden hatte. Regina, die immer beinahe wie eine Mutter zu mir war, äußerte deutlich, dass sie von einem erneuten Umzug nur abraten könne. Ich solle vor allem wegen meiner Töchter vor Ort bleiben, abwarten und die Sache aussitzen. Wenn Adrian mich wirklich lieben würde, hätte er sicher Verständnis und wir würden auf jeden Fall zusammen einen Weg finden. Und das taten wir.

Im Jahr darauf heirateten Adrian und ich im Beisein unserer vier Kinder und einer Fotografin.

FROST, FAUNA UND FLORA

An einem besonders frostigen Samstag im Januar dachte Adrian
darüber nach, eine Nachtabsenkung für unsere Heizung zu instal-
lieren, um die Heizkosten in unserem nicht gedämmten Altbau
etwas zu drosseln. Ich hatte keine Veranlassung, ihm nicht zu
vertrauen, als er an der Heizungsanlage herumschraubte, denn
schließlich war er ja Ingenieur und ein Tüftler, wie sein Onkel.
Während der folgenden Nacht fielen die Temperaturen auf minus
13 Grad. Es hatte mehrere Tage hintereinander geschneit und
der Ostwind war eisig. Nachdem ich am Sonntagmorgen meine
warme Bettdecke beiseite geschlagen hatte, ging ich die Treppe
hinunter durch unseren gewohnt kalten Flur zum Bad. Auch
dort war es überraschend kalt und das Duschen machte keine
Freude. So schnell ich konnte, zog ich mir warme Kleidung an
und wollte mir in der Küche eine heiße Tasse Kaffee aufbrühen.
In der Zwischenzeit war auch Adrian aufgestanden, der sich darüber wunderte, dass alle Räume ausgekühlt waren, nicht ein ein-
ziger Heizkörper war warm. In der Küche sprang unsere sonst
so zuverlässige Heizung gar nicht mehr an. Sie war offenbar in
der Nacht bereits ausgegangen. Da Sonntag war, blieb mir nichts
anderes übrig, als den Notdienst der Heizungsfirma anzurufen.
Es dauerte eine Stunde, bis endlich ein Monteur erschien, der
im Keller den Gasanschluss überprüfte. Währenddessen saß ich
frierend mit einer Decke am Küchentisch und hoffte inständig,
dass sich die Heizung möglichst schnell reparieren lassen würde.
Es gab schließlich nichts Schöneres, als an einem Sonntagmorgen

im Januar zitternd vor Kälte vor einer Luke zum Keller zu sitzen mit dem Wissen, dass es kein gemütlicher Tag mehr werden würde, abgesehen davon, dass die Rechnung der Heizungsfirma mit Wochenendzuschlag sicher ein Loch in unser Budget reißen würde. Der Monteur beschäftigte sich eine halbe Stunde lang mit der Heizung, rüttelte schließlich noch an dem schweren Gerät, um dann festzustellen, dass der Schaden unmöglich noch am selben Tag behoben werden konnte. Er stellte natürlich fest, dass Teile fehlten und die Heizung für eine Reparatur komplett ausgebaut werden musste. Dann brachte er uns noch drei Heizlüfter vorbei.

Wir suchten alle Decken zusammen, die wir besaßen und der restliche Tag verlief im Sparmodus, weil wir aus den Decken am liebsten gar nicht mehr herausgekommen wären. Am frühen Abend packte Adrian seine Sachen zusammen, denn er musste ja wieder nach Niedersachsen, wie an jedem Sonntag. Nun beneidete ich ihn zum ersten Mal darum, das Haus verlassen zu können. Ich musste und wollte bis zum nächsten Morgen durchhalten und sehnte mich nach einem beheizten Büro. Nadja hatte sich spontan entschlossen, ein heißes Bad zu nehmen, um sich aufzuwärmen und stellte zusätzlich einen Heizlüfter im Bad auf, was ich leider zu spät bemerkte. Im Ergebnis brach dadurch die Stromversorgung zusammen. Alle Heizlüfter schalteten sich ab, der Warmwasserboiler über der Badewanne ging aus und dann wieder an. Nadja vermutete sofort, es würde bei uns spuken. In meinem Zimmer war es so kalt, dass mein Atem gefror, deshalb konnte ich inzwischen kaum noch klar denken. Immer wenn ich den Heizlüfter kurz angeschaltet hatte, fühlte es sich an, als taue mein Gehirn für kurze Zeit wieder auf.

Das Aufstehen am nächsten Morgen kostete nun besonders viel Überwindung. Dann stapften wir zu Fuß durch den Schnee zur Schule und zur Arbeit, wo die Heizungen zum Glück funktionierten. Bei meiner Arbeit plagten mich am Nachmittag die Gedanken an Nadja und Denise, die in einem Eispalast auf mich warteten. Adrian rief mich an und bestand darauf, dass wir keine weitere Nacht mehr in der Kälte verbrachten. Deshalb hatte er ein Hotel für uns gebucht. Also bat ich Nadja und Denise, bis zu meiner Rückkehr schon einmal ein paar Sachen zusammenzupacken. Als ich zwei Stunden später nach Hause kam, saßen die armen Mädchen in Decken gehüllt und mit Mützen auf den Köpfen in unserem provisorisch eingerichteten Wohnzimmer. Ich sammelte schnell auch meine Sachen zusammen und dann fuhren wir mit meinem Auto, das inzwischen manchmal Probleme mit der Elektrik hatte, zum Hotel. Während ich das Auto auf dem Parkplatz abschloss, sprang nun zu allem Überfluss auch noch die Alarmanlage des Wagens an. Im Hotel erhielten wir den Schlüssel für das Hochzeitszimmer mit großem Himmelbett und überall war es schön warm! Nachdem wir unsere Sachen verstaut hatten, setzten wir uns an einen Tisch in der Gaststube und bestellten zum Aufwärmen eine heiße Suppe. Ich werde nie vergessen, wie gut die Suppe schmeckte, sie ließ unsere Lebensgeister zurückkehren und danach bestellte ich uns gleich noch ein Gericht, denn nun wollten wir es uns gut gehen lassen. Später im Zimmer schliefen wir von einer Minute auf die andere erschöpft nebeneinander ein. Ich hatte einen Filmriss und unter der warmen Bettdecke schlief ich in dieser Nacht wie ein Stein.

Nach dem Frühstück im Hotel kauften sich Nadja und Denise beim Bäcker nebenan noch Croissants für die Pausen in der Schule. Nadjas Schule befand sich auf dem Weg zu unserem Haus und deshalb machte sie noch einen Abstecher dort hin, um unsere beiden Tiere zu füttern. Als sie deshalb etwas verspätet im Klassenraum erschien, berichtete sie ihrer Lehrerin von unserem Heizungsausfall und der Hotelübernachtung. Diese Erklärung war für eine Lehrerin wohl nicht plausibel, denn sie erwiderte:

»Lass dir nächstes Mal eine bessere Ausrede einfallen.« Nach drei Tagen und Nächten im Hotel konnten wir nach Hause zurückkehren und drehten erst einmal in allen Räumen die Heizkörper auf. Nach und nach wurde es wieder wohnlich und wir genossen es mehr denn je, ein warmes Zuhause zu haben.

Auch auf diesen Winter folgte ein Frühling und er überraschte uns mit Schneeglöckchen und bunten Krokussen, die aus dem Boden hervorlugten. Die Temperaturen wurden von Tag zu Tag angenehmer und ich begann, unsere Heimat freundlicher wahrzunehmen. In der norddeutschen Provinz gefielen mir im Frühling immer besonders die leuchtend gelben Rapsfelder, die Nähe zu den beiden Meeren, die saftig grünen Wiesen und das weite Land. Ich mochte die Lässigkeit der Menschen, auch wenn sie sich nicht gerade durch Kontaktfreudigkeit auszeichneten. Man hätte mit Hausschuhen zum Bäcker gehen können, ohne dass es jemanden gestört hätte. Die teilweise sehr alten Häuser in unserem Ort waren individuell, manche besaßen schöne Details, anderen sah man den Sanierungsstau an. Manch schaurige Fensterdekoration, der offenbar jahrelange Sonneneinstrahlung Saft und Farbe entzogen hatte, wirkte allerdings deprimierend und ich spekulierte, ob die Menschen hinter den Fenstern überhaupt noch am Leben waren. Andererseits ging es in der Umgebung sehr lebendig zu, Hand- oder Heimwerker waren besonders aktiv.

Viele Veranstaltungen fanden regelmäßig statt und es gab neben einem modernen Fußballstadion auch ein Schwimmbad.

Unsere Kleinstadt besaß einen Marktplatz mit Kirche, deren Glocke sonntags gut hörbar läutete. In unserer Nähe gab es ein kleines Flüsschen, auf dem Adrian und ich hin und wieder mit unserem Kanu paddeln konnten. Manchmal sah ich auch Schuten mit Reet vorbeifahren. Der Hahn eines Nachbarn krähte am Morgen und am Ende der Straße liefen weitere glückliche

Hühner durch einen großen Garten mit Obstbäumen und vielen Blumen neben einem reetgedeckten Bauernhaus. Bei einem Bauern ließen sich Eier herausholen, nachdem man den Kaufpreis in eine Kasse gelegt hatte. Auf den Wiesen gab es Schafe, Ziegen sowie Pferde und Enten schwammen auf dem Flüsschen entlang unter Brücken hindurch oder sie watschelten über Straßen, weshalb extra ein Hinweisschild aufgestellt wurde. Wildgänse flogen in Schwärmen vorüber, während sie laut schnatterten und in unserem Garten gab es jede Menge Spatzen sowie eine Eule in der Nacht.

HOLGERS DILEMMA

Holger hatte sich bei unserem Scheidungstermin von Ingrid begleiten lassen und ich sah ihn inzwischen nur noch kurz alle zwei- bis drei Wochen an der Haustür, wenn er Nadja und Denise nach den Besuchskontakten zurückbrachte. Als ich Ingrid zum ersten Mal sah, waren die beiden gerade von einem Festival zurückgekehrt und sie trug eine verwaschene, schwarze Schirmmütze, mit der sie wie ein Junge aussah. Sie war eine unscheinbare Frau, an die man sich kaum erinnerte, nachdem man sie einmal gesehen hatte.

Adrian wünschte nicht, dass Holger je einen Fuß über die Schwelle unseres Hauses setzte. Diese Situation ergab sich aber auch nicht, weil Holger sich immer sehr distanziert verhielt, während Ingrid ihn vom Auto aus bewachte wie ein Schießhund, wenn er mir gegenüberstand. Unsere neuen Partner dachten wohl unabhängig voneinander, Vertrauen sei gut, Kontrolle besser.

Nadja und Denise fanden Ingrid von Anfang an komisch, auch wenn sie sich hin und wieder bemühte, freundlich zu sein. Sie berichteten von Situationen, in denen Ingrid sich gehen ließ und ihre Eifersucht auf Nadja und Denise nicht verbergen wollte. Während eines gemeinsamen Besuches des »Schlager Move« in Hamburg fühlte sie sich wegen eines Toilettenbesuches benachteiligt, weil sie ein »Dixi-Klo« benutzen musste, während Holger später an anderer Stelle für Denise in einem Lokal nach einer Toilette gefragt hatte. Dies gab ihr Veranlassung, mit einem Getränkebecher auf Holger zu werfen. Auf dem Heimweg soll sie sich dann geweigert haben, gemeinsam in den Bus einzusteigen. Sie blieb stattdessen an der Haltestelle sitzen, wo sie ein Nachbar von Holger später abholte. Da Ingrid regelmäßig unter Übelkeit litt, mussten einige Restaurantbesuche kurzfristig abgebrochen werden, damit sie sich im Bad übergeben konnte.

An einem der Besuchswochenenden verließen Holger und Ingrid wegen einer Einladung das Haus und schickten Nadja und Denise zu Nachbarn. Ein von Holger geplanter Ausflug ins *Hansaland* fand überraschend gar nicht statt. Nachdem Nadja und Denise an jenem Morgen ihre Rucksäcke gepackt hatten, erfuhren sie von den Nachbarn, die mit ihren Töchtern ebenfalls mitkommen wollten, dass ihr Vater dort abgesagt hatte, weil es ihm nicht gut gehen würde. Er lag »in sauer« und hatte es nicht für nötig gehalten, seinen Töchtern Bescheid zu geben. Mir fehlten die Worte und ich bin heute noch wütend, wenn ich daran denke.

Nadja fasste daraufhin den Entschluss, ihren Vater nicht mehr zu besuchen und Denise verbrachte nur aus Höflichkeit noch wenige Wochenenden bei Holger, bis auch sie nachvollziehbar den Kontakt zu ihm abbrach. Ich hätte solchen Besuchskontakten schon früher einen Riegel vorschieben müssen, aber ich wusste, dass dies nur gerichtlich durchgesetzt werden konnte. Es wäre vor allem mit Ingrid im Boot eine schmutzige Auseinandersetzung geworden und meine Töchter wären richterlich angehört worden. Dies wollte ich ihnen aber ersparen.

Nachdem ich Holger einmal auf einen Kritikpunkt ansprach, wirkte er zwar einsichtig, denn er widersprach mir nicht, was aber als Gleichgültigkeit ausgelegt werden konnte. Er vermied es, mit mir über seinen Bierkonsum zu diskutieren.

Einige Wochen später hatten wir an einem Sonntagmorgen auf dem Anrufbeantworter eine Nachricht von Ingrid, in der diese etwas verzweifelt klang und um den Rückruf von Nadja bat. Nadja war irritiert, rief dann aber zurück und musste erfahren, dass Holger einen Herzstillstand erlitten hatte und nun auf einer Intensivstation lag. Wir waren geschockt und Adrian hatte Verständnis dafür, dass ich mit Nadja und Denise zur Klinik fahren wollte. Ich wusste nicht genau, wie es um ihn stand und ob meine Töchter ihren Vater überhaupt lebend wiedersehen würden. Nadja war zu diesem Zeitpunkt schon volljährig und hatte auch das Recht, von den Ärzten Informationen zu erhalten.

Im Klinikum warteten wir in einem Zimmer vor der Intensivstation. Kurz darauf tauchte auch Ingrid auf und wir erfuhren von ihr, dass sie erste Hilfe geleistet und den Notarzt gerufen hatte. Nach einer Pause sagte sie plötzlich zu Nadja und Denise: »Übrigens, euren Kater mussten wir auch einschläfern lassen.« »Was ging in dieser Frau vor?«, fragte ich mich. Nach einer Weile durfte sie die Intensivstation betreten und anschließend sagte sie an Nadja gerichtet: »Dein Vater ist noch nicht ansprechbar und im Übrigen erhaltet ihr keine Auskunft, die bekomme nur ich.« Wir verließen das Zimmer und besprachen im Flur, was jetzt zu tun sei, da kam ein Arzt freundlich auf uns zu und entschuldigte sich, dass er erst jetzt Zeit für uns hatte. Er bestätigte, dass Holger am Tag zuvor einen Herzstillstand erlitten hatte und mit keiner guten Prognose eingeliefert wurde. Nun habe man ihn in ein künstliches Koma versetzen müssen. Es könne einige Tage andauern und man wisse nicht genau, wie es danach weitergehe. Eine knappe Woche später holten die Ärzte ihn dann aus dem künstlichen Koma, weil sie beabsichtigten, ihm einen Defibrillator einzusetzen. Niemand wusste zu diesem Zeitpunkt, wie sich der Herzstillstand auf sein Gehirn ausgewirkt hatte. Ich musste daran denken, dass er noch während unserer Ehe Tabletten gegen Bluthochdruck nahm, daneben aber auf Bier und die vielen Zigaretten nicht verzichten wollte.

Holger überstand die Operation gut und ich besuchte ihn noch einmal mit seinen Töchtern. Seine Aussprache war verwaschen

und was er sagte, klang etwas wirr. Aber es hätte schlimmer ausgehen können und nach dem Klinikaufenthalt brachte man ihn
in eine Reha-Klinik. Nadja, die inzwischen ihre Ausbildung in
einem Hotel begonnen hatte, wollte ihren Vater nach Feierabend
in der Klinik besuchen. Als sie sein Zimmer betrat, musste sie
feststellen, dass er kaum ansprechbar war und sie eventuell gar
nicht wahrnahm. Sie berichtete mir danach, dass sie hilflos vor
seinem Bett gestanden und keinen Kontakt zu ihm bekommen
hatte, so dass ihr nichts anderes übrigblieb, als wieder zu gehen.

Als ihr Vater Wochen später wieder zu Hause war, wollte Nadja
ihn dort noch einmal besuchen. Allerdings fühlte sie sich bereits
kurz nach ihrem Eintreffen ausgesprochen unwohl, weil sie zwar
von Ingrid freundlich begrüßt wurde, aber wiederum keinen
rechten Zugang zu Holger bekam. Er saß während ihres Besuches
vor dem laufenden Fernseher und fragte mehrfach, wann denn
ihr Bus nach Hause ginge. Dadurch entstand bei ihr natürlich
der Eindruck, nicht erwünscht zu sein. Als sie mir anschließend
davon berichtete, tat es mir leid, dass sie solch eine Erfahrung
machen musste. Zu dieser Zeit wohnte sie vorübergehend in
meinem ehemaligen Kinderzimmer bei meiner Mutter, mit der
sie über das Erlebte nicht sprechen konnte, weil diese damals vermutlich schon etwas dement und daneben wenig empathisch war.

Ingrid kümmerte sich von nun an um Holgers finanzielle Angelegenheiten, der dazu selbst nicht mehr in der Lage war und
nach dem Vorfall vorzeitig in Rente gehen musste. Er hatte Ge-
dächtnislücken und benötigte laufend Physiotherapie. Ingrid
schottete ihn von der Umwelt ab, so dass selbst sein Bruder kaum
noch Kontakt zu ihm bekommen konnte. Jetzt hatte sie ihn ganz
für sich.

Eines Tages bekamen Nadja und Denise eine Postkarte von
Holger und Ingrid aus ihren Flitterwochen in Spanien. Sie hatten
inzwischen »im kleinen Kreis« geheiratet. Sei es ihnen gegönnt.

VERÄNDERUNGEN UND EIN ORKAN NAMENS SABINE

Durch einen Anruf von Heikes Vater erfuhr ich eines Tages, dass Heike verstorben war. Ich hatte sie nicht mehr gesehen seit sie mich für meine Verbindung zu Adrian und die mangelnde Kooperation bei den Überweisungen ihres Gehalts auf mein Konto abgestraft hatte. »Sie hätte auf ihren Arzt hören sollen! Wir wollten doch zusammen alt werden«, erinnerte ich mich. Heike hatte nach dem Lesen eines Buches unsere Rollen in Anlehnung an die beiden Protagonistinnen verteilt. Ich war traurig, tröstete mich aber damit, dass sie nun keine Intrigen mehr spinnen konnte. Trotzdem war sie oft in meinen Gedanken. Manchmal meinte ich sogar, in meiner Stimme ein wenig den Klang ihrer Stimme zu hören. Wir waren einerseits doch sehr unterschiedlich, aber es gab Momente, in denen wir uns ohne Worte verstanden. Sie war ein Biest, trotzdem fand ich es schade, dass unsere Freundschaft solch ein Ende nahm. Von nun an erschienen mir allerdings die weiteren Jahre in meinem Leben wie ein Bonus. Heikes Handlesekunst hatte sich nun offensichtlich als »Spökenkiekerei« herausgestellt.

Wegen der Corona-Pandemie hatte der folgende Sommer etwas Bedrückendes. Urlaubsreisen waren vorübergehend gar nicht möglich. Städte und Strände in Urlaubsregionen auf der ganzen Welt waren menschenleer. Bilder im Fernsehen zeigten den Abtransport zahlloser Toter in New York und Bergamo, wo Bestatter nicht mehr wussten, wohin mit all den Verstorbenen. Vor allem ältere und kranke Menschen waren der Pandemie zum Opfer gefallen, denn einen Impfstoff gab es noch nicht. Sozialkontakte mussten vermieden werden und insbesondere Bewohner von Seniorenheimen litten darunter, keinen Besuch mehr zu bekommen, häufig ohne die Sinnhaftigkeit der Maßnahmen zu verstehen. Operationstermine in Kliniken wurden verschoben wegen der hohen Auslastung durch zahlreiche Corona-Patienten. Fahrten mit öffentlichen Verkehrsmitteln waren nur noch mit Mund-Nasen-Schutz erlaubt. Das Leben war ein anderes geworden.

Nun mussten auch die regelmäßigen Besuche bei meiner Mutter eine Zeitlang ausfallen, wodurch sie noch mehr auf sich gestellt und mit ihren Problemen allein war. Unser Kontakt fand nur noch telefonisch statt und ich bemühte mich immer wieder, ihr die aktuelle Situation zu erklären. Wir wollten sie schließlich nicht anstecken. Als ich ihre Telefonrechnung in die Hände bekam, sah ich, dass sie während der vorangegangenen Wochen unendlich viele Male vergeblich versucht haben musste, Martin über sein Handy zu erreichen, das er während seiner Fahrten im Taxi aber immer ausgeschaltet hatte.

Denise hatte inzwischen ihr Abitur gemacht und gerade Urlaub von einem Freiwilligen Sozialen Jahr im Klinikum. Sie war enttäuscht, dass sie nicht verreisen konnte, machte aber das Beste aus der Situation und besorgte für unseren Garten einen Swimmingpool und eine Hängematte. Wenigstens das Wetter meinte es gut mit uns in diesem Sommer.

Ausgerechnet während dieser Pandemie war Nadja schwanger. Nur wenige Monate zuvor hatte sie uns bei einem Restaurantbesuch ihren neuen Freund mit koreanischen Wurzeln vorgestellt. Kwon war groß und breitschultrig, spielte Football und er machte einen freundlichen und ausgeglichenen Eindruck, also freute ich mich für sie.

Als ich neun Monate später meine Enkeltochter Yuna in den Armen hielt, war ich sehr glücklich. Nadja und Kwon mussten nach der Geburt Yunas Koliken aushalten, begleitet von einer Art Hausarrest aufgrund der Corona-Einschränkungen. Vielleicht wegen dieser besonderen Umstände hielt ihre Beziehung leider nur zwei Jahre, aber sie sind nach wie vor gute Eltern für ihre gemeinsame Tochter.

Nachdem nicht nur unser kleiner Kater, sondern auch Skippy uns im darauffolgenden Jahr aus gesundheitlichen Gründen für immer verließen, zogen zwei junge, verspielte Katzen sowie kurz darauf ein Labradorwelpe bei uns ein, den ich auf den Namen Kalle taufte. Seinetwegen und auch wegen der Baumaßnahmen in unserem Schlafzimmer verlegten Adrian und ich unseren Schlafplatz vorübergehend auf Matratzen im Wohnzimmer. Unser Schlafzimmer brauchte eine Dämmung und der Fußboden inzwischen einen neuen Belag. Es wurde wieder ungemütlich in unserm Haus.

Kalle war drei Monate alt und eine Retoure, denn eine Familie hatte ihn zurückgegeben, nachdem sich herausgestellt hatte, dass er nicht das passende Geschenk für ihre Mutter war. Ich musste in den folgenden Wochen feststellen, dass ich die Energie, die ein Welpe in die Zerstörung von Gegenständen stecken konnte, unterschätzt hatte. Wir durchlebten eine harte Zeit, in der unsere Tierliebe auf die Probe gestellt wurde. Einige Hundebetten, diverse Teppiche, Fußmatten, neue Schuhe, sogar Türrahmen und die Wände unseres Flures hielten Kalles Zähnen nicht stand, so dass Adrian schließlich an den entsprechenden Stellen Metallschienen befestigte.

Auch die Nächte mit Kalle in den ersten Monaten waren eindeutig zu kurz und nach dem Jahreswechsel kündigte sich im Februar zu allem Überfluss auch noch ein Orkan mit dem harmlos klingenden Namen »Sabine« an. Wir hofften, dass er nicht allzu dramatisch werden würde. Im Laufe des Tages war es bereits sehr stürmisch und alle Gegenstände, die nicht besonders schwer oder befestigt waren, drohten durch die Gegend zu fliegen. Ab dem Nachmittag waren keine Fußgänger mehr auf der Straße. Am Abend legte der Orkan noch einmal kräftig zu. Man hörte sein Heulen und bemerkte den Druck, den er auf das Gebäude ausübte, was sich von Stunde zu Stunde steigerte. Als es dunkel war, peitschten die Orkanböen an unserem Haus entlang und drückten den Starkregen gegen das Wohnzimmerfenster. Ich lag auf der Matratze am Boden und konnte bei diesem Anblick nicht schlafen, denn ich fürchtete, die Glasscheiben in den Fenstern könnten dem Druck nicht standhalten. Ich mochte mir nicht vorstellen, dass eiskaltes Regenwasser mit Wucht in unser Wohnzimmer eindringen würde. Ich hatte Respekt vor dieser Naturgewalt. Der Orkan nahm schließlich ein Ausmaß an, wie ich es noch nie zuvor erlebt hatte, obwohl mir stürmische Tage in Norddeutschland natürlich vertraut waren. Adrian hielt in der Küche bei Kerzenschein bis zum frühen Morgen Wache. Ob er im Notfall hätte eingreifen können, war dabei fraglich. Die dramatische Wetterlage beruhigte sich erst gegen Morgen ein wenig.

Am nächsten Tag war es immer noch stürmisch und Adrian musste feststellen, dass sich am Dach unseres Hauses die Windfedern gelockert hatten. Also musste er sofort eine notdürftige Reparatur vornehmen und bat mich deshalb um alte Kissenbezüge, die er mit dem Spielsand füllen wollte, den wir für eine Sandkiste besorgt hatten. Adrian improvisierte wieder einmal und kletterte mit seinem Oberkörper aus dem Dachfenster, während er die Sandsäcke dort verstaute, wobei ihm der kalte Wind ins Gesicht wehte. Der Sturmschaden wurde einige Tage später von einem Dachdecker fachmännisch repariert, aber Adrian saß Sabine noch lange in den Knochen.

Nur Denise hatte in dieser Nacht friedlich in ihrem Zimmer geschlafen, nachdem sie alles Wichtige und Liebgewonnene in Umzugskartons verpackt hatte, denn am nächsten Morgen sollte sie von ihrem Freund Jannik und dessen Vater mit einem Transporter abgeholt werden. Sie planten, in ihre erste gemeinsame Wohnung zu ziehen. Bei unserer Umarmung während der Verabschiedung war mir klar, dass nun auch meine zweite Tochter das Haus verließ und ich nahm mir fest vor, tapfer zu sein. Bei Nadjas Auszug war es mir schon schwergefallen loszulassen und ich hoffte, sie würde später zurückkehren. Jetzt wusste ich immerhin, dass Denise in Jannik einen guten Partner gefunden hatte. Ich lenkte mich damit ab, ihr Zimmer umzugestalten und Fotos von meinen Töchtern und Yuna aufzustellen, dabei freute ich mich darauf, bis zur Fertigstellung unseres Schlafzimmers in ihrem Bett schlafen zu können, das ja nun frei geworden war. Ich nahm mir vor, mich in erster Linie darüber zu freuen, nicht nur zwei selbstständige Töchter, sondern inzwischen auch eine süße Enkeltochter zu haben, die nicht aus der Welt waren. Ich hatte mir doch in der Vergangenheit gewünscht, dass meine Töchter eines Tages von ihren Flügeln würden Gebrauch machen können, nachdem mir der Nestbau zuvor hoffentlich gelungen war. Aber wo war die Zeit geblieben? Ich war gar nicht vorbereitet auf diesen Tag.

WIE GEHT ES DENN JETZT WEITER?

Unsere gesamte Familie war nun endlich mehrfach gegen Corona geimpft. Die Einschränkungen waren inzwischen offiziell aufgehoben worden und man durfte Freunde und Verwandte wieder treffen und auch verreisen. Am Ostermontag hatte ich das Bedürfnis, meine Mutter nach langer Zeit mal wieder zu uns einzuladen. Vergessen war ihre Nörgelei und ihr schlechtes Benehmen anlässlich meines Geburtstags, als sie im Park in einem Hundehaufen herumgestochert und die Übergewichtigkeit anderer Gäste laut kommentiert hatte. Ich wählte ihre Telefonnummer, die mir so vertraut war. Merkwürdig, dieses Mal nahm niemand ab. Deshalb rief ich Martin an, um ihn zu fragen, ob er etwas von ihr gehört hatte und teilte ihm mit, dass ich plante, unsere Mutter einzuladen. Dabei fiel er mir ins Wort und sagte: »Nein, das kannst du vergessen. Mutter kann nicht kommen, sie hat schreckliche Rückenschmerzen.« Augenblicklich fühlte ich mich schlecht, weil ich mich nicht schon früher nach ihrem Befinden erkundigt hatte. Ich versuchte anschließend erneut, sie zu erreichen. Endlich nahm sie den Hörer ab und bestätigte, was Martin gesagt hatte. »Mir geht es gar nicht gut, ich kann mich wegen meiner Rückenschmerzen kaum bewegen. Am besten ist es, ich bleibe heute im Bett.« Ich versprach deshalb, am nächsten Vormittag bei ihr vorbeizuschauen, während Adrian, der noch Urlaub hatte, Arbeiten am Haus verrichten wollte.

Am nächsten Morgen stieg ich nach dem Frühstück in mein Auto und fuhr die vertraute Strecke über die Autobahn und anschließend durch diverse Ortschaften mit Ampeln, die wieder einmal alle Rot zeigten. So hatte ich noch mehr Zeit, mir Sorgen um meine Mutter zu machen. Nachdem ich mit dem Schlüssel für mein Elternhaus, den ich seit einer gefühlten Ewigkeit besaß, die Haustür aufgeschlossen hatte, lief ich durch den Windfang und dann den dunklen Flur entlang bis zu ihrem Schlafzimmer. Es war merkwürdig still. Sonst hatte man jedes Mal hinter einer der Zimmertüren ein Radio spielen oder in der Küche Geschirr klappern hören, wenn man ihre Wohnung betrat. Ich öffnete die angelehnte Tür ihres Schlafzimmers. Die Außenjalousie war noch heruntergelassen und durch die schmalen Schlitze fiel nur wenig Licht. Meine Mutter lag in ihrem Bett und schlief, obwohl es inzwischen beinahe Mittag war. Das war sehr ungewöhnlich. Als ich sie vorsichtig weckte, schien sie überrascht, mich zu sehen und richtete sich mit Mühe auf. Dann sagte sie: »Mit mir ist heute mal wieder nichts los. Ich habe furchtbare Rückenschmerzen und kann kaum aufstehen.« Auf dem Tisch neben dem Bett lag eine Packung Schmerztabletten sowie eine angebrochene Tafel Cranberry-Schokolade, die ich der letzten Bestellung Vogelfutter für sie hinzugefügt hatte.

Ich fragte sie, ob sie überhaupt schon etwas gegessen und getrunken hatte, was sie nicht mit Sicherheit beantworten konnte. Deshalb ging ich in die Küche, um ihr etwas zuzubereiten und mein Blick fiel auf das Geschirr vom gemeinsamen Kaffeetrinken mit ihrer Nachbarin am Vortrag, das noch nicht abgewaschen war. Die Außenjalousien im Wohnzimmer waren ebenfalls heruntergelassen, deshalb war es auch dort dunkel. Spätestens jetzt war mir bewusst, dies hier war anders als jemals zuvor. Meine Mutter war ihr Leben lang diszipliniert und hatte ihre festen, mehr oder weniger sinnvollen Rituale, die sie seit Jahrzehnten einhielt. Dazu gehörte natürlich auch das Hochfahren der Jalousien am Morgen und das Abspülen des Geschirrs nach jeder Mahlzeit.

Ich kochte meiner Mutter einen Tee und setzte mich zu ihr auf die Bettkante. Dabei sah ich, dass ihre leider ebenfalls oft verwirrte Nachbarin auf der Tablettenschachtel, die auf dem Tisch lag, für den Notfall ihre Telefonnummer notiert hatte. Daraus schloss ich, dass der besorgniserregende Zustand meiner Mutter bereits beim Kaffeekränzchen am Tag zuvor thematisiert worden war. Ich bemühte mich, meiner Mutter etwas Hoffnung zu machen und sprach über die sicher positive Wirkung der Tabletten. Danach stellte ich ihr eine Flasche Wasser sowie belegte Brote und auch das Telefon auf den Tisch neben ihrem Bett. Sie wirkte müde und wollte weiterschlafen, nachdem ich ihr das Versprechen abgenommen hatte, später etwas zu essen und sich telefonisch bei mir zu melden, falls es ihr nicht bald besser gehen würde.

Mir blieb nichts anderes übrig, als wieder nach Hause zu fahren. Ich wollte mich mit Adrian besprechen, der Erfahrungen aus der Zeit seines Zivildienstes in einem Altersheim besaß. Er hatte nach den letzten Besuchen bei meiner Mutter festgestellt, dass es nicht mehr lange so weitergehen könne. »Eure Mutter schafft das nicht mehr allein,« sagte er mehrfach, aber ich wusste, dass es unendlich schwer sein würde, sie von einer Veränderung zu überzeugen und dabei musste auch Martin mit ins Boot geholt werden. Meine Mutter rief nicht an und am Abend erreichte ich sie telefonisch auch nicht mehr.

Adrian und ich cancelten spontan unseren für den nächsten Tag geplanten Stadtbummel und ich rief die Hausärztin meiner Mutter an, die mir riet, mit dem ärztlichen Notdienst einen Hausbesuch zu vereinbaren. Adrian und ich machten uns erneut auf den Weg und trafen noch vor dem Notdienst bei meiner Mutter ein. Sie lag immer noch im Bett und hatte das Brot nicht gegessen, nur etwas Schokolade. Ich bereitete sie auf das Eintreffen der Rettungskräfte vor und begann daneben, Kleidung und Waschzeug in eine Reisetasche zu packen für den Fall, dass sie in ein Krankenhaus gebracht werden würde. Dies musste unauffällig geschehen, denn ich wollte sie nicht beunruhigen oder ihr Misstrauen wecken.

Dann klingelte es an der Tür. Zwei große, kräftige und freundliche Herren kamen herein und betraten mit mir das Schlafzimmer meiner Mutter. Sie stellten sich ihr vor und fragten nach ihrem Befinden. Dabei bemerkten sie, dass sie schwerhörig war. »Sie verstehen uns ja so schlecht. Wo haben sie denn ihre Hörgeräte?« fragte einer der beiden. In diesem Moment stand meine Mutter auf, die angeblich gar nicht mehr laufen konnte, um mit Hilfe des jahrelang ignorierten Gehwagens nach ihren seit Jahren verschwundenen und von ihr nicht vermissten Hörgeräten zu suchen. Nun war klar, dass meine Mutter kein Fall für ein Krankenhaus war und ohne ihr Einverständnis auch nicht in eines hätte gebracht werden können. Die Rettungskräfte erklärten, die Krankenhäuser in der Umgebung seien im Übrigen zurzeit auch überbelegt. Meine Mutter solle auf jeden Fall mehr trinken und sich mit dem Gedanken der Hilfestellung durch einen Pflegedienst vertraut machen. Dann überprüften sie noch ihren Blutzuckerwert, der gut war und verabschiedeten sich. Ich wusste, dass sie einen Pflegedienst oder auch eine Tagespflege strikt abgelehnt hatte und wir waren ratlos.

Während der Heimfahrt mit Adrian entschied ich, meine Mutter zu uns zu holen und am nächsten Morgen setzten wir dieses Vorhaben in die Tat um. Nachdem ich ihr beim Aufstehen geholfen und sie etwas frisch gemacht hatte, hakten Adrian und ich sie unter und begleiteten sie über die Terrasse zu unserem Auto, wo ich eine dicke Wolldecke zum Abfedern ihrer Bandscheiben auf den Sitz gelegt hatte. Adrian sagte leise zu mir: »Dies wird wohl das letzte Mal gewesen sein, dass sie ihr Haus gesehen hat.« Ich war schockiert und fragte ihn nur: »Wie kannst du so etwas sagen?«

Ein Jahr zuvor hatte ich mir schon über einen Pflegedienst und über eine Tagespflege für meine Mutter Gedanken gemacht und wiederholt mit Martin über Hilfsangebote für sie gesprochen. Unsere Gespräche endeten immer wieder mit der Erkenntnis, dass unsere Mutter Hilfe von fremden Menschen nicht annehmen würde, was sie darauf angesprochen bekräftigte. Selbst einen Lieferdienst für das Mittagessen hatte sie abgelehnt, obwohl ihr in der letzten Zeit beim Kochen das Essen wiederholt angebrannt war und die Mikrowelle beinahe einen Hausbrand verursacht hatte. Vor allem Martin war dafür, ihren Herd mit einer Abschalteinrichtung versehen zu lassen, um sie in ihrer Selbstständigkeit nicht komplett einzuschränken. Ich hätte ihn lieber ganz abgeschaltet und ihr die Mahlzeiten liefern lassen. Zu befürchten war aber, dass sie die Klingel nicht gehört hätte und sich auf vorgegebene Zeiten nicht hätte einlassen können. Also kümmerte ich mich um einen Elektriker, der eine Abschaltautomatik installierte, um zu verhindern, dass wieder etwas anbrennen würde.

Im zurückliegenden Frühjahr hatte ich mich schon dazu durchgerungen, trotz ihres Misstrauens und mangelnder Kooperation einen Pflegegrad für meine Mutter zu beantragen. Dabei fühlte ich mich wie eine Verräterin, denn sie war immer noch hart im Nehmen. Schwäche konnte sie nicht eingestehen oder Hilfe annehmen. Den Kontakt zu fremden Menschen empfand sie als unangenehm und manchmal machte sie sich nicht einmal die Mühe, dies zu verbergen. Eine nette Altentherapeutin, mit der ich Kontakt aufgenommen hatte, schlug vor, mit ihr Gedächtnistraining zu machen, aber die Chemie zwischen ihnen stimmte offenbar nicht. Die Therapeutin sprach die angedachte Therapie nicht mehr an, so dass es bei einer vertretungsweisen Begleitung zu einem Arzttermin blieb.

Die Formulare der Pflegekasse hatte ich damals nach bestem Wissen und Gewissen ausgefüllt und erwartete den Begutachtungstermin, der wegen der Pandemie nicht persönlich vor Ort, sondern telefonisch stattfinden sollte. Ich wartete bei meiner Mutter gespannt auf das Telefongespräch, während ich das Mittagessen für sie zubereitete. Ich konnte ihr unmöglich sagen, worum es bei dem angekündigten Anruf der Pflegekasse tatsächlich ging. Sie hätte einen Pflegegrad nicht gewollt, denn sie war zu eitel für Gebrechlichkeit. Das Procedere kannte sie eigentlich aus der Zeit der Pflegebedürftigkeit meiner Oma Frieda, die sie vor den Begutachtungen immer instruiert hatte, damit sie nicht womöglich die Heldin spielte. Mir blieb also nichts anderes übrig, als meiner Mutter anzukündigen, jemand von ihrer Krankenkasse werde sich telefonisch nach ihrem Befinden erkundigen. Dagegen konnte sie nichts einwenden, dachte ich, wenngleich sie sofort misstrauisch wirkte. Dann klingelte das Telefon. Ich nahm den Hörer ab und reichte ihn an meine Mutter weiter. Sie verstand erwartungsgemäß nicht, wer am Apparat war und fragte unwirsch, was man denn von ihr wolle. Die Dame von der Pflegekasse stellte sich laut und deutlich vor, so dass ich sie daneben sitzend verstehen konnte und erklärte kurz, worum es ging. Ich hoffte, das Wort »Pflegegrad« würde nicht fallen, denn dieser Begriff ließ sich mit ihrer Eitelkeit unmöglich vereinbaren und vielleicht hätte sie deshalb sogar den Hörer aufgelegt. Dann beantwortete meine Mutter doch einige Fragen äußerst unfreundlich und mit betont energischer Stimme: »Natürlich geht es mir gut. Wer will das denn wissen? Ich verstehe Sie nicht! Klar weiß ich, was ich heute Morgen gefrühstückt habe, Tee und ein Marmeladenbrot.

Geburtstag habe ich im Oktober.« Und dann sagte sie: »Ich fahre übrigens noch Fahrrad.« In dem Moment dachte ich: »Oh, mein Gott, das war's dann wohl mit dem Pflegegrad.« Danach gab sie mir den Hörer und ich ging damit in die Küche.

Nun hatte ich Gelegenheit, die schwierige Situation mit meiner Mutter einem Menschen mit Fachwissen zu beschreiben. Alles Belastende der letzten Jahre sprudelte förmlich aus mir heraus. Ich war dabei ehrlich und schonungslos. Endlich konnte ich mir die Sorgen um meine Mutter von der Seele reden, auch die inzwischen teilweise unhygienischen Zustände in ihrem Kühlschrank und ihre ausufernde Sammelleidenschaft beschreiben. »Es gibt jetzt nichts zu verlieren, im Gegenteil«, dachte ich. Dabei war es von Vorteil, dass meine Mutter so schwerhörig war, denn sonst hätte ich gar nicht den Mut gehabt, in ihrer Nähe offen über ihre Defizite zu sprechen.

Als das Gutachten kurz darauf eintraf, war ich erleichtert. Es wurde Pflegegrad 2 festgestellt und ich sollte zukünftig auch noch etwas Pflegegeld erhalten. Später entdeckte ich bei meiner Mutter zufällig unter dem Stapel Zeitungen einen großen Briefumschlag ihrer Krankenkasse mit einer Broschüre über Hilfsangebote. Mit dem Inhalt hatte sie sich nicht beschäftigt. Vermutlich hätte er sie aber auch überfordert.

Jetzt saßen Adrian und ich mit ihr im Auto und ich stellte fest, dass sie während der Fahrt allmählich lebendiger wurde und um sich herum einiges wiedererkannte. Ich hatte noch etwas Zeit zum Nachdenken, dann stand mein Entschluss fest. Deshalb sagte ich zu Adrian: »Es wird das Beste sein, wenn wir noch auf dem Heimweg einen Stopp beim Klinikum machen, damit von dem Rücken meiner Mutter eine Röntgenaufnahme gemacht wird, um den Grund für ihre starken Schmerzen herauszufinden.« Kurz darauf parkten wir vor dem Eingang des Klinikums und ich erhielt bei der Anmeldung einen Rollstuhl, mit dem ich meine Mutter sogar hineinfahren konnte. Zu meiner Überraschung sollte sie stationär aufgenommen werden. Nachdem ich ihre Beschwerden beschrieben und die täglich einzunehmenden Tabletten benannt hatte, die ich inzwischen auswendig kannte, musste ich sie ihrem Schicksal überlassen. Meine Mutter wusste gar nicht, wie ihr geschah.

Zu Hause angekommen, fiel bei Adrian und mir die Anspannung der letzten vierundzwanzig Stunden ab. Nach meinem Anruf im Klinikum etwa zwei Stunden später erhoffte ich mir weitere Informationen über den Gesundheitszustand meiner Mutter. In dem Telefonat fragte die behandelnde Ärztin mich aber, warum meine Mutter überhaupt dort sei. Sie habe sie gründlich untersucht und könne nichts Auffälliges feststellen, abgesehen von altersgemäßem Verschleiß an den Wirbeln nach meinem Hinweis auf die einige Jahre zurückliegende Rückenoperation. Dann sagte sie: »Wir können ihre Mutter nicht über Nacht hierbehalten. Sie würde vermutlich nur unruhig umherirren.« Daraufhin bat ich sie, meine Mutter mit einem Taxi zu uns bringen zu lassen, denn Adrian und ich hatten inzwischen ein Glas Wein getrunken in dem Glauben, wir würden bis zum nächsten Tag Zeit haben, Klarheit in die gerade ausweglos scheinende Situation zu bringen.

Eine knappe Stunde später klingelte ein freundlicher, junger Taxifahrer an der Tür und ich half meiner Mutter aus dem Auto. Dabei stellte ich erschrocken fest, dass sich auf ihrer Kleidung einige größere Blutflecken befanden, was bei der Blutabnahme passiert sein musste. Sie tat mir so leid. Dann begleitete ich sie in unsere Küche, wo ich das Essen vorbereitet hatte. Sie setzte sich erleichtert neben mich an den Tisch und betonte, wie froh sie sei, nun bei ihrer Verwandtschaft zu sein. Verwandtschaft ist ja ein Sammelbegriff. Ich glaube, vor allem nach all den Aufregungen wusste sie nicht mehr, dass ich ihre Tochter war. Nun sagte sie: »Das Wasser ist wirklich besonders erfrischend und das Essen schmeckt sehr gut, es ist dazu auch so schön auf dem Teller angerichtet.« Sie muss in diesem Moment sehr dankbar gewesen sein, denn so freundlich war sie in den letzten Jahrzehnten nie. Hatte sie nicht regelmäßig an meinem Essen herumgenörgelt, obwohl ich mir immer besondere Mühe gegeben hatte, wenn sie zu Besuch war? Anschließend wollte sie gern noch im Wohnzimmer mit uns Fernsehen schauen, aber wir waren müde und der Tag war auch für sie anstrengend. Adrian hob sie deshalb mehr oder weniger von einer Treppenstufe zur nächsten nach oben, wo ich inzwischen alles für sie vorbereitet hatte in dem Gästezimmer, das ihr vertraut war und neben dem sich ein kleines Bad befand. Dann half ich ihr bei allem, was vor dem Zubettgehen nötig war und packte ihren Koffer aus. Den Gehwagen und einen Stuhl stellte ich vor das Bett, damit sie nicht herausfallen konnte und stellte ein Glas Wasser sowie eine Box mit Taschentüchern auf den Nachttisch.

Am nächsten Tag richtete ich das Zimmer für sie weiter ein und freute mich, sie nun bei uns zu haben, zumindest bis es ihr bald wieder besser gehen würde. Ich war froh, ihr nun helfen zu können ohne so weit fahren zu müssen und wollte sie wieder aufpäppeln. Da vom Abend zuvor noch Reis übrig war, bereitete ich Reisplätzchen für sie zu, wie sie es für Martin und mich getan hatte, als wir noch Kinder waren. Ich suchte ein einfaches Puzzle für sie aus dem Regal, legte später die CD eines ihrer Lieblingssänger in den Rekorder und richtete in meinem Büro einen Nachsendeauftrag für ihre Tageszeitung ein. Am Nachmittag telefonierten wir mit meiner Cousine Thea und Onkel Gunther, was sich wegen ihrer Schwerhörigkeit aber leider wieder schwierig gestaltete.

Am nächsten Tag besorgte ich nach dem Frühstück eine Schnabeltasse für den Nachttisch, Hygieneartikel sowie

Hausschuhe und Unterwäsche. Als ich meiner Mutter die Kleidung zeigte, gefiel sie ihr nicht. Diese Reaktion kannte ich schon und sie war nicht der Demenz geschuldet. Am Morgen hatte sie sich schon über die kalte Milch in ihrem Müsli beschwert. Also stellte ich sie von nun an immer kurz in die Mikrowelle, bevor ich sie über ihr Müsli goss. In ihrem Zimmer befestigte ich einen Kalender an der Wand, damit sie wusste, welchen Tag wir hatten, was ihr immer so wichtig war. Schließlich rief ich noch meinen Arzt an, der spontan einen Hausbesuch machte und wunschgemäß ein Rezept für ein stärkeres Schmerzmittel ausstellte, damit ihre Rückenschmerzen erträglicher wurden. Er gab mir zusätzlich ein Rezept für Inkontinenzartikel und einen Toilettenstuhl, was mich etwas irritierte, denn meine Mutter war bis dahin nicht inkontinent, abgesehen davon, dass sie sich am Abend einen Eimer neben das Bett stellen ließ, »für alle Fälle«, sagte sie.

Ich war nun täglich für meine Mutter im Einsatz, war von einem auf den anderen Tag Pflegekraft geworden und kümmerte mich in meinem Büro um alles Organisatorische. Morgens wusch ich sie, half ihr beim Zähneputzen und beobachtete, wie sie es jedes Mal genoss, sich das Gesicht einzucremen, während sie auf der schmalen Sitzfläche ihres Gehwagens saß, den sie nie haben wollte und der uns jetzt so gute Dienste leistete. Während sie sich unter Schmerzen setzte, sagte sie mit leisem Stöhnen: »Ach, jetzt hast du aber ein großes Baby.« Ich half ihr gern, hatte sie all dies doch auch früher für mich getan, wenn es nicht Oma Frieda war, die zumindest in den ersten Lebensmonaten für mich gesorgt hatte, weil meine Mutter noch einige Zeit im Krankenhaus bleiben musste.

Nach ein paar Tagen begann meine Mutter zunehmend unruhiger zu werden und richtete immer wieder dieselbe Frage an mich: »Und wie geht es jetzt weiter? Gern hätte ich ihr eine Perspektive aufgezeigt, mit der sie einverstanden gewesen wäre. Ihre Frage zeigte, dass sie mit dem bestehenden Zustand nicht einverstanden war, obwohl ich mir viel Mühe gab, sie mit allem zu versorgen. Aber was hatte ich erwartet? Sie konnte wohl nicht anders. Auch fragte sie in regelmäßigen Abständen: »Wem gehört denn dieses Haus?« Und bei der Betrachtung eines Bilderrahmens mit dem Foto meiner Tante Edith, den ich für sie aufgestellt hatte: «Lebt meine Schwester eigentlich noch?« Tante Edith war vor sechs Jahren verstorben und Adrian und ich hatten sie damals zur Beerdigung begleitet. Immer wieder beantwortete ich dieselben Fragen. An den Wochenenden setzte sich Adrian nachmittags zu uns, um gemeinsam Kaffee zu trinken und ein Stück Käsekuchen zu essen, den meine Mutter so gern mochte. Körperlich ging ihr es ihr von Tag zu Tag besser. Irgendwann klagte sie gar nicht mehr über Rückenschmerzen.

Martin, der nach zehn Tagen zu Besuch kam, war überrascht, wie gut sie sich inzwischen erholt hatte. Er brachte wunschgemäß noch einige Dinge aus ihrem Haus mit, wie Fotoalben und Wäsche. Dann begleitete er sie die Treppe hinunter, weil er mit ihr spazieren gehen wollte. Dies klappte überraschend gut. Als die beiden vom Spaziergang zurück waren, fragte sie uns: »Seid ihr eigentlich beide meine Kinder?«

Ihre Fragen nach der Zukunft wurden schließlich immer beharrlicher und ich musste ihr wiederholt erklären, dass sie allein nicht mehr zurechtkommen würde, auf Hilfe angewiesen sei und aus diesem Grund erst einmal bei uns bleiben könne. Später würden wir weitersehen. Aber mit dieser Antwort war sie nicht zufrieden.

An einem der folgenden Tage hatte ich einen Zahnarzttermin und informierte sie darüber, legte zusätzlich einen großen Zettel in ihr Zimmer, auf dem auch stand, dass ich gleich zurück sein würde. Ein weiterer kleiner Zettel klebte dauerhaft auf dem Tisch mit der Information für sie, dass sie sich nun bei mir und in welchem Ort sie sich befand. An ihrer Zimmertür hatten wir vorsorglich einen kleinen Riegel befestigt, damit sie während meiner Abwesenheit nicht über den Flur laufen und womöglich die steile Treppe herunterfallen konnte. Als ich vom Zahnarzt zurückkehrte, hörte ich von unten schon, dass sie kräftig an der verschlossenen Tür rüttelte. Ich lief so schnell ich konnte die Treppe hinauf, um sie zu beruhigen. Dieses Rütteln an der Tür machte sie sich von nun an zur Gewohnheit, wenn sie mit sich nichts anzufangen wusste. Ich ließ sie nie lange allein, aber auch unsere drei Tiere mussten versorgt werden und das Essen kochte sich nicht von selbst. An den Vormittagen ging ich eine halbe Stunde mit Kalle spazieren. Dabei konnte ich meinen Gedanken freien Lauf lassen und versuchte, die Situation der vertauschten Rollen zu begreifen, während ich mir um den Gesundheitszustand meiner Mutter Sorgen machte. Aber die Frühlingsluft tat gut und ich freute mich über die rosa-weißen Blüten an den großen Obstbäumen in dem verwilderten Bauerngarten neben dem kleinen Weg zum Neubaugebiet. Am Ende der Straße hörte man aus der Richtung des Bauernhofes die Kühe blöken und ein junger Mann kam mit einem E-Scooter vorbei, während gleichzeitig orientalische Musik aus seiner Richtung ertönte.

Meiner Mutter hatte ich für die Momente zwischendurch die Tageszeitung, Fotoalben und Bildbände hingelegt. Aber sie war unruhig oder ungeduldig, wenn es um die Mahlzeiten ging, obwohl sie gar nicht viel Appetit hatte. Durch die Demenz war ihr das Gefühl für Zeit und Raum abhandengekommen und sie konnte sich auf nichts mehr lange konzentrieren. Am liebsten hätte sie rund um die Uhr Gesellschaft gehabt, um dabei immer wieder dieselben Fragen zu stellen. Das Gerüttel an der Tür machte mich innerlich wütend. Natürlich dachte ich auch darüber nach, ob ich sie ihrer Freiheit beraubt hatte, aber ich empfand das Risiko eines Treppensturzes zu hoch, zumal sie selbst Gefahren nicht mehr einschätzen konnte.

Wenn ich sie abends ins Bett gebracht hatte, schaltete ich ihr den Fernseher ein und startete abwechselnd verschiedene Live-Konzerte ihrer Lieblingsmusiker, wenn sie betonte, dass sie noch gar nicht müde sei. Dann konnte sie für eine Weile die Musik genießen, rief mich aber später noch einmal an ihr Bett. Oft versuchte sie, wie ein kleines Kind das Schlafen hinauszuzögern. Einmal fragte sie mich überraschend, ob ich mich nicht noch neben sie legen wolle. Das fand ich irgendwie niedlich, überforderte mich aber, vor allem nach all den Jahren körperlicher Distanz und oft emotionaler Kälte. Abgesehen davon wollte ich abends noch etwas Zeit für mich haben.

An einem Wochenende besuchten uns Denise und Nadja mit Yuna. Ich hatte in unserem Wohnzimmer den Tisch gedeckt und Kuchen besorgt. Adrian und ich begleiteten meine Mutter gemeinsam die steile Treppe hinab. Nach kurzer Zeit wurde sie wieder unruhig, deshalb ging Adrian mit ihr in unseren Garten. Dort beklagte sie sich, wie schon so oft: »Alt und allein sein ist eine Strafe.« Adrian erwiderte mit einem Augenzwinkern: »Dann musst du dir einen Partner suchen, schließlich bist du doch noch jugendlich und attraktiv«. Darauf antwortete sie: »Na, dann nehme ich doch gleich dich.« Als Adrian sie darauf hinwies, dass er schon mit ihrer Tochter verheiratet sei, sagte sie nur lakonisch: »Das kann ich mir gar nicht vorstellen.«

Der Tag mit unseren Besuchern war natürlich turbulenter als die anderen Tage und wir brachten meine Mutter wieder nach oben, damit sie sich ausruhen konnte. Sie war damit allerdings nicht einverstanden und begann kurz darauf, die Treppe allein wieder hinunterzusteigen, denn ich hatte die Tür von ihrem Zimmer geöffnet gelassen, damit sie sich nicht ausgeschlossen fühlte, während Nadja, Yuna und Denise noch bei uns waren. Kalle entdeckte sie sofort auf der oberen Treppenstufe und erkannte die Gefahr. Er bellte laut und aufgeregt in ihre Richtung. Die kleine Yuna erschrak und begann laut zu weinen. Denise tröstete sie, während Nadja zu ihrer Oma hinauflief, um sie wieder in ihr Zimmer zu begleiten, wobei sie freundlich Überzeugungsarbeit leistete. Daraufhin sagte meine Mutter zu ihr: »Meine Tochter möchte am liebsten, dass ich die Treppe herunterfalle.« Ich war sprachlos, als ich dies erfuhr. Adrian und ich wünschten uns in diesem Moment, Martin hätte uns ein Wochenende lang entlastet, aber er befand sich gerade auf einer Kurzreise.

Am nächsten Tag wollte meine Mutter ihren Koffer packen und fragte wieder einmal, wie es nun weitergehen solle. Ich konnte nur all das wiederholen, was ich schon so oft gesagt hatte. Dann fragte sie mehrfach nach Martin. Ich erklärte ihr, er sei zurzeit nicht zu Hause und wenn sie mir nicht glauben würde, dann solle sie ihn anrufen. Ich wählte seine Nummer und reichte ihr den Hörer, damit sie sich davon überzeugen konnte. Nachdem erwartungsgemäß Martins Anrufbeantworter angesprungen war, ging ich aus dem Zimmer, konnte aber durch die Tür hören, was sie sagte. Sie jammerte geradezu inbrünstig: »Martin, du musst mich unbedingt abholen. Ich möchte nach Hause, hier kann ich nicht bleiben. Bitte, bitte hol mich so schnell es geht ab.« Ich glaubte, meinen Ohren kaum zu trauen. Sie war gerade eine echte Drama-Queen, offenbar wieder die Alte und dabei, uns Geschwister zu spalten. Martin sagte später, er sei wegen dieser Nachricht der Meinung gewesen, sie habe es bei mir nicht gut und müsse aus der Situation gerettet werden.

Während der folgenden Tage begann sie damit, immer wieder penetrant nach ihrem Haustürschlüssel zu fragen, bis ich ihr schließlich einen Schlüsselbund auf den Tisch legte. Adrian und ich machten uns bei unseren täglichen Telefonaten Gedanken, wie es mit ihr weitergehen könne. Wir sprachen auch darüber, dass ich mittelfristig möglichst einmal wöchentlich eine Vertretung brauchte und ein- bis zweimal jährlich einen kurzen Urlaub. Vor einigen Wochen hatte ich vorsorglich bei mehreren Seniorenheimen in der Umgebung gegen den Wunsch meiner Mutter und die Überzeugung von Martin einen Kurzzeitpflegeplatz für meine Mutter angemeldet, aber bisher noch keine positive Rückmeldung erhalten.

Nachdem sich die Unruhe bei meiner Mutter weiter steigerte, empfahl mir Adrian, mich wegen eines Beruhigungsmittels an meinen Arzt zu wenden. Dieser stellte umgehend ein entsprechendes Rezept aus. Zu Hause dosierte ich die Tropfen zunächst vorsichtig. An einem Abend mit besonderer Unruhe gab ich ihr etwas weniger als die gemäß Beipackzettel vorgesehene Dosis, damit sie zur Ruhe kommen und einschlafen konnte.

Am nächsten Morgen fütterte ich unsere Katzen und betrat dann das Zimmer meiner Mutter, um ihr das Frühstück anzukündigen. Meistens freute sie sich dann, wenn sie noch etwas liegenbleiben durfte. An diesem Morgen erschrak ich allerdings. Meine Mutter fand ich verwirrt auf dem Boden sitzend mit ihrer Bettdecke, umgeben von einer weiteren Decke und einem Kissen. Auch einige Möbel waren verschoben und Kleidung lag herum. Als ich sie fragte, was passiert sei, konnte sie sich an nichts erinnern. Ich konnte und wollte sie nicht einfach hochziehen, weil ich befürchtete, sie könne sich etwas gebrochen haben. Deshalb rief ich den Rettungsdienst. Zwei junge Notfallsanitäter erschienen und brachten sie zu zweit zum Stehen, begleiteten sie danach ins Badezimmer und verabschiedeten sich bei mir mit den Worten: »Bis zum nächsten Mal«.

So konnte es nicht weitergehen. Sie tat mir leid, so hilflos wie sie dort gekauert hatte. Ich wandte mich noch einmal an meinen Arzt, der mich fragte: »Haben Sie denn immer noch keinen Platz in einem Seniorenheim?« Zehn Minuten später rief er mich noch einmal an und bat mich, mit dem örtlichen Seniorenheim Kontakt aufzunehmen, weil dort jetzt ein Platz für meine Mutter frei sei. Es überraschte mich und ging mir nun fast zu schnell. Ich musste mich erst einmal an den Gedanken gewöhnen und überlegte später gemeinsam mit Martin am Telefon, wie wir unserer Mutter verständlich machen konnten, dass sie nicht in ihr Zuhause, sondern nun in ein Seniorenheim umziehen sollte. Sie hatte ein Altersheim vor vielen Jahren schon abgelehnt und mir vorsorglich unterstellt, sie würde dorthin abgeschoben werden. Dann thematisierte sie es nicht wieder. Martin hatte große Bedenken und fand die Kosten für das örtliche Heim zu hoch, hatte sich bis dahin aber auch nicht um Alternativen gekümmert.

Nach dem Mittagessen fuhr ich für ein erstes Gespräch zum Seniorenheim, das mit dem Auto nur fünf Minuten entfernt war, um mir das freie Zimmer anzusehen. Weder meine Mutter noch Martin hatten sich in der Vergangenheit für die Besichtigung eines Seniorenheimes erwärmen lassen und nun musste ja jemand handeln. Das für meine Mutter vorgesehene Einzelzimmer war einigermaßen groß, funktional eingerichtet und besaß ein eigenes Bad sowie einen schönen Ausblick auf ein kleines Flüsschen und die Bäume, die ihn säumten. Das Fenster hatte eine blau-weiße Markise sowie orangefarbene Übergardinen. Ich bat darum, das Bett so hinzustellen, dass meine Mutter von dort würde aus dem Fenster schauen können. Dann wurde ich von der Pflegedienstleitung über den Gesundheitszustand meiner Mutter befragt und erhielt umfangreiches Vertragsmaterial sowie eine Informationsbroschüre. Zum Schluss zeigte man mir noch die Cafeteria, wo es appetitlich roch. Alles in allem fand ich es gar nicht so schlecht.

Am Abend dieses Tages war meine Mutter zum wiederholten Mal damit beschäftigt, einen Teil ihrer Sachen in ihren Koffer zu packen, weil sie unbedingt weg wollte. Ihre Unruhe und der

Hinlaufdrang kamen mir schließlich zur Hilfe bei der Umsetzung meines Plans. Auf Martin wollte ich nicht warten. So begleitete ich meine Mutter am nächsten Morgen nach dem Frühstück zum Auto, nachdem ich bereits ihre Sachen dort verstaut hatte. Während der Fahrt fühlte ich mich wie eine Verräterin. Als wir auf dem Parkplatz des Seniorenheimes angekommen waren, fragte sie beim Aussteigen, wo wir denn nun seien und schließlich: «Wer bezahlt denn das alles?» Ich antwortete etwas zögerlich: «Es ist ein Zentrum für Senioren, wo du dich erholen kannst. Wir bezahlen es von deiner Rente und die Krankenkasse übernimmt auch einen Teil.» Es war gut, dass sie die Höhe der tatsächlichen Kosten nicht kannte. Sie wäre sicher auf der Stelle wieder eingestiegen.

BEGRÜSSUNG AUF PAPPE UND BESONDERE MOMENTE

Hinter der großen Eingangstür empfing uns bereits die schlanke Dame von der Pflegedienstleitung mit dem energischen Tonfall, der auf eine Herkunft in Sachsen schließen ließ. Sie nahm mir meine Mutter sofort ab und hakte sie unter, um mit ihr in der ersten Etage zu verschwinden, während ich im Erdgeschoss zunächst noch einen Corona-Test machen musste. Als ich fünfzehn Minuten später ebenfalls oben erschien, kam die Pflegedienstleiterin mir auf dem Flur entgegen und sagte etwas genervt: »Sie ist schon auf Zinne«. Das hatte ich nach diesem Empfang auch nicht anders erwartet. Meiner Mutter ging nachvollziehbar alles zu schnell. Und abgesehen davon konnte sie es ja noch nie leiden, wenn man sie bevormundete und dabei sogar berührte. Ich ging in das für sie vorbereitete Zimmer, wo meine Mutter an dem runden Tisch abgesetzt worden war, während sich ihre Mundwinkel nach unten bewegten. »So habe ich mir das nicht vorgestellt, dass ich von euch einfach abgeschoben werde.« Ihre klaren Worte überraschten mich in diesem Moment. Aber welche Lösung hatte sie für das Problem. Erwartete sie tatsächlich, dass Martin sie zu Hause pflegte? Eine andere Option hatte sie sich für den Fall ihrer Pflegebedürftigkeit nicht überlegt. Bei mir wollte sie schließlich nicht bleiben, obwohl ich mir so viel Mühe gegeben hatte. Welche Alternative hatte ich also? Trotzdem fühlte ich mich gerade schlecht und versuchte, die Situation etwas aufzulockern. Ich reichte ihr den Willkommensgruß des Beiratsvorsitzenden des

Seniorenheimes, der mit ihrem Namen versehen auf einen kleinen Pappaufsteller gedruckt war. Das war also die Begrüßung. »Na, der hätte sich ruhig persönlich bei mir vorstellen können« meinte sie mürrisch. Ich musste etwas schmunzeln. Auch ich empfand die Situation als unpersönlich. Einquartiert und sitzengelassen. Niemand von der Heim- oder Pflegedienstleitung setzte sich nur ein paar Minuten mit uns zusammen, um meine Mutter willkommen zu heißen und ein paar mündliche Informationen zu geben. Es musste offenbar reichen, was in der Broschüre stand, die man mir bei der Anmeldung gegeben hatte. Die Pflegedienstleiterin erschien noch einmal kurz, aber nur, um sich von mir die Tabletten und den Medikamentenplan geben zu lassen. Nach einer Weile kam schließlich eine Pflegekraft ins Zimmer, die sich mit ihrem Vornamen vorstellte und uns den Essensplan für diese Woche gab. Ich entschied für meine Mutter, die damit überfordert gewesen wäre und suchte Kürbissuppe sowie Quarkknödel mit Aprikosen für sie aus. Nach dem Essen räumte ich die Kleidung meiner Mutter in den Schrank, während sie durch den Anblick ihres Koffers nun doch zu glauben schien, wir seien gemeinsam in einem Hotelzimmer. Ich konnte nicht länger bleiben und musste meine Mutter schweren Herzens ihrem Schicksal überlassen, nachdem ich ihr versprochen hatte, sie sehr bald wieder zu besuchen. Dabei hoffte ich, dass sich jemand um sie kümmern würde, hatte aber Zweifel, ob dafür überhaupt Zeit eingeplant war.

Die Ereignisse der nachfolgenden Wochen fasse ich nur kurz zusammen, weil ich die Vorgänge nicht im Detail beschreiben und noch einmal durchleben möchte.

Martin und ich besuchten unsere Mutter regelmäßig im Seniorenheim, allerdings erschwert durch die Corona-Vorschriften. Jeder Besuch musste zuvor angemeldet werden und ein negativer Corona-Test war jedes Mal obligatorisch. Nach wenigen Tagen stellte ich fest, dass meine Mutter unselbstständiger geworden war und sich offenbar einen Harnwegsinfekt zugezogen hatte. Dann erhielt ich eines Morgens einen Anruf der Pflegedienstleiterin und erschrak. Sie berichtete, meine Mutter sei gestürzt, den genauen Hergang könne man sich nicht erklären und ich möge sie bitte in das Krankenhaus begleiten. Von meiner Mutter konnte ich keine Aufklärung über den vermutlichen Sturz erhalten. Zum Glück hatte sie keine Schmerzen. Im Krankenhaus bestätigte sich meine Befürchtung: Sie hatte sich den Oberschenkelhals auf der Seite gebrochen, auf der sie noch kein künstliches Hüftgelenk besaß. Eine Operation stand ihr somit bevor, die ich als einzige Chance sah, eine Bettlägerigkeit zu verhindern, obwohl ich ihr eine Vollnarkose gern erspart hätte.

Während der langen Wartezeit vor dem Röntgen hatte meine Mutter mir gesagt: »Das werde ich dir nie vergessen.« Es bezog sich wohl auf meine Begleitung und Geduld, aber vielleicht meinte sie auch das, was ich für sie in den letzten Wochen getan hatte.

Dann stellte sich heraus, dass die Operation aufgrund erhöhter Entzündungswerte nicht sofort durchgeführt werden konnte. Es begann eine quälende Zeit des Wartens, während meine Mutter zusehends schwächer wurde und unter Appetitlosigkeit litt. Nach drei Wochen wurde sie dann endlich operiert und überstand die Operation mit Vollnarkose überraschend gut. Allerdings gab es anschließend Probleme damit, sie wieder auf die Beine zu bekommen. Für eine Physiotherapie war sie inzwischen zu schwach und eine Reha konnte aufgrund ihrer Demenz nicht durchgeführt werden. Wegen einer Infektion der Wunde folgten zwei weitere Krankenhausaufenthalte einschließlich einer weiteren Operation zur Reinigung der Wunde im Wechsel mit Aufenthalten im Seniorenheim.

Bei meinen diversen Besuchen im Klinikum fiel mir nun auf, wie winzig meine Mutter inzwischen geworden war. Man musste zweimal hinsehen, um sie in dem großen Krankenhausbett zu entdecken. Wenn sie mich schließlich bemerkte, was sie zu spüren schien, obwohl sie scheinbar geschlafen hatte und schlecht hörte, lächelte sie mich jedes Mal beinahe glücklich an. Ich nahm ihre Hand und sie suchte mit beiden Händen nach etwas Halt in meinen. Endlich ließ sie körperliche Nähe zu. Dies waren ganz besondere Momente für mich. Wenn ich anschließend zum Parkplatz ging, war ich noch voller Wärme und eigenartig dankbar für diese Momente in der so traurigen Situation, in der wir uns alle irgendwann einmal befinden würden. Es hatte trotz der Ausweglosigkeit etwas eigenartig Schönes und Beruhigendes und ich war mir nun sicher, dass ich für sie getan hatte, was ich konnte und dass sie dankbar zu sein schien.

Nachdem sowohl ich als auch meine schwache Mutter selbst eine weitere Operation zum Austausch des künstlichen Hüftgelenkes nicht mehr wünschten, gestattete man Martin und mir, sie nun jederzeit auch gemeinsam im Seniorenheim zu besuchen, um allmählich Abschied zu nehmen. Bei unserem letzten Besuch hatte Martin ihr noch sagen können, dass wir sie liebhatten und sie erwiderte dies sogar. Beim Abschied winkte sie uns zu. Meine Mutter verstarb einen Tag darauf an einer Sepsis, wie schon meine Oma Frieda. Erst als sie mich nicht mehr hören konnte, nannte ich sie Mami.

Nach dem Wachwerden an den folgenden Tagen fiel die Traurigkeit jedes Mal wie eine schwere Decke über mich, bis Kalle mich mit seiner durch Freude gespeisten Energie auf seine Bedürfnisse aufmerksam machte. Auch unsere beiden Kätzchen warteten auf ihr Frühstück. Nachdem ich alle Näpfe gefüllt und die Katzentoiletten gesäubert hatte, fiel mein Blick durch das Fenster auf die alte Mauer unseres Nachbargrundstücks, von der inzwischen unzählige Brombeersträucher Besitz ergriffen hatten. Ihre stacheligen Triebe, die im Sommer unzählige Früchte trugen, rankten kreuz und quer in die Höhe und bedeckten die Mauer inzwischen fast vollständig. Mit ihren Dornen verhinderten sie ein Vordringen, wodurch die Mauer und auch die süßen Früchte unerreichbar blieben.

Bei diesem Anblick kamen mir Gedanken an meine Kindheit und Parallelen zu den Gefühlen meiner Mutter. Der Weg zu ihrem Herzen blieb doch so oft verschlossen und für mich unerreichbar.

AN MEINE MUTTER

Ich habe deine Liebe gesucht.

Dein Pflicht- und Verantwortungsgefühl habe ich geschätzt sowie dein offenes Ohr. Gern erinnere ich mich an unsere gemeinsamen Urlaube zu einer Zeit, als wir beinahe Freundinnen waren, bis zum nächsten Streit.

Du warst verlässlich immer da und hast dich über meine Besuche und Anrufe so gefreut. Ich hätte gern noch Vieles mit dir besprochen, vielleicht auch das, was ich dir niemals sagen konnte.

Du warst stolz, eigensinnig und stur, unberechenbar und manchmal gemein, andererseits liebenswert und mitfühlend. Ich war zerrissen und trotzdem immer für dich da.

Nun bleiben mir nur die Erinnerungen, deine Fotoalben, das kleine schwarze Tagebuch sowie ein rotes Büchlein mit Notizen aus der Zeit, als du noch mit deiner Schwester telefoniert hast, über deren Tod du vielleicht nicht hinweggekommen bist.

Du konntest meine Hand erst nehmen, nachdem du zu schwach geworden warst, auf Distanz zu gehen.

Du wolltest fort und es war der Beginn einer Odyssee, durch die deine letzte Reise endete.

Ich habe deine Liebe gesucht und erst durch deine Schwäche Nähe und Dankbarkeit gefühlt. Ich durfte dir auf einmal so viel bedeuten.

Und doch war es nichts Persönliches, sondern eine Überweisung, die dir im Kopf herumging, bevor dich die Worte verließen.

Nun muss ich mich an ein Leben ohne dich gewöhnen. Ich habe keine Wahl. Ich weiß nur noch nicht, wie es sich anfühlt.